DIEDERICHS MÄRCHEN DER WELTLITERATUR

Begründet von Friedrich von der Leyen

MÄRCHEN
AUS WALES

Herausgegeben und übersetzt
von Frederik Hetmann

ROWOHLT

Veröffentlicht im Rowohlt Taschenbuch Verlag
GmbH, Reinbek bei Hamburg, Februar 1998
Copyright © 1982 by
Eugen Diederichs Verlag, München
Redaktion: Claudia Henn-Schmölders
Alle Rechte vorbehalten
Umschlaggestaltung Hanke / Lembke / Rothfos
(Illustration: Cathrin Günther)
Gesetzt aus der Bembo (Linotronic 500)
Gesamtherstellung Clausen & Bosse, Leck
Printed in Germany
1290-ISBN 3 499 35097 1

MÄRCHEN
AUS WALES

I. Die Texte des Mahinogi

1

Pwyll, Prinz von Dyved
(Erster Zweig)

Pwyll, Prinz von Dyved, war Herrscher über die sieben Cantrevs von Dyved. Nun geschah es einst, daß er sich in seinem wichtigsten Schloß zu Arberth aufhielt und ihn die Lust
ankam, zu jagen. Jener Teil seines Reiches aber, wo es ihm
zu jagen gefiel, hieß Glynn Cuch. Er brach am Abend von
Arberth auf und ritt bis nach Penn Llwyn auf Bwya. In dieser Nacht verweilte er dort.

Zeitig am Morgen stand er auf und kam nach Glynn Cuch.
Dort im Wald hieß er die Hunde losmachen und das Horn
blasen. Die Jagd begann. Als er nun den Hunden folgte,
wurde er von seinen Gefährten getrennt. Als er dem Bellen
seiner Koppel nachhorchte, hörte er, daß noch andere Hunde
anschlugen. Sie kamen offenbar aus der entgegengesetzten
Richtung.

Er befand sich auf einer Lichtung im Wald, und als seine
Meute den Rand dieser Lichtung erreichte, sah er die anderen
Hunde, die einen Rehbock verfolgten. Und sieh an, etwa in
der Mitte der Lichtung holte die andere Koppel den Rehbock
ein und warf ihn zu Boden. Pwyll fiel die Farbe der Hunde ins
Auge. Auf den Rehbock achtete er nicht weiter. Die Hunde
hatten ein glänzend weißes Fell und rote Ohren, und beide
Farben leuchteten weithin.

Er ritt nun heran, jagte die fremden Hunde von dem Wild
fort und hetzte die seinen darauf.

Da kam ein Reiter auf ihn zu. Er ritt eine große hellgraue Stute, hatte ein Jagdhorn um den Hals und trug Kleider aus grauer Wolle, in der Art, wie man sie zur Jagd anlegt.

Der Reiter ritt nahe heran und sprach: «Häuptling, ich weiß nicht, wer Ihr seid, aber grüßen will ich Euch nicht.»

«Nun», erwiderte Pwyll, «Ihr seht so würdig aus. Ihr solltet auch so handeln.»

«Wahrlich, es ist nicht mein Rang, der mich daran hindert.»

«Aber was ist es dann, Häuptling?» fragte Pwyll, «seid Ihr so unwissend oder kennt Ihr keine Höflichkeit?»

«Beim Himmel», sagte der Fremde, «Eure Grobheit und Eure Unhöflichkeit sind die Ursache.»

«Welcher Unhöflichkeit habe ich mich denn schuldig gemacht?»

«Ist es etwa nicht unhöflich, meine Meute fortzuscheuchen, damit das Fleisch Euren Hunden zur Beute wird? Ich werde keine Rache nehmen, aber Ihr seid in Unehre, und müßte sie beziffert werden, so ginge es um den Wert von hundert Rehböcken.»

«Häuptling», sprach Pwyll, «wenn ich Euch gekränkt habe, so verzeiht mir bitte. Ich will versuchen, Eure Freundschaft zu gewinnen.»

«Und wie wollt Ihr Eure Verfehlung wiedergutmachen?»

«Vielleicht gemäß dem Rang, den Ihr bekleidet ... nur weiß ich nicht, wer Ihr seid.»

«Ich bin in meinem Land ein gekrönter König.»

«Herr, möge Euer Tag angenehm vergehen», sprach Pwyll, «aber nun sagt noch, aus welchem Land Ihr kommt?»

«Aus Annwvyn», antwortete er, «ich bin Arawn, ein König in Annwvyn.»

«Und wie, Herr, kann ich Eure Freundschaft gewinnen?»

«Es gibt da einen Mann, Havgan, König in Annwvyn,

dessen Reich dem meinen gegenüber liegt, und er führt ständig Krieg gegen mich. Wenn du den Gewalttaten, die er mir zufügt, ein Ende machst, hast du meine Freundschaft gewonnen.»

«Das will ich mit Freuden tun», sagte Pwyll, «zeigt mir, wie das geschehen kann.»

«Hör zu», sagte Arawn, «wir werden einen starken Freundschaftspakt miteinander abschließen, und ich werde dich an meiner Statt nach Annwvyn schicken. Ich werde dir die schönste Frau zur Seite tun, die du je gesehen hast. Ich will dir meine Gestalt und mein Aussehen geben, und zwar so genau, daß kein Kammerdiener, kein Rat und kein Ritter merken wird, daß nicht ich es bin, der mit ihnen umgeht, sondern du. All dies soll gelten für ein Jahr von morgen an.»

«Gut und schön», sagte Pwyll, «aber wenn ich mich nun in deinem Land aufhalte, wie werde ich den Mann finden, von dem du sprichst?»

«In einem Jahr von heute an», sprach Arawn, «wollen er und ich uns an der Furt treffen. Reite du an meiner Stelle hin. Versetze ihm einen Hieb. Er wird davon tödlich getroffen werden. Aber wenn er dich darauf bittet, ihm noch einen Schlag zu versetzen, so laß dich nicht darauf ein, was immer er dir verspricht. Mich hat er dazu gebracht, und am nächsten Tag war er im Kampf so kräftig wie zuvor.»

«Nun gut», sagte Pwyll, «aber was soll mit meinem Königreich geschehen?»

Sprach Arawn:

«Ich werde es so einzurichten wissen, daß kein Mann oder Weib herausfindet, daß nicht du es bist, sondern ich, der dort regiert.»

«Dann will ich gern gehen», sagte Pwyll.

«Möge deine Reise frei von Mühen sein. Nichts soll sich dir in den Weg stellen, wenn du in mein Reich reitest. Ich selbst werde dich geleiten.»

Und Arawn führte dann Pwyll bis zu einer Stelle, von der aus man das Schloß und die dazugehörigen Gebäude sehen konnte.

«Sieh», sagte er, «der Hof und das Königreich sind in deine Gewalt gegeben. Jeder dort wird auf deine Befehle hören, und wenn du dir ein wenig Mühe gibst, wirst du bald mit den Sitten und Gewohnheiten der Leute vertraut sein.»

Pwyll ritt also gegen das Schloß hin, und als er drinnen war, fand er Wohnungen, Hallen und Kammern so schön und bequem, wie er sie nie zuvor gesehen hatte.

Er betrat die Halle und dachte daran, sich umzukleiden. Pagen und Diener erschienen, zogen ihm die Stiefel aus, und alle grüßten sie ihn. Zwei Ritter kamen und nahmen ihm die Jagdkleidung ab und brachten bequeme Hauskleidung aus Brokat. Dann wurde die Halle gerichtet. Er sah die Angestellten des Hofes und die Soldaten hereinmarschieren. Es waren die besten Truppen, die er je gesehen hatte. Und mit ihnen erschien die Königin. Eine schönere Frau war ihm nie zu Gesicht gekommen. Sie trug ein Kleid aus glänzender gelber Seide. Alle wuschen sich und setzten sich, und die Königin saß ihm zur Seite, und ein Graf hatte auf der anderen Seite Platz genommen. Pwyll begann mit der Königin zu reden, und von allen Frauen, mit denen er sich je unterhalten hatte, besaß sie die natürlichsten Umgangsformen. Sie war liebenswürdig und geistreich im Gespräch. So verging die Zeit mit Essen, Trinken, Singen und Feiern, und von allen Höfen, die er je gesehen hatte, gab es an diesem die meisten goldenen Teller und die kostbarsten Juwelen.

Als es nun Zeit wurde, schlafen zu gehen, legten sich Pwyll und die Königin ins Bett. Sobald sie aber beieinander lagen, wandte er sein Gesicht zur Bettkante und ihr den Rücken zu und sprach mit ihr kein einziges Wort, bis zum anderen Morgen. Bei Tag aber war er wieder freundlich und zuvorkommend mit ihr. Wie freundlich er aber auch bei Tag war, in den

Nächten, die folgten, verhielt sich Pwyll nie anders als in jener ersten Nacht.

Das Jahr verging mit Jagen, Singen und Festen mit Freunden und unter angenehmen Gesprächen mit den Rittern bei Hofe, bis jene Nacht des Treffens kam, an die sich selbst Leute in den entlegensten Teilen des Landes zu erinnern wissen.

Pwyll wurde von den Adligen des Landes begleitet, und als sie an die Furt kamen, zeigte sich dort ein Ritter, der sprach also:

«Ihr Edlen, hört gut zu. Dieser Kampf soll ausgetragen werden im Kampf der zwei Könige, Mann gegen Mann, denn jeder von ihnen beansprucht das Reich und die Herrschaft. Deshalb trete jeder andere nun beiseite.»

Darauf ritten die beiden Könige an und trafen sich in der Mitte der Furt. Beim ersten Angriff schlug der Mann, der an Arawns Stelle focht, Havgans Schild in zwei Hälften; Havgans Rüstung barst, und er selbst wurde eine Arm- und Speerlänge weit über das Hinterteil seines Pferdes fort zu Boden geschleudert und blieb dort tödlich verwundet liegen.

«O Häuptling», sagte Havgan, «was für ein Recht hast du, mich zu töten? Ich habe dir kein Leid zugefügt, noch wüßte ich sonst keinen Grund, weshalb du mich töten solltest. Aber, um der Liebe des Himmels, da wir diesen Kampf nun einmal begonnen haben, mach ein Ende mit mir.»

«Häuptling», antwortete Pwyll, «wenn ich so handle, könnte ich es bereuen. Erschlage dich, wer da will. Ich werde es nicht tun.»

«Meine Getreuen», rief Havgan, «tragt mich jetzt fort, denn mein Ende ist nun gewiß. Ich kann nicht länger euer Schutzherr sein.»

«Ihr Herren», rief darauf jener, der an Arawns Stelle kämpfte, «besprecht euch und überlegt, ob ihr nicht zu mir übertreten wollt.»

Und sie antworteten: «Das wollen wir. Es gibt keinen König außer euch in Annwvyn.»

«Gut denn», antwortete er, «jene, die sich unterwerfen, sollen mir willkommen sein. Jene aber, die sich weigern, sollen mit dem Schwert dazu gezwungen werden.»

Da huldigten ihm diese Männer, und er begann in dieses Land einzudringen, und am Mittag des folgenden Tages waren beide Reiche vereinigt unter seiner Herrschaft. Sein Versprechen hielt er und kam darauf nach Glynn Cuch.

Als er nun dorthin kam, wartete Arawn schon auf ihn, und beide freuten sich, einander wiederzusehen.

«Wahrlich», sprach Arawn, «möge dich der Himmel für deinen Freundesdienst an mir belohnen. Ich habe von allem gehört. Wenn du in dein Reich kommst, wirst du sehen, was ich für dich getan habe.»

«Was immer du getan hast», erwiderte Pwyll, «möge der Himmel es dir lohnen.»

Dann gab Arawn durch Zauber Pwyll seine rechte Gestalt und sein Aussehen wieder und nahm seinerseits seine ursprüngliche Gestalt an, und Arawn brach auf zum Hof von Annwvyn. Freude überkam ihn, als er sein Heer und seinen Haushalt wieder vor sich sah. Alle hatte er so lange nicht gesehen, aber sie hatten von seiner Abwesenheit nichts bemerkt und waren von seiner Ankunft nicht erstaunter als gewöhnlich.

Er verbrachte den Tag in Gesprächen mit seinem Weib und seinen Rittern, und als es Zeit wurde, dem Trinken und Vergnügungen ein Ende zu machen, ging er zu Bett.

Da kam seine Frau zu ihm und sogleich begann er mit ihr zu reden, nahm sie in die Arme und berührte ihre Brüste und ihre Schenkel. Das war in dem vergangenen Jahr nie geschehen, und sie dachte: ‹Herr im Himmel, wie anders ist er doch heute als in der ganzen Zeit zuvor.›

Sie dachte lange darüber nach. Er schlief mit ihr, und danach sprach er zu ihr, aber sie gab keine Antwort. Er schlief mit ihr ein zweites und ein drittes Mal und redete sie danach an, aber wieder sagte sie nichts.

«Warum antwortest du mir nicht?» fragte er, worauf sie sprach: «Man kann wohl auch das Antworten verlernen. Du hast ein ganzes Jahr im Bett nicht mit mir gesprochen.»

«Ach was», sagte er, «wir haben uns doch immer im Bett unterhalten.»

«Schande über mich, wenn seit einem Jahr in diesem Bett zwischen uns ein Wort gewechselt worden ist oder du mich in der ganzen langen Zeit auch nur ein einziges Mal berührt hast. In all den Nächten hast du stets mit abgewandtem Gesicht geschlafen und meine Augen durften sich an deinem Rücken erfreuen.»

Da dachte Arawn bei sich:

‹Herr im Himmel, was für einen treuen Freund habe ich doch mit diesem Mann gewonnen.›

Und er sprach zu seinem Weib:

«Liebste, zürne mir nicht, denn das ganze Jahr habe ich nicht bei dir gelegen, noch bei dir geschlafen.» Er erklärte ihr, was sich zugetragen hatte, und sie sagte:

«Dies sprech ich vor Gott, wahrlich, du mußt einen starken Pakt mit diesem Mann geschlossen haben, denn dieser Mann, der an deiner Stelle hier lag, ist nie den Versuchungen der Fleischeslust erlegen. Vielmehr hat er dir unbedingt die Treue gehalten.»

«Weib», sprach er darauf, «dies waren auch meine Gedanken, als ich eben schwieg.»

Unterdessen war Pwyll, Herr von Dyved, in seinem Land und Königreich angekommen, und er begann, seine Ritter zu befragen, wie sie mit seiner Regierung im vergangenen Jahr im Vergleich mit anderen Jahren zuvor, zufrieden gewesen seien.

«Herr», antworteten sie, «nie war deine Klugheit ersichtlicher, nie warst du so freundlich zu uns, nie zuvor hast du großzügig so viele Geschenke an uns ausgeteilt.»

«Beim Himmel», sprach Pwyll, «ihr solltet dafür jenem Mann danken, der statt meiner bei euch war.»

Und er erzählte ihnen, was sich zugetragen hatte.

«Danken wir Gott», sprachen sie, «daß Ihr einen solchen Freund gewonnen habt. Denn an der Art zu regieren, wie wir sie im vergangenen Jahr kennengelernt haben, werdet Ihr hoffentlich auch in Zukunft nichts ändern.»

«Zwischen mir und Gott», sagte Pwyll, «das werde ich wahrlich nicht.»

Und von da an hielten sie gute feste Freundschaft, und jeder schickte dem anderen Pferde, Windhunde und Falken und solche Schätze, von denen er annahm, daß der andere daran seine Freude hätte.

Und weil er ein Jahr in Annwvyn verbracht, das Land glücklich regiert und durch seinen Mut beide Königreiche innerhalb eines Tages vereinigt hatte, ging nun der Name Pwyll, Prinz von Dyved, unter, und er wurde Pwyll, Oberhaupt von Annwvyn, von dieser Zeit an genannt.

Einmal nun befand sich Pwyll in Arberth, seinem wichtigsten Schloß, wo ein Fest für ihn ausgerichtet worden war, und bei ihm war eine große Schar von Männern. Als sie sich nun von der Festtafel erhoben, unternahmen sie einen Spaziergang. Sie stiegen auf einen Hügel hinter dem Schloß, der Gorsedd Arberth genannt wird.

Da sprach einer der Männer zu Pwyll:

«Herr, das hier ist ein merkwürdiger Hügel. Denn wenn jemand sich auf ihm niedersetzt, empfängt er entweder Schwertstreiche und trägt Wunden davon oder aber er sieht ein Wunder.»

«Nun, mit so vielen guten Rittern aus meinem Gefolge um mich», sprach Pwyll lachend, «werden mich wohl keine Schläge treffen, und ich werde auch keine Wunde davontragen. Was aber ein Wunder angeht, so hätte ich nichts dagegen einzuwenden, eines zu erleben. Also will ich mich hinsetzen.»

Das tat er. Und als er nun da saß, sah er eine Frau auf einem großen reinweißen Pferd mit Kleidern aus leuchtendem Gold auf der Straße, die am Fuße des Hügels verläuft, vorbeireiten. Ein jeder, der sie sah, meinte, das Pferd bewege sich ganz langsam fort.

«Männer», sprach Pwyll, «kennt jemand unter euch diese Frau?»

«Nein, Herr», antworteten sie.

«Dann soll einer von euch hinabsteigen und herausfinden, wer sie ist!»

Ein Mann stand auf, aber als er zur Straße kam, war die Frau schon verschwunden. Er folgte ihr zu Fuß so rasch er konnte. Er sah sie wieder vor sich. Aber je schneller er lief, desto weiter entfernte sie sich von ihm, und als er einsah, daß es vergebliche Mühe war zu versuchen, sie noch einzuholen, kehrte er wieder um und sagte, als er vor Pwyll stand: «Herr, es ist müßig, ihr zu Fuß folgen zu wollen.»

«Nun gut», erwiderte Pwyll, «dann hol dir rasch ein Pferd und setz ihr nach.»

Er holte sich also ein Pferd und ritt ihr hinterher. Er kam auf eine offene Ebene und gab dem Tier die Sporen, aber je mehr er es antrieb, desto größer wurde der Abstand zwischen ihm und der Reiterin, obgleich ihr Pferd offenbar nicht schneller lief als zuvor.

Sein Pferd wurde müde, und als es schließlich nur noch im Schritt ging, wendete er und kehrte zu der Stelle zurück, an der Pwyll wartete.

«Herr», sprach er, «es hat keinen Zweck, dieser Frau zu folgen. Ich ritt das schnellste Pferd aus unserem Stall, und es war mir damit nicht möglich, sie einzuholen.»

«Nun gut», sprach Pwyll, «es wird wohl irgendeine verborgene Bewandtnis damit haben, laßt uns ins Schloß zurückkehren.»

So geschah es, und sie verbrachten den Tag dort und den nächsten Tag auch, bis es Zeit wurde, das Fleischgericht zu essen. Nach dem ersten Gang sagte Pwyll: «Nun sollen alle, die gestern auch mit dabei waren, mich zum Hügel begleiten. Und du», sagte er zu einem jungen Burschen, «hol das schnellste Pferd von der Weide.»

Das tat der junge Mann. Sie bestiegen den Hügel und führten das Pferd mit sich, und als sie dort oben saßen, sahen sie wieder die Frau auf demselben Pferd und im selben Gewand auf der Landstraße daherreiten. «Schau an», sagte Pwyll, «da ist sie wieder. Mach dich bereit, Junge, und finde heraus, wer sie ist.»

«Gern, Herr», rief der Junge. Die Frau ritt jetzt unmittelbar am Fuß des Hügels dahin, etwa auf gleicher Höhe mit ihnen. Der Junge sprang in den Sattel, aber ehe er anreiten konnte, lag schon wieder ein beträchtlicher Abstand zwischen der Gruppe der Männer auf dem Hügel und der Reiterin. Zuerst trieb er sein Pferd nicht übermäßig an, denn es schien ganz leicht, sie einzuholen. Aber das war eine Täuschung. Als er nun aber rascher ritt, kam er ihr auch nicht näher, als wenn er ihr zu Fuß gefolgt wäre. Da machte er kehrt, kam vor Pwyll und sprach:

«Herr, dieses Pferd, auf dem ich sitze, ist ausgezeichnet gegangen, aber es ist sinnlos. Diese Reiterin vermag niemand einzuholen.»

«Seltsam», sagte Pwyll, «mir kommt es so vor, als wolle sie uns auf sich aufmerksam machen. Laß uns ins Schloß zurückkehren.»

Das taten sie und verbrachten die Nacht mit Singen, Erzählen und Gesprächen und fuhren fort damit am nächsten Tag, und als sie beim Essen das Fleisch verzehrt hatten, sagte Pwyll:

«Wo sind die Männer, die gestern und am Tag zuvor mit auf dem Hügel gewesen sind?»

«Hier sind wir, Herr!»

«Dann laßt uns jetzt noch einmal hinaufsteigen und uns dort hinsetzen. Und du», sagte Pwyll zu dem Stallburschen, «sattle mir mein Pferd, halt es am Rand der Landstraße bereit und bring auch die Sporen mit.»

Das tat der Junge.

Die Männer aber erklommen den Hügel, setzten sich und sahen kurz darauf die Reiterin auf der Landstraße herankommen, in derselben Kleidung und in derselben Gangart reitend wie an den Tagen zuvor. «Junge», rief Pwyll, «jetzt gilt es. Rasch, mein Pferd.»

Er rannte den Abhang hinunter, schwang sich in den Sattel, aber kaum saß er auf dem Rücken des Pferdes, da war die Frau auch schon an ihm vorbei. Er trieb sein Pferd an und setzte ihr nach, und es schien ihm, als könne er sie auf kurz oder lang überholen. Doch der Abstand zwischen ihr und ihm verringerte sich nicht. Er gab seinem Pferd die Sporen, und nun merkte er, daß der Abstand sogar noch größer wurde . . .

Da rief er: «Mädchen, im Namen dessen, den Ihr am meisten liebt, wartet auf mich!»

«Ich habe einen Auftrag», sagte sie, «und ich bin froh, daß ich Euch treffe.»

Das Mädchen hielt inne, und sie hob den Schleier, der vor ihrem Gesicht hing.

«Ich heiße Euch willkommen», sagte Pwyll und es kam ihm vor, als habe er nie ein schöneres Mädchen oder eine schönere Frau zu Gesicht bekommen. «Erzählt mir von Eurem Anliegen.»

«Zwischen mir und Gott. Mein wichtigstes Anliegen war, Euch zu treffen.»

«Das ist Euch gelungen. Sagt mir bitte Euren Namen.»

«Auch das will ich gern tun», sagte sie, «ich bin Rhiannon, die Tochter des Heveydd Hên, und sie versuchten, mir einen Gatten wider meinen Willen aufzuzwingen. Aber ich will ihn nicht zum Manne, weil ich Euch liebe. Und wenn Ihr mich abweist, will ich gar keines Mannes Weib werden. Um Eure Antwort zu hören, bin ich hergekommen.»

«Beim Himmel», sagte Pwyll, «hier ist meine Antwort. Könnte ich unter allen Mädchen und Frauen der Welt wählen, ich würde mich für Euch entscheiden.»

«Nun, wenn so Euer Sinn steht», erwiderte sie, «dann gebt mir Euer Wort, mich zu treffen, ehe ich an einen anderen gegeben werde.»

«Je früher desto besser», sagte Pwyll, «und den Ort, an dem ich Euch treffen soll, mögt Ihr selbst festsetzen.»

«Gut, kommt heute in einem Jahr in Heveydds Palast. Ich will dafür sorgen, daß zu Eurem Empfang ein Fest ausgerichtet wird.»

«Frohen Herzens will ich diese Verabredung einhalten», sagte Pwyll.

«Lebt wohl, Herr, und vergeßt nicht, was Ihr versprochen habt. Ich muß jetzt fort.»

So schieden sie, und er kehrte zurück zu den Rittern und den Männern seines Gefolges. Wann immer aber jemand nach dieser Frau fragte, verstand er es, das Gespräch auf etwas anderes zu bringen.

Das Jahr verging, und als die rechte Zeit da war, hieß er hundert Ritter sich wappnen und ihm zum Palast von Heveydd Hên folgen. Dort wurden sie mit großer Freude empfangen. Die Vorbereitungen für das Fest waren alle getroffen. Die Halle war gerichtet. Sie traten ein und setzten sich. Heveydd saß auf der einen Seite von Pwyll und Rhiannon auf der anderen, und alle bekamen einen Platz gemäß ihrem Rang. Sie aßen und tranken und unterhielten sich, und als sie nach dem ersten Gang zu zechen begannen, sahen sie einen großgewachsenen Mann mit kastanienbraunem Haar in Seidenkleidern die Halle betreten. Er kam zum oberen Ende der Tafel und begrüßte dort Pwyll und seine Gefährten.

«Gottes Gnade mit Euch, Freund», rief Pwyll ihm zu, «kommt, setzt Euch zu uns.»

«Das werde ich nicht tun, denn ich bin ein Freier und habe einen Auftrag.»

«Dann sprecht nur offen heraus», sagte Pwyll.

«Nun, Herr, mein Auftrag betrifft Euch. Ich erbitte, daß ihr Euch zu etwas verpflichtet.»

«Was immer Ihr auch erbittet, sofern es in meiner Macht liegt, soll Euer Wunsch erfüllt werden.»

«Ach, wie konntet Ihr nur so leichtsinnig sein», rief Rhiannon dazwischen.

«Alle hier an der Tafel haben gehört, daß mir ein Wunsch freisteht», rief der junge Mann.

«Bei meiner Seele», sagte Pwyll, «was also verlangt Ihr?»

«Die Frau, die ich vor allen anderen liebe, soll Euch heute abend zur Braut gegeben werden. Ich wünsche mir, daß Ihr sie an mich abtretet.»

Pwyll hatte es die Sprache verschlagen. «Ja, schweigt nur so lange Ihr wollt», sagte Rhiannon, «nie machte ein Mann schlechteren Gebrauch von seinem Verstand als Ihr.»

«Frau», erwiderte Pwyll, «ich wußte nicht, wer er war.»

«Dann wißt jetzt, daß dies der Mann ist, den ich gegen meinen Willen heiraten soll. Er heißt Gwawl, Sohn des Clud, eines mächtigen Fürsten, der über viele Ritter gebietet. Da Ihr ihm Euer Wort gegeben habt, muß ich nun wohl oder übel in die Hochzeit mit ihm einwilligen, wenn nicht Schande über Euch kommen soll.»

«Frau», sagte er, «ich begreife nicht, wie Ihr so reden könnt. Nie werde ich zulassen, was Ihr da vorschlagt.»

«Sagt ihm nur zu», sprach sie, «ich will es schon einzurichten wissen, daß ich nie sein werde.»

«Aber wie sollte das zugehen?» fragte Pwyll.

«Ich werde Euch einen kleinen Sack geben, den Ihr immer behalten müßt. Der Mann wird Euch bitten, das Fest auszurichten, aber eben das steht nicht in Eurer Macht. Ihr könnt es ihm nicht versprechen, denn es ist Sitte, daß die Braut das Bankett ausrichtet. In diesem Sinn müßt Ihr ihm antworten. Ich aber will ihm versprechen, seine Braut zu werden, auf den Abend genau in zwölf Monaten. Am Ende dieses Jahres müßt auch Ihr zur Stelle sein. Bringt auch diesen Sack mit und hundert Ritter, die laßt im Obstgarten hinter der Halle warten. Wenn Gwawl mitten beim Essen und Zechen ist, müßt Ihr in schäbigen Kleidern mit dem Sack in der Hand eintreten und ihn bitten, Euch diesen Sack mit Speisen zu füllen. Ich aber will durch Zauber dafür sorgen, daß er niemals voll wird, und würde man alle Speisen und Getränke aus sieben Cantrevs zusammentragen.

Nachdem schon viel hineingefüllt worden ist, wird Gwawl Euch fragen, ob denn dieser verdammte Sack niemals voll werde. Dann müßt Ihr ihm erklären, daß ein Mann von edler Herkunft in den Sack steigen und die Speisen mit beiden Füßen herunterdrücken müsse. Und dabei solle er sagen: ‹Jetzt ist es genug, Sack!›

Ich werde Gwawl überreden, dieses Gebot zu erfüllen. Kommt er nun, um die Bedingung zu erfüllen, so streift Ihr ihm den Sack rasch über den Kopf und bindet ihn oben ab. Ihr müßt ein Jagdhorn bei Euch tragen. Und ist Gwawl erst im Sack verschnürt, so gebt Ihr damit den Rittern draußen ein Zeichen. Darauf stürmen sie in den Saal und hauen auf den Sack so lange ein, bis Gwawl um Gnade bittet oder aber zu Tode kommt.»

«Herr», sprach Gwawl, «meint Ihr nicht auch, daß es längst an der Zeit wäre, auf meine Bitte zu antworten?»

Pwyll sprach: «Von dem, was du erbeten hast, soll all das geschehen, was in meiner Macht steht.»

«Freund», sagte Rhiannon, «was dieses Fest heute betrifft, so ist es zu Ehren der Männer aus Dyved veranstaltet worden. Somit kann es auch niemand anderem gewidmet sein als ihnen. Aber in einem Jahr, auf den Abend genau, will ich an diesem Hof ein Fest für Euch, mein Freund, ausrichten, und danach will ich Eure Braut werden.»

Gwawl zog fort, in das Land, das er besaß, und Pwyll kehrte nach Dyved zurück, und beide verbrachten sie das ganze Jahr damit, ungeduldig auf das Fest am Hofe von Heveydd, dem Alten, zu warten. Gwawl, Sohn des Clud, brach zu dem versprochenen Fest auf, und als er am Hof eintraf, wurde er freundlich empfangen.

Pwyll aber kam in den Obstgarten mit seinen hundert Rittern und seinem Sack, gerade so, wie ihn Rhiannon geheißen hatte. Er trug schäbige Kleider und zerfetzte Stiefel an den Füßen.

Als er nun hörte, daß die drinnen den ersten Gang schon verspeist hatten, betrat er die Halle, ging zum oberen Ende der Tafel und begrüßte Gwawl und dessen Begleiter.

«Gott sei mit dir», sagte Gwawl, «seinen Segen auf dich.»

«Gott soll es Euch danken», sprach Pwyll, «ich bin ein Bettler.»

«Deine Bitte soll erfüllt werden, wenn sie nicht gar zu unbescheiden ist.»

«Ganz und gar nicht unbescheiden, Herr. Laßt nur diesen kleinen Sack hier für mich mit Nahrung füllen.»

«Wirklich eine bescheidene Bitte. Ich will sie gern erfüllen. Bringt Speisen!» rief Gwawl.

Zahlreiche Diener sprangen herbei und fingen an, den Sack zu füllen, aber wieviel sie immer auch hineinwarfen, er wurde nicht voll.

«Bettler, was hast du da für einen seltsamen Sack?» fragte Gwawl.

«Zwischen mir und Gott, er füllt sich immer nur dann,

wenn ein Mann, der auch Land besitzt, die Speisen mit beiden Füßen niedertritt und spricht: Jetzt ist es genug, Sack!»

«Tut doch das, Freund», forderte Rhiannon Gwawl auf, «damit wir endlich mit dieser Sache zu Ende kommen.»

«Ei, warum denn nicht», sagte Gwawl und stand auf. Sofort aber warf ihm Pwyll den Sack über den Kopf, band ihn oben zu und stieß in sein Jagdhorn.

Da stürzten seine Ritter aus dem Obstgarten herein und ergriffen alle Krieger, die mit Gwawl gekommen waren, während Pwyll seine zerlumpten Kleider fortwarf und seine zerrissenen Stiefel auch.

Im Hereinstürmen aber schlug jeder von Pwylls Männern auf den verknoteten Sack und fragte:

«Was ist das nur?»

«Ein Dachs», antworteten die anderen.

Und die hinterdreinkamen hielten es für ein Spiel. Jeder Mann trat mit der Fußsohle auf den Sack oder hieb mit einem Knüppel darauf, und während er es tat, fragte er:

«Was ist das für ein neues Spiel, das hier gespielt wird?»

Die anderen antworteten dann:

«Das ist das Spiel vom Dachs im Sack.»

«Herr», rief Gwawl unter dem Sacktuch hervor, «wenn Ihr mir nur einen Augenblick Gehör schenken wolltet. In einem Sack den Tod zu finden, will mir als ein gar zu schmähliches Ende vorkommen.»

«Das stimmt», sagte Heveydd, der Alte, «ich meine, auf so jämmerliche Weise zu sterben – das hat er nicht verdient.»

«Was soll ich tun?» fragte Pwyll zögernd, denn er wollte nicht noch einmal überlistet werden.

Rhiannon aber riet ihm: «Laßt Gwawl frei, aber besteht darauf, daß er zuvor jeden Anspruch auf mich abschwört. Und laßt ihn auch schwören, daß er keine Rache üben wird.»

«Dazu bin ich bereit», rief der Mann mit dem Sack über dem Kopf.

«Nun gut denn», sagte Pwyll, «einen Rat, den Heveydd und Rhiannon geben, nehme ich gern an.»

Und also tat Gwawl Verzicht auf das Mädchen und beschwor, keine Rache zu üben, weder an Heveydd noch an Pwyll und Rhiannon. Und als dies geschehen war, brachten sie ihn in ein heilkräftiges Bad, damit seine Wunden sich schlossen. Darauf stellte er Geiseln und ritt fort in sein Königreich.

Dann wurde die Halle für Pwyll und seine Gefährten und für die Männer Heveydds hergerichtet. Sie kamen herein und setzten sich so, wie sie vor einem Jahr an der Tafel beisammengesessen hatten. Sie aßen und zechten, und als es Schlafenszeit war, nahm Pwyll Rhiannon, führte sie in die Kammer, löste die Schleife an ihrem Gewand, daß ihr Schoß nackt ward und erkannte sie als sein Weib. Und sie schliefen in dieser Nacht zusammen voller Lust.

Am anderen Morgen sprach Rhiannon:

«Herr, steh jetzt auf und teile Gaben aus unter den Fahrenden Sängern und verweigere niemandem, was er sich wünscht, und tu dies als Zeichen, daß ich gern dein Weib bin.»

«Mit Freuden», sagte Pwyll, «und so soll es sein heute und alle Tage, so lange das Fest währt.»

Er erhob sich und gebot Ruhe und forderte dann alle Bettler und Fahrenden Sänger auf, sich vorzustellen, und unter alle ließ er austeilen, was ihr Herz begehrte. Als dies geschehen war, ging das Fest weiter und weiter, und solange es währte, wurde keiner abgewiesen, der sich etwas erbat.

Als das Feiern dann ein Ende hatte, sprach Pwyll zu Heveydd:

«Mit Eurer Erlaubnis, Herr, morgen will ich nach Dyved davonziehen.»

«Gott leite dich», erwiderte Heveydd, «und ich will eine Zeit setzen, nach deren Verlauf Rhiannon dir folgen soll.»

«Zwischen Gott und mir, wir reisen zusammen.»

«Ist das wirklich dein Wille?»

«Zwischen mir und Gott: so muß es sein, sind wir doch Mann und Frau.»

Am nächsten Tag reisten sie ab und hielten Hof zu Arberth, wo ebenfalls ein Fest für sie ausgerichtet wurde. Alle wichtigen Männer und Frauen des Reiches kamen, und keiner, auch nicht ein einziger, ging, ohne von Rhiannon ein Geschenk erhalten zu haben – eine Brosche, einen Ring oder einen kostbaren Stein. Pwyll und Rhiannon regierten glücklich im ersten Jahr und im zweiten. Im dritten Jahr jedoch begannen sich die Männer von Dyved Gedanken darüber zu machen, daß der Mann, den sie als ihren Herrscher anerkannten, immer noch ohne Nachkommen war. Also erbaten sie von Pwyll eine Unterredung.

«Herr», sprachen sie da, «wir wissen wohl, daß du noch nicht eigentlich alt bist, aber wir fürchten, daß dein Weib keine Kinder gebären wird. Nimm eine andere Frau, damit du einen Erben bekommst. Du wirst nicht ewig leben. Und es muß sichergestellt sein, daß auch dann jemand mit Vernunft und Stärke über das Land herrscht.»

«Nun», sprach Pwyll, «bedenkt doch, daß Rhiannon und ich noch gar nicht so lange miteinander schlafen, und was nicht ist, kann noch werden. Gebt mir noch ein Jahr. Dann wollen wir wieder zusammenkommen. Dann will ich wieder euren Rat suchen.»

So setzten sie eine Frist, aber ehe das Jahr um war, gebar Rhiannon in Arberth einen Sohn.

In der Nacht der Geburt kamen Frauen in die Kammer, um nach der Mutter und dem Kind zu schauen, und Rhiannon schlief tief und fest.

Sechs Frauen wachten in der Kammer, aber ehe es Mitternacht war, schliefen auch sie alle und wachten erst bei Morgengrauen wieder auf. Als sie nun die Augen aufschlugen und sich umblickten, war nirgends eine Spur des Neugeborenen. Es schien verschwunden.

«O weh! Der Junge ist verloren!» rief eine Frau.

«O weh», rief eine andere, «gewiß wird man uns wegen unserer Unachtsamkeit bestrafen.»

«Gibt es denn für uns gar keine Hoffnung?»

«Doch . . . hört, ich habe einen guten Plan.»

«Und der wäre?» fragten die anderen.

«Es gibt einen Rehpinscher hier, und die Hündin hat Junge. Wir werden einige davon töten und Rhiannons Hände und ihr Gesicht heimlich mit Blut beschmieren, damit es so aussieht, als habe sie ihr eigenes Kind umgebracht. Wenn es hart auf hart kommt, steht ihr Wort gegen das von uns sechs.» Alle stimmten zu, diesen Plan in die Tat umzusetzen. Und als es hell wurde, erwachte Rhiannon und fragte:

«Frauen, wo ist mein Kind?»

«Liebe Herrin», antworteten sie, «uns darf man nach dem Kind nicht fragen. Wir sind voller Beulen und Kratzer, so hat man uns zugesetzt. Noch nie zuvor haben wir es mit einer Wöchnerin zu tun gehabt, die solche Kräfte hatte. Aber es war alles umsonst.»

«Was soll das heißen», sagte Rhiannon, «ihr armen Seelen: bei Gott, dem Herrn, der um alle Dinge weiß, redet nicht falsch Zeugnis wider mich. Gott weiß, daß ihr die Unwahrheit sprecht. Wenn ihr Angst habt, so sagt es. Ich werde euch schützen.»

«Gott weiß, daß wir nie darauf kämen, die Unwahrheit zu sprechen», erwiderten die Frauen heuchlerisch.

«Ihr armen Seelen . . . . euch wird man keinen Vorwurf machen. Dafür verbürge ich mich!»

Aber wie eifrig sie auch den Frauen gut zuredete, sie blieben bei ihrer Behauptung, Rhiannon habe ihren eigenen Sohn umgebracht, trotz aller Anstrengungen hätten sie sie nicht daran hindern können.

Um diese Zeit stand Pwyll auf, und der Vorfall blieb vor ihm nicht geheim.

Die Geschichte sprach sich im Land herum. Die Edlen und Ritter hörten davon. Sie versammelten sich, schickten Boten zu Pwyll und verlangten von ihm, sich von seiner unmenschlichen Frau zu trennen.

Pwyll ließ ihnen antworten:

«Ihr habt keinen Anlaß, dies von mir zu verlangen, es sei denn, meine Ehe bliebe kinderlos. Aber da mein Weib ein Kind geboren hat, will ich nicht von ihr lassen. Hat sie Böses getan, so soll sie dafür bestraft werden.»

Rhiannon rief Lehrer und weise Männer und befragte sie, aber auch diese vermochten das Verschwinden des Kindes nicht aufzuklären. Da sie es überdrüssig war, weiter mit den Weibern, die bei ihr gewacht hatten, zu streiten, verbüßte sie eine Strafe. Sie mußte sieben Jahre auf dem Hof von Arberth bleiben und jeden Morgen auf dem Stein sitzen, an dem man die Pferde anband; und jedem, der es nicht schon wußte, mußte sie erzählen, was geschehen war. Auch mußte sie Fremden und Besuchern anbieten, sie auf ihrem Rücken in den Hof hinein zu tragen. Es kam allerdings selten vor, daß jemand von diesem Angebot Gebrauch machte.

Ein Jahr verging.

Um diese Zeit war der Herr-Unter-Den-Wäldern in Gwent Teirnon Twrvliant, der beste Mann auf der irdischen Welt. Teirnon aber besaß eine Stute in seinem Haus, und es war das schönste Pferd im ganzen Reich.

In jeder Walpurgisnacht fohlte sie, aber nie bekam man das Fohlen zu Gesicht. Immer schleppte es jemand fort.

Eines Abends nun sprach Teirnon zu seinem Weib:

«Frau, was sind wir doch Narren. Jedes Jahr verlieren wir das Fohlen, das das Tier wirft.»

«Aber was läßt sich da tun?»

«Heute ist Walpurgisnacht», sagte Teirnon, «Gott soll es

an mir rächen, wenn ich nicht herausfinde, was mit dem Fohlen geschieht.»

Also ließ er die Stute hereinbringen, während er sich bewaffnete, und darauf hielt er bei ihr Wache. Als es Nacht wurde, fohlte die Stute und brachte ein großes Fohlen ohne Fehl zur Welt.

Teirnon fiel auf, wie groß das Tier war, aber als er sich aufrichtete, vernahm er einen fürchterlichen Lärm. Eine gewaltige Klaue griff durch das Fenster und packte das Fohlen. Teirmon zog sein Schwert und hieb dem, der das Tier offensichtlich stehlen wollte, den Arm bis zum Ellbogen ab, so daß das Fohlen und ein Teil des Arms zurück ins Zimmer fielen. Wieder erhob sich ein großer Lärm, und zugleich hörte er einen Schrei. Er stieß die Tür auf und sprang in Richtung auf das Geräusch hin, aber die Nacht war stockdunkel, so daß er nichts zu erkennen vermochte.

Er wollte weiterlaufen und das Diebesgesindel verfolgen, als er sich daran erinnerte, daß er die Tür aufgelassen hatte, und als er deswegen umkehrte, fand er auf der Schwelle einen kleinen Jungen in lose Tücher und einen seidenen Mantel eingehüllt.

Teirnon nahm das Kind auf und stellte fest, daß es für sein Alter recht kräftig war. Er schloß die Haustür und ging zur Kammer seiner Frau.

«Weib, schläfst du?»

«Nein, Herr. Ich habe geschlafen, aber als du hereinkamst, bin ich aufgewacht.»

«Hier ist ein Kind für dich, wenn du es annehmen magst, denn wir selbst hatten ja nie eines.»

«Herr, was ist das für eine Geschichte», sagte sie, und er erzählte ihr, was er erlebt hatte.

«Sieh nur, in was für feines Tuch der Junge eingehüllt ist.»

«In einen Mantel aus Seide!»

«Dann muß es der Sohn reicher Leute sein, Herr. Und

vielleicht erwächst uns daraus Trost und Freude. Ich will ein paar Frauen ins Vertrauen ziehen. Wir werden sagen, ich sei schwanger gewesen.»

«Tu, wie du meinst», sagte Teirnon . . .

Der Junge wurde getauft, so wie es damals üblich war, und er erhielt den Namen Gwri Goldhaar, weil sein Haupthaar die Farbe von Gold hatte. Er wurde aufgezogen am Hof. Ehe er ein Jahr alt war, konnte er schon laufen und war so kräftig wie ein gesunder Dreijähriger. Am Ende des zweiten Jahres war er so groß wie ein sechsjähriger Junge, und als er vier war, stritt er sich mit dem Stalljungen darum, wer von beiden das Wasser für die Pferde holen solle.

«Herr», sprach Teirnons Weib, «wo ist eigentlich das Fohlen, das in jener Nacht zur Welt kam, als du den Jungen gefunden hast?»

«Ich habe es dem Stallburschen zur Pflege übergeben», antwortete Teirnon.

«Wäre es nicht gut, wenn man es zureiten und dem Jungen geben würde, den wir in der Nacht, als das Fohlen zur Welt kam, auf der Türschwelle fanden?»

«Das ist ein guter Vorschlag. Er soll das Pferd bekommen.»

So erhielt der Junge das Pferd, und Teirnons Frau ging zu den Stallburschen und Kutschern und hieß diese das Tier zureiten, damit der Junge es zu seiner Verfügung habe, sobald er alt genug sei, um es selbst zu reiten.

Unterdessen hatten sie von Rhiannons Mißgeschick und ihrer Bestrafung gehört, und da er Mitleid empfand, dachte Teirnon über all das nach und betrachtete das Kind, das sie gefunden hatten, genau. Da fiel ihm auf, daß der Junge Pwyll erstaunlich ähnlich sah.

Pwylls Aussehen war Teirnon wohlbekannt, denn er war einer seiner Ritter gewesen.

Darauf überkam Teirnon große Furcht. Er sagte sich, es sei

ungerecht, ein Kind zu behalten, das eines anderen Mannes Sohn sei. Als sie allein waren, sprach er mit seiner Frau darüber, und sie war es, die ihm riet, Gwri zu Pwyll zu schicken.

«Wir können nur gewinnen dabei», meinte die Frau, «nämlich auf dreifache Weise: Segen, weil wir Rhiannon von ihrer ungerechten Strafe erlösen, Dank von Pwyll, der sich freuen wird, nun doch einen Sohn zu haben, und Dank auch von dem Jungen selbst. Und wenn er einmal groß ist, wer weiß, vielleicht kehrt er dann zu uns als Ziehsohn zurück.»

Also beschlossen sie, den Jungen zurückzugeben. Am nächsten Tag schon ritt Teirnon mit drei Gefährten und dem Jungen nach Arberth.

Als sie den Hof erreichten, sahen sie Rhiannon, die auf dem Schandstein saß, und als sie nahe herankamen, redete sie sie an:

«Häuptling, kommt, wenn Ihr wollt, werde ich Euch in den Hof tragen. Dies ist als Strafe über mich verhängt, weil ich angeblich meinen eigenen Sohn umgebracht habe.»

«Liebe Frau», antwortete Teirnon, «keiner von uns will sich von Euch tragen lassen.»

«Mag sich tragen lassen, wer will. Ich jedenfalls nicht», rief der Junge.

Als sie in den Hof kamen, war große Freude über ihren Besuch. Ein Fest wurde ausgerichtet. Pwyll selbst war gerade von einem Rundritt durch Dyved zurückgekommen. Alle wuschen sich vor dem Mahl. Pwyll war froh, Teirnon einmal wiederzusehen.

Nach dem ersten Gang des Essens begannen sie zu schwatzen und zu zechen, und Teirnon erzählte seine Geschichte von der Stute und dem Kind, und wie er dieses seiner Frau in Obhut gegeben hatte. Und dann sprach er zu Rhiannon:

«Liebe Frau, seht dort, das ist Euer Sohn, und wer anderes behauptet, der hat wahrlich gelogen. Als ich von Eurem Kummer hörte, ergriff mich Furcht. Ich denke, keiner hier am Tisch wird bestreiten wollen, daß dieser Jungen Pwylls Sohn ist.»

«Nach dem, was wir gehört haben, steht das außer Zweifel», sagten alle.

«Zwischen mir und Gott», sagte Rhiannon«, «welche Last wäre von mir genommen, wenn das, was wir gehört haben, wahr wäre.»

«Frau, Ihr habt Euren Sohn recht benannt», sprach Pwyll, «Pryderi ist ein Name, der zu ihm paßt.»

Rhiannon antwortete: «Fragt ihn, ob ihm nicht sein jetziger Name besser gefällt.»

«Wie wird er denn gerufen?» fragte Pwyll.

«Wir rufen ihn Gwri Goldhaar.»

«Dann soll sein Name doch Pryderi sein», sagte Pwyll, «denn er paßt zu ihm und zu dem, was seine Mutter sagte, als sie die gute Nachricht empfing.» Und weiter sprach Pwyll: «Dir Gottes Dank, Teirnon, daß du den Jungen die ganze Zeit über großgezogen hast. Wenn aus ihm ein guter Mann wird, so ist das auch dein Verdienst.»

«Herr, meine Frau hat den Jungen aufgezogen, und niemand grämt sich mehr über den Verlust, den wir nun erleiden, als sie. Um ihretwillen soll er daran denken, was wir für ihn getan haben.»

«Zwischen mir und Gott», sagte Pwyll, «ich will für euch beide sorgen, so lange ich lebe, und wenn meine Ritter einverstanden sind, so soll Pryderi zu Penderan Dyved geschickt werden und bei diesem als Ziehsohn aufwachsen.»

Damit waren alle einverstanden, und so geschah es. Pryderi, Sohn des Pwyll, wurde mit Sorgfalt erzogen, wie es recht ist. Er war ein hübscher Bursche und war auf jedem Fest des Königreiches zu sehen. Die Jahre vergingen. Pwylls Leben neigte sich dem Ende entgegen, und schließlich starb er. Pryderi regierte die sieben Cantrevs von Dyved mit Geschick. Alle mochten ihn gern. Er eroberte die drei Cantrevs von Ystead Tywi und fügte sie seinem Königreich hinzu, und bald darauf nahm er auch die vier Cantrevs von Keridigyawn in Besitz. Er focht im Feld, bis es Zeit wurde, ein Weib zu nehmen. Dann heiratete er Kigva, Tochter der Gwynn. Und damit endet dieser Zweig des Mabinogi.

2

Branwen, die Tochter des Llŷr (Zweiter Zweig)

Brân, der Sohn des Llŷr, war der gekrönte König dieser Insel und hielt Hof zu London. An einem Nachmittag war er auf seiner Burg bei Harddlech in Ardudwy; er saß auf einem Felsen und sah auf das Meer hinaus, und bei ihm war sein Bruder Manawydan, Sohn des Llŷr; zwei Söhne seiner Mutter, Nissyen und Evnissyen und mehrere Edelleute leisteten ihm ebenfalls dort Gesellschaft. Die beiden Brüder aus der Familie seiner Mutter waren die Söhne von Eurosswydd und Brâns Mutter Penarddun, der Tochter des Beli, Sohn des Mynogan. Einer dieser jungen Männer war ein freundlicher Bursche, der immer versuchte, zwischen streitenden Parteien Frieden zu stiften, und sein Name war Nissyen; Evnissyen jedoch war ein Mann von der Art, die selbst unter einander liebenden Brüdern Streit anzetteln können.

Als nun die Männer dort auf dem Felsen saßen, sahen sie dreizehn Schiffe von der Südküste Irlands herüberkommen und auf die Insel zuhalten, und der Wind blähte ihre Segel, so daß sie rasche Fahrt machten.

«Ich sehe Schiffe, die auf unsere Küste zuhalten», sagte Brân, «verständigt die Männer des Hofes, sie sollen sich bewaffnen und nachsehen gehen, wer die Besucher sind.»

Die Männer machten sich bereit und stiegen hinab zu der Stelle, an der die Schiffe inzwischen angelegt hatten. Und als sie sie aus der Nähe betrachteten, waren sie sicher, noch nie solch wohlgeformte Schiffe zu Gesicht bekommen zu haben.

Auf einem Schiff aber wurde ein Schild an Deck hochgehoben, so daß der Schilddorn zum Himmel ragte, und dies war das Zeichen für die friedlichen Absichten der Fremden. Sie kamen an Land und traten hin vor den König.

«Möge Gott euch gnädig sein», sagte Brân, «willkommen. Und sagt mir, wer ist der Anführer dieser Flotte?»

«Herr, Mallolwch, König von Irland ist hier, und dies sind seine Schiffe.»

«Was ist sein Begehr? Will er an Land kommen?»

«Nein, Herr», erwiderten sie, «erst hat er eine Frage an Euch, und wenn Ihr seiner Bitte nicht entsprecht, wird er seinen Fuß nicht auf die Erde dieses Landes setzen.»

«Und wie lautet seine Bitte?»

«Herr, er will mit Euch ein Bündnis schließen. Und er möchte Branwen, die Tochter des Llŷr, zum Weib. Zwischen der Insel der Mächtigen und unserem Irland soll Waffenbrüderschaft sein. Beide Reiche wären dann mächtiger und hätten Gewinn davon.»

«Sagt ihm, er soll erst einmal an Land kommen. Wir müssen seinen Vorschlag erst beraten», antwortete Brân. Dies wurde Mallolwch ausgerichtet, und er erwiderte: «Ich komme gern.»

An Land kam er und wurde willkommen geheißen. Am anderen Morgen hielten die Männer von der Insel des Mächtigen Rat, und die Entscheidung fiel, Branwen dem König von Irland zum Weib zu geben, wie der dies begehrte. Sie war eine der drei großen Königinnen dieser Insel und das schönste Mädchen auf der ganzen Welt. Eine Zeit wurde angesetzt, zu der das Paar das Beilager abhalten sollte, und dann brachen alle auf. Mallolwch fuhr zu Schiff, und Brân und seine Männer zogen über Land, bis sie nach Aberffraw kamen. Dort begann dann das Fest, und auf der einen Seite der Tafel saß der König von der Insel der Mächtigen mit Manawydan, Sohn des Llŷr, auf der anderen aber Mallolwch und Branwen.

Sie feierten nicht in einem Haus, sondern in Zelten, denn Brân war von so großer Körpergestalt, daß er nie in einem festen Haus Platz fand.

Sie begannen zu zechen und zu reden, und als es Zeit schien, schlafen zu gehen, suchten sie ihr Lager auf, und in dieser Nacht schlief Mallolwch bei Branwen.

Am nächsten Tag war der ganze Hofstaat zeitig auf den Beinen, und die Leute des Hofstaates besprachen, wo man Mallolwchs Pferde und Reitknechte unterbringen könne, und sie wurden auf die Höfe bis hinunter zur Küste verteilt.

Eines Tages kam nun Evnissyen, dieser streitsüchtige Bursche, von dem schon die Rede gewesen ist, in eine Stallung, in der Mallolwchs Pferde untergestellt waren, und verlangte zu wissen, wem diese Tiere gehörten.

«Es sind die Tiere des Königs von Irland», antworteten ihm die Reitknechte.

«Wie das?»

«Der König selbst ist auch hier. Er hat Beilager gehalten mit Eurer Schwester Branwen, und dies sind seine Pferde.»

«Wie konnten sie es wagen, ihm dieses ausgezeichnete Mädchen zur Frau zu geben, ohne mich zu fragen?» rief Evnissyen zornig, «mit nichts hätten sie mich schlimmer beleidigen können.»

Geradewegs schlug er in seinem Zorn auf die Pferde ein. Er schnitt ihnen die Lippen durch bis zu den Zähnen, und die Ohren bis an ihre Schädel und den Schwanz bis auf den Rücken, und wo er an ihre Augenlider herankam, verletzte er sie auch dort und schnitt bis auf den Knochen. So wurden die

Tiere derart entstellt, daß niemand mehr Nutzen von ihnen hatte. Die Nachricht von dieser Untat erreichte Mallolwch. «Nun Herr», sprach einer der Iren, «sie haben dich beleidigt, und diese Beleidigung geschah in voller Absicht.»

«Gott allein weiß, was man davon halten soll», sagte der König, «erst geben sie mir dieses ausgezeichnete, schöne Mädchen zum Weib, und dann tun sie mir dies an.»

«Herr», sprach ein anderer unter seinen Männern, «uns bleibt nichts anderes übrig, als eilig an Bord unserer Schiffe zu gehen. Wer weiß, was sie uns sonst noch alles antun werden.»

Die Nachricht, daß der König von Irland abreise, erreichte Brân auf seinem Hof. Und da er von dem Frevel an den Pferden nichts wußte, wunderte er sich, daß Mallolwch abfuhr, ohne ihn davon verständigt zu haben. Ein solches Verhalten galt als unhöflich.

Iddig, Sohn des Anarawd, und Hevedd der Große ritten den Iren hinterdrein und holten sie noch vor der Küste ein. Sie fragten sie nach dem Grund für ihren plötzlichen Aufbruch. Da hörten sie vom König von Irland, was geschehen war und sagten:

«Gott ist unser Zeuge, Herr. Keiner bei Hofe, weder der König noch irgendeiner seiner Ratgeber, hat Euch beleidigen wollen, und wenn es geschehen ist auf die Weise, wie Ihr sagt, und daran zweifeln wir nicht, dann ist Brân dadurch ebenso beleidigt worden wie Ihr.»

«Das mag schon sein», sagte Mallolwch, «trotzdem kann ich eine solche Tat nicht einfach übersehen.» Die Boten eilten wieder zu Brân. Sie erstatteten ihm Bericht, und der König sprach: «Schlimm wird es uns heimgezahlt werden, wenn sie zornig abreisen. Wir müssen verhindern, daß sie so im Zorn von uns scheiden.»

Und er schickte abermals seine Boten zu den Iren und ließ ihnen ausrichten:

«Jedes Pferd, das Euch verdorben worden ist, soll Euch ersetzt werden. Der König von Wales wird Euch zudem einen silbernen Stab, so dick wie sein kleiner Finger, schenken, um Euch zu versöhnen. Unser König ist in großer Verlegenheit. Einerseits mißbilligt er zutiefst, was dieser boshafte Mensch Euch angetan hat. Andererseits ist dieser Mann sein Halbbruder. Es geht also nicht an, daß er ihn hinrichten läßt.»

Die Boten wiederholten all dies vor dem irischen König. Dieser hörte ihnen ruhig zu und sprach dann: «Männer, laßt uns Rat halten!»

Sie kamen dabei zu dem Ergebnis, es werde nur weitere Schwierigkeiten nach sich ziehen, wollten sie die angebotene Wiedergutmachung zurückweisen. Die Zelte wurden wieder aufgeschlagen, und man wartete, bis Brân zu dieser Stelle kam.

Das Versöhnungsmahl sollte stattfinden, doch als man zusammen an der Tafel saß, merkte Brân, daß die Iren immer noch geheimen Groll hegten, denn die Unterhaltung zwischen den Männern aus Wales und denen aus Irland lief nicht so zwanglos wie bei den Festen zuvor.

Er überlegte sich, daß dem irischen Häuptling die Entschädigung vielleicht zu gering erscheine, und so sprach er:

«Wenn Ihr immer noch Groll hegt, so bin ich bereit, noch etwas zuzulegen.»

«Gott lohne es euch», antwortete der Ire.

«Wie wäre es», schlug Brân vor, «wenn ich Euch zu dem, was ihr schon bekommen habt, noch einen Zauberkessel schenken würde, mit dem es eine höchst wunderbare Bewandtnis hat: Wird einer Eurer Männer heute erschlagen und werft Ihr ihn tot in diesen Kessel, so ist er morgen wieder lebendig und kann so gut kämpfen wie eh und je, nur daß er die Sprache nicht zurückerhält. Aber bei manchen Männern ist dies, wie Ihr zugeben werdet, eher ein Vorteil denn ein

Nachteil, weil manch einem doch nur Unhöflichkeit dem Gehege seiner Zähne entfährt, wenn er den Mund auftut.»

Mallolwch dankte Brân und fühlte sich sehr geschmeichelt durch dieses Geschenk.

Am nächsten Tag wurden Pferde als Ersatz für die verstümmelten Tiere übergeben, und als es in dem einen Bezirk keine gezähmten Pferde mehr gab, zog man nach dem Tal Ebolyon (Ende des Höhenzuges) und holte Tiere von dort.

Als nun die Männer in der zweiten Nacht zusammen an der Tafel saßen, fragte der irische König: «Herr, wo habt Ihr eigentlich diesen Kessel her, den Ihr mir geschenkt habt?»

Und Brân antwortete: «Ich bekam ihn von einem Mann, der in Eurem Land gewesen ist, und nach allem, was ich darüber weiß, hat er ihn dort gefunden.»

«Und wer ist das?»

«Llassar Llaes Gyngwyd. Er kam hierher mit seinem Weib Kymidei Kymeinvoll nach ihrer Flucht aus dem eisernen Haus in Irland. Das Haus war weißglühend, aber sie entkamen dennoch. Seltsam, daß Ihr nichts davon gehört habt.»

«O doch, Herr», antwortete Mallolwch, «was ich darüber weiß, will ich Euch auch gern erzählen. Ich ging in Irland einmal auf die Jagd und befand mich auf einem Hügel über einem See, der ‹See des Großen Kessels› genannt wird. Da sah ich einen mächtigen Mann mit roten Haaren und einem Kessel auf dem Rücken aus dem Wasser steigen. Er war, wie gesagt, riesig von Gestalt und hatte einen bösen diebischen Blick. Seine Frau folgte ihm, und sie war doppelt so groß wie er. Sie kamen näher und grüßten mich, und ich fragte: Wie geht es euch? – So geht es uns, Herr, antwortete der Mann, in einem Monat und zwei Wochen wird dieses Weib empfangen, und der Knabe, den sie zur Welt bringt, wird ein vollbewaffneter Krieger sein. – Ich nahm die beiden mit mir, gab ihnen Unterkunft und Nahrung, und sie blieben bei mir ein Jahr.

Zuerst beherbergte ich sie gern, aber danach wurden sie mir eine Last. Und bis Ende des vierten Monats im zweiten Jahr hatten sie sich im ganzen Land verhaßt gemacht. Sie beleidigten meine Ritter und deren Frauen, meine Untertanen rotteten sich zusammen und forderten mich auf, ich solle mich von diesen Leuten trennen. Ja, sie sagten sogar, ich müsse wählen zwischen meinem Königreich und diesen Fremden. Ich ließ die Sache im Rat besprechen, denn freiwillig wollten die beiden nicht ziehen, und uns fehlte es an Männern, die Kraft genug gehabt hätten, sie dazu zu zwingen.

Unter diesen Umständen wurde beschlossen, eine Kammer ganz aus Eisen zu machen, und als diese fertig war, rückten alle Schmiede aus ganz Irland mit Hämmern und Zangen an, und Holzkohle wurde auf das Dach der Kammer geschüttet. Dem Mann, der Frau und den Kindern drinnen gab man zu essen und zu trinken in Hülle und Fülle, bis man sicher war, daß sie betrunken und übersatt waren. Dann fingen jene, die draußen standen, an, die Holzkohle zu entzünden, und die Männer fachten mit Blasebälgen die Glut an, bis das ganze Gebäude weißglühend dastand. Die Fremden drinnen hielten in ihrer Kammer Rat. Sie warteten, bis alle Außenwände weich geworden waren, dann warf sich der riesige Mann mit der Schulter dagegen, und er und sein Weib entkamen. Darauf werden sie wohl zu Euch herübergekommen sein, Herr.»

«In der Tat, so war es», sagte Brân, «und er hat mir diesen Kessel geschenkt.»

«Wie seid Ihr denn mit ihnen zurechtgekommen?»

«Ich quartierte sie in entlegenen Teilen meines Reiches ein. Sie vermehrten sich und brachten es zu Wohlstand. Wo immer sie und ihre Nachkommen sitzen, bauen sie gute Befestigungen und sind die besten Waffenträger, die man sich denken kann.»

Am anderen Morgen brachen Mallolwch und Branwen

mit dreizehn Schiffen nach Irland auf, und dort wurden sie herzlich empfangen. Kein Mann und keine Frau aus Irland, die herbeikamen, um ihnen zu huldigen, zogen fort, ohne ein wertvolles Geschenk von ihnen erhalten zu haben.

So kam es, daß sie bald überall sehr beliebt waren und viele Freunde hatten.

Unterdessen war Branwen schwanger geworden, und zur rechten Zeit gebar sie einen Sohn, den nannte sie Gwern und schickte ihn zur Erziehung an jenen Platz, der dazu in ganz Irland am besten geeignet ist. Am Ende des zweiten Jahres jedoch begannen die Leute wieder über die Beleidigung zu reden, die man ihrem König in Wales zugefügt hatte. Sein Ziehbruder und seine engsten Freunde begannen, ihn wegen des Zwischenfalls zu necken. Unzufriedenheit breitete sich im Land aus, weil, wie es hieß, die Beleidigung nicht hinreichend gesühnt worden sei.

Man vertrieb Branwen aus den Gemächern des Königs, und sie mußte in der Küche Dienst tun. Jeden Tag kam der Fleischer. Nachdem er das Fleisch zugeschnitten hatte, versetzte er ihr als Bestrafung dafür, daß sie eine Frau aus Wales war, und als Demütigung, eine Ohrfeige.

«Nun, Herr», sprachen die Iren zu ihrem König, «verbiete allen Schiffen und Booten, nach Wales zu fahren, und laß die Schiffe, die, von Wales kommend, unsere Insel anlaufen, streng bewachen, damit sich nicht herumspricht, was mit Branwen geschehen ist.» Drei Jahre vergingen, und während dieser Zeit zähmte Branwen einen Star, der immer auf dem Rand ihres Backtroges saß. Sie lehrte ihn Worte und erklärte ihm, wie ihr Bruder aussehe, und dann schrieb sie einen Brief, in dem sie von ihrer Schande und ihrer Bestrafung berichtete. Sie band diese Botschaft dem Star um den Hals und hieß ihn, hinüber nach Wales zu fliegen.

Als der Vogel dort ankam, fand er Brân in einer Versammlung in Caer Seint yn Arvon (Caernarvon). Er ließ sich auf seiner Schulter nieder und schlug so lange mit den Flügeln, bis die Männer erkannten, daß der Vogel abgerichtet war. Schließlich entdeckten sie auch die Botschaft, die er trug.

Brân war voller Trauer, als er vom Schicksal seiner Schwester erfuhr. Er hielt Rat mit seinen Männern, und es wurde beschlossen, nach Irland zu fahren und in Wales nur sieben Männer zurückzulassen, die dem Befehl Caradawgs, dem Sohn des Brân, unterstellt wurden.

Das Heer fuhr über das Meer nach Irland, und da die See nicht sehr tief war, watete Brân hindurch. Brân nahm auch alle Saitenspieler auf seinen Rücken, damit sie bequem über das Wasser kämen.

Eines Tages war Mallolwchs Schweinehirt an der Küste, und was er entdeckte, ließ ihn eilig zum König laufen.

«Herr», sagte er, «Gott sei uns gnädig. Zuvor aber grüße ich Euch, wie es Sitte ist.»

«Was für Neuigkeiten bringst du?»

«Herr, große Wunder sind zu berichten. Wir haben einen Wald auf See gesehen, wo sich zuvor nie auch nur ein Baum gezeigt hat.»

«Das ist wirklich seltsam. Habt ihr sonst noch etwas beobachtet?»

«Ja, Herr. Wir sahen ein großes Gebirge nahe dem Wald, und es bewegte sich auch noch. Auf dem Gebirge war ein hoher Kamm und daneben ein Teich auf beiden Seiten, und Waldgebirge.»

«Nun», sagte Mallolwch, «mit so etwas kennt sich hier keiner aus. Vielleicht kann Branwen uns helfen. Geh und frage sie.»

Die Männer suchten Branwen in der Küche und befragten sie.

«Wenn ihr mich auch zu einer Dienstmagd gemacht habt, so weiß ich wohl, was das bedeutet», war ihre Antwort, «was ihr gesehen habt, sind die Männer von der Insel der

Mächtigen, die von meinem traurigen Schicksal gehört haben und nun herbeikommen.»

«Aber was hat es nur mit diesem Wald auf sich, den man auf See sieht?»

«Das sind die Masten und das Tauwerk der Schiffe.»

«Tatsächlich. Aber was ist das dann für ein Gebirge?»

«Das ist mein Bruder Brân, der an Land watet. Es gibt nämlich kein Schiff, das fest und groß genug wäre, ihn zu tragen.»

«Und der hohe Kamm und die beiden Teiche rechts und links?»

«Das sind seine Augen, und was ihr für einen Gebirgskamm haltet, ist seine Nase.»

Darauf versammelten sich die kampffähigen Männer Irlands und hielten Rat.

«Herr», sprachen sie zum König, «es bleibt uns keine andere Wahl. Wir müssen uns über die Liffey zurückziehen und die Brücke zerstören. Auf dem Flußboden liegen große Steine, die werden verhindern, daß Brân mit Booten über den Fluß setzt, denn sie würden leck werden.»

Die Iren zogen sich also ans andere Ufer des Flusses landeinwärts zurück und zerstörten die Brücke, und als Brân mit seinem Heer an der Liffey ankam, fragten ihn seine Ritter ratlos:

«Herr, was soll nun werden?»

«Ganz einfach», antwortete Brân, «laßt den, der euer Häuptling ist, auch die Brücke sein.»

Dann beugte er sich vornüber, und sein Rücken ward zu einer Brücke, auf der seine Männer den Fluß überquerten.

Sobald er sich wieder aufgerichtet hatte, waren Mallolwchs Boten heran, begrüßten ihn als Verwandten ihres Königs und versicherten ihm, er habe von ihrem Herrn nichts Böses zu erwarten.

«Mallolwch bietet an, die Königswürde an Euren Neffen

Gwern, den Sohn Eurer Schwester, abzutreten, und er versichert Euch auch, daß Branwen hinfort kein Leid geschieht. Was ihn selbst angeht, so sollt Ihr bestimmen, ob er seinen Wohnsitz hier oder auf Eurer Insel nehmen soll.»

«Gut denn», antwortete Brân, «wenn er nicht mir die Königswürde anbietet, muß ich erst Rat halten und seinen Vorschlag überdenken. Es wäre besser, euer König würde mir einen anderen Vorschlag machen.»

«Wir werden Euch die beste Antwort bringen, die wir bekommen können, wenn Ihr Euch nur etwas gedulden wollt.»

«Gut, so beeilt euch und fragt nach», antwortete Brân.

Die Boten liefen also eilig zu ihrem König und sprachen:

«Mallolwch, du mußt dir etwas ausdenken. Bei dem Angebot, mit dem du uns ausgeschickt hast, wird es Krieg geben.»

«Was ratet ihr, Männer?»

«Herr», sprachen sie, «wir wissen nur einen Rat. Es hat noch nie ein Gebäude gegeben, in das der große Brân hineingepaßt hätte. Errichte ein solches Bauwerk, versammle dort seine und unsere Männer und trag ihm die Königswürde an. Das wird ihm schmeicheln.» Die Boten kehrten mit diesem Vorschlag zu Brân zurück. Das Angebot wurde angenommen.

Aber dazu kam es nur, weil auch Branwen sich für den Vorschlag der Iren einsetzte, denn sie wollte nicht, daß ihre neue Heimat von den Männern aus Wales verwüstet werde.

Es wurde also Friede geschlossen und ein Bauwerk errichtet, groß und mächtig. Aber die Iren stellten ihren Gästen eine Falle. Sie befestigten an jeder hundertsten Säule des Hauses einen Haken und hängten an jeden Haken einen Ledersack, und in jedem Ledersack versteckten sie einen bewaffneten Krieger.

Als nun Evnissyen mit seinen Mannen in das große Haus einzog, musterte er mit seinem fürchterlichen Blick die Halle und entdeckte die Ledersäcke an den Säulen.

«Was ist mit diesen Säcken?» fragte er einen der Iren, und der Mann antwortete ihm, sie enthielten Mehl.

Darauf tastete Evnissyen den Sack ab, bis seine Finger auf den Kopf eines Kriegers stießen, und dann drückte er die Finger zusammen, bis er durch die Schädeldecke in das Gehirn des versteckten Mannes stieß.

Darauf ging er weiter, legte seine Hände auf den nächsten der Säcke und fragte:

«Was ist hier drin?»

Wieder antwortete der Ire: «Mehl, mein Freund.» Wieder tötete Evnissyen den Krieger auf die nämliche Weise, und so ging es bei hundert Säcken, bis nur noch ein einziger Krieger der Iren am Leben war. Als er zu jenem letzten Sack kam, fragte er abermals: «Was enthält dieser Sack?»

«Mehl, mein Freund», kam wieder die Antwort. Der Mann aus Wales aber tastete mit den Fingern so lange, bis sie am Hals des Kriegers lagen. Dann drückte er ihm mit den Fingern die Gurgel zu. Darauf sang er diese Verse:

«Seltsam solch Mehl in Säcken,
bestand es doch tatsächlich aus Kriegern und Recken,
die unseren Mägen eine unverdauliche Nahrung gewesen
waren.»

Dann zogen die Heerhaufen in das große Haus ein. Die Männer aus Irland stellten sich in der einen Hälfte der Halle auf, die Streiter aus Wales in der anderen Hälfte. Und als sie sich nun zum Mahl hinsetzten, war Friede, und das Kind Gwern wurde mit der Königswürde bekleidet. Brân aber rief den Jungen zu sich und fuhr ihm mit der Hand durch das Haar, und von Brân ging Gwern zu Manawydan, und ein jeder, der den Jungen sah, gewann ihn lieb. Nissyens Sohn Eurosswydd rief den Jungen zu sich, und der Knabe ging willig zu ihm hin. Darauf sprach Evnissyen:

«Warum kommt der Sohn meiner Schwester nicht auch einmal zu mir?»

«Geh zu deinem Onkel», sagte Brân, und Gwern ging willig.

‹Bei dem, was ich Gott beichte›, schoß es Evnissyen durch den Sinn, ‹jetzt will ich tun, was keiner erwarten wird.›

Er stand auf, nahm Gwern bei den Füßen, und ehe irgend jemand in der Halle ihn hätte daran hindern können, schleuderte er den Jungen kopfvoran in die Flammen des Kaminfeuers.

Als Branwen das sah, sprang sie von ihrem Platz an der Tafel zwischen den beiden Brüdern auf und wollte sich ebenfalls in die Flammen stürzen, aber Brân griff mit der einen Hand sein Schild und mit der anderen hielt er sie am Handgelenk fest.

Alle Männer in der Halle sprangen nun auf, und jeder griff nach seinen Waffen. Bei dem Getümmel, das nun entstand, schützte Brân seine Schwester mit seinem Schild und mit seiner Schulter. Die Iren aber entzündeten ein Feuer unter dem Kessel der Wiedergeburt: Die Leichen wurden in den Kessel geworfen, bis er randvoll war, und am nächsten Morgen sprangen die Krieger lebendig und kampfeswütig wieder heraus, nur daß sie nun nicht mehr reden konnten.

Als Evnissyen diese Leichen sah und erkannte, daß im Kessel kein Platz mehr war für die Männer aus Wales, dachte er bei sich: ‹O weh, Schande über mich, daß ich unseren Leuten dieses Schicksal zugefügt habe, ohne zu bedenken, wie ich sie retten könnte.› Er kroch unter die Leichen der toten Iren, und zwei barärschige Krieger fanden ihn und warfen ihn zusammen mit den irischen Toten in den Kessel. Evnissyen streckte sich, da brach der Kessel in vier Teile und gleichzeitig brach ihm das Herz. So fiel der Sieg den Iren zu, und von den Männern von der Insel der Mächtigen entkamen nur sieben, und es waren dies: Pryderi, Manawydan, Glinyeu, Sohn des Taran, Talyessin, Ynawg und Heilyn, Sohn des Gwynn. Dazu Brân. Er aber war am Fuß von einem vergifteten Speer verletzt worden. Da hieß Brân seine Männer, ihm den Kopf abschlagen.

«Nehmt mein Haupt», sagte er, «und bringt es zum Weißen Hügel in London und begrabt es dort, das Gesicht nach Frankreich gekehrt. Ihr werdet lange unterwegs sein. Ihr werdet sieben Jahre unter Fasten in Harddlech verbringen, und die Vögel von Rhiannon werden für euch singen. Mein Schädel wird euch unterwegs immer ein guter Gefährte sein, so wie ich es euch zu meinen Lebzeiten gewesen bin. Darauf werdet ihr acht Jahre in Gwales bei Penuro verweilen, und solange ihr nicht die Tür zum Bristol-Kanal auf der Seite gegen Cornwall hin öffnet, könnt ihr dort bleiben, und mein Schädel wird nicht verwesen. Jetzt aber schickt euch an, das Meer zu überqueren.» Also schlugen sie ihm den Kopf ab und zogen über das Meer, und Branwen kam mit ihnen. Sie landeten in Aber Alaw im Tal Ebolyon, setzten sich hin und rasteten, und Branwen sah hin über Wales und Irland und klagte:

«Ach, Sohn Gottes, wäre ich doch nie geboren worden, denn wegen mir sind zwei herrliche Länder zerstört worden.»

Und dann brach ihr das Herz. Sie machten ein Grab mit vier Seitenwänden und setzten sie bei am Ufer des Alaw.

Dann nahmen die Genossen den Schädel und brachten ihn nach Harddlech, und als sie unterwegs waren, gesellte sich zu ihnen eine Gruppe von Männern und Frauen.

«Was gibt es Neues?» fragte Manawydan.

«Nichts», antworteten jene, denen sie begegneten, «außer, daß Casswallawn, Sohn des Beli, die Insel der Mächtigen erobert hat und in London zum König gekrönt wurde.»

«Und was wurde aus Caradawg, dem Sohn des Brân? Was geschah mit den Männern, die zurückblieben?»

«Casswallawn fiel über sie her und tötete sechs, und Caradawg brach das Herz, als er sah, wie die Männer unter dem Schwert starben, ohne den, der sie tötete, zu kennen. Es verhielt sich nämlich so, daß Casswallawn sich für diese Mordtat in einen Zaubermantel gehüllt hatte und man nur das Schwert sah, das die tödlichen Wunden schlug. Der Häuptling von Dyved aber, der noch jung war, ist in den Wald entkommen.»

Die Sieben zogen dann weiter nach Harddlech, wo sie rasteten und sich an Speisen und Trank erquickten, und als sie beim Mahl saßen, erschienen drei Vögel und begannen, über alle Maßen schön zu singen. Die Vögel standen weit draußen über dem Meer, und doch sah man sie so nahe, als seien sie nur eine Armlänge entfernt.

Sieben Jahre vergingen. Am Ende dieser Zeit brachen sie auf nach Gwales bei Penvio und fanden dort eine große königliche Halle, von der aus man über das Meer hinsah. Sie traten ein und fanden zwei Türen offen, aber die dritte war verschlossen, und es war jene gegen Cornwall hin.

Sie verbrachten die Nacht mit ausgelassenem Feiern und dachten nicht mehr an all den Kummer und das Leid, das sie durchlitten hatten, noch an das Elend, das es immer irgendwo auf der Welt gibt.

Achtzig Jahre blieben sie in Gwales, und sie vermochten sich nicht zu erinnern, je eine glücklichere Zeit verlebt zu haben. Es wurde ihnen nicht langweilig, und wer den Gefährten ins Gesicht geschaut hätte, sah gute Laune in ihren Mienen, und der Schädel des Brân war bei ihnen, so als ob Brân noch lebendig sei. Aus diesem Grund nannte man sie auch nach diesen achtzig Jahren die Versammlung des Wunderbaren Schädels.

Eines Tages sprach Heilyn, Sohn des Gwynn:

«Schande über meinen Bart, wenn ich jetzt nicht die dritte Tür auch noch öffne, um festzustellen, ob das, was uns zugesagt worden ist, auch eintritt.»

Er öffnete die Tür und sah hinaus auf den Kanal von Bristol und auf Cornwall, und als das geschehen war, wurde ihnen alles Leid und aller Verlust, den sie erlitten hatten, wieder bewußt, als sei all das gerade eben erst geschehen.

Von diesem Augenblick an hatten sie keine Ruhe mehr. Sie nahmen den Schädel und brachen sofort auf gen London.

Wenn auch der Weg lang war, so kamen sie doch einmal ans Ziel und begruben den Schädel auf dem Weißen Hügel, wie ihnen aufgetragen. Und so lange der Schädel dort ruhte, kam kein Unheil über Wales. – Dies nennt man «die Geschichte der Männer, die nach Irland zogen».

In Irland war unterdessen auch nicht ein einziger Mann mehr am Leben. Nur fünf schwangere Frauen lebten in einer Höhle in der Wildnis, und diese Frauen gebaren alle am gleichen Tag Söhne. Die Jungen wurden aufgezogen, bis sie groß waren, und als das Verlangen nach Frauen sie überkam, schliefen sie mit ihren Müttern. Sie lebten in diesem Land und teilten es untereinander auf, und deswegen gab es später fünf Teile, die die Fünftel der irischen Insel genannt werden.

Sie gruben das Erdreich dort um, wo zuvor Schlachten geschlagen worden waren. Sie fanden Gold und Silber und wurden reich.

Und hier endet der zweite Zweig des Mabinogi.

3

Manawydan, der Sohn des Llŷr
(Dritter Zweig)

*A*ls die sieben Männer, die aus Irland heimkehrten, den Kopf des Brân auf dem Weißen Hügel von London begraben hatten, sah Manawydan auf die Stadt und auf seine Freunde, ließ einen Seufzer hören und verspürte in sich eine große Traurigkeit und Sehnsucht. «Ach, bei Gott dem Allmächtigen, wehe!», sagte er, «unter allen hier habe ich allein keinen Platz für die Nacht.»

«Herr, laßt den Mut nicht sinken», sprach Pryderi, «einer Eurer Verwandten (Casswallawn) ist doch König über die Insel des Mächtigen, und wenn er Euch auch Böses zugefügt hat, so bleibt doch immer noch Euer Anspruch auf Euer Land und Euer Eigentum bestehen.»

«Mag sein, daß der König mein Verwandter ist», entgegnete Manawydan, «aber es schmerzt mich, ihn statt meines Bruders Brân auf dem Thron zu sehen. Ich könnte es nicht unter einem Dach mit diesen Casswallawn aushalten.»

«Dann hört einen anderen Vorschlag.»

«Vorschläge kommen mir gelegen. Was also ratet Ihr?»

«Mir sind die sieben Cantrevs von Dyved geblieben», sprach Pryderi, «meine Mutter Rhiannon lebt dort. Ich will sie mit Euch vermählen, und Ihr sollt über dieses Gebiet herrschen. Und wenn Ihr auch nur dieses Land habt, so sind es doch immerhin die besten Cantrevs weit und breit. Kigva, die Tochter des Gwynn, ist mein Weib, und wenngleich der Rechtstitel über diese Ländereien eigentlich mir zusteht, so will ich ihn doch gern an Euch und an Rhiannon abtreten.»

«Eigentlich ist mir das nicht recht», sagte Manawydan, «aber Gott lohne Euch diesen Freundesdienst.»

«Für Euch würde ich alles tun, was in meiner Macht steht.»

«Gut denn, so reitet also mit mir zu Rhiannon und in ihr Land.»

«So ist es recht», sagte Pryderi, «Ihr werdet sehen, sie ist eine schöne Frau. Sie versteht es, einen Mann zu unterhalten. Als sie noch jünger war, zählte sie zu den schönsten Frauen der Welt, aber auch jetzt werdet Ihr von ihrer Erscheinung nicht enttäuscht sein.»

Sie brachen auf, und nach einer langen Reise kamen sie nach Dyved, wo Rhiannon und Kigva sie schon erwarteten, denn sie hatten Boten vorausgeschickt, und ein Fest war für sie ausgerichtet.

Manawydan und Rhiannon setzten sich zueinander und begannen, miteinander zu reden, und allmählich erwuchs in der Brust des Mannes ein zärtliches Gefühl für Rhiannon, und er verspürte das Begehren, mit ihr zu schlafen, denn tatsächlich war sie immer noch eine sehr schöne Frau.

«Pryderi», rief er, «ich nehme Euren Vorschlag an.»

«Was ist das für ein Vorschlag, von dem Ihr sprecht?» fragte Rhiannon.

«Mutter, ich habe Euch ihm zum Weibe versprochen!»

«Das gefällt mir», sagte sie, «er ist ein stattlicher Mann und hat gute Manieren, und ich denke, er wird auch tüchtig in der Liebe sein.»

«Also sei es», sagte Manawydan, und ehe das Fest herum war, hielten sie Beilager.

«Setzt nur ruhig das Fest fort», sagte Pryderi, «ich will nach England ziehen und Casswallawn, dem Sohn des Beli, meine Unterwerfung anbieten.»

«Casswallawn ist jetzt in Kent», sprach Rhiannon, «laßt uns weiter feiern und warten, bis er näher an unserer Grenze Hof hält.»

«Gut, dann will ich warten», sagte Pryderi, und sie setzten das Fest fort und traten dann eine Rundreise durch Dyved an. Sie jagten und vergnügten sich, und als sie so dahinritten, wollte es ihnen scheinen, daß sie nie ein schöneres Land und bessere Jagdgründe erblickt hätten, und auch Honig und Fisch gab es überall. So eng wuchs die Freundschaft unter den Männern und Frauen, daß sie alle Tage und Abende zusammensein wollten.

Dann ritt Pryderi nach Oxford, um Casswallawn zu besuchen, und er wurde dort freundlich aufgenommen. Als er zurückkam, zechte er mit Manawydan, und die Männer ließen es sich wohl sein. Sie begannen mit dem Feiern in Arberth, denn dies war der Hauptsitz, und am Abend, nach dem ersten Gang der Mahlzeit, während die Diener aßen, erhoben sich die beiden Paare. Sie gingen nach Gorsedd Arberth, und ein paar andere Leute begleiteten sie.

Während sie dort auf dem Hügel saßen, hörten sie einen gewaltigen Donner, und mit dem Geräusch senkte sich ein Nebel herab, so dicht, daß einer den anderen nicht mehr sehen konnte. Als sich der Nebel verzog, war es überall strahlend hell, aber als sie genau hinsahen, gab es im ganzen Land keine Schaf- und Rinderherden mehr, keine Wohnstätten, kein Getier, keinen Rauch, keine Feuerstätten und keine Menschen – nur die Gebäude der Hofstätten waren noch da, aber unbewohnt, ohne Mensch und Tier. Auch jene, die bei den beiden Paaren gewesen waren, sah man nicht mehr, und es kam Pryderi und Kigva, Manawydan und Rhiannon so vor, als seien sie plötzlich ganz allein auf der Welt.

«Weh!» sagte Manawydan, «was ist mit jenen geschehen, die uns begleitet haben, und mit dem Rest des Volkes? Wir müssen uns umsehen.»

Sie kehrten also zur Halle zurück, aber da war auch kein Mensch. Sie suchten in den Kammern und Schlafgemächern, in den Küchenräumen und Kellern – nirgends trafen sie auf einen Menschen oder auf irgendein anderes lebendiges Wesen.

Die beiden Paare aßen und tranken, und darauf suchten sie die Umgebung ab, trafen aber nur wilde Tiere an. Als ihnen nun die Vorräte an Nahrungsmitteln ausgingen, erlegten sie wilde Tiere, fingen sich Fische und verzehrten wilden Honig. So verstrichen zwei Jahre. Mit der Zeit überkam sie Angst.

«Gott weiß, so kann es nicht weitergehen», sagte Manawydan, «laßt uns nach England reisen und dort ein Handwerk ergreifen, damit wir uns durchs Leben bringen.»

Also brachen sie nach England auf, ließen sich in Hereford nieder und ergriffen das Handwerk des Sattelmachers. Sie stellten eine Art von Sattel her, dessen Form in dieser Gegend unbekannt war und den die Leute gern kauften. Aber als die einheimischen Sattelmacher das merkten, rotteten sie sich zusammen und beschlossen, ihre Konkurrenten aus der Fremde zu töten. Die Freunde wurden gewarnt und hielten Rat, was sie tun sollten.

«Zwischen Gott und mir», meinte Pryderi, «warum sollten wir uns aus dem Staub machen? Setzen wir uns doch zur Wehr.»

«Nein», sagte Manawydan, «wenn wir kämpfen, bekommen wir einen schlechten Ruf, und man wird uns ins Gefängnis werfen. Besser, wir suchen uns eine andere Stadt und verdienen dort unseren Lebensunterhalt.»

Also zogen sie in eine andere Stadt.

«Was für ein Handwerk ergreifen wir nun?» fragte Pryderi.

«Warum nicht das der Schildermacher», sagte Manawydan.

«Versuchen wir es», sprach Pryderi.

Also begannen sie, Schilde zu fertigen, und als sie welche hergestellt hatten, strichen sie sie mit leuchtenden Farben an. Ihr Geschäft ging gut, aber das der anderen Schildermacher in der Stadt ging zurück, und wieder taten sich die Einheimischen zusammen und beschlossen, die Fremden, die ihnen Konkurrenz machten, einfach totzuschlagen. Diese aber hörten von solchen Plänen.

«Pryderi, diese Männer werden uns töten», sagte Manawydan.

«Wir brauchen uns doch von diesen Schurken nichts gefallen zu lassen. Auf, schlagen wir sie doch einfach nieder», rief Pryderi, aber Manawydan antwortete: «Was meinst du wohl, was geschieht, wenn Casswallawn davon hört? Nein, so geraten wir ins Unglück. Besser, wir ziehen in eine andere Stadt.»

Das taten sie, und Manawydan sprach:

«Was für ein Gewerbe sollen wir hier ausüben?»

«Wir könnten Schuhmacher werden», sagte Pryderi, «Schuhmacher sind gewöhnlich nicht sehr mutig. Sie werden uns nicht totschlagen oder uns aus dem Geschäft verdrängen.»

«Von diesem Handwerk verstehe ich nichts», sagte Manawydan.

«Aber ich», sprach Pryderi, «wir brauchen uns ja nicht damit abzugeben, das Leder selbst zu gerben, sondern können es schon gegerbt einkaufen.»

Also kauften sie das beste Leder, das es in der Stadt gab, und Manawydan besuchte einen Goldschmied und ließ das erste Paar Schuhe, das sie genäht hatten, bei ihm vergolden. Danach verstand er sich selbst darauf, und er vergoldete alle Schuhe und darum erhielt er den Beinamen «einer von den drei Goldenen Schuhmachern».

Solange man von ihm Schuhe kaufen konnte, kauften die Leute nicht bei anderen Schuhmachern in der Stadt, und diese merkten sehr bald, daß sie aus dem Geschäft gedrängt wurden. Also berieten sie sich und beschlossen, sich ihrer Konkurrenz zu entledigen.

«Pryderi, die Schuhmacher wollen uns totschlagen», sagte Manawydan.

«Warum kommen wir ihnen nicht zuvor?» fragte Pryderi.

«Nein», sagte Manawydan, «es ist doch überall dasselbe Lied. Wir wollen nicht mit ihnen kämpfen. Das kann nur ein schlimmes Ende nehmen. Kommt, wir ziehen zurück nach Dyved.»

Es war eine lange Reise, aber schließlich kamen sie in Arberth an, entzündeten dort ein Feuer und begannen, wieder von der Jagd zu leben. Einen Monat verbrachten sie auf diese Weise, und das Jahr ging zur Neige.

Eines Morgens standen Pryderi und Manawydan wieder einmal auf und wollten auf Jagd gehen. Sie machten die Hunde bereit und verließen das Gehöft. Einige von den Hunden rannten in ein kleines Gehölz hinein, aber gleich darauf schreckten sie zurück und fingen fürchterlich an zu zittern. Mit eingezogenen Schwänzen kamen sie zu ihren Herren zurück.

«Wir sollten einmal in dieses Gehölz eindringen und nachsehen, was es da gibt», schlug Pryderi vor.

Als nun er und Manawydan sich dem Wäldchen näherten, brach ein weißer Eber hervor, und die Männer hetzten die Hunde auf ihn. Der Eber verließ das Wäldchen und verteidigte sich ein Stück von dem Gehölz entfernt gegen die Hunde, und immer, wenn die Männer herankamen, rannte er weiter fort. Sie verfolgten den Eber, bis sie vor sich eine große Burg auftauchen sahen, ein neues Gebäude, das sie an dieser Stelle nie zuvor gesehen hatten, und als sie mit den Hunden dem Eber dahin folgten, wunderten sie sich, daß es ihnen früher nicht aufgefallen war. Von der Kuppe eines Hügels horchten sie auf das Gekläff der Hunde, aber plötzlich verstummte das Bellen.

«Herr», sprach Pryderi, «ich werde in die Burg eindringen und schauen, was aus den Hunden geworden ist.»

«Recht so», sagte Manawydan, «ich habe diese Burg an dieser Stelle nie zuvor gesehen, und wer immer auch den Zauber über unser Land gelegt hat, er könnte vielleicht auch diese Burg hervorgezaubert haben.»

«Meine Hunde gebe ich nicht verloren», sagte Pryderi, und ohne auf Manawydans Rat weiter zu achten, betrat er die Burg. Drinnen stieß er weder auf einen Menschen noch auf ein Tier, auch den Eber und die Hunde konnte er nirgends entdecken. Er sah nur, daß sich in der Mitte des Burghofes ein runder Stein befand, mit dem eine Quelle gefaßt war, und an das Becken geschmiedet war mit vier goldenen Ketten eine goldene Schale. Die Ketten aber waren so lang, daß er ihr Ende nicht ausmachen konnte. Die Schönheit der goldenen Schale ergriff ihn. Er trat zu dem Brunnen hin und griff nach dem Gefäß. Kaum aber hatte er es berührt, da spürte er, daß seine Hände an der Schale haften blieben, und seine Füße waren wie festgeklebt am Boden. Kein einziges Wort brachte er über die Lippen. Da stand er nun und war gefangen.

Manawydan wartete, bis es Abend geworden war, und als er bis dahin nichts von dem Freund und den verschwundenen Hunden gehört hatte, kehrte er nachdenklich zum Gehöft zurück.

Als er allein eintrat, schaute Rhiannon ihn an und fragte: «Wo ist dein Gefährte, und wo sind eure Hunde?»

«Das ist es ja gerade», erwiderte er und erzählte ihr, was sich zugetragen hatte.

«Gott weiß», sprach sie, «du bist ein schlechter Freund, wenn du deinen Gefährten im Stich gelassen hast.» Und nach dieser Rede ging sie selbst dorthin, wo Pryderi verschwunden war und das Schloß stehen sollte.

Sie fand das Tor am Eingang offen, betrat den Burghof und entdeckte Pryderi, der an der Schale festhing. Sie ging auf ihn zu und sprach:

«Herr, was tut Ihr nur?»

Dann berührte auch sie die Schale, und sofort blieben auch ihre Hände daran kleben, und ihre Füße lösten sich nicht mehr vom Boden, noch vermochte sie, auch nur ein Wort hervorzubringen.

Als die Nacht kam, rollte Donner, und ein Nebel senkte sich herab. Die Burg verschwand, und der Mann und die Frau mit ihr.

Als Kigva, Pryderis Weib, sah, daß sie und Manawydan

allein auf dem Gehöft waren, begann sie zu wehklagen und rief aus, lieber wolle sie sterben, als ein solches Leben führen.

Manawydan aber sprach:

«Gott weiß, vor mir brauchst du keine Furcht zu haben. Hör auf zu weinen. Ich gebe dir mein Wort, daß, solange es Gott gefällt, du keinen ehrlicheren Freund haben wirst als mich. Zwischen Gott und mir: Wäre ich ein junger Mann, so brauchtest du trotzdem von mir nichts zu befürchten, denn ich bin Pryderi treu ergeben.»

«Gott lohne es Euch», sagte Kigva und faßte wieder Mut.

«Nun, meine Liebe», sagte Manawydan, «hier können wir nicht bleiben, denn wir haben unsere Hunde verloren und können nicht für unseren Lebensunterhalt sorgen. Wir wollen nach England ziehen. Dort wird es leichter sein für uns.»

«Mit Freuden», antwortete sie.

Also zogen sie wieder nach England, und Kigva sprach: «Herr, was für ein Handwerk wollt Ihr ausüben? Wählt Euch eines, bei dem man nicht allzu schmutzig wird.»

«Ich will wieder Schuhmacher werden.»

«Herr, ich meine, das schickt sich nicht für einen Mann von Eurem Talent und Eurem Rang.»

«Mein Talent und mein Rang helfen mir nichts. Was bleibt mir anderes übrig», sagte er und begann wieder, Schuhe aus dem besten Leder zu fertigen, das in jener Stadt zu beschaffen war. Wie zuvor, versah er die Schuhe mit goldenem Zierat und goldenen Schnallen, so daß die Arbeiten aller anderen Schuhmacher am Ort verglichen mit der seinen unbeholfen wirkten. Ein Jahr verging so, bis die anderen Handwerker wieder eifersüchtig und neidisch wurden, und bald darauf kam ihm eine Warnung zu, daß die anderen planten, ihn aus dem Weg zu schaffen.

«Herr, warum setzen wir uns nicht gegen diese dreisten Tölpel zur Wehr?» fragte Kigva.

Aber Manawydan sprach: «Das hat keinen Zweck. Wir müssen nach Dyved zurückkehren.»

Das taten sie, und als sie aufbrachen, nahm Manawydan eine Ladung Weizen mit, und als sie Arberth erreichten, ließen sie sich dort nieder.

Nichts war schöner für Manawydan, als wieder auf Arberth zu sein, in jenem Bezirk, in dem er einst auf die Jagd gegangen war. Er begann, Fische zu fangen und den wilden Tieren Fallen zu stellen. Er bestellte den Boden. Er säte. Und der Weizen, der aufwuchs, war der beste auf der Welt. Alle drei Aussaaten, die er gemacht hatte, gediehen gleich gut.

Manawydan wartete, bis es Zeit zum Ernten wurde, und als er nach seinem Getreide sehen ging und feststellte, daß es reif war, sprach er bei sich: ‹Morgen werde ich es mähen!›

Am Abend kehrte er nach Arberth zurück, und am nächsten Morgen, bei Tagesanbruch, wollte er mit dem Mähen beginnen. Aber als er auf das Feld kam, fand er von der ersten Aussaat nur noch die nackten Halme. Alle Ähren waren abgebrochen worden, und jemand hatte sie fortgeschleppt. Er wunderte sich darüber sehr, und als er das Feld mit der zweiten Aussaat betrachtete, stellte er fest, daß dort die Körner nun auch reif waren.

‹Gott weiß, morgen werde ich es mähen›, sprach er bei sich, aber als er am nächsten Tag kam, fand er wieder nur die nackten Halme. – «Wehe, jemand will mich endgültig verderben», rief er aus, «soviel weiß ich nun. Der einst damit begann, will nun ein Ende machen, und er hat wohl zuvor auch all den anderen bösen Zauber getrieben.»

Er ging zu dem Feld mit der dritten Aussaat, und das Getreide war jetzt auch dort reif.

‹Schande über mich›, dachte er, ‹wenn es mir nicht gelingt, dieses Feld sorgfältig zu bewachen. Wer all den anderen Weizen davongetragen hat, wird gewiß auch diesen hier holen kommen, und dabei werde ich herausfinden, wer es ist.›

Also nahm er seine Waffen auf und begann, das Feld zu bewachen, und er erzählte Kigva, was geschehen war.

«Was habt Ihr vor?» fragte sie, «wollt Ihr die ganze Nacht dort draußen stehen?»

«Genau das will ich. Ob es angenehm ist oder nicht. Es muß sein», sprach er.

Manawydan hielt Wache. Gegen Mittermacht hörte er ein lautes Geräusch, und als er hinsah, trippelte da ein ganzes Heer von Mäusen heran. Niemand hätte sie zählen können.

Ehe er sich auch nur bewegen konnte, waren sie über die Ähren hergefallen, und so weit er sehen konnte, saß an jedem Halm eine Maus. Sie hasteten alle mit ihrer Beute davon. Voller Zorn sprang Manawydan unter sie, aber es gelang ihm nicht, auch nur eine zu fassen. Da fiel sein Blick auf ein Tier, das sich nur unbeholfen bewegen konnte, weil es so dick war. Dem rannte er nach und fing es endlich auch. Er steckte es in seinen Handschuh, band die Öffnung mit einem Stück Schnur zu und kehrte dann zum Gehöft zurück.

Als er in die Kammer trat, in der sich Kigva aufhielt, warf er Holz auf das Feuer und hängte den Handschuh an einen Haken.

«Was ist das, Herr?» fragte die Frau.

«Ein Dieb, der uns alles gestohlen hat.»

«Was für ein Dieb könnte in einem Handschuh Platz haben?»

Da erzählte ihr Manawydan, was er mit den Mäusen erlebt hatte, die das Weizenfeld leerfraßen.

«Bei dem Gott, zu dem ich mich bekenne», schloß er seinen Bericht, «wenn ich sie alle gefangen hätte, ich würde dafür sorgen, daß sie alle hängen.»

«Gut und schön, ich verstehe Eure Empörung», sagte Kigva, «aber ist es eines Mannes von Eurem Rang würdig, eine solche Kreatur zu hängen? Laßt sie doch laufen. So eine Maus weiß es nicht besser.»

«Frau, wenn ich einen Grund auf der Welt wüßte, warum du für dieses Tier bittest, würde ich deinem Rat folgen. Aber da ich keinen Grund weiß, werde ich es töten.»

«Tut, was Ihr für richtig haltet», sagte Kigva.

Manawydan brach auf nach Gorsedd Arberth. Er nahm die Maus mit und steckte sie auf dem höchsten Punkt des Hügels in dem Handschuh an einen Gabelzinken. Während er das tat, kam ein Gelehrter des Weges, in armseliger Kleidung. Es war sieben Jahre her, seit Manawydan in dieser Gegend einen fremden Menschen gesehen hatte.

«Einen guten Tag Euch», sagte der Gelehrte.

«Gott sei mit Euch und willkommen. Wohin geht Ihr?» fragte Manawydan.

«Ich komme aus England zurück. Warum fragt Ihr?»

«Ihr müßt wissen, daß ich in den vergangenen Jahren kaum einer Menschenseele in dieser Gegend begegnet bin.»

«Ich bin nur auf der Durchreise in mein Heimatland. Aber was macht Ihr da?»

«Ich schicke mich an, einen Dieb zu hängen, den ich beim Stehlen ertappt habe», antwortete Manawydan.

«Was für einen Dieb? Das Tier, das da in dem Handschuh steckt, scheint mir eine Maus. Es steht doch einem Mann, wie Ihr es seid, schlecht an, ein Tier so zu behandeln. Laßt das Mäuschen doch laufen.»

«Zwischen Gott und mir, das werde ich bestimmt nicht tun», sagte Manawydan, «ich habe das Tier beim Stehlen ertappt, und für den Diebstahl wird es hängen.»

«Herr, ich gebe Euch ein Pfund, das ich als Almosen erhielt, wenn Ihr das Mäuschen laufen laßt.»

«Zwischen Gott und mir, ich werde das Tier weder laufen lassen, noch werde ich es verkaufen.»

«Wie Ihr wollt. Es scheint mir aber ziemlich herabwürdigend für einen Mann Eures Standes, sich mit einem so winzigen Tier so lange aufzuhalten.»

Darauf zog der Gelehrte seines Weges.

Als Manawydan einen Kreuzbalken zwischen den zwei Gabelzinken befestigte, kam ein Priester zu Pferde vorbei.

«Guten Tag, Herr», sagte der Priester.

«Gott sei mit Euch», antwortete Manawydan.

«Gottes Segen auf Euer Haupt, aber was treibt Ihr da?»

«Ich werde einen Dieb hängen, den ich beim Stehlen ertappt habe!»

«Was für einen Dieb denn?»

«Ein Tier in Gestalt einer Maus», sagte Manawydan, «es hat bei mir gestohlen, also werde ich es bestrafen.»

«Ehe ich noch länger mitansehe, wie Ihr das arme Tier quält, will ich es Euch lieber abkaufen. Bitte, laßt es laufen.»

«Bei dem Gott, an den ich glaube: Ich werde es weder laufen lassen, noch habe ich vor, es zu verkaufen.»

«Noch war ja vom Preis nicht die Rede», sagte der Priester, «vielleicht werdet Ihr anderer Meinung, wenn Ihr hört, daß ich Euch drei Pfund biete.»

«Nichts da», erwiderte Manawydan, «diese Maus hier ist mir nicht feil. Sie wird sterben.»

«Nun Herr, wie Ihr meint.»

Der Priester ritt weiter, und Manawydan legte die Schlinge der Maus um den Hals und wollte das Tierchen tatsächlich gerade aufknüpfen, als ein Bischof angefahren kam, mit einem Wagen und Beireitern.

«Herr Bischof, ich bitte Euch um Euren Segen», rief Manawydan.

«Gott segne dich», sagte der Bischof, «aber was tust du denn da?»

«Ich bin gerade dabei, einen Dieb zu hängen, den ich beim Stehlen ertappt habe.»

«Ist das nicht eine Maus, was da in dem Handschuh zappelt?» fragte der Bischof.

«Ja, eine Maus und ein Dieb.»

«Nun, da ich auch für das Wohl der Tiere auf Erden zuständig bin», sprach der Bischof, «will ich dir diese Maus abkaufen. Es ist nicht recht, daß sich ein Vornehmer damit abgibt, ein so harmloses und wehrloses Tierchen zu töten. Ich zahle dir sieben Pfund, laß sie laufen, und ich gebe dir auf der Stelle das Geld.»

«Zwischen Gott und mir: Das werde ich nicht tun.»

«Würdest du sie für fünfundzwanzig Pfund laufen lassen?»

«Nein, ich ließ sie auch dann nicht laufen, wenn Ihr mir die doppelte Summe bieten würdet.»

«Nun, wenn das nicht hinreicht, wie wäre es, wenn ich dir all meine sieben Packpferde samt dem Gepäck, das sie tragen, dafür schenken würde?»

«Zwischen Gott und mir: Ich bin nicht einverstanden mit diesem Handel ... und wenn Ihr auch ein Bischof seid.»

«Nun», sagte der Bischof, «dann nenne mir deinen Preis.»

«Sehr einfach», sagte Manawydan, «ich will, daß man Pryderi und Rhiannon freigibt.»

«Das soll geschehen.»

«Halt!» rief Manawydan, «... das ist noch nicht alles.»

«Und was nun noch?»

«Der Bann und die Verzauberung der sieben Cantrevs von Dyved muß aufgehoben werden.»

«Auch das gestehe ich dir zu. Laß nur rasch die Maus frei.»

«Zwischen Gott und mir: Das werde ich nicht tun. Erst will ich wissen, wer diese Maus in Wirklichkeit ist.»

«Sie ist meine Frau. Andernfalls würde ich kaum ein so hohes Lösegeld für sie geboten haben!»

«Und wie kommt sie auf mein Feld?»

«Sie plünderte dort. Ich bin Llywd, Sohn des Kil Coed, mußt du wissen. Ich war es auch, der die sieben Cantrevs von Dyved verzaubert hat. Ich tat es aus Rache für Gwawl, Sohn des Clud, der mein Freund ist. Vielleicht weißt du von dem bösen Spiel, das Pwyll mit ihm am Hof von Heveydd mit ihm getrieben hat. Er nannte es ‹Dachs im Sack›. Nachdem sie hörten, daß du in diesem Land wohnst, kamen meine Leute zu mir und baten, in Mäuse verwandelt zu werden, um deine Ernten zu zerstören. Sie plünderten dein Feld eine Nacht, sie plünderten es eine zweite Nacht, und in der dritten Nacht wollten auch die Hofdamen und meine Frau mit. Also verwandelte ich sie ebenfalls in Mäuse. Aber meine Frau ist schwanger und daher etwas unbeholfen. Sonst hättest du sie gewiß nicht zu fassen bekommen. Ich werde Pryderi und Rhiannon freigeben und den Zauberbann von Dyved nehmen. Nun weißt du, wer die Maus ist. Ich bitte dich, laß sie jetzt frei.»

«Zwischen Gott und mir, das werde ich nicht tun», sagte Manawydan abermals.

«Was ist denn nun schon wieder?»

«Versprecht auch, daß Ihr weder an Pryderi, Rhiannon noch an mir Rache nehmt?»

«Ich verspreche auch dies. Gott weiß, daß dies ein guter Einfall war. Hättest du dies nicht gefordert, so wäre neues Unglück auf dein Haupt gekommen.»

«Ganz recht», erwiderte Manawydan, «davor habe ich mich zu schützen gewußt.»

«Gib jetzt endlich mein Weib frei», drängte Llywd.

«Zwischen Gott und mir, erst will ich sehen, wie Pryderi und Rhiannon mir in menschlicher Gestalt entgegenkommen.»

«Dort kommen sie.»

Die beiden erschienen. Manawydan stand auf und ging sie begrüßen.

Llywd drängte: «Jetzt laß aber meine Frau frei. Alles, was du begehrtest, ist geschehen.»

«Mit Freuden geb ich sie dir zurück», sagte Manawydan und ließ die Maus aus dem Handschuh.

Llywd berührte sie mit seinem Zauberstab, und sie verwandelte sich in die liebreizendste junge Frau, die man je gesehen hat.

Dann sprach er: «Schaut Euch um, schaut auf Euer Land. Jedes Haus und jeder Stall, jeder Hof und jede Burg stehen wieder aufs beste aufgerichtet da.»

Manawydan blickte sich um, und er sah ein Land, bewohnt von Menschen, und auf den Weiden grasten wieder die Herden.

«Was für einen Dienst mußten Pryderi und Rhiannon verrichten, als sie verzaubert waren?» fragte Manawydan dann, und Llywd antwortete:

«Um seinen Hals mußte Pryderi die Torriegel des Hofes tragen, und um ihren Hals trug Rhiannon den Kragen des Esels, wenn er Heu schleppt. Derart war ihre Gefangenschaft.»

Und aus diesem Grund heißt diese Geschichte der Heukragen und der Torriegel.

Und hier endet dieser Zweig des Mabinogi.

4

Math, Sohn des Mathonwy
(Vierter Zweig)

Math, Sohn des Mathonwy, war Herr in Gwynedd zu jener Zeit, da Pryderi, Sohn des Pwyll, über die einundzwanzig Cantrevs im Süden regierte.

Und zu jener Zeit konnte Math nicht leben, es sei denn, er hielt seinen Fuß auf die Spalte gesetzt, die zwischen den Schenkeln einer Jungfrau klafft. Ablassen durfte er von dieser Gewohnheit nur dann, wenn das Getümmel des Krieges ihn daran hinderte.

Die Jungfrau aber, die bei ihm war, hieß Goewin, Tochter des Pebin aus Dôl Bebin in Arvon, denn sie war das schönste Mädchen in diesem Teil des Landes. Math aber pflegte sich auf der Feste Dathal aufzuhalten. Er konnte keine Rundreisen durch sein Land unternehmen. Dies besorgten für ihn seine beiden Neffen Gilvaethwy, Sohn des Don, und Gwydyon, Sohn des Don, in Begleitung seines Gefolges.

Nun war Goewin immer bei Math, aber Gilvaethwy verlor sein Herz an sie und liebte sie so sehr, daß er nicht mehr wußte, was tun. Die Farbe aus seinen Wangen wich. Er magerte ab. Es gab Leute, die ihn von früher kannten, und wenn sie ihm jetzt begegneten, wußten sie nicht, daß es ein und derselbe Mann war.

Eines Tages betrachtete ihn sein Bruder Gwydyon sorgenvoll und sprach: «Junge, was ist dir?»

«Ach, was soll schon mit mir sein!» erwiderte Gilvaethwy.

«Du verlierst deine gesunde Farbe und fällst vom Fleisch. Was hast du?»

«Herr und Bruder, was mich quält, kann ich unmöglich jemandem anvertrauen.»

«Aber warum, Freund?» fragte Gwydyon, und sein Bruder antwortete:

«Du kennst doch Maths besondere Gabe. Selbst wenn ein Mann so leise flüstert wie ein schwacher Wind, kann er die Worte verstehen.»

«Dann schweig. Ich weiß schon, was in dir vorgeht. Du liebst Goewin.»

Als nun Gilvaethwy erkannte, daß sein Bruder in seinem Sinn gelesen hatte, gab er einen schweren Seufzer von sich.

«Hör auf zu seufzen, Freund. Mit Seufzen ist noch nie eine Frau gewonnen worden», sprach Gwydyon, «da ich nun weiß, wie es um dich steht, will ich mir etwas einfallen lassen, damit du das Mädchen besitzen kannst. Fasse nur Mut.

Es wird alles gut werden in deinem Sinn und nach deinem Verlangen.»

Sie traten vor Math, und Gwydyon sprach:

«Herr, ich habe davon gehört, daß im Süden seltsame Tiere eingetroffen sind, die man nie auf dieser Insel zu Gesicht bekommen hat.»

«Wie nennt man sie denn?» fragte Math.

«Schweine, Herr.»

«Und was für Tiere sind das?»

«Kleine Tiere, deren Fleisch aber besser schmeckt als das von Ochsen», antwortete Gwydyon.

«Und wem gehören diese Tiere?»

«Pryderi, dem Sohn des Pwyll. Der König Arawn aus der Anderswelt hat sie ihm geschickt.»

«Wie könnten wir uns diese Tiere aneignen?» fragte Math.

«Ich will hingehen mit zwölf Männern. Wir könnten uns als Barden verkleiden, Herr. Und dann will ich mir einige von diesen Tieren erbitten.»

«Und wenn Pryderi sich weigert?»

«Dann habe ich einen Plan, Herr. Ohne Schweine kehre ich gewiß nicht zurück.»

«Dann zieh hin», sagte Math, «und versuche dein Glück.»

Gwydyon und Gilvaethwy und zehn andere ritten also nach Keredigyawn, wo Pryderi damals Hof hielt. Die zwölf Männer waren alle als Barden verkleidet und wurden herzlich aufgenommen.

Gwydyon saß Pryderi zur Seite, und der sagte:

«Nun, wir würden gern eine Geschichte von diesen jungen Leuten aus der Fremde zu hören bekommen.»

«Herr», antwortete Gwydyon, «die Sitte gebietet es, daß am ersten Abend im Haus eines großen Mannes der Oberste Barde erzählt. Aber wenn Ihr mich ausdrücklich auffordert . . . ich erzähle gern Geschichten.»

Gwydyon war der beste Geschichtenerzähler, den es je

gab, und in dieser Nacht unterhielt er die Gesellschaft mit heiteren Märchen und Geschichten, bis jeder ihn lobte, und Pryderi gefiel es, sich mit ihm zu unterhalten.

Nach geraumer Zeit sagte Gwydyon: «Könnte jemand vor Euch eine Bitte besser vorbringen als ich?»

«Gewiß nicht», erwiderte Pryderi, «denn du hast eine rührige Zunge in deinem Mund.»

«Hier ist mein Auftrag, Herr. Ich soll Euch um ein paar von jenen Tieren bitten, die ihr aus der Anderswelt bekommen habt.»

«Das wäre leicht versprochen», antwortete Pryderi, «nur leider bin ich mit meinen Leuten übereingekommen, daß die Schweine hierbleiben sollen, bis sie sich um das Doppelte ihrer jetzigen Zahl vermehrt haben.»

«Herr, wenn es so steht, weiß ich einen Ausweg», antwortete Gwydyon, «gebt mir heute nacht die Schweine noch nicht, aber verweigert sie mir auch nicht ... morgen werde ich Euch einen Tausch vorschlagen.»

In dieser Nacht gingen Gwydyon und seine Gefährten in das Haus, in dem man sie einquartiert hatte, und hielten Rat.

«Männer», sprach Gwydyon, «allein vom Bitten fliegen uns die Schweine nicht zu. Ich gedenke aber trotzdem welche heimzutreiben.»

Und nach diesen Worten zeigte er seine Zauberkünste und zauberte zwölf Hengste und zwölf Windhunde, alle schwarz mit weißen Brüsten, und zwölf Halsbänder samt zwölf Leinen. Jeder, der auf die Halsbänder und Leinen schaute, meinte, sie seien aus Gold. Außerdem war da auch noch ein Sattel für jedes Pferd, und alle Stellen, die gewöhnlich aus Eisen sind, waren aus Gold, und die Zügel waren vortreffliche Handarbeit.

Gwydyon brachte die Pferde und die Hunde zu Pryderi und sagte: «Einen guten Tag Euch, Herr.»

«Einen guten Tag auch dir und willkommen.»

«Herr», sprach Gwydyon weiter, «hier ist der Ausweg, von dem ich letzte Nacht sprach: Ihr sollt die Schweine weder verkaufen noch verschenken, sondern sie vielmehr gegen etwas Wertvolleres eintauschen. Ich gebe Euch diese zwölf Pferde, diese zwölf Hunde, die Sättel und Leinen, Halsbänder und Zaumzeuge und diese zwölf Schilde dazu.» (Letztere zauberte er noch rasch auf der Stelle aus Pilzen.)

«Das wollen wir im Rat besprechen», sagte Pryderi, und in der Versammlung kam er mit seinen Männern überein, auf dieses Tauschgeschäft einzugehen.

Gwydyon und seine Männer nahmen Abschied und trieben die Schweine mit sich fort.

«Männer, nun heißt es sich beeilen», rief Gwydyon, «der Zauber wird nur einen Tag vorhalten. Danach wird ihnen klarwerden, daß wir sie übertölpelt haben.»

Sie erreichten den Hügel von Keredigyawn, und der Platz, an dem sie rasteten, wird noch immer Mochdrev genannt, also Schweinestadt.

Am nächsten Morgen eilten sie weiter, durchquerten Elenid und rasteten über Nacht zwischen Keri und Arwystli, in einer anderen Stadt, die heute ebenfalls «Schweinestadt» heißt, und von dort zogen sie in einen Bezirk von Powys, der Mochnant genannt wird, wo sie abermals nächtigten.

Bis sie in den Cantrev von Rhos kamen, verging der folgende Tag, und Gwydyon sagte:

«Männer, eilen wir mit den Tieren zu dem Stützpunkt von Gwynedd, denn jetzt setzen sie uns mit einem Heer nach.»

Sie zogen in den Oberen Bezirk und bauten dort einen Pferch für die Schweine.

Als sie diesen Verhau errichtet hatten, ritten sie auf die Feste Dathal, um Math zu treffen, und als sie dort ankamen, stellte der König schon Truppen auf.

«Was geht hier vor?» fragte Gwydyon, und die Antwort war:

«Pryderi hat Männer aus einundzwanzig Cantrevs aufgeboten zu eurer Verfolgung. Weshalb seid ihr so langsam gereist? Und wo sind die Tiere, die ihr holen wolltet?» fragte Math.

«Sie sind in einem Pferch in einem anderen Cantrev», antwortete Gwydyon.

Sie hörten Trompeten, und so bewaffneten sie sich und zogen nach Pennard in Arvon.

In dieser Nacht aber kehrten Gwydyon und sein Bruder Gilvaethwy nach der Feste Dathal zurück. Die anderen Mädchen wurden aus der Kammer gejagt. Goewin aber mußte gegen ihren Willen bleiben, und Gwydyon zwang sie dazu, mit ihm zu schlafen.

Am anderen Morgen sprach er:

«Ich empfinde keine Reue. Die Liebe ist herrlich. Und nichts Schöneres gibt es unter Sonne und Wind, als mit einer Frau zu schlafen, nach der man sich lange gesehnt hat. Und folgte der Tod daraus – sei's drum!»

Die Brüder eilten zu dem Platz, da Math mit dem Heer lagerte, und als sie ankamen, besprachen die Männer gerade, wo sie sich Pryderi entgegenstellen wollten. Es wurde beschlossen, den Feind bei der Verschanzung von Gwynedd in Arvon zu erwarten. Pryderi griff an. Er ritt selbst mit in die Schlacht, und ein großes Hinschlachten hob an, bis die Männer aus dem Süden zurückweichen mußten, und sie zogen zu dem Ort, der heute Nant Call genannt wird.

Dort kam es abermals zu einer Schlacht, und die aus dem Süden flohen bis Dôl Benmaen, dort baten sie um Waffenstillstand, und Pryderi stellte als Geiseln Gwrgi Gwastra und die Söhne von dreiundzwanzig seiner Ritter.

Darauf zogen sie bis nach Y Traeth Mawr, aber als man die Gelbe Furt erreichte, konnte man das Fußvolk nicht mehr zurückhalten. Obwohl Friede vereinbart war, begann es, auf den Feind zu schießen. Pryderi schickte Boten aus, um die kämpfenden Truppen zu trennen, und er bat, Gwydyon solle sich ihm im Einzelkampf stellen, zumal er ja Anlaß zu all den Kämpfen gewesen war.

Als er dies hörte, sprach Math:

«Wenn Gwydyon damit einverstanden ist, soll es geschehen. Aber ich zwinge keinen, allein seinen Kopf hinzuhalten, wenn wir es alle tun können.»

«Pryderi findet», sagte der Bote, «daß sich ihm jener Mann, der ihm so großes Unrecht antat, zum Einzelkampf stellen solle.»

«Recht so», rief Gwydyon, «was ich selbst besorgen kann, will ich nicht den Männern von Gwynedd aufladen. Ich kämpfe gern mit Pryderi.»

Dies wurde jenem ausgerichtet, und er sprach:

«Gut denn, und wenn ich falle, muß für mich keiner Rache nehmen.»

Die beiden Männer trafen sich. Sie legten ihre Rüstungen an. Sie kämpften. Durch seinen Verstand, seine Geschicklichkeit, aber auch mit Hilfe von Zauber und Magie, blieb Gwydyon Sieger, und Pryderi fand den Tod.

Er wurde beigesetzt bei Maen Tyryawg über Y Velen Rhyd. Dort ist sein Grab. Die Männer aus dem Süden zogen heim in ihr Land unter bitteren Tränen, und das sollte keinen verwundern: Sie hatten ihren Herrn verloren, viele ihrer Ritter, ihre Pferde und einen großen Teil ihrer Waffen.

Die Männer aus Gwynedd frohlockten, und Gwydyon sagte zu Math:

«Herr, wir sollten die Geiseln, die die Männer aus dem Süden gestellt haben, wohl heimschicken.»

«Ja, laßt sie frei», befahl Math, und so wurde es Gwrgi und den übrigen Geiseln gestattet, ihren Kameraden hinterher zu reiten. Math ritt nach der Feste Dathal, aber Gilvaethwy und sein Gefolge machten den Umritt durch Gwynedd, wie es der Sitte entsprach, statt zum Hofe zurückzukehren.

Math ging in seine Kammer und wollte sich sein Lager richten lassen und seinen Fuß auf die Spalte zwischen den Schenkeln der Jungfrau stellen, aber Goewin sprach:

«Herr, ihr müßt Euch nach einem anderen Mädchen umsehen. Ich bin eine Frau.»

«Wie ist das geschehen?»

«Man hat mich vergewaltigt. Ich habe geschrien. Jeder am Hof kann es bezeugen. Deine Neffen Gwydyon und Gilvaethwy haben mir Gewalt angetan und mich entehrt.»

«Das soll nicht ungerächt bleiben», sagte Math finster, «erstens werde ich Sühne für dich verlangen und dann für mich. Ich werde dich heiraten und über mein Reich herrschen lassen.»

Unterdessen waren die Neffen noch nicht zum Hof zurückgekehrt. Sie zögerten den Umritt hinaus, bis Math Befehl gab, ihnen unterwegs Essen und Trinken zu verweigern. Erst wollten sie auch dann nicht heimkehren, aber endlich kamen sie doch.

«Herr, einen guten Tag», sprachen sie.

«Nun, seid ihr gekommen, um wiedergutzumachen?» fragte Math.

«Herr, verfüge über uns.»

«Ginge es nach meinem Willen, all diese Männer hätten nicht sterben müssen. Am meisten schmerzt mich der Tod Pryderis. Da ihr hier seid, werde ich euch bestrafen.»

Math nahm seinen Zauberstab und berührte damit Gilvaethwy, und dieser wurde eine große Hirschkuh. Dann berührte er Gwydyon. Der wollte entwischen, aber es gelang ihm nicht. Ihn verwandelte er in einen Hirsch.

«Da ihr zusammen schuldig geworden seid», sprach er dann, «macht euch auch zusammen davon. Ihr sollt euch begatten. Ihr sollt wilde Tiere sein, und wenn diese Tiere, in die ich euch verwandelt habe, Junge haben, dann sollt ihr zurückkommen. Kehrt wieder in einem Jahr von heute an.»

Am Ende des Jahres hörte Math ein Geräusch vor seinem Haus, und die Hunde schlugen im Hof an.

«Geht und seht nach, was da los ist», sagte er zu seinen Männern, und die Diener berichteten ihm:

«Herr, wir haben nachgeschaut: Draußen stehen ein Hirsch und eine Hirschkuh, und ein Junges springt zwischen ihnen.»

Math stand auf, ging hinaus und sah die drei Tiere. Er hob seinen Zauberstab und sagte:

«Derjenige von euch beiden, der im vergangenen Jahr ein Hirsch gewesen ist, der werde ein Eber und aus der Hirschkuh werde eine wilde Sau. Heute aber nach einem Jahr kommt wieder und bringt mir, was aus eurer Begattung erwächst.»

Das Hirschjunge aber nahm er an sich und ließ es taufen, und man gab ihm den Namen Hydwn.

Am Ende des Jahres schlugen die Hunde draußen wieder an, und als Math hinausging, sah er drei wilde Tiere: einen Eber, eine Sau und ein kräftiges Junges, recht stark für sein Alter.

«Dich will ich zu mir nehmen, will dich entzaubern und taufen lassen», sagte er und berührte das junge Wildschwein mit seinem Stab. Sogleich wurde ein hübscher junger Bursche daraus, mit dichtem kastanienbraunem Haar, und ihn nannte Math Hychdwn.

«Was aber euch betrifft», sprach er zu seinen verzauberten Neffen, «euch verwandle ich auf ein Jahr in einen Wolf und eine Wölfin. Lebt nach der Art der Wölfe und seid am Tag übers Jahr wieder hier unter diesen Mauern mit dem, was ihr gezeugt habt.»

Ein Jahr später schlugen abermals die Hunde an, und draußen standen ein Wolf, eine Wölfin und ein Wolfs-Junges. Math berührte das junge Tier mit seinem Zauberstab, und als ein Knabe daraus geworden war, nannte er ihn Bleiddwn.

Dann entzauberte er auch den Wolf und die Wölfin und sprach:

«Männer, ihr habt mir Schaden und Leid zugefügt, aber dafür habt ihr gebüßt. Es ist eine große Schande, daß ihr miteinander Kinder habt. Jetzt aber nehmt ein Bad, und darauf legt wieder menschliche Kleidung an.»

Nachdem die beiden Neffen also gesühnt hatten, entzaubert und gereinigt worden waren, rief Math sie zu sich und sagte:

«Männer, ihr habt den Frieden verdient, und ich will Euch Freundschaft zuteil werden lassen, denn es steht dem König gut an, immer etwas mehr zu geben, als es Sitte und Gewohnheit fordern. Jetzt aber ratet mir, was für ein Mädchen ich wählen soll, denn schon drei Jahre bin ich ohne eine, auf deren Schoß ich meinen Fuß stützen kann.»

«Herr», sprach Gwydyon, der Sohn des Don, «da ist es leicht, dir zu raten. Nimm Aranrhod, die Tochter des Dôn, deine Nichte, deiner Schwester Tochter.»

Sie schickten nach dem Mädchen, und es kam herein.

«Nun, Schöne», sagte er, «bist du das Mädchen, das ich suche?»

«Ich weiß nicht, Herr. Ich weiß nur, daß ich bin.»

Da nahm er seinen Zauberstab, bog ihn und sprach: «Steig darüber, und ich werde wissen, ob du das Mädchen bist, das ich suche.»

Sie stieg über den Zauberstab. Da zeigte sich ein pausbäkkiger Junge mit gelbem Haar. Als das Kind nun zu schreien begann, lief das Mädchen zur Tür hinaus. Und da lag noch ein zweites Kind, aber ehe irgend jemand einen zweiten Blick hatte darauf werfen können, hatte Gwydyon es aufgenommen, in ein Tuch gehüllt und versteckt.

Der Platz aber, an dem er es verbarg, war in einer Kiste, die am Fußende seines Bettes stand.

«Nun», sagte Math, den hübschen blondhaarigen Jungen

betrachtend, «ich will ihn taufen lassen, und zwar auf den Namen Dylan.»

Also tauften sie das Kind, aber während der Taufe glitt es dem, der es hielt, aus den Händen und fiel in die See. Dort aber schien es ganz in seinem Element und schwamm, wie der beste Fisch nicht geschickter schwimmen kann. Aus diesem Grund wurde es «Dylan, Sohn der Wellen» genannt. Unter ihm brach sich nie eine Welle. Und der Schlag, durch den er zu Tode kam, wurde ihm durch seinen Onkel Govannon versetzt. Der dritte tödliche Schlag wurde er genannt.

Als nun Gwydyon eines Morgens in seinem Bett lag, hörte er in der Kiste am Fußende seines Bettes etwas schreien, und wenn es auch nicht laut war, so konnte er es dennoch hören.

Er stand eilig auf und öffnete die Kiste, und er sah einen kleinen Jungen, der seine Arme aus den Falten des Tuches ihm entgegenstreckte.

Er nahm das Kind auf und brachte es zu einer Frau, von der er wußte, daß Milch aus ihren Brüsten floß.

Am Ende des ersten Jahres war dieses Kind so groß wie sonst ein Zweijähriges. Am Ende des zweiten Jahres konnte der Junge schon allein zu Hofe gehen. Und als er zu Hofe kam, nahm sich Gwydyon seiner an, und der Junge wurde vertraut mit ihm und mochte ihn lieber als irgend jemanden sonst auf der Welt. Danach wurde der Junge bei Hofe erzogen, und mit vier Jahren war er so groß und kräftig, als sei er acht.

Eines Tages ging Gwydyon aus, und der Junge war bei ihm. Sie kamen zu dem Schloß von Aranrhod. Und als die Frau sie kommen sah, ging sie Gwydyon entgegen und sprach zu ihm:

«Der Himmel verfüge Euer Gedeihen. Aber wer ist dieser Junge, der da bei Euch ist?»

«Das ist Euer Sohn», antwortete Gwydyon.

«Ach», sprach sie, «was ist denn in Euch gefahren, daß Ihr

mich in Schande stürzen wollt. Wenn Ihr darauf aus wart, mich zu entehren, warum habt Ihr so lange damit gewartet?»

«Wenn nicht mehr Unehre über Euch kommt als durch mich, weil ich dieses Kind aufgezogen habe, wird Eure Schande gering sein», antwortete Gwydyon.

«Wie heißt dieser Junge?» fragte sie.

«Wahrlich», antwortete er, «er hat bis jetzt noch keinen Namen.»

«Nun», sprach sie, «so erlege ich ihm das Schicksal auf, daß er nie einen Namen bekommen soll, es sei denn, er empfinge ihn von mir.»

«Der Himmel ist mein Zeuge», sprach Gwydyon, «Ihr seid ein böses Weib. Aber der Junge soll dennoch einen Namen haben, wie sehr Euch das auch mißfallen mag. Ihr ärgert Euch ja nur, weil so bekannt wird, daß Ihr nicht länger jungfräulich seid.»

Darauf ging er im Zorn fort, nahm den Jungen mit sich, und sie spazierten am Meer zwischen Dathal und Aber Menei. Und dort sah Gwydyon etwas Seegras und Tang und verwandelte diese Pflanzen in ein Boot. Und trockene Stöcke und Gras verzauberte er in cordovanisches Leder, und zwar von der Art, daß man nie schöneres Leder gesehen hatte. Dann zauberte er noch für das Boot ein Segel, und er und der Junge fuhren zu dem Hafen des Schlosses von Aranrhod. Und dort schickten sie sich an, das Leder für die Schuhe zuzuschneiden und es zu nähen, bis im Schloß jemand auf sie aufmerksam wurde. Nun zauberte er für den Jungen und für sich eine andere Gestalt, damit man sie nicht erkenne.

«Was für Männer sind das dort unten im Boot?» fragte Aranrhod.

«Es sind Schuhmacher», gab man ihr zur Antwort.

«Geht und schaut, was für ein Leder sie mit sich führen und wie es um ihre Ware bestellt ist.»

Also ging man nachschauen. Und was man sah, war ein

Mann, der cordovanisches Leder färbte und vergoldete. Und die Kundschafter erzählten es Aranrhod.

«Nun» sprach sie, «nehmt das Maß meiner Füße. Ich wünsche, daß der Mann dort unten ein Paar Schuhe für mich macht.»

Gwydyon fertigte die Schuhe an, aber nicht so, wie die Maße lauteten, sondern etwas größer.

Als man sie ihr brachte, sagte sie:

«Dieses Paar ist zu groß, aber er soll seinen Lohn haben. Richtet ihm aus, er soll noch ein Paar Schuhe machen, aber diesmal etwas kleiner.»

Da machte er ein zweites Paar Schuhe, aber diesmal so, daß sie zu klein waren für ihre Füße, und ließ sie ihr schicken.

«Sag ihm, auch diese hier passen nicht», trug sie ihrem Diener auf. «Und er soll noch ein Paar versuchen.»

«Schluß jetzt» sprach Gwydyon, «noch einmal mache ich mich erst dann an die Arbeit, wenn ich mir selbst diese Füße angeschaut habe.»

Sie kam also herunter zum Boot, und als sie ihn dort aufsuchte, schnitt er Leder zu, und der Junge nähte: «Oh, schöne Dame», sprach Gwydyon, «einen guten Tag Euch.»

«Der Himmel verfüge dein Wohlergehen», sagte sie, «ich frage mich, warum du es nicht vermagst, für mich ein Paar Schuhe nach Maß anzufertigen.»

«Ich konnte es nicht», erwiderte er, «aber bald werde ich es können.»

Darauf zeigte sich ein Zaunkönig auf dem Deck des Bootes. Der Junge schoß nach dem Vogel und traf ihn am Bein zwischen Sehne und Knochen.

Da lächelte sie und sprach:

«Wahrlich, dieser blondhaarige Junge zielt mit sicherer Hand.»

«So ist es», sagte Gwydyon, «der Himmel danke es dir nicht. Aber jetzt hat der Junge einen Namen und einen guten dazu. Llew Llaw Gyffes (Llew mit der geschickten Hand) soll er heißen. Und du hast ihm selbst diesen Namen gegeben.»

Da ward der Zauber aufgelöst, und alles wurde wieder Seegras und Binsen, und nicht länger hatten Gwydyon und der Junge eine andere Gestalt.

«Wahr wird sein», rief Aranrhod Gwydyon zu, «du sollst nicht damit ans Ziel kommen, mir Böses zuzufügen.»

«Noch habe ich dir nichts Böses zugefügt», antwortete er.

«Nun», sprach sie, «ich will, daß der Junge nie Waffen noch Rüstung haben soll, es sei denn, ich gäbe sie ihm.»

«Beim Himmel», sprach Gwydyon, «sei boshaft, soviel wie du willst, aber Waffen soll er bekommen.»

Dann zog er fort gegen Dinas Dinlleu, und dort zog er den Jungen auf, bis dieser mit einem Pferd umgehen konnte und vollkommen war, was seine Gesichtszüge, seine Körperkräfte und seine Gestalt anbetraf. Dann wußte er es so einzurichten, daß sich der Junge danach sehnte, Pferde und Waffen zu besitzen. Also rief er ihn zu sich und sprach: «Hör, Junge, morgen haben wir einen Auftrag zusammen zu verrichten. Sei ein bißchen freundlicher, als du es gewöhnlich in letzter Zeit bist.»

«Ich will es versuchen», sagte der Junge.

Am nächsten Morgen, bei Tagesanbruch, standen sie auf. Sie liefen an der Küste entlang bis nach Brynn Aryen. Und an der Spitze des Kevyn Clun Tyno verschafften sie sich Pferde und ritten damit zum Schloß von Aranrhod. Und sie verwandelten ihr Aussehen und schritten in der Gestalt von jungen Leuten auf das Tor zu. Aber Gwydyon wirkte etwas gesetzter, als der Mann, der neben ihm ging. «Torwächter», sagte er, «geh und verkünde, daß zwei Barden aus Morgannwg angekommen sind.»

Der Torwächter ging hinein.

«Sie sind willkommen. Man führe sie zu mir, sagte Aranrhod.

Freundlich begrüßte man sie. Die Halle wurde geschmückt. Man setzte sich, um zu speisen. Als man damit fertig war, tauschte Aranrhod mit Gwydyon Märchen und Geschichten aus. Und Gwydyon erwies sich als ein ausgezeichneter Erzähler. Als das Feiern ein Ende hatte, bereitete man beiden Männern eine Kammer, und sie legten sich schlafen.

Im Zwielicht des Morgens stand Gwydyon auf und versammelte um sich all seine Zauberkraft. Als nun der Tag angebrochen war, hörte man den Widerhall von Trompetensignalen und Kommandorufen. Da hörten die beiden Männer recht bald auch, wie Aranrhod an ihre Kammertür klopfte und sie öffnen hieß. Auf stand der Junge und ließ sie herein, und ein Mädchen war bei ihr.

«Ach, gute Männer», sprach sie, «uns droht Gefahr.»

«Ja, wirklich», erwiderte Gwydyon, «wir haben auch schon den Lärm da draußen gehört. Was hat das zu bedeuten?»

«Wahrlich», sprach sie, «man sieht nicht die Farbe der Wellen vor lauter Schiffen, die auf unsere Küste zuhalten. Was läßt sich da tun?»

«Frau», sagte Gwydyon, «es bleibt gar nichts anderes übrig, als uns hier, so gut es eben geht, zu verteidigen.»

«Dem Himmel danke ich», sprach sie, «wenn ihr das tut. Waffen gibt es in Hülle und Fülle.»

Und sie ging fort und holte zusammen mit zwei Mädchen Rüstungen für zwei Männer.

«Frau», sagte Gwydyon, «helft Ihr diesem Neuling, ich werde mir von den zwei Mädchen helfen lassen. Ich glaube, das Kampfgeschrei kommt immer näher.»

«Das will ich gern tun.»

Also bewaffnete sie ihn und war noch froh darüber.

«Hast du Rüstung und Waffen angelegt?» fragte Gwydyon schließlich den Jungen.

«Ja, ich bin bereit.»

«Ich bin auch fertig», antwortete Gwydyon, «nun, so laß

uns Panzer und Waffen wieder ablegen, denn wir brauchen sie nicht.»

«Wie das?» fragte die Frau, «steht nicht ein Heer um die Burg?»

«Nein, gute Frau, da ist keine Armee.»

«Oh», rief sie, «woher dann all dies Lärmen?»

«Den Lärm habe ich entfacht durch Zauber, um Eure Prophezeiung zunichte zu machen. Nun hat der Junge doch Waffen bekommen, und er schuldet Euch nicht einmal Dank dafür.»

«Beim Himmel», sagte Aranrhod, «Ihr seid ein böser Mann. Manch Jüngling hätte sein Leben verlieren können durch den Aufruhr, den Ihr heute im Land vorgetäuscht habt. Jetzt will ich einen Schicksalsspruch tun, daß dieser junge Mann nie eine Frau bekommt, die zu jenen Weibern gehört, die auf der Erde wohnen.»

«Wahrlich», sagte Gwydyon, «Ihr seid ein boshaftes Weib. Und eine Frau soll der Junge dennoch haben!»

Darauf zog er mit dem Jungen zu Math und beklagte sich bei diesem über Aranrhod. Gwydyon erzählte ihm, wie er es angestellt hatte, trotz des Schicksalsspruches Rüstung und Waffen für den Jungen zu bekommen.

«Nun», sprach Math, «dann wollen du und ich mit Magie und Zauber versuchen, für ihn ein Weib aus Blumen zu machen. Er ist jetzt zum Mann herangewachsen. Er braucht eine Frau. Ein jeder wird das einsehen.»

Sie nahmen also die Blüten des Eichbaumes und die Blüten des Ginster, die Blüten der Gänseblümchen und die Blüten von Lilien und zauberten daraus für ihn ein Mädchen, so schön und anmutig wie sonst keines auf dieser Welt. Sie gaben ihr den Namen Blodeuedd.

Und als der junge Mann sie zur Frau genommen hatte, sprach Gwydyon:

«Es ist nicht leicht für einen Mann, für seinen Unterhalt

und den seiner Familie zu sorgen, wenn er keine Besitztümer hat.»

«Das ist wahr», sagte Math, «ich will dem jungen Mann die beste meiner Provinzen geben.»

«Herr», sprach Gwydyon, «welche Provinz ist das?»

«Die Provinz von Dinoding», antwortete er. Und seit jenem Tag wird das Land Eivyonydd und Ardudwy genannt. Und der Ort in der Provinz, an dem er seinen Palast erbaute, heißt Mur Castell, an der Grenze von Ardudwy. Dort regierte er, und Llew und sein Weib wurden von allen geliebt.

Eines Tages aber zog er aus nach Dathal, um Math, den Sohn des Mathonwy, zu besuchen.

Als er weggeritten war, ging Blodeuedd im Hof spazieren. Da hörte sie den Klang des Hornes. Gleich darauf sprang ein müde gewordener Hirsch vorbei, und Hunde und Jäger verfolgten ihn. Hinterdrein kam eine Gruppe von Männern zu Fuß.

«Schickt einen Pagen aus», sagte sie zu ihren Leuten, «er soll sich erkundigen, wer in dieser Jagdgesellschaft reitet.»

«Gronw Pebyr ist das, Herr auf Penllyn», sagten sie ihm. Und so richtete der Page es aus.

Gronw Pebyr verfolgte den Hirsch, und bei dem Fluß Gynvael überholte er ihn und tötete das Tier. Und bis sie die Jagdbeute ausgenommen und den Hunden ihr Teil hingeworfen hatten, war es schon spät am Abend geworden, und die Nacht brach herein. Also kam er zum Tor des Hofes und bat um Quartier.

«Wahrlich», sagte Blodeuedd, «unser Herr und Gebieter würde schlecht von uns sprechen, ließen wir diese Männer zu dieser Stunde weiterreiten in ein anderes Land, ohne sie zu uns eingeladen zu haben.»

«Ganz recht», sagten die Leute in der Burg, «die Sitte erheischt es, die Jagdgesellschaft über Nacht hereinzubitten.»

Da ritten Boten mit diesem Auftrag aus. Gronw nahm die Einladung gern an und kam in den Hof, und Blodeuedd begrüßte ihn und hieß ihn willkommen.

«Frau», sprach er, «möge Euch der Himmel Eure Freundlichkeit vergelten.»

Als nun die Fremden ihre Rüstung abgelegt hatten, setzten sie sich. Blodeuedd sah zu dem Mann Gronw Pebyr hin, und in dem Augenblick, da sie ihn anschaute, überkam sie Liebe zu ihm. Und er schaute sie an, und die Liebe überfiel auch ihn wie ein Feuer, das durch die Adern rast, so daß er es nicht verbergen konnte, wie sehr er sie liebte, sondern vielmehr offen davon sprach.

Darüber freute sie sich. Und all ihre Gespräche an diesem Abend hatten zu tun mit ihrer Liebe zueinander, und daß ihnen für ihre Liebe nicht mehr Zeit bleibe als nur eine Nacht. Die aber nutzten sie, umarmten sich im Bett der Frau auf seidenen Tüchern und empfanden keinen Arg dabei, obwohl es Sünde war.

Am nächsten Tag wollte Gronw Pebyr weiter. Aber Blodeuedd sprach: «Ich bitte Euch, geht wenigstens heute noch nicht fort.» Also blieb er auch diesen Tag und die darauf folgende Nacht bei ihr, und die Stunden vergingen rasch, da sie sich so stürmisch liebten. Am Morgen aber berieten sie, wie sie es anstellen könnten, für immer beieinander zu sein.

«Es gibt nur eine Möglichkeit», sagte er, «du mußt versuchen herauszufinden, auf welche Weise Llew Llaw Gyffes, dein Mann, zu Tode kommen kann. Dies wird dann nicht schwer sein, wenn du vorgibst, dich treibe die Sorge um sein Leben zu solchen Fragen.»

Am nächsten Tag nahm Gronw Pebyr Abschied. Aber Blodeuedd wollte ihren Geliebten wiederum nicht ziehen lassen.

«Nein, heute darfst du auch noch nicht fort», rief sie.

«Wenn du so sprichst, kann ich nicht fort», antwortete er,

«aber ich sage dir, es ist jetzt gefährlich. Zu jeder Stunde kann Llew heimkommen.»

«Morgen», sagte sie, «morgen hast du meinen Segen, wenn du reitest.»

Am nächsten Tag brach er endlich auf, und sie hinderte ihn nicht daran.

«Vergiß nicht», sagte Gronw, «was ich dir geraten habe. Sprich mit deinem Mann. Tu so, als treibe dich Liebe und Fürsorge, und versuche herauszufinden, auf welche Weise man ihn töten kann.»

An diesem Abend kehrte Llew Llaw Gyffes auf seine Burg zurück. Den folgenden Tag verbrachte er mit Gesprächen, hörte den Sängern zu und feierte ein fröhliches Fest.

Als sie am Abend zu Bett gingen, sprach er einmal zu Blodeuedd. Er sprach ein zweites Mal zu ihr. Aber nie erhielt er eine Antwort.

«Was hast du?» fragte er schließlich.

«Ich habe an etwas gedacht, was dir gewiß nicht in den Sinn kommt. Ich fürchte mich, du könntest sterben. Wenn ich an deinen Tod denke, kommt es mir so vor, als würdest du eher sterben als ich.»

«Der Himmel danke dir für deine Fürsorge», sagte er, «aber mich wird so leicht keiner erschlagen.»

«Aber um des Himmels und meiner Liebe Willen, zeig mir doch, wie dich einer töten könnte.»

«Das will ich dir gern sagen», erwiderte er, «leicht ist es nicht, außer ich würde verwundet an einer bestimmten Stelle. An dem Speer, der mich tötet, müßte ein Mann ein Jahr geschnitzt haben. Und nicht eher darf er jeweils anfangen zu arbeiten, als die Opfer am Sonntag dargebracht sind.»

«Stimmt das wirklich?» fragte sie, «ist das die Wahrheit?»

«Gewiß doch. Und ich kann nicht erschlagen werden in einem Haus, noch außerhalb eines Hauses, nicht zu Pferde und nicht zu Fuß.»

«Wahrlich, dann kannst du also überhaupt nicht erschlagen werden?»

«O doch, und ich will dir auch erklären wie», sagte er, «wenn einer ein Bad errichtet neben einem Fluß und fügt ein Dach über einen Kessel und bringt einen Ziegenbock und legt ihn neben den Kessel, und ich setze einen Fuß auf des Ziegenbock Rücken und den anderen auf den Rand des Kessels, und es trifft mich jemand in diesem Augenblick und stößt zu, dann werde ich sterben müssen.»

«Oh», sagte sie heuchlerisch, «ich danke dem Himmel. Denn, daß all dies zusammentrifft, sollte sich doch leicht vermeiden lassen.»

Kaum aber hatte sie all dies erfahren, so schickte sie Gronw Pebyr Nachricht davon. Und Grown schnitzte einen Speer, und am Tag nach zwölf Monden war er fertig. Am selben Tag noch ließ er Blodeuedd darüber Nachricht zukommen.

«Herr», sprach Blodeuedd da zu Llew, «ich habe darüber nachgedacht, wie das eintreten könnte, was Ihr mir über Euren Tod gesagt habt. Könnt Ihr mir nicht zeigen, auf welche Art Ihr auf dem Rand eines Kessels und auf dem Rücken eines Ziegenbocks stehen müßtet, wenn es sich erfüllen soll. Ich werde ein Bad für Euch richten. Es wäre wirklich gut, wenn ich genau Bescheid wüßte, damit eine solche Situation nie eintreten kann.»

«Ich werde es dir zeigen», sagte Llew.

Dann schickte sie nach Gronw und bat ihn, sich an dem Hügel, der jetzt Brynn Kyvergyr genannt wird und sich am Fluß Gynvael erhebt, in einen Hinterhalt zu legen. Sie ließ auch alle Ziegen, die in der Provinz weideten, zusammentreiben und brachte sie auf die andere Seite des Flusses, also gegenüber Brynn Kyvergyr.

Am folgenden Tag sprach sie so: «Herr, ich habe ein Dach bauen lassen, und das Bad ist dort bereitet.»

«Gut», sprach Llew, «ich will mir das gern einmal anse-

hen.» An diesem Tag kamen sie und betrachteten die Bade-
stelle.

«Willst du nicht ein Bad nehmen, Herr?» fragte sie.

«Warum nicht», sagte er arglos, stieg ins Bad und rieb sich
mit Öl ein.

«Herr», sprach sie, «seht Ihr diese Tiere dort? Es sind doch
wohl Böcke darunter?»

«Ja doch», sagte er, «laßt einen davon fangen und ihn her-
bringen.»

Der Bock wurde gebracht. Da stieg Llew aus dem Bad und
zog seine Hosen an. Er setzte einen Fuß auf den Rand des
Badebeckens und den anderen auf den Rücken des Bockes.
Darauf erhob sich Gronw vom Hügel, der Brynn Kyvergyr
genannt wird, stützte sich auf dem einen Knie auf und warf
die vergiftete Lanze, und sie traf Llew in die Seite, so daß der
Schaft herausragte, aber die Spitze in seinem Körper stecken
blieb. Darauf verwandelte er sich in einen Adler und stieß
einen furchtbaren Schrei aus. Von da an ward er nicht mehr
gesehen.

Kaum daß er fort war, machten sich Gronw und Blodeuedd auf zu der Burg, und dort schliefen sie miteinander viele
Male in dieser Nacht. Am nächsten Morgen stand Gronw auf
und ergriff Besitz von Ardudwy. Danach herrschte er über
Ardudwy und über Penllyn.

Die Nachricht von all dem wurde Math, dem Sohn des
Mathonwy, zugetragen. Kummer und Gram überkamen
ihn. Aber noch trauriger war Gwydyon.

«Herr», sprach er endlich, «ich will nicht eher rasten und
ruhen, bis ich in Erfahrung gebracht habe, was aus meinem
Neffen geworden ist.»

«Recht so», sprach Math, «möge der Himmel dir Stärke
verleihen.»

Da brach Gwydyon auf und zog fort. Und er lief bis an die
Grenzen von Gwynedd und Powys. Und als er dort gewesen

war, zog er nach Arvon und kam zu dem Haus eines Vasallen in Maenawr Pennardd. Er machte Rast und blieb über Nacht. Der Herr des Hauses kam vom Feld herein, und seine Knechte kamen auch, und als letztes kam auch die Schweineherde.

Da sprach der Herr des Hauses zum Hirten:

«Nun, Junge, hast du die Sau heute mit heimgebracht?»

«Ja, Herr, sie ist mit da», sagte er.

«Wo rennt denn die Sau hin, wenn sie durchgeht?» fragte Gwydyon.

«Jeden Tag, sobald der Pferch aufgetan wird, rennt sie fort, und keiner weiß, wo sie bleibt. Es ist, als ob die Erde sie verschluckt hätte.»

«Sei so gut», sagte Gwydyon, «und öffne morgen den Pferch nicht eher, bis ich neben dir bin.»

«Das will ich gern tun», antwortete der Hirte.

Sie legten sich schlafen, und als der Tag anbrach, stand Gwydyon auf, kleidete sich an und ging mit dem Schweinehirten zu dem Pferch.

Dann tat der Schweinehirt auf. Und kaum war das geschehen, da sprang die Sau heraus und machte sich in großer Eile davon. Aber Gwydyon folgte ihr. Sie lief zum Fluß hin und von dort zu einem Bach, der heute Nant y Llew genannt wird. Dort hielt sie inne und begann zu äsen. Und Gwydyon kam unter einen Baum und schaute, was es war, das die Sau fraß. Da sah er, daß es rohes Fleisch war. Dann schaute er hinauf in die Zweige des Baumes und erkannte, daß dort ein Adler saß, und als der Adler sich schüttelte, fiel abermals Wildfleisch herab, und dies verschlang die Sau.

Es kam Gwydyon vor, als sei dieser Adler Llew. Und er sang eine Zauberstrophe:

> «Eiche, die zwischen zwei Ufern wächst,
> verdunkelt sind Himmel und Berg.

An seinen Wunden erkenne ich,
daß es Llew ist, der dort sitzt.»

Darauf kam der Adler herab, bis auf halbe Höhe des Baumes.
Und Gwydyon sang abermals eine Zauberstrophe:

«Eiche, die im Erdreich des Hochlandes wächst.
Ist sie nicht naß vom Regen.
Sind nicht hingegangen über sie
Neun mal zwölf Gewitter.
In ihren Ästen trägt sie Llew Llaw Gyffes.»

Da kam der Adler auf den unteren Ast herab, und nun sang
Gwydyon diese Zauberstrophe:

«Eiche, die an einem Abhang steht.
Groß und mächtig anzuschauen.
Ich wünsche mir,
daß Llew auf meinen Knien sitzt.»

Und der Adler kam herab und setzte sich Gwydyon auf die
Knie. Und Gwydyon berührte ihn mit seinem Zauberstab
und verlieh ihm wieder seine ursprüngliche Gestalt.

Nun bot sich ihm ein jämmerlicher Anblick, denn Llew
war nur noch Haut und Knochen. Darauf zog er in die Provinz Dathal. Dort brachte er ihn zu erfahrenen Ärzten, und
ehe das Jahr zu Ende ging, war er völlig genesen.

«Herr», sprach er darauf zu Math, dem Sohn des Mathonwy, «es ist hohe Zeit jetzt, daß ich Schadenersatz von
dem verlange, der mir all dieses Leid zugefügt hat.»

«Freilich», sprach Math, «er darf den Besitz nicht behalten, der dir rechtens zusteht.»

«Nun», sagte Llew, «je eher ich zu meinem Recht komme,
desto besser.»

Dann riefen sie alle Männer von Gwynedd zusammen und brachen auf gegen Ardudwy. Gwydyon ging voran und kam nach Mur Castell. Als Blodeuedd von seinem Kommen hörte, nahm sie all ihre Mädchen mit sich und floh ins Gebirge. Sie überquerten den Fluß und zogen zu einem Hof im Gebirge, und aus Furcht, daß jemand sie einholen könne, schauten sie immer hinter sich. So achteten sie nicht auf den Weg und stürzten in den See. Alle ertranken, außer Blodeuedd, und Gwydyon holte sie ein. Er sprach zu ihr: «Ich werde dich nicht erschlagen. Dir soll Schlimmeres widerfahren. Ich werde dich in einen Vogel verwandeln. Du sollst dich nie mehr bei Tageslicht sehen lassen können, und all die anderen Vögel sollen dich fürchten und dich jagen, wo immer sie dich finden. Du sollst nicht deinen Namen verlieren, sondern immer Blodeuwedd heißen.»

Nun bedeutet Blodeuwedd in unserer Sprache «Eule», und dies ist der Grund, weshalb alle Vögel die Eule hassen.

Gronw Pebyr zog sich nach Penllyn zurück und schickte von dort eine Gesandtschaft. Diese Männer fragten Llew, ob er wohl Grundbesitz, Gold oder Silber annehmen wolle, zur Entschädigung für das, was ihr Herr ihm angetan.

«Das werde ich nicht tun», sprach Llew zu ihnen, «ich verlange, daß Gronw zu der Stelle kommt, an der er mich mit seinem Speer getroffen hat. Dort will ich auf ihn zielen.»

So wurde es Gronw Pebyr ausgerichtet.

«Nun», sprach er, «muß ich das wirklich tun? Meine treuen Krieger, meine Ritter und meine Ziehbrüder. Ist keiner unter euch, der an meiner Statt ginge?»

«Nein, wahrlich keiner», antworteten sie. Und weil sie wegen dieser Weigerung Schläge von ihrem Herrn empfingen, nennt man sie bis heute den dritten der ungetreuen Stämme.

«Nun» sprach darauf Gronw, «dann muß ich eben gehen.» Also kamen sie beide zu den Ufern des Flußes Gynvael, und Gronw stand an der Stelle, an der Llew gestanden hatte, als er von dem vergifteten Geschoß getroffen worden war. Llew aber stand dort, wo zuvor Gronw gestanden hatte. Dann sagte Gronw zu Llew: «Da all das, was ich dir angetan habe, geschehen ist, während ich unter dem Einfluß eines Weibes stand, bitte ich dich um eine Gunst. Erlaube mir, daß ich hinter jenen Stein trete, der dort drüben am Fluß steht, damit ich wenigstens etwas Schutz habe, wenn du wirfst.»

«Das kann ich dir nicht verwehren», sprach Llew.

«Ach», sprach der andere, «möge es der Himmel dir lohnen.» Also stellte sich Gronw hinter den Stein.

Llew warf seinen Speer, der durchschlug den Stein und durchschlug Gronws Körper und trat am Rücken wieder aus. Noch heute gibt es jenen Stein am Ufer des Flusses Gynvael in Ardudwy, der ein Loch aufweist.

Zum zweiten Mal nahm Llew Llaw Gyffes nun sein Land in Besitz, und glücklich regierte er es. Und wie die Geschichte berichtet, wurde er später auch Herr über Gwynedd.

Hier endet dieser Zweig des Mabinogi.

5

Culhwch und Olwen oder Der Twrch Trwyth

Kilydd, der Sohn des Prinzen Kelyddon, suchte eine Frau als Gefährtin und Beistand, und das Weib, das er erwählte, hieß Goleuddydd, Tochter des Prinzen von Amlawdd.

Nachdem sie miteinander geschlafen hatten, betete das Volk im Land um Kindersegen, und diese Gebete wurden erhört. Während ihrer Schwangerschaft aber verwirrte sich Goleuddydds Sinn, und sie wanderte umher, ohne Behausung. Als aber ihre Zeit kam, war sie wieder bei Verstand. Da stieg sie hinauf in ein Gebirge zu einer Stelle, an der ein Schweinehirt seine Herde weidete, und da sie die Schweine sah, erschrak sie, es setzten die Wehen ein, und sie brachte das Kind zur Welt. Der Schweinehirt brachte den Jungen an den Hof, und er wurde getauft dort, und man nannte ihn Culhwch, weil man das Baby in einer Kuhle, in der sich die Schweine suhlten, gefunden hatte. Es war aber von edler Abstammung und ein Cousin von Arthur, und man gab es fort zu einer Amme.

Danach wurde die Mutter des Kindes krank. Da rief sie ihren Mann zu sich und sprach zu ihm:

«An dieser Krankheit werde ich sterben, und du wirst gewiß eine andere zum Weib nehmen. Nun sind Frauen ein Geschenk des Himmels, aber es wäre Unrecht getan, deinen Sohn damit zu verletzen. Ich bitte dich, sieh dich nicht nach einer anderen Frau um, bis ein Dornenstrauch mit zwei Blüten auf meinem Grab wächst ...»

Das versprach er. Und dann befahl sie ihm, ihr Grab jeden Morgen von allen Pflanzen säubern zu lassen, damit nichts darauf wachse.

Der König schickte, als sie gestorben war, auch wirklich Morgen für Morgen einen Diener hin, der jedes Pflänzchen, das sich zeigte, ausreißen mußte. Aber am Ende des siebenten Jahres vergaß der Herr das Versprechen, das er der Verstorbenen gegeben hatte.

Eines Tages war der König auf der Jagd, und er besuchte die Begräbnisstätte seiner Frau, um nachzusehen, ob er wieder heiraten könne, ohne sein Versprechen zu brechen. Auf dem Grab wuchs ein Dornbusch. Als er das sah, suchte er sofort Rat, welche Frau er nun heiraten solle.

Einer seiner Höflinge sprach: «Ich kenne eine gute Frau, die Euch gefallen müßte. Es ist die Frau des Königs Doged.»

Sie gingen also hin, um sie anzuschauen. Sie erschlugen

Doged und nahmen die Frau und die Tochter mit, und Kilydd eignete sich die Herrschaft über Dogeds Besitz an.

Eines Tages nun ging die Frau spazieren und kam zu der Hütte eines alten Weibes ohne Zähne im Mund.

«Weib, um des Himmels willen», sagte sie, «antwortet mir: Wo sind die Kinder des Mannes, der uns mit Gewalt hierher gebracht hat?»

«Er hat keine Kinder.»

«Weh mir, daß ich zu einem kinderlosen Mann gekommen bin.»

Da sprach die Alte: «Ihr braucht nicht zu klagen. Es gibt eine Vorhersage, daß er einen Erben haben wird, von niemand anderem als Euch. Außerdem hat er schon einen Sohn.»

Da ging die Königin heim und fragte ihren Mann: «Warum verbirgst du deinen Sohn vor mir?»

Der König antwortete: «Es soll nicht länger geschehen.»

Also schickte er nach dem Jungen. Der kam zu Hofe, und seine Stiefmutter sprach zu ihm:

«Du würdest gut daran tun, eine Frau zu nehmen. Ich habe eine Tochter, die jeder Mann auf der Welt gern zum Weibe hätte.»

«Ich bin noch nicht alt genug, um eine Frau zu nehmen», sagte Culhwch.

«Dann schwöre ich dir dieses Schicksal zu: Deine Hand soll nie die Brüste einer Frau berühren, bis du nicht Olwen, die Tochter des Hauptriesen Ysbaddadden, gewonnen hast.»

Der Junge errötete. Obgleich er das Mädchen noch nie gesehen hatte, fuhr ihm die Liebe zu ihr in alle Glieder. Sein Vater fragte ihn:

«Junge, warum errötest du so? Was ist dir?»

«Meine Stiefmutter hat geschworen, ich solle nicht eher eine Frau in Liebe berühren, bis ich Olwen, die Tochter des Hauptriesen Ysbaddadden, gewonnen habe.»

«Das wird nicht so schwierig sein», sagte sein Vater. «Arthur ist dein Verwandter. Geh zu ihm, laß dir das Haar schneiden und bitte dir das Mädchen von ihm aus.»

Culhwch ritt aus auf einer Stute mit glänzend grauem Fell, vier Jahre alt. Das Pferd hatte Zaumzeug mit Gold eingefaßt und trug einen goldenen Sattel. In den Händen hielt der Junge zwei Speere aus scharfem Silber, wohl gehärtet, die Spitze aus Stahl, drei Ellen lang und so scharf, um den Wind damit zu verwunden, und aus einer Wunde, die eine solche Waffe schlug, floß das Blut rascher, als Tautropfen vom Riedgras fallen, wenn der Tau im Juni am stärksten ist. Er besaß ein Schwert mit einer goldenen Scheide und zwei weißbrüstige Windhunde mit Halsbändern aus rotem Gold. Sie nahmen sich aus wie Seeschwalben, so rasch bewegten sie sich, und der Stute Hufe warfen vier Staubwolken auf, die sahen aus, als stünden da vier Schwalben in der Luft, zwei vor und zwei hinter dem Pferd.

Culhwch trug einen viereckigen purpurnen Mantel mit einem Apfel aus rotem Gold an jedem Zipfel, und jeder dieser Äpfel war hundert Kühe wert, während die Steigbügel und die Beinkleider von den Zehen bis zu den Hüften wohl mehr als dreihundert Kühe gekostet hatten.

So sanft schritt seine Stute aus, daß nicht ein Gras geknickt wurde dabei, während er zu Arthurs Hof ritt.

Als er nun an das Tor kam, fragte Culhwch:

«Ist da ein Torhüter?»

«O ja, hier ist ein Torhüter. Und wenn du nicht Frieden hältst, wirst du hier nicht willkommen sein. Ich bin der Torhüter bei Arthur an jedem ersten Januar, während für den Rest des Jahres meine Gehilfen Huandaw und Gogigwr und Llaesgymyn und Penpingyon, der auf seinem Kopf läuft, nicht erdwärts und nicht himmelwärts, sondern wie ein rollender Stein, diese Arbeit versehen.»

«Dann öffne das Tor.»

«Ich denke nicht daran.»

«Warum nicht?»

«Das Messer steckt im Fleisch, der Trunk bleibt im Horn, und es herrscht deswegen große Verwirrung in Arthurs Halle. Außer dem rechtmäßigen König eines Landes oder einem Handwerker, der seine Geschicklichkeit mit einbringt, darf keiner herein. Du kannst Futter für deine Hunde bekommen, Hafer für dein Pferd, für dich gepfeffertes Fleisch, Sänger zu deiner Unterhaltung. Wir bringen dich im Gästehaus außerhalb des Palastbezirks unter. Ein Weib, um bei dir zu schlafen, wird sich auch noch finden. Und morgen, wenn das Tor aufgetan wird, für all die anderen, die heute schon hier vorgesprochen haben, werde ich auch dich mit hereinlassen und du kannst dir einen Platz wählen in Arthurs Halle am oberen oder am unteren Ende.»

Culhwch erwiderte: «Nein, mein Freund, so haben wir nicht gewettet. Wenn du das Tor auf der Stelle öffnest, ist alles in Ordnung. Wenn nicht, werde ich große Unehre über deinen Herren bringen und dir wird das einen schlechten Ruf eintragen. Ich werde vor diesem Tor drei Rufe ausstoßen, die man bis Cornwall, bis nach Dinsol im Norden und bis nach Ysgeir Oervel in Irland hört. Und jedes schwangere Weib bei Hofe wird ihre Leibesfrucht verlieren, und die Schöße jener, die nicht schwanger sind, werden sich in einem Krampf verschließen, so daß auch diese Frauen nie mehr ein Kind bekommen können.»

Glewlwyd Gavaelvawr sprach: «Du magst hier lärmen soviel du willst, gegen das Gesetz in Arthurs Palast wirst du nicht ankönnen. Es sei denn, Arthur würde es ausdrücklich erlauben.»

Dann ging Glewlwyd in die Halle. Und Arthur fragte ihn: «Gibt es etwas Neues am Tor?»

«Die Hälfte meines Lebens ist vergangen und die Hälfte des deinigen. Ich bin in Caer Se und Asse gewesen, in Sach und Salach, in Lotor und Fotor, im Größeren und im Kleineren Indien. Ich war bei der Schlacht von Dau Ynyr, als zwölf Geiseln hergebracht wurden von Norwegen. Ich war in Europa, in Afrika, auf der Insel Korsika, in Caer Brythwch und Brythach und Nerthach. Ich war zugegen, als du die Familie des Gleis, Sohn des Merin, erschlugst und Mil Du, Sohn des Dugum, und als du Griechenland im Osten erobertest. Ich war in Caer Oeth und Anoeth und in Caer Nevenhyr. Ich habe gute und starke Männer gesehen, aber nie ist mir einer begegnet, der mit dem zu vergleichen wäre, welcher jetzt vor dem Tor steht.»

Arthur erwiderte:

«Wenn du langsamen Schrittes hereingekommen bist, so lauf nun eilig. Und ein jeder, der das Licht sieht und seine Augen öffnen und schließen kann, soll ihm Respekt erweisen. Laßt ihn uns bewirten aus goldbeschlagenen Trinkhörnern und mit scharf gepfefferten Fleischkeulen. Es geht nicht an, daß ein solcher Mann draußen in Wind und Regen steht.»

Da sprach Kei: «Bei der Hand meiner Gefährten. Hört auf meinen Rat und stoßt nicht alle Sitten und Gebote des Hofes um, nur weil einer wie der gekommen ist.»

«Nicht doch, Kei, mein Bester», antwortete dem Gefährten Arthur, «je höflicher wir sind, desto weiter werden sich unser Ruf und unser Ruhm ausbreiten.»

Also kam Glewlwyd zum Tor und öffnete es, und während alle anderen draußen auf dem Stein, da man in den Sattel steigt oder aus dem Sattel geht, warten mußten, ritt Culhwch mit seiner Stute herein.

«Gruß dem Herrscher über diese Insel», sagte er. «Gruß allen hoch oder niedrig, deinen Kriegern und deinen Häuptlingen. Von deinem Ruhm und deinen Taten soll man überall auf dieser Insel reden.»

«Gruß auch dir», sagte Arthur. «Setz dich zwischen zwei Krieger, und du sollst von den Sängern unterhalten werden.

Solange du bei uns bist, wollen wir dich wie einen Prinzen behandeln, der ein Königreich erben wird. Und wenn ich unter den Gästen und Freunden Geschenke verteile, so will ich bei dir beginnen.» Culhwch erwiderte:

«Ich bin nicht hergekommen, um Speis und Trank zu erbitten. Ich will, daß du mir eine Gunst gewährst, eine Bitte unbedingt erfüllst, und geschieht dies, so will ich dir's nicht vergessen und deinen Namen rühmen, gewährst du mir's aber nicht, so werde ich Verwünschungen über dich in alle vier Winde schreien.»

«Häuptling», sagte Arthur, «wenn du schon nicht mein Gast sein willst, so sprich doch von deinem dringlichen Wunsch. Erfüllt werden soll dir, was immer deine Zunge benennt, liegt es nur dort, wo noch Wind weht, Regen fällt, die Sonne sich zeigt, Meer sich erstreckt und Erde ist. Ausgenommen davon soll nur sein mein Schiff und mein Umhang, Caledvwlch, mein Schwert, Rhongomynyad, meine Lanze, Wynebgwrthucher, mein Schild, Carnwennan, mein Dolch, und Gwenhwyvar, meine Frau. Bei der Wahrheit des Himmels, gern soll dir werden, was sonst auch immer du benennst.»

«Ich möchte, daß du meinen Scheitel segnest.»

«Das will ich gern tun.»

Arthur nahm einen goldenen Kamm und eine Schere mit silbernen Griffen und schnitt dem Jungen die Haare, und sprach:

«Ich fühle eine Regung in meinem Herzen für dich. Ich denke, wir müssen verwandt sein. Sag mir, wer bist du?»

«Ich bin Culhwch, Sohn des Kilydd, dem Sohn des Prinzen von Kelyddon, und Goleuddydd, Tochter des Prinzen Amlawdd, ist meine Mutter.»

«Dann ist es so. Du bist mein Cousin. Nenne nur deine Wünsche. Ich will versuchen, sie zu erfüllen.» – «Beschwöre es beim Himmel und bei der Treue deiner Untertanen.»

«Ich schwöre es.»

«Dann erbitte ich von dir Olwen, die Tochter des Haupt-riesen Ysbaddadden zur Frau. Und ich verpflichte auch all deine Krieger auf diesen Wunsch.»

(Hier folgt ein Namenskatalog von etwa sechs Seiten, der hier nicht wiedergegeben wird.)

Arthur antwortete:

«O Häuptling, ich habe von diesem Mädchen und ihren Eltern nie etwas gehört, aber ich will gern Kundschafter aus-senden, die sich nach ihr umtun sollen. Gib mir dazu etwas Zeit.»

Noch an diesem Tag brachen die Kundschafter auf, aber sie fanden nichts, und als man am Ende des Jahres immer noch keine Nachricht hatte, sprach Culhwch verdrossen:

«Jedem ist gewährt worden, was er sich gewünscht hat, aber mir mangelt immer noch das, wonach ich verlangte. Ich scheide und mit mir geht deine Ehre.»

Da sprach Kei: «Ungeduldiger Häuptling, willst du Ar-thur rügen? Komm mit uns, und wir werden uns nicht eher von dir trennen, bis du entweder bekennst, daß es ein solches Mädchen auf der Welt nicht gibt, oder bis wir es gefunden haben.»

Kei stand auf. Und dies waren die besonderen Fähigkeiten, die er besaß: Neun Tage und neun Nächte konnte er unter Wasser den Atem anhalten. Neun Tage und neun Nächte konnte er ohne Schlaf auskommen. Kein Arzt vermochte eine Wunde zu heilen, die sein Schwert geschlagen hatte. Er konnte sich so groß machen wie ein Baum. Wenn es regnete, so blieb eine Handspanne in seinem Umkreis trocken durch die Hitze, die von ihm ausging. Wenn seinen Gefährten kalt war, so konnten sie durch die Wärme, die er abgab, ein Feuer entzünden.

Arthur rief auch Bedwyr, der nie fehlte, wenn Kei etwas unternahm. Keiner war ihm an Schnelligkeit auf der ganzen

Insel gleich, außer Arthur selbst und Drych Ail Kibddar. Und wenn er auch nur eine Hand besaß, vermochten doch nicht drei Krieger zusammen schneller dem Feind Wunden zu schlagen, als er es tat auf dem Schlachtfeld. Und er besaß eine Lanze, die schlug so tiefe und schreckliche Wunden wie neun andere Lanzen. Er rief Gwrhyr Gwalstawt Ieithoedd, weil er alle Sprachen kannte.

Er rief Gwalchmei, den Sohn des Gwyar, weil der nie heimkehrte von einer Queste, ohne ein Abenteuer erlebt zu haben. Er war der beste Läufer und der beste der Ritter. Es war ein Neffe Arthurs, der Sohn seiner Schwester.

Und Arthur rief Menw, den Sohn des Teirwaedd, damit er mitziehe, und sofern sie in heidnisches Land kämen, durch Zauber bewirke, daß niemand sie sähe, während sie doch alles und jeden sähen. Diese Männer ritten aus und erreichten schließlich eine Ebene, und dort sahen sie eine Burg, das schönste Schloß auf der ganzen Welt.

Sie ritten den ganzen Tag weiter, und als sie meinten, sie müßten nun die Burg bald erreichen, lag sie wieder so weit von ihnen fort, wie am Morgen des Tages. Genauso erging es ihnen am zweiten Tag, und als sie am dritten Tag auf das Schloß zu ritten durch die weite Ebene hin, sahen sie eine Schafherde, und es waren unabsehbar viele Tiere, und bei der Herde war ein Schäfer.

Er stand auf einem Hügel, gekleidet in einen Ledermantel, und eine zottige Dogge stand neben ihm, größer als eine neunjährige Stute.

Der Schäfer hatte noch nie ein Lamm oder einen Widder verloren, und noch nie war jemand über diese Ebene gezogen, den er nicht tödlich verwundet hätte, denn sein Atem war Feuer, und er konnte damit jeden Busch und jeden Baum auf dem Feld niederbrennen.

Kei sprach zu Gwrhyr, dem Dolmetsch der Sprachen: «Geh und sprich mit diesem Mann dort drüben.»

«Kei, ich habe versprochen, nie weiter zu gehen, als du gehst. Also laß uns zusammen hingehen», sagte Gwrhyr.

Und Menw sprach:

«Macht euch nur keine Sorgen. Ich werde den Hund verzaubern, und auch der Mann wird euch nichts tun.»

Sie näherten sich also dem Hirten und sprachen: «Geht es Euch gut, Mann?»

«Vielleicht geht es Euch besser als mir», war die Antwort.

«Ihr habt doch wohl hier das Sagen?»

«Bei Gott, außer meinem Weib schmerzt mich keine Wunde.»

«Wessen Schafe hütet Ihr denn da, und wem gehört diese Burg dort drüben?»

«Ha, es weiß doch jeder, daß dies die Burg des Hauptriesen Ysbaddadden ist.»

«Und wer seid Ihr?»

«Ich werde Custenhin, Sohn des Mynwyedig genannt, und mein Bruder Yspaddadden versklavte mich wegen meines Besitzes. Und ihr, wer seid ihr?»

«Botschafter von Arthur, die kommen, um Olwen zu holen.»

«Gott schütze Euch, Ihr Männer. Keiner, der dies verlangt hat, ist hier jemals lebendig wieder fortgekommen.»

Dann stand der Schäfer auf. Culhwch gab ihm einen goldenen Ring. Er versuchte, den Reif über den Finger zu streifen, aber er paßte nicht, also steckte er ihn in den Finger seines Handschuhs, und daheim gab er ihm seinem Weib.

Sie nahm den Ring und fragte: «Wo kommt dieses Schmuckstück her? Es geschieht nicht oft, daß du etwas Wertvolles findest.»

«Ich war am Meer, um Fische zu fangen. Da fand ich einen Ertrunkenen, den die Flut angespült hatte. Nie sah ich einen so schönen Körper, und an der Hand steckte der Ring.»

«Das Meer pflegt doch aber toten Männern die Schmuckstücke zu entreißen», sagte die Frau, «zeige mir den Leichnam.»

«Weib, du wirst den Mann, dem dieser Ring gehört hat, bald hier vor dir sehen.»

«Wer ist er?» fragte sie.

«Culhwch, Sohn des Kilydd. Er ist gekommen, um um Olwen zu werben.»

Die Frau hatte einander widerstreitende Gefühle. Sie freute sich, daß ihr Neffe, der Sohn ihrer Schwester, kam. Sie war traurig, weil noch nie jemand, der ein solches Ansinnen vorgebracht hatte, mit dem Leben davongekommen war.

Die Fremden kamen an das Hoftor, und die Frau hieß sie herzlich willkommen. Kei zog ein großes Holzscheit aus dem Holzhaufen hervor und schob es zwischen ihre beiden Arme, als sie ihn zur Begrüßung umarmen wollte, und das Holz splitterte und zerbrach.

«Frau, hättest du mich ohne diese Vorsorge umarmt», sprach Kei, «mich hätte hinfort niemand mehr lieben können. Du hast eine seltsame Art, den Menschen deine Zuneigung zu erweisen.»

Sie betraten das Haus, und man gab ihnen zu essen und zu trinken. Und während sie beim Mahl saßen, öffnete die Frau die Truhe nahe dem Herd, und heraus sprang ein junger Bursche mit gelbem lockigem Haar. Gwrhyr sprach: «Es ist eine Schande, daß sich ein solcher Bursche versteckt. Aber ich weiß schon, man kann ihm das nicht vorwerfen.»

Die Frau sprach: «Er ist mein Letzter. Der Hauptriese Ysbaddadden hat schon dreiundzwanzig meiner Söhne getötet, und auch für diesen ist nicht mehr Hoffnung als für die anderen.»

Kei sprach: «Vertraut ihn mir an. Er soll mein Gefährte sein; solange ich am Leben bin, soll niemand ihn erschlagen.»

Dann aßen sie weiter, und die Frau fragte:

«Mit welchem Auftrag seid Ihr gekommen?»

«Wir sind gekommen, um Olwen für Culhwch zum Weib zu freien.»

«Da Euch noch niemand von der Burg zu Gesicht bekommen hat, rate ich Euch, in Gottes Namen, kehrt um.»

«Gott weiß, wir werden nicht umkehren, bis wir nicht das Mädchen gesehen haben. Kommt sie irgendwo hin, wo wir sie einmal zu sehen bekommen?»

«Sie kommt jeden Samstag her, um sich die Haare zu waschen.»

«Würde sie auch sonst kommen, wenn Ihr nach ihr schickt?»

«Der Himmel weiß, ich werde meine Seele nicht zerstören, noch werde ich jene betrügen, die mir vertrauen. Aber wenn Ihr mir schwört, ihr kein Leid anzutun, will ich nach ihr schicken.»

«Das schwören wir.»

Boten wurden ausgesandt, und Olwen kam, gekleidet in ein flammend rotes Gewand, und um den Hals trug sie einen Reifen aus Gold, verziert mit Edelsteinen.

Ihr Haar war gelber als die Blüten von Ginster, ihre Haut weißer als Meerschaum. Ihre Augen blickten so kühn wie die eines Falken, ihre Brüste waren weißer als die Brust eines weißen Schwans, ihre Wangen röter als ein Fuchsfell und jeder, der sie anschaute, war sofort über alle Maßen in sie verliebt. Wo immer sie ihren Fuß hinsetzte, blühten sogleich vier weiße Kleeblätter auf, und aus diesem Grund hieß sie auch Olwen, was so viel bedeutet wie «die weiße Spur».

Sie betrat das Haus und saß neben Culhwch auf der vordersten Bank, und er wußte, wer sie war, sobald er sie erblickt hatte. Er sprach: «Ach, Mädchen, du bist die, die ich liebe. Komm fort mit mir, mögen sie auch übel davon reden. Viele Tage bin ich schon in dich verliebt.»

«Das kann ich nicht tun, denn ich habe meinem Vater

versprochen, nicht zu gehen, ohne daß er es weiß. Sein Leben wird nämlich ein Ende haben am Tag meiner Hochzeit. Ich gebe dir aber gern einen Rat», fuhr sie fort, «geh zu meinem Vater. Bitte ihn um meine Hand und versprich ihm, was immer er von dir verlangt, dann wird er mich dir zum Weibe geben, aber wenn du ihm nichts versprichst, wirst du mich nicht bekommen, und du wirst froh sein können, wenn du überhaupt mit deinem Leben davonkommst.»

«Ich will tun, wie du mir geraten hast.»

Olwen ging zurück in ihre Kammer. Sie standen auf und folgten ihr zu der Burg, wo sie die Torsteher an neun verschiedenen Toren töteten, ohne daß diese einen Laut hätten von sich geben können, und auch neun Doggen brachten sie um, ohne daß diese auch nur geknurrt hätten.

Sie betraten die Halle und sagten: «Gruß dir, Hauptriese Ysbaddadden, im Namen Gottes und der Menschen.»

«Was wollt ihr?» fragte er.

«Wir sind gekommen, um deine Tochter Olwen zu freien. Wir wollen sie für Culhwch, den Sohn des Kilydd, zum Weibe.»

«Wo sind meine Diener und Pagen? Sie sollen mir einen Gabelzinken unter meine Augenlider schieben, damit ich mir anschaue, wie mein Schwiegersohn ausschaut», sagte der Hauptriese. Dies geschah, und er sprach weiter.

«Kommt morgen zurück. Dann will ich euch eine Antwort geben.»

Sie wandten sich um und wollten zur Tür gehen. Da ergriff Ysbaddadden einen der drei vergifteten Steinspeere, die in seiner Nähe lagen, und warf diesen nach ihnen. Bedwyr aber fing ihn auf, schleuderte ihn zurück, und er traf Ysbaddadden genau an der Kniescheibe.

«Du verdammter Barbar von einem Schwiegersohn. Jetzt wird es mir immer schwerer fallen, einen Hügel hinaufzusteigen. Das vergiftete Eisen schmerzt wie der Stich einer

Schmeißfliege. Verdammt sei der Schmied, der diese Speerspitze hämmerte. Wie schmerzhaft das doch ist.»

Sie schliefen in der Nacht in Custenhins Haus, und am Morgen rüsteten sie sich und gingen wieder in die Halle. Dort sprachen sie: «Hauptriese Ysbaddadden, gib uns deine Tochter gegen ein Heiratsgeld, das man dir und ihren weiblichen Verwandten als Preis für ihre Jungfernschaft zahlt, andernfalls wirst du sterben müssen.»

«Ihre vier Großmütter und ihre vier Urgroßmütter sind noch am Leben. Ich muß mich erst mit ihnen beraten.»

«Dann tu das ... wir gehen unterdessen etwas essen.» Als sie nun hinausgingen, nahm der Riese einen zweiten Speer, den er nahebei liegen hatte, und warf ihn, aber Menw, der Sohn des Gwaedd, fing ihn auf und schleuderte ihn zurück. Das Geschoß traf den Riesen in die Brust und trat am Rücken wieder aus.

«Du verdammter Barbar von einem Schwiegersohn», rief der Riese, «das harte Eisen schmerzt mich wie ein Blutegel. Verdammt sei der Amboß, auf dem es rotglühend von einem Schmied geformt wurde. Wie scharf es doch ist. Wenn ich bergauf laufe, wird es in meiner Brust schmerzen. Essen werde ich ohne Lust!» Sie gingen zum Mahl, und als sie darauf am dritten Tag zurückkehrten, sprachen sie:

«Hauptriese Ysbaddadden, wirf jetzt keine Speere mehr nach uns. Du hast erlebt, wozu das führt. Immer nur verwundest du dich selbst.»

«Wo sind meine Diener?» rief er, «schiebt die Gabel unter meine Augenlider. Ich will meinen Schwiegersohn betrachten.»

So geschah es. Aber Ysbaddadden nahm den dritten Speer und warf ihn nach ihnen. Diesmal fing Culhwch ihn auf und schleuderte ihn zurück. Er traf den Riesen in den Augapfel und trat hinten am Kopf wieder aus.

«Oh, du verdammter Schwiegersohn», rief da der Riese.

«Solange ich lebe, werde ich nun schlecht sehen, und wenn der Wind mir ins Gesicht bläst, werden meine Augen tränen. Immer, wenn Neumond ist, werde ich Kopfweh bekommen. Der vergiftete Speer hat mich getroffen wie der Biß eines tollwütigen Hundes. Verflucht sei das Feuer, in dem diese Speerspitze geschmiedet wurde.»

Die Männer gingen fort zum Mahl, und am nächsten Tag kehrten sie abermals wieder und sagten:

«Schieß jetzt nicht mehr auf uns. Du solltest gemerkt haben, daß du dabei immer den kürzeren ziehst. Gib uns deine Tochter.»

«Wer ist es, der meine Tochter zum Weib begehrt?»

«Das bin ich», sagte Culhwch.

«Dann komm her, damit ich dich betrachten kann.»

Ein Stuhl wurde hingestellt. Sie saßen einander gegenüber. Der Riese sprach:

«So, so. Du bist also derjenige, der meine Tochter begehrt?»

«So ist es», antwortete Culhwch.

«Ich will dein Versprechen, daß du nichts gegen mich unternimmst, dann sollst du sie haben.»

«Ich verspreche es aus freiem Willen», sagte Culhwch, «nenne mir, was du dafür haben willst.»

«Siehst du das Dickicht dort auf dem großen Hügel?»

«Ich sehe es.»

«Ich will, daß es ausgerissen und bis auf den Boden niedergebrannt wird und daß man die Asche als Dünger verwendet. Ich will, daß es gepflügt und eingesät wird und daß es um die Zeit, da der Tau abtrocknet am Morgen, bereitsteht zur Ernte. Damit man Speisen aus der Ernte bereiten kann für die Hochzeitsgäste, wenn meine Tochter und du heiraten. Und ich will, daß all dies innerhalb eines Tages geschieht.»

«Das wird ein leichtes sein, auch wenn du es nicht für möglich hältst.»

«Wenn dir das gelingt, so wird es doch Dinge geben, die dir nicht gelingen. Ich will einen Pflüger für dieses Land, und kein anderer als Amathaon, Sohn des Dôn, soll es sein. Er wird nicht aus freiem Willen kommen, noch kannst du ihn dazu zwingen.»

«Auch das ist mir ein leichtes, auch wenn du es nicht für möglich hältst.»

«Wenn dir das gelingt, so wird es doch Dinge geben, die dir nicht gelingen. Govannon, Sohn des Dôn, soll zur Landspitze kommen, um dort das Eisen fortzuräumen. Er wird nie und nimmer aus freiem Willen schaffen, außer für einen, der nach dem Buchstaben des Gesetzes König ist. Und du kannst ihn nicht dazu zwingen.»

«Auch das wird mir ein leichtes sein, selbst wenn du es nicht für möglich hältst.»

«Wenn dir das gelingt, so wird es doch Dinge geben, die dir nicht gelingen. Du sollst zwei Ochsen von Gwlwlwyd Braunhaar beschaffen, die vorgespannt werden müssen, um den steinigen Grund zu pflügen. Er wird sie dir nicht freiwillig geben, noch kannst du ihn dazu zwingen.»

«Ach, auch das wird mir ein leichtes sein, selbst, wenn du es nicht für möglich hältst.»

«Wenn dir das auch noch gelingt, so wird es doch Dinge geben, die dir nicht gelingen. Ich will, daß der gelb-blaßweiße und der gefleckte Ochse zusammengespannt werden.»

«Auch das wird mir ein leichtes sein.»

Und so redeten sie weiter und weiter. Und all dies war es, was der Hauptriese von Culhwch verlangte: Neun Scheffel Leinsaat, weder schwarz noch weiß, um einen Leinenschleier für seine Tochter aus der Ernte zu weben, Honig, neunmal süßer als gewöhnlicher Honig, um den Met für die Hochzeitsfeier daraus zu brauen; die Schale des Llwyr, die das stärkste Getränk der Welt in sich aufnehmen kann; den Packkorb des Gwyddno Langschenkel, in dem Nahrung für siebenundzwanzig Männer Platz hat; das Trinkhorn des Gwlgawd von Gododdin; die Harfe des Teitru, um in der Hochzeitsnacht vor dem Schlafgemach des Brautpaares darauf zu musizieren; die Vögel der Rhiannon, deren Gesang die Toten zum Leben erweckt und die Lebenden in den Schlaf singt; den Kessel des Diwrnach aus Irland, um das Fleisch für das Hochzeitsmahl darin zu kochen; den Stoßzahn des Ebers Ysgithyrwyn, um ein Rasiermesser daraus zu schnitzen; das Blut der Schwarzen Hexe, der Tochter der weißen Alten, die auf dem Vorgebirge im Tal der Sorge im Hochland der Hölle wohnt; die Flaschen von Gwydolwyn, dem Zwerg, um das Blut der Hexe darin warm zu halten; Milch, die in die Flaschen des Rhynnon Steifbart gefüllt werden soll, in denen kein Getränk je säuert; Kamm und Schere, die zwischen den Ohren des Twrch Trwyth sitzen. Auch bei alldem erwiderte Culhwch, es werde für ihn ein leichtes sein, es zu beschaffen. Aber der Hauptriese sprach:

«Um den Twrch Trwyth zu jagen, brauchst du Drudwyn, den Welpen des Greid; um den zu führen, die Leine des Cwrs Cant Ewin; um die zu befestigen, das Halsband des Canhastyr Canllaw und die Kette von Kilydd Canhastyr. Es gibt keinen anderen Jäger auf der Welt, der diesen Hund führen kann, außer Mabon, Sohn des Modron. Er wurde seiner Mutter geraubt, als er erst drei Nächte alt war. Niemand weiß, wo er sich jetzt aufhält und ob er noch lebt oder schon tot ist.

Und Mabon, wenn er auf die Jagd reitet, wird das Pferd Gwynn Mygdwn haben wollen, das rascher läuft als die Wellen. Wo Mabon ist, weiß nur Eiddoel, sein Blutsverwandter und Sohn des Ner. Aber auch damit nicht genug. Aufgeboten müßte werden bei einer Jagd auf Twrch Trwyth auch noch Garselid der Gwyddelier, der oberste Jäger aus Irland. Und vorhanden sein müßte eine Leine aus dem Bart des Dillus Varvawc, denn nur an ihr gingen jene zwei jungen Hunde. Das Barthaar für eine solche Leine muß ihm aber ausgerissen werden, solange er noch lebt, und dies wird er nicht ertragen, wenn er aber tot ist, würde das Haar für eine solche Leine nicht mehr taugen, weil es nicht geschmeidig genug ist. Und jene zwei Welpen müßten von Kynedyr Wyllt, dem Sohn des Hetwn Glafyawc, sein. Er aber ist wilder als das wildeste Tier im Gebirge. Und wenn du auch all dies beschaffst, gibt es immer noch etwas, was du nicht beschaffen kannst. Es ist nicht möglich, den Eber Trwyth ohne Gwynn, den Sohn des Nudd, zu jagen, den Gott zum Herrn über die Brut der Teufel in Annwvyn gesetzt hat, weil sie sonst die gegenwärtige Menschheit vernichten würden. Ihn aber wird wiederum nur Du, das Pferd des Mor von Oeveddawg, tragen. Zudem müßte bei einer solchen Jagd auch Gwilenhin, der König von Frankreich, mit dabei sein. Verläßt dieser aber sein Königreich, so wird er nicht mehr dahin zurückkehren können.»

«Auch das werde ich bewirken, auch wenn du meinst, daß es nicht möglich sei.»

«Wenn dir das auch gelingen mag», fuhr der Riese fort, «so bleibt immer noch etwas zu tun, was dir nicht gelingen wird. Bei einer solchen Jagd müßte auch der Sohn von Alun von Dyved mit dabeisein, denn nur er weiß um den rechten Augenblick, an dem die Hunde freigelassen werden. Und du brauchtest Aned und Aethlem. Sie sind so schnell wie ein Windstoß, und nie werden sie auf ein Tier losgelassen, ohne es zu töten.»

«Auch das wird mir gelingen, selbst wenn es dir unmöglich erscheint.»

«Gelingt dir dies, so gelingt dir doch nicht ein anderes. Arthur und seine Gefährten müssen mit auf die Jagd, und er wird nicht kommen. Du aber vermagst nicht, ihn zu zwingen.»

«Das wird mir ein leichtes sein, auch wenn du glaubst, es sei nicht leicht für mich.»

«Und auch dann bleibt immer noch etwas, was dir nicht

gelingen wird. Der Twrch Trwyth kann nicht gejagt werden, wenn du nicht Bwlch und Kyfwlch und Syvwlch, die Enkel des Cleddyv Divwlch, auftreibst. Ihre drei Schilde sind wie drei zuckende Glitzerstrahlen.» (Es folgt abermals eine längere Liste von Personen und Gegenständen, die angeblich unerläßlich sind, um den Eber zu jagen.)

«Auch, wenn es dir unmöglich scheint, wird es mir leicht sein, all dies zu beschaffen», erwiderte Culhwch abermals.

«Und immer noch gibt es dann etwas, was du nicht auftreiben wirst», beharrte der Riese, «und dir werden Schwierigkeiten widerfahren, von denen du heute noch nichts ahnst. Und du wirst nächtelang schlaflos liegen und darüber nachdenken, wie sie zu überwinden sind. Aber wenn du sie nicht überwindest, wirst du auch meine Tochter nicht bekommen.»

«Pferde werde ich bekommen und Berittene auch», sprach Culhwch, «denn mein Herr und Blutsverwandter Arthur wird mir all diese Dinge beschaffen. Und ich werde deine Tochter bekommen, und du wirst dein Leben lassen müssen.»

«Geh jetzt», sagte der Riese, «und während du all diese Dinge suchst und beschaffst, will ich für Speis und Trank sorgen für mein Kind, und vollbringst du so große Wunder, so sollst du sie auch zum Weib nehmen.»

Darauf ritten Culhwch und seine Gefährten den ganzen Tag bis zum Abend. Sie kamen schließlich an eine Burg, errichtet aus behauenen Steinen, die größte Burg auf der Welt, und ein schwarzer Mann, größer als drei gewöhnliche Männer übereinandergestellt, kam daher.

«Woher kommt Ihr?» fragten sie ihn.

«Von der Burg dort.»

«Und wessen Burg ist das?»

«Wie unwissend Ihr doch seid», antwortete er, «alle Welt weiß, daß dies die Burg von Wrnach, dem Riesen ist.»

«Wie werden Gäste und Fremde dort empfangen?»

«Ihr stellt seltsame Fragen, Häuptling. Dort ist noch kein Gast lebendig wieder herausgekommen, und man läßt keinen herein, es sei denn, er verstehe sich auf ein Handwerk.»

Dann gingen sie auf das Tor zu, und Gwrhyr, der Dolmetsch, fragte: «Ist der Torhüter hier?»

«Er ist hier, aber weißt du auch, daß dir dein Fragen den Kopf kosten kann?»

«Öffne das Tor.»

«Ich will nicht.»

«Warum nicht?»

«Das Messer ist im Fleisch, der Trank im Horn, und es herrscht ein großer Tumult in Wrnachs Halle. Nur Handwerker werden hereingelassen.»

«Torhüter, ich verstehe mich auf ein Handwerk», sagte Kei, «ich bin der beste Schwertpolierer, den es auf der ganzen Welt gibt.»

«Ich will Wrnach, den Riesen, fragen und bringe euch dann Antwort.»

Der Torhüter betrat die Halle, und Wrnach fragte: «Was gibt es am Tor?»

«Eine Gruppe von Männern ist draußen und möchte herein.»

«Frag sie, ob sie irgendwelche besonderen Fähigkeiten haben?»

«Das ist schon geschehen. Der eine sagt, er könne Schwerter fegen.»

«Solch einen Mann kann ich gebrauchen. Laßt ihn herein», sagte der Riese.

Der Torwächter ging, öffnete das Tor, ließ Kei eintreten und führte ihn vor Wrnach. Ein Stuhl wurde ihm angeboten, und Wrnach sprach:

«Trifft es zu, daß du Schwerter fegen kannst?»

«So ist es», sagte Kei.

Das Schwert wurde geholt, und er nahm einen Wetzstein und fragte:

«Wollt Ihr lieber einen matten oder einen glänzenden Schliff?»

«Tu, wie du meinst, und schleif es, als sei es dein eigenes Schwert», antwortete der Riese.

Kei säuberte die eine Hälfte des Schwertes, gab das Schwert dem Riesen in die Hand und fragte darauf:

«Seid Ihr zufrieden damit?»

«So sollten alle Schwerter in meinem Reich aussehen. Schade, daß ein Mann wie du keine Genossen hat.»

«Nun, Herr, ich habe einen Genossen. Er übt dasselbe Handwerk aus.»

«Wer mag das sein?»

«Laßt den Torwärter hinausgehen und ihn holen. Ich sage euch und dem Mann, woran man ihn erkennt. Die Spitze seiner Lanze verläßt den Schaft, zieht Blut und kehrt dann wieder an ihren Platz zurück.»

Da wurde das Tor aufgetan, und Bedwyr trat ein. Und Kei sagte:

«Bedwyr ist geschickt, obwohl er gewöhnlich von seiner Fähigkeit keinen Gebrauch macht.»

Nun besprachen sich jene draußen. Ein junger Mann war unter ihnen, der einzige Sohn von Custenhin, dem Schäfer. Und er forderte die Gefährten auf, dicht hinter ihm zu bleiben, während er an drei Wachen vorbeikam. So gelangten sie in die Mitte der Burg. Und seine Gefährten sagten zu dem Sohn des Custenhin: «Du bist der beste unter allen Männern.» Und hinfort hießen sie ihn Goreu. Darauf aber zogen sie durch die Wohngebäude und töteten die Leute dort, ohne daß der Riese etwas davon erfuhr.

Das Schwert war nun völlig gesäubert und geschliffen, und Kei gab die Waffe an den Riesen zurück. Der Riese sprach: «Das ist gute Arbeit. Ich bin sehr mit dir zufrieden.»

Dann sprach Kei: «Es ist die Scheide, mit der du dir dein Schwert ruiniert hast. Gib sie mir, ich werde die hölzernen Seitenteile herausnehmen und neue einfügen.»

Er nahm die Scheide in die eine Hand und das Schwert in die andere, hielt beides über den Kopf des Riesen und tat so, als wolle er das Schwert in die Scheide stecken. Statt dessen aber schlug er mit dem Schwert zu und hieb dem Riesen den Kopf ab. Dann verwüsteten die Männer die Burg und nahmen an Schätzen so viel mit, wie sie nur tragen konnten. Und wieder am selben Tag, zu Anfang des Jahres, kamen sie zurück zu Arthurs Hof. Sie brachten das Schwert des Riesen Wrnach mit. Sie berichteten Arthur, was sie erlebt hatten, und zählten ihm auf, welche Aufgaben erledigt werden mußten. Und schließlich erbaten sie seinen Rat, was von alldem nun zuerst geschehen solle.

«Es wäre wohl das beste, wenn wir zuerst Mabon, den Sohn des Modron, suchten», sagte er, «aber daraus wird nichts werden, ehe wir nicht seinen Verwandten Eiddoel, Sohn des Ner, gefunden haben.»

Dann zogen Arthur und mit ihm die Ritter von Britannien aus. Sie suchten Eiddoel. Sie kamen an die äußere Mauer von Glinis Burg, in der Eiddoel gefangen gehalten wurde.

Glini stand auf der Zinne und rief:

«Arthur, was willst du? Ich habe keine Güter noch Schätze, weder Weizen noch Hafer. Weshalb willst du mir also Böses antun?»

«Ich bin nicht hier, um dir Böses zu tun», erwiderte Arthur, «ich möchte nur, daß du uns einen Gefangenen herausgibst.»

«Niemand anderem würde ich ihn überantworten, aber du sollst ihn haben. Auch meine Hilfe ist dir gewiß.»

Danach sprachen die Männer zu Arthur:

«Herr, kehre um. Wir kommen schon allein weiter zurecht.» Und Arthur sagte:

«Gwrhyr, Dolmetscher aller Sprachen, es wäre mir lieb, wenn du weiter mit auf diese Queste zögest, kennst du doch alle Sprachen und verstehst selbst, was die Vögel und Tiere reden. Eiddoel, es wäre freundlich von dir, wenn du diesen Männern helfen würdest, deinen Cousin zu suchen. Kei und Bedwyr, ich hoffe, in welche Abenteuer ihr auch verwickelt werdet, ihr werdet sie bestehen. Geht ihr mit, da ich umkehre.»

Die Männer ritten zu, bis sie die Schwarzdrossel von Kilgwri trafen, und Gwrhyr fragte sie: «In Gottes Namen, weißt du etwas von Mabon, dem Sohn des Modron, der, erst drei Nächte alt, aus dem Bett seiner Mutter verschleppt wurde?»

«Als ich zum ersten Mal hierherkam», antwortete die Schwarzdrossel, «gab es einen Schmiedeamboß. Ich war ein junger Vogel damals. Seither ist auf dem Amboß keine Arbeit mehr verrichtet worden. Nur ich habe jeden Abend mit meinem Schnabel daran gepickt, und jetzt ist er nicht größer als eine Nuß. Gott möge es an mir rächen, wenn ich während der ganzen Zeit etwas von dem Mann gehört habe, nach dem ihr sucht. Aber ich will versuchen, ob ich nicht doch etwas für euch tun kann, da ihr von Arthur kommt. Es gibt ein Wesen, das Gott vor mir schuf, zu dem will ich euch führen.»

So zogen sie weiter zu dem Ort, an dem der Rehbock von Rhedenvre wohnt.

«Rehbock», sprachen sie, «wir sind Männer vom Hofe Arthurs. Wir sind zu dir gekommen, weil wir von keinem Tier wissen, das älter wäre, als du es bist. Sag, weißt du etwas von Mabon, Sohn des Modron, der der Mutter gestohlen wurde, als er drei Nächte alt war?»

«Als ich hierherkam», sprach der Rehbock, «war um mich eine Ebene ohne Bäume. Nur einen kleinen Eichbaum gab es, der wuchs heran zu einer Eiche mit hundert Zweigen. Diese Eiche ist zerfallen. Nichts ist von ihr geblieben als ein verwitterter Baumstumpf, und von jenen frühen Tagen bis heute habe ich nie etwas von dem Manne gehört, den ihr sucht.»

«Da ihr aber von Arthur kommt», fuhr er fort, «will ich euch zu einem Platz führen, an dem ein Tier wohnt, das noch älter ist als ich.»

So kamen sie zu der Eule vom Tal Cawlwyd und sprachen zu ihr: «Eule, wir sind Boten des Königs Arthur. Weißt du etwas von Mabon, Sohn des Modron, der seiner Mutter schon nach drei Nächten entführt wurde?»

«Wenn ich es wüßte, würde ich es euch gern sagen. Aber als ich hierher kam, war dies ein Waldtal. Die Menschen drangen bis hierher vor und zerstörten es. Ein zweiter Wald wuchs auf. Sie legten auch ihn nieder. Dies hier ist jetzt der dritte Wald. Meine Schwingen sind nur versengte Stummel. Bis auf den heutigen Tag habe ich von dem Mann, den ihr sucht, nichts gehört, aber da ihr Männer vom Hof Arthurs seid, will ich euch zu einem Tier führen, das noch älter ist als ich, zum Adler von Gwernabwy.»

Gwrhyr sprach:

«Adler, wir sind Männer vom Hofe Arthurs. Wir kommen, um dich zu fragen, ob du je einen gewissen Mabon, Sohn des Modron, gesehen hast.»

«Ich lebe hier schon lange», antwortete der Adler, «als ich in diese Gegend kam, gab es einen Felsen, von dem aus schaute ich jeden Abend zu den Sternen. Jetzt ragt dieser Fels nur noch eine Handbreit über den Erdboden. Von dem Mann, den ihr sucht, habe ich nie etwas gehört. Es könnte aber sein, daß der Lachs Llyn Llyw diesen Mann kennt. Ich werde euch zu ihm führen.»

Sie kamen zu jenem Ort, und der Adler sprach:

«Lachs, ich komme hier mit Männern von Hofe Arthurs, um dich zu fragen, ob du etwas über Mabon, Sohn des Modron, weißt, der seiner Mutter im zarten Alter von drei Nächten entrissen wurde.»

«Ich werde euch sagen, was ich weiß. Ich schwimme bei jeder Flut bis nach Gloucester hinauf. Dort sah ich so arge Dinge, wie ich sie nie zuvor gesehen habe. Damit ihr mir glaubt, steigt auf meinen Rücken und kommt mit.»

Es stellte sich heraus, daß der Lachs so groß und kräftig war, daß er zwei Männer auf seinem Rücken zu tragen vermochte, und es waren Kei und Gwrhyr, die ihn bestiegen. Sie ritten auf dem Fisch durch das Wasser, bis sie nach Gloucester kamen. Als sie dort an der Kerkerwand trieben, hörten sie hinter den Mauern die Klagerufe des Gefangenen. Da sprach Gwrhyr:

«Wer weint in diesem Steinhaus?»

«Wehe, er hat Grund zum Weinen: Mabon, Sohn des Modron ist hier, und keiner wurde je in so strenger Haft gehalten wie ich, nicht Lludd Silberhand, noch Greid, Sohn des Eri.»

«Gibt es irgendeine Möglichkeit, Euch zu befreien, sei es durch ein Lösegeld von Gold und Silber, sei es durch Kampf?»

«Frei komme ich nur, wenn ihr kämpft.»

Also kehrten sie zu Arthur zurück und erzählten ihm, wo Mabon gefangen saß, und Arthur rief Krieger zusammen und zog gen Gloucester, aber Kei und Bedwyr ritten wieder dorthin auf dem kräftigen Fisch. Während nun Arthurs Krieger die Soldaten auf den Zinnen und Wehrgängen beschäftigten, brach Kei vom Fluß her durch die Mauern des Kerkers, und dann kehrten sie mit dem befreiten Mabon heim zu Arthurs Hof.

«Welche Wundertat sollen wir als nächstes vollbringen?» fragte Arthur.

«Es wird das beste sein, jetzt die zwei Jungen der Hündin Rhymhi zu holen.»

«Weiß man denn, wo die Hündin sich aufhält?»

«Sie liegt bei Aber Deu Gleddy (Miltford Haven). Arthur ging also in das Haus des Tringad an diesem Ort und fragte:

«Wißt Ihr Neues von Rhymhi? Welche Gestalt hat sie gegenwärtig angenommen?»

«Die Gestalt einer Wölfin, und sie hat zwei Junge. Sie hat häufig mein Vieh geschlagen, aber jetzt sitzt sie in der Höhle bei Aber Gleddy.»

Also fuhr Arthur auf See mit seinem Schiff «Schöngesicht», während die anderen die Wölfin zu Lande jagten, und so wurde sie mit ihren Jungen umstellt.

Eines Tages ging Gwythyr, Sohn des Greidyawl, über das Gebirge und hörte Weinen und wildes Stöhnen. Er sprang hinzu und rettete einen Ameisenhaufen vor dem Verbrennen. Darauf sprachen die Tiere:

«Nimm Gottes Segen und unseren dazu. Was niemand auf Erden findet, das werden wir für dich ausfindig machen.»

Danach brachten sie neun Scheffel Leinsaat herbei, die der Hauptriese Ysbaddadden von Culhwch verlangt hatte, und alle Gefäße waren voll, bis auf ein Korn, und auch dies schleppte eine Ameise, die lahmte, noch herbei, ehe es Nacht wurde.

Als Kei und Bedwyr auf dem Hügel Gwylathyr bei den Fünf Spitzen saßen, erhob sich ein übermächtiger Wind. Sie sahen einander an, blickten sich um und erkannten eine große Rauchfahne, die gegen Süden hintrieb. Die Gewalt des Windes aber vermochte nicht, sie in eine andere Richtung abzulenken. Da sprach Kei:

«Bei der Hand meines Gefährten, siehst du dort drüben das Feuer des Räubers?»

Sie liefen in die Richtung, kamen heran und sahen aus einiger Entfernung, daß es Dillus der Bärtige war, der mit einem wilden Eber kämpfte.

Er war einer von jenen Rittern, die Arthurs Hof mieden. Bedwyr fragte Kei:

«Erkennst du, wer das ist?»

«O ja», antwortete Kei, «das ist Dillus der Bärtige. Keine

Leine der Welt hält Drudwyn, das Junge von Greid, außer einer, die aus dem Bart des Mannes dort gefertigt worden ist. Aber auch das läßt sich nur bewerkstelligen, wenn man Holzpflöcke in das Haar steckt, solange er lebt. Denn ist er erst tot, so wird sich sein Haar unentwirrbar verfransen.»

«Was wollen wir tun?» fragte Bedwyr.

«Wir wollen ihn sein Fleisch essen lassen, wenn er den Eber erlegt hat. Darauf wird er einschlafen», sagte Kei. Während Dillus seine Mahlzeit hielt, schnitzten sie Holzpflöcke.

Als Kei dann sicher war, daß Dillus schlief, grub er ein großes Loch unter dessen Füßen und versetzte ihm einen mächtigen Schlag. Dann rollte er ihn in die Grube, schob die Holzpflöcke zwischen sein Barthaar und tötete ihn endlich ganz und gar. Von dort aus gingen die beiden nach Kelli Wig in Cornwall und nahmen die Leine mit, die sie aus dem Barte des Dillus verfertigt hatten. Sie gaben sie Arthur, und der sang dieses Lied:

«Kei hat eine Leine geflochten
aus dem Barte des Dillus.
Wäre Dillus noch am Leben,
er würde Kei gewiß töten.»

Da wurde Kei zornig, und die Ritter der Insel mußten den Streit schlichten zwischen ihm und Arthur. Trotzdem aber wollte Kei von da an nichts mehr mit Arthur zu tun haben.

Arthur aber sprach:

«Welche Wunder wollen wir nun vollbringen?»

«Wir wollen Drudwyn, das Junge von Greid, suchen.»

Kurz zuvor war Creiddylad, die Tochter des Lludd Silberhand, an Gwythyr, Sohn des Greidyawl, gegeben worden. Aber ehe der mit ihr schlafen konnte, war Gwynn ap Nudd gekommen und hatte sie fortgeschleppt. Gwythyr sammelte ein Heer und zog aus, um gegen Gwynn zu kämpfen. Aber

Gwynn blieb Sieger und nahm Greid, Sohn des Eri, Glinyeu, Sohn des Taran, und Gwrgwst Ledlwm, sowie Dyvynarth, dessen Sohn, gefangen. Und er ergriff Penn, den Sohn des Nethawg, und Nwython und Kyledyr Wyll, dessen Sohn. Er erschlug Nwython, schnitt ihm das Herz aus der Brust, und dann zwang er Kyledyr, das Herz des eigenen Vaters zu essen.

Als Arthur das hörte, zog er nach Norden und forderte Gwynn auf, die Ritter freizulassen. Friede wurde geschlossen zwischen Gwynn und Gwythyr. Creiddylad blieb im Haus ihres Vaters, unbehelligt von beiden Parteien, und jeden ersten Mai, so wurde vereinbart, würden beide Männer um das Mädchen kämpfen, aber erst am Tag des Jüngsten Gerichts würde einer von beiden das Mädchen erringen.

Als die beiden Ritter wieder miteinander versöhnt waren, beschaffte Arthur Dun Nane, Gwedds Pferd, und die Leine von Cors Cant Ewin.

Und danach ging Arthur nach Armorica, und mit ihm zogen Mabon, der Sohn des Mellt und Gware Gwallt Euryn, auf daß sie die zwei Hunde des Glythvyr Ledewig fingen. Und als sie sie hatten, zogen sie in den Westen von Irland, auf der Suche nach Gwrgi Severi, und Odgar, der Sohn des Aedd, König von Irland, ging mit ihnen. Und von dort zog Arthur in den Norden und fing Kyledyr Wyllt.

Darauf jagten sie den Haupt-Eber Ysgithyrwyn mit Mabon und den zwei jungen Hunden des Glythvyr Ledewig, und Drudwyn, dem Jungen von Greid, und Arthur hatte auf dieser Jagd den Hund Cavall bei sich. Und Kaw aus dem Norden Britanniens bestieg Arthurs Pferd Llamrei und war der erste, der angriff. Er hatte eine gewaltige Axt in der Hand, kämpfte tapfer gegen das Untier, spaltete ihm den Schädel und nahm seinen Stoßzahn als Beute.

Nachdem so der Haupt-Eber getötet worden war, kehrte Arthur mit seinen Männern nach Kelli Wig in Cornwall zurück, und von dort schickte er Menw, Sohn des Teirywaedd, aus, der sollte erkunden, ob tatsächlich die bewußten Kostbarkeiten zwischen den Ohren des Twrch Trwyth säßen, denn, was hätte es sonst für einen Zweck gehabt, sich mit ihm einzulassen.

Twrch wurde aufgespürt. Er hatte schon ein Drittel von Irland verwüstet. Menw traf ihn in Ysgeir Oervel. Er verwandelte sich in einen Vogel, stieß herab und versuchte so die Kostbarkeiten zu entwenden, aber was er davontrug, war nur eine Borste des Ebers. Dabei aber setzte ihm Twrch schon so hart zu, daß Menw vergiftet wurde, und zwar so schwer, daß er nie mehr völlig gesundete.

Dann schickte Arthur einen Boten zu Odgar, Sohn des Aedd, König von Irland, und ließ um den Kessel seines Hofmarschalls Diwrmach bitten. Odgar gab diese Bitte weiter, aber Diwrnach sprach: «Der Himmel ist mein Zeuge, und wenn ihm alles daran liegt, er soll nicht einmal hineinschauen dürfen.»

Der Bote kam mit dieser Antwort vor Arthur, dieser versammelte eine Streitmacht. Sie bestiegen Arthurs Schiff Prydwen, und als sie Irland erreichten, zogen sie zum Haus des Diwrnach. Als seine Männer nun gegessen und getrunken hatten, fragte Arthur abermals nach dem Kessel, aber Diwrmach antwortete:

«Würde ich ihm jemandem geben, so gewiß nur auf Geheiß des Königs von Irland.»

Nach dieser Weigerung erhob sich Bedwyr, ergriff den Kessel und gab ihn Hygwydd, einem Diener Arthurs, dessen Bruder Arthurs anderer Diener Cacamwri war, damit dieser ihn auf dem Rücken trage, denn seine Aufgabe war es von jeher, Arthurs Kessel zu tragen und im Lager immer dafür zu sorgen, daß Feuer darunter brannte. Llenlleawg packte darauf Caledvwlch beim Kragen und wirbelte ihn herum. Es kam zu einem Handgemenge. Die Truppen der Iren rückten an, und als sie in die Flucht geschlagen worden waren, bestieg Arthur mit seinen Männern das Schiff und fuhr mit dem Kessel, in den die Schätze Irlands verstaut waren, davon. An Land stiegen sie am Haus des Llwyd, Sohn des Kil Coed, bei Porth Kerrdin in Dyved. Dann versammelte Arthur all seine Krieger, die in Britannien, den drei nahegelegenen Inseln, in Frankreich, in Armorica, in der Normandy und dem Sommerland (Somerset) standen. Und mit Hunden und den besten Pferden setzten sie nach Irland über.

Bei ihrem Eintreffen herrschten Furcht und Schrecken auf der Insel. Die Heiligen kamen zu ihm, und als er sie unter seine Obhut nahm, gaben sie ihm ihren Segen.

Danach zog Arthur durch Irland bis nach Ysgeir Oervel, wo sich der Twrch Trwyth mit seinen sieben Jungen aufhielt.

Von allen Seiten her wurden Hunde gegen den Eber gehetzt, und die Iren kämpften mit Arthur einen ganzen Tag bis zum Abend, und er zerstörte den fünften Teil des Landes.

Am nächsten Tag kämpften Arthurs Männer mit dem Untier, aber auch ihnen gelang es nicht, ihn zu überwältigen.

Am dritten Tag zog Arthur selbst gegen Twrch, und dieser Kampf dauerte neun Tage und neun Nächte. Getötet wurde dabei aber auch nicht einmal ein einziges von den jungen Schweinen. Die Krieger fragten Arthur nach der Herkunft des Tieres, und er erzählte ihnen, einst sei da ein König gewesen, den habe Gott für seine Sünden in ein Schwein verwandelt.

Darauf schickte Arthur Gwrhyr, den Dolmetsch, aus und befahl ihm, mit dem Eber zu reden. In der Gestalt eines Vogels ließ Gwrhyr sich über der Behausung des Ebers und seiner Jungen nieder und rief:

«Im Namen dessen, der dir diese Gestalt gegeben hat, fordere ich dich auf: Komm und rede mit Arthur.»

Grugyn Silberbörste (wie Silber waren seine Borsten, und den Weg, den er durch die Ebenen und durch den Wald nahm, konnte man durch das Glitzern seiner Borsten verfolgen) antwortete:

«Im Namen dessen, der uns diese Gestalt gegeben hat, wir werden nicht mit Arthur reden. Gott tat uns Unrecht genug an, indem er uns in Schweine verwandelte, und nun kommt ihr noch und wollt uns totschlagen.»

«Dann sage ich dir, daß Arthur nur wegen des Kammes, des Rasiermessers und der Schere gegen dich kämpft, die du zwischen deinen Ohren trägst.»

«Ehe ihr mich nicht tötet, werdet ihr diese Kostbarkeiten nicht bekommen. Morgen brechen wir auf, um Arthurs Land zu verwüsten.»

Also machten sich die Wildschweine auf und schwammen durch die See, hinüber nach Wales.

Rasch schifften sich Arthur und seine Männer mit Pferden und Hunden auf der Prydwen ein, um ihnen drüben so rasch wie möglich entgegenzutreten.

Twrch Trwyth landete in Porth Cleis in Dyved, und Arthur kam nach Mynyw (St. David's). Am nächsten Tag wurde Arthur gemeldet, daß Twrch schon durchgezogen sei, und sie holten ihn ein, als er gerade das Vieh in Kynwas Cwryvagyl getötet hatte. Twrch Trwyth brach auf nach Presseleu, und Arthur verfolgte ihn mit all seinen Männern und bot die besten unter ihnen zu seiner Jagd auf; Eli und Trachmyr führten Drudwyn, den Welpen des Greid, Sohn des Eri, und Gwarthegydd, der Sohn des Caw, war bei einer anderen Gruppe dabei. Er führte die Hunde des Glythvyr Ledewig, und Bedwyr führte Cavall, Arthurs eigenen Hund.

Arthur postierte all seine Männer an den Ufern des Flusses Nevern. Auch die drei Söhne von Cleddyv Divwlch kamen, Männer, die großen Ruhm gewonnen hatten bei der Tötung des Ysgithyrwyn Penbaedd, und sie gingen weiter von Glynn Nevern und kamen nach Cwm Kerwyn.

Der Eber hielt inne und erschlug vier von Arthurs Kämpfern, nämlich Gwarthegydd, Sohn des Caw, Tarawg von Allt Clwyd, Rhun, den Sohn des Beli Adver, und Ysgonan Hael. Und immer noch wich er nicht von der Stelle, und im zweiten Kampf mit ihm an diesem Ort starben Gwydre, Sohn des Arthur, Garselid Wyddel, Glew, Sohn des Ysgawd, und Ysgawyn, Sohn des Panon, aber nun wurde auch er verwundet.

Am nächsten Morgen, bei Tagesanbruch, stellten Arthur und seine Männer Twrch wiederum, und der Eber tötete Huandaw, Gogigwr und Penpingyon, die drei Diener von Glewlwyd Starkhand, so daß diesem überhaupt keiner mehr blieb außer Llaesgymyn, ein Mann, der für ihn ohne Nutzen war.

Twrch tötete zudem auch noch andere Männer im Land, darunter Gwylddyn Saer, Arthurs obersten Baumeister.

Dann holte Arthur das Untier bei Pelunyawg ein, und dort fielen Madawg, Gwynn und Eiryawn. Bei dem Kampf in Abert-Tgwi aber ließen Kynlas und Gwilenhin, der König von Frankreich, ihr Leben. Dann lief er weiter nach Glynn Ystun, und dort verloren die Männer und ihre Hunde seine Spur.

Arthur rief nun Gwynn, Sohn des Nudd, herbei und fragte ihn, ob er nicht wisse, wie man Twrch Trwyth erlegen könne, aber Gwynn hatte auch keinen guten Rat für ihn.

Also brachen abermals alle Jäger auf, um das Tier zu stellen, und die Jagd zog sich hin bis nach Dyffryn Llwchwr. Hier griff der Eber wieder an, und nur ein Mann kam mit dem Leben davon. Alle Hunde wurden losgelassen. Seit man die Irische See überquert hatte, war es Arthur nicht mehr gelungen, auf das Untier einen Blick zu werfen. Jetzt lief es fort nach Mynydd Amanw. Und dort wurde eines der jungen Schweine getötet. Jetzt ging's auf Leben und Tod. Das junge Schwein Twrch Llawin wurde getötet und dann Gwŷs. Der Eber lief nach Dyffryn Amanw, und dort verlor er abermals zwei seiner Jungen, Banw und Benwig, so daß lebendig mit ihm nur Grugyn Silberborste und Llwydawg, der Totschläger, entkamen.

Twrch zog nach Llwch Ewin. Arthur holte ihn ein, und hier fielen Echel mit der durchstochenen Hüfte und Garwyli und viele andere mehr.

Von dort zogen sie nach Llwch Tawy, aber Grugyn Silberborste löste sich von ihnen und rannte nach Din Tywi und darauf nach Keredigyawn, er wurde von Trachmyr und Eli und vielen anderen verfolgt, und als Garth Grugyn, eine Hügelkette, erreicht war, fiel auch er, nicht ohne zuvor Rhuddvyw Rhys und viele gute Männer hingemacht zu haben. Llwydawg, der Totschläger, lief weiter nach Ystrad Yw, wo die Männer aus der Bretagne auf ihn trafen; er tötete Peissawg, den Großkönig der Bretagne und Arthurs Onkel, Llygadrudd Emys und Gwrvoddw, die Brüder seiner Mutter, aber dann wurde Llwydawg selbst auch getötet.

Twrch kam durch zwischen Tawy und Ewyas, worauf Arthur Devon und Cornwall aufrief, damit man ihn an der Mündung der Severn stelle. Und dort sprach er zu den Kriegern seiner Insel:

«Twrch Trwyth hat eine große Zahl meiner Männer getötet. Solange es noch mutige Ritter gibt, soll er nicht nach Cornwall eindringen, aber ich will ihn nicht weiter verfolgen. Am liebsten wäre es mir, ich könnte ihm im Zweikampf gegenübertreten. Ihr Männer aber tut, was ihr für richtig haltet.» Und sie beschlossen, einen Trupp Ritter mit Hunden bis nach Ewyas auszuschicken, der dann an die Severn zurückkehren sollte, und eben diese Männer sollten ihn gegen die Severn hin treiben.

Und Mabon, der Sohn des Modron, kam über ihn an der Severn, auf Gwynn Dun Mane, dem Pferd des Gweddw, und Goreu, der Sohn des Custenhin, sowie Menw, der Sohn des Teirwaedd; das aber geschah zwischen Llyn Lliwan und

Aber Gwyn. Arthur fiel mit seinen Mannen über ihn her. Osla Kyllelvawr kam heran, Manawydan, der Sohn des Llŷr, Cacamwri, der Diener Arthurs, und Gwyngelli, und sie faßten ihn bei den Füßen und warfen ihn in den Fluß. Auf der einen Seite trieb Mabon, Sohn des Modron, seine Stute heran und raubte dem Tier das Rasiermesser, von der anderen Seite kam Kyledyr der Wilde und griff nach der Schere. Aber ehe sie auch noch den Kamm zu fassen bekamen, fand Twrch wieder Grund unter den Füßen. Er erreichte das Ufer. Weder die Menschen noch die Hunde konnten verhindern, daß er nun in Cornwall einbrach. Und wenn sie schon Mühe gehabt hatten, ihm die Kostbarkeiten zu entreißen, so hatten sie nun noch mehr Mühe, weil zwei gute Männer zu ertrinken drohten. Cacamwri wurde von zwei Mühlsteinen in die Tiefe gezogen, während Osla das Messer aus der Scheide gefallen war, als er dem Eber nachsetzte. Die Scheide füllte sich mit Wasser, so wurde auch er in die Tiefe gezogen.

Darauf ritten Arthur und seine Männer weiter, bis sie Twrch in Cornwall einholten. Was sie bisher erlebt hatten, war ein Kinderspiel verglichen mit dem, was ihnen nun zustieß, als sie versuchten, sich auch noch des Kamms zu bemächtigen.

Twrch wurde aus Cornwall verjagt und ins tiefe Meer hinausgetrieben, nachdem sie ihm schließlich auch noch den Kamm abgenommen hatten. Wohin er geschwommen ist zusammen mit Aned und Aethlem, weiß niemand zu berichten.

Dann zog Arthur nach Kelli Wig in Cornwall, um zu baden und sich auszuruhen.

Er sprach:

«Gibt es noch irgendwelche Wunderdinge, die wir noch nicht erbeutet haben?»

Einer der Männer antwortete:

«Ja, es bleibt noch das Blut der Schwarzen Hexe, Tochter der Weißen Hexe von der Landspitze am Tal der Sorgen im Hochland der Hölle.»

Also zog Arthur nach Norden zu der Höhle der Hexe. Auf den Rat von Gwynn, Sohn des Nudd, und Gwythyr, dem Sohn des Greidyawe, wurden Cacamwri und Hygwydd, dessen Bruder, ausgeschickt, um mit der Hexe zu kämpfen. Aber als sie in die Höhle kamen, stürzte die Alte sich auf sie, es gelang ihr, Hygwydd bei den Haaren zu fassen und ihn zu Boden zu werfen. Cacamwri befreite den Bruder, worauf sie sich gegen ihn wandte und nun beide mit Tritten und Knüffen aus der Höhle trieb.

(Die Tatsache, daß Cacamwri bei einer vorangegangenen Episode zu Tode gekommen ist, kümmert den Erzähler wenig. Es ist eine der zahlreichen Widersprüche, die in dem überlieferten Text enthalten sind.)

Arthur war zornig, als er seine Diener halbtot wieder vor sich sah. Nun wollte er es selbst mit der Alten aufnehmen, aber Gwynn, Sohn des Nudd, und Gwythyr sprachen: «Wir hätten keine große Freude, sähen wir dich mit ihr ringen. Schicke Amren den Langen und Eiddyl den Langen in die Höhle.»

War es nun den beiden ersten Männern schon übel genug ergangen, so erging es diesen beiden noch übler, und alle vier mußten schließlich arg zerschunden auf den Rücken von Arthurs Pferd gesetzt und fortgeschafft werden.

Da stürzte Arthur zum Eingang der Höhle und stach mit seinem Dolch Carnwennan auf die Hexe ein, bis ihr Leib in zwei Teile zerfetzt dalag. Und Caw aus dem Norden Britanniens nahm das Blut der Hexe und verwahrte es.

Nach alldem brach Culhwch mit Goreu, dem Sohn des Custenhin und all den Männern, die Ysbaddadden nicht wohl wollten, zu dem Hauptriesen auf. Alle Wunderdinge nahmen sie mit.

Und Caw aus Nordbritannien kam, um den Bart des Riesen zu schaben, Haut und Fleisch bis auf die Knochen, und beide Ohren schnitt er gleich mit ab.

«Bist du nun rasiert, Mann?» fragte Culhwch.

«Ich bin es», sagte Ysbaddadden.

«Ist deine Tochter jetzt mein?»

«Sie ist dein. Aber du mußt nicht mir danken, sondern Arthur, der dir dazu verholfen hast. Wäre es nach meinem freien Willen gegangen, hättest du sie nie bekommen, denn mit ihr verliere ich mein Leben.»

Dann packte ihn Goreu, Sohn des Custenhin, bei seinem Haarschopf und zerrte ihn hinter sich her auf den Misthaufen. Dort schlugen sie ihm den Kopf ab und steckten diesen zur Abschreckung auf die Zinnen der Burg. Dann ergriffen sie Besitz von der Burg und dem Land, und in dieser Nacht schlief Culhwch mit Olwen. Und sie blieb seine einzige Frau, solange sie lebte. Das Heer Arthurs löste sich auf. Ein jeder der Ritter kehrte in sein Land zurück.

Und so gewann Culhwch Olwen, die Tochter des Hauptriesen Ysbaddadden.

6

Der Traum des Rhonabwy

Maadawg, der Sohn des Maredudd, besaß Powys in den Grenzen von Porffordd bis Gwavan im Hochland von Arwystli. Und zu dieser Zeit war ihm sein Bruder, Iorwerth, der Sohn des Maredudd, im Rang gleichgestellt. Und Iorwerth trug großen Kummer und Bitternis ob der Ehre und Macht, deren sich sein Bruder erfreute. Also rief er seine Gefährten und Ziehbrüder zusammen und beriet sich mit ihnen, was da geschehen könne. Da beschlossen sie, zu dem Bruder zu gehen und Unterhalt für ihren Herrn zu erbitten.

Darauf bot Madawg an, daß sein Bruder sein Haushofmeister werde. Er versprach auch, ihm Pferde und Waffen zu geben und ihm Ehre zu erweisen, damit er ein standesgerechtes Leben führen könne. Aber Iorwerth lehnte das ab. Statt dessen fiel er in Loegria (England) ein, erschlug dort viele Menschen, verbrannte Häuser und schleppte Gefangene fort.

Madawg aber beratschlagte mit den Männern von Powys, und sie kamen überein, je hundert Mann in jedes der drei Commots von Powys zu schicken, um nach ihm suchen zu lassen. Und das taten sie in den Ebenen von Aber Keinyawg, in Hallictwn und in Rhyd Wilvre, den drei besten Commots. Sie fanden ihn aber weder dort noch in seiner Heimstatt, noch in den Ebenen. Und diese Männer zogen bis hin nach Nillystwn Trevan.

Nun war unter jenen, die diese Queste unternahmen, einer, der wurde Rhonabwy genannt. Und Rhonabwy, Kynwrig Vrychgoch, ein Mann aus Mawddwy, und Cadwgawn Vras, ein Mann aus Moelvre in Kynlleith, kamen zusammen zu dem Haus des Heilyn Goch, Sohn des Cadwgawn, Sohn des Iddon.

Als sie sich dem Haus näherten, sahen sie eine alte Halle, ganz schwarz, mit einem Giebel, aus dem Rauch quoll, und als sie eintraten, fanden sie, daß auf dem Boden Haufen von Kot lagen und Pfützen von Pisse standen, und man mußte sich in acht nehmen, daß man nicht ausrutschte. Stechpalmenzweige waren ausgelegt, von denen das Vieh die Sprossen abgefressen hatte. Sie betraten die Halle. Dort waren Zellen voller Staub. Es war düster, und auf der einen Seite hockte ein altes Weib, das war damit beschäftigt, ein Feuer anzuzünden. Wenn ihr kalt wurde, warf sie eine Handvoll Spreu auf das Feuer. Das gab einen solchen Rauch, daß es kaum zu ertragen war und einem die Nase juckte. Auf der anderen Seite lag eine gelbe Ochsenhaut, und glücklich war jeder zu preisen, der darauf schlafen durfte.

Als sie sich nun hingesetzt hatten, fragten sie die Alte, wo die Leute dieses Hauses seien. Die Alte antwortete nicht, sondern murmelte nur etwas. In diesem Augenblick kamen die Leute herein: ein roter Mann, völlig kahl, mit zerknitterter Haut und ein Bündel Stöcke auf dem Rücken, und eine hagere graue Frau mit Holz unter dem Arm. Die Gäste wurden nur mäßig herzlich willkommen geheißen. Die Frau machte ein Feuer und kochte etwas darauf, und dann brachte sie Haferbrot, Käse und wäßrige Milch. Darauf erhob sich ein Wind und ein Regensturm, so daß es schwierig war, nach draußen zu gehen und sich zu erleichtern, und von der Reise waren die Männer müde. Als sie sich nach Betten umsahen, fanden sie nichts als etwas schmutziges Stroh, eine dünne graurote Decke wurde über das Stroh gebreitet und dann ein zerrissenes Laken unter einem schlecht gestopften Kissen in einem schmutzigen Kissenüberzug.

Sie legten sich schlafen. Zwar störten sie die Fliegen, aber Rhonabwys Gefährten schliefen bald ein. Rhonabwy aber fand weder Schlaf noch Ruhe, und es dünkte ihm, es werde vielleicht bequemer sein, wenn er sich auf die gelbe Ochsenhaut lege. Dort fielen ihm die Augen zu, und sofort hatte er eine Vision: Er und seine Gefährten zogen über die Ebene von Argyngrog, und seine Gedanken und sein Gefühl schienen zu der Furt mit dem Kreuz an der Havren (Severn) gelenkt. Während sie so dahinritten, hörte er ein Geräusch, wie er es nie zuvor gehört hatte, und als er sich umschaute, sah er einen jungen Mann mit lockigem Haar und einem frischgeschnittenen Bart auf einem gelben Pferd.

Dieser Mann trug ein grünes Beinkleid, dazu ein Hemd aus gelbem Brokat, eingefaßt mit grünem Faden, an der Hüfte hing ein Schwert mit einem goldenen Knauf, die Scheide aus neuem Leder und mit einem goldenen Höcker. Über dem

Hemd trug er einen Umhang aus gelbem Brokat, abgenäht mit grüner Seide, und das Grün der Kleider und des Pferdebehangs war das Grün von Fichtennadeln, während das Gelb an Ginster erinnerte. Sein Betragen war so furchterregend, daß sie Angst bekamen und flohen, aber er setzte ihnen nach. Wenn sein Pferd ausatmete, bekamen sie einen Vorsprung, doch wenn es wieder einatmete, lag es sofort wieder mit ihnen gleichauf.

Schließlich holte er sie ein, und sie baten um Gnade.

«Die will ich euch gern gewähren, habt keine Angst», sagte der Reiter.

«Da Ihr uns Gnade gewährt habt, Häuptling, nennt doch auch Euren Namen», sagte Rhonabwy.

«Ich habe nichts zu verbergen. Ich bin Iddawg, Sohn des Mynyo, aber besser bekannt bin ich unter meinem Spitznamen.»

«Und wollt Ihr uns den bitte auch nennen?»

«Man nennt mich Iddawg, das Butterfaß von Britannien.»

«Und warum werdet Ihr so genannt, Häuptling?»

«Ich war einer der Kundschafter in der Schlacht an der Camlann, die zwischen Arthur und seinem Neffen Medrawd stattfand. Ich war ein hitziger junger Mann, so begierig auf eine Schlacht, daß ich sie gegeneinander aufhetzte. Als Kaiser Arthur mich zu Medrawd schickte, um ihn daran zu erinnern, daß Arthur sein Onkel und Ziehvater sei und ihn um Frieden zu bitten, weil sonst viele Söhne und Edle dieser Insel würden sterben müssen, richtete ich Medrawd dies in sehr rüdem Ton aus, obwohl Arthur wollte, daß die Botschaft freundlich vorgebracht werde. Deswegen heiße ich Iddawg das Butterfaß von Britannien, und so ist es zu der Schlacht an der Camlann gekommen. Trotzdem verließ ich drei Abende vor Ende des Gefechts das Schlachtfeld und zog nach Yllechlas in Schottland, um dort Buße zu tun. Dort blieb ich sieben Jahre und erlangte Vergebung.»

Darauf hörten sie ein noch lauteres Geräusch als zuvor, und als sie in die Richtung schauten, aus der es herandrang, sahen sie einen jungen Mann mit rötlichblondem Haar, aber ohne Bart oder Schnurrbart, von edler Gestalt auf einem großen Pferd.

Vom Widerrist und von den Kniescheiben abwärts war das Pferd gelb, während der Reiter in roten Brokat, genäht mit gelbem Seidengarn und mit gelben Fransen an seinem Umhang, gekleidet war. Das Gelb seiner Kleidung erinnerte an das Gelb des Ginsters, das Rot aber an das roteste Blut von der Welt.

Der Reiter überholte sie und erbat von Iddawg ein paar von den kleinen Burschen, die dieser bei sich hatte.

Iddawg sprach: «Ich will Euch geben, was gerecht ist. Werdet ihr Gefährte, so wie ich es bin.»

Der Reiter war damit einverstanden und ritt weiter.

«Iddawg, wer war dieser Reiter?» fragte Rhonabwy.

«Rhuvawn, der strahlende Sohn des Herrschers Deorthach.»

Sie überquerten die große Ebene von Argyngrog gegen die Furt mit dem Kreuz an der Havren hin, und eine Meile von der Furt entfernt standen da Zelte, und es war ein großes Heer versammelt. Und als sie ans Ufer kamen, sahen sie Arthur, der saß auf einer flachen Insel unterhalb der Furt mit dem Bischof Bidwini an seiner Seite und Gwarthegydd, Sohn des Caw, auf der anderen. Und vor ihnen stand ein großer Bursche mit kastanienbraunem Haar, das in der Scheide steckende Schwert in der Hand. Dieser Junge trug ein Hemd und eine Kappe aus schwarzem Brokat, sein Gesicht war weiß wie das Elfenbein der Elefanten und seine Augenbrauen schwarz, was aber an Haut zwischen Handschuh und Ärmel herausschaute, war weißer als Lilien und dicker als die dünnste Stelle an eines Kriegers Bein. Iddawg und seine Gefährten traten vor Arthur hin und grüßten ihn.

«Gott sei gut zu dir, Iddawg», sagte Arthur.

«Wo hast du diese kleinen Männer gefunden?» – «Ich traf sie auf der Straße, Herr.» Da lächelte Arthur grimmig, und Iddawg fragte:

«Herr, warum lacht Ihr?»

«Ich lache, weil es mir wie Hohn vorkommen will, daß diese Insel jetzt solchen Winzlingen überantwortet ist. Früher, das waren andere Kerle!»

Dann sprach Iddawg: «Rhonabwy, siehst du den Ring mit dem Stein an der Hand des Kaisers?»

«Ja doch.»

«Du verdankst es diesem Ring, daß du dich an all das, was du hier siehst, erinnern wirst. Hättest du diesen Ring nicht gesehen, würdest du dich an nichts erinnern.»

Darauf sah Rhonabwy eine Truppe auf die Furt zukommen. «Iddawg, was für eine Truppe ist das?» fragte er.

«Das sind die Gefährten von Rhuvawn, dem strahlenden Sohn des Herrschers Deorthach. Man speist sie und gibt ihnen zu trinken, und die königlichen Töchter der Insel Britannien geben sich ihnen bei Nacht hin zur Liebe, denn dies sind ihre Rechte. Bei jeder Gefahr reiten sie vor und hinter dem Kaiser.»

Rhonabwy sah, daß Männer und Pferde ein und dieselbe Farbe hatten, so rot wie Blut. Und entfernte sich einer von ihnen von der Abteilung, so sah es aus, als steige eine Feuersäule in den Himmel. Sie schlugen ihre Zelte oberhalb der Furt auf. Danach kam ein anderer Trupp heran. Vom Sattelknauf aufwärts waren sie lilienweiß und von dort abwärts tiefschwarz. Sie durchritten die Furt, und das Wasser spritzte auf, so daß Arthur, der Bischof und seine Ratgeber so naß wurden, als habe man sie eben aus dem Fluß gezogen. Ein Reiter kam heran, und der Knabe mit dem Schwert in der Scheide, der vor Arthur stand, versetzte dem Tier mit dem Schwert einen Hieb.

Der Reiter zog sein Schwert halb aus der Scheide und sprach:

«Warum schlägst du meine Pferde? Willst du mich beleidigen oder belehren?»

«Du brauchst Belehrung. Warum bist du so wild geritten, daß Arthur, der Bischof und all die Männer in seiner Begleitung ganz naß wurden?»

«Den Tadel muß ich hinnehmen», erwiderte der Reiter, wendete sein Pferd und ritt zu der Truppe zurück.

«Iddvawg, wer war dieser Reiter?» fragte Rhonabwy.

«Es ist jener junge Mann, der als der weiseste und geschickteste im ganzen Königreich gilt. Es ist Avaon, Sohn des Talyessin.»

«Und wer ist der Mann, der sein Pferd schlug?»

«Ein trotziger Mann, der immer Pech hat, Elphin, Sohn des Gwyddno.»

Dann bemerkte ein stolzer und stattlicher Mann, daß es doch ein Wunder sei, wie eine so große Streitmacht auf einer so begrenzten Fläche Platz finde, zumal diese doch auch versprochen habe, bis Mittag in Schlachtordnung in die Schlacht von Baddon (Bath?) einzugreifen und gegen Osla Großmesser zu kämpfen.

«Tut, was ihr wollt, geht oder geht nicht. Ich jedenfalls werde gehen», sagte er, und Arthur antwortete:

«Du hast recht. Wir werden zusammen aufbrechen.»

«Iddawg, wer ist der Mann, der so freimütig zu Arthur gesprochen hat?» fragte Rhonabwy.

«Es ist der Mann, der sich alles herausnehmen kann, nämlich Caradawg Starkarm, Sohn des Llŷr von der See, Arthurs wichtigster Ratgeber und sein erster Cousin.»

Danach nahm Iddawg Rhonabwy hinter sich aufs Pferd, und als jede Truppe ihre richtige Position eingenommen hatte, brach dieses große Heer gegen Kevyn Digoll hin auf. Als sie nun die Mitte der Furt erreicht hatten, wendete Iddawg das Pferd, und Rhonabwy schaute auf das Havrental: zwei weitere Abteilungen näherten sich der Furt und hinter ihnen ein Trupp in leuchtendem Weiß, ein jeder in Mänteln aus weißem Brokat mit schwarzen Fransen. Die Kniescheiben und Beine der Pferde waren tiefschwarz, aber überall sonst waren die Tiere weiß, und die Standarten des Trupps waren auch ganz weiß mit einem reinschwarzen Fleck.

«Iddawg, was ist das für eine Truppe?»

«Das sind die Männer aus Norwegen, angeführt von March, Sohn des Meirchyawn, Arthurs erstem Cousin.»

Dann sah Rhonabwy eine Truppe ganz in Schwarz gekleidet, mit weißen Fransen an den Mänteln.

«Iddawg, was ist das für eine schwarze Truppe?»

«Das sind die Männer aus Dänemark, angeführt von Edern, Sohn des Nudd.»

Unterdessen überholten diese Trupps das Heer. Arthur war mit seiner Streitmacht nach der Festung Baddon hinabgeritten. Iddawg folgte ihm, und plötzlich entstand eine große Unruhe im Heer, die Männer am Rand liefen zur Mitte und die von der Mitte zum Rand. Ein Reiter erschien. Seine Schienen waren lilienweiß und die Nieten auf seiner Rüstung so rot wie Blut. Der Reiter drängte sich durch das Heer. «Iddawg, flieht das Heer etwa vor mir?» rief er.

«Der Kaiser Arthur ist nie geflohen, und hätte er diese Bemerkung mit angehört, wärest du ein toter Mann. Nein, den Reiter, den du siehst, das ist Kei, der schönste Mann im ganzen Königsreich. Die Männer vom Rand des Heeres kommen in die Mitte, um Kei reiten zu sehen, und die Männer im Zentrum weichen aus, um nicht von Keis Pferd niedergetrampelt zu werden. Deswegen ist die Unruhe entstanden.» Dann hörten sie, wie Cadwr, Graf von Cornwall, herbeibefohlen wurde. Er trug Arthurs Schwert in der Hand mit dem Muster der zwei Schlangen, und als er das Schwert aus der Scheide zog, schlugen aus den Mäulern der beiden Schlangen

Flammen hervor. Das sah so fürchterlich aus, daß es nicht leichtfiel hinzuschauen. Darauf kam das Heer wieder zur Ruhe, und der Graf kehrte in sein Zelt zurück.

«Iddawg, wer ist der Mann, der Arthurs Schwert brachte?»

«Das war Cadwr, Graf von Cornwall, der Mann, dessen Aufgabe es ist, den König am Tag der Schlacht zu wappnen.»

Dann hörten sie, wie Eiryn der Herrliche, Sohn des Peibyn, Arthurs Diener, ein roher, häßlicher, rothaariger Mann mit rotem Schnurrbart und geschniegeltem Haar, gerufen wurde. Er kam heran auf einem großen roten Pferd, das einen Packen trug. Er stieg vor Arthur ab, holte einen goldenen Stuhl und einen Seidenmantel aus dem Packen, breitete den Mantel – an allen vier Ecken waren goldene Äpfel – auf dem Boden aus und stellte den Stuhl darauf, und dieser war so groß, daß drei bewaffnete Krieger auf ihm Platz gefunden hätten. Gwenn (Weiß) war der Name des Mantels. Wer sich in ihn hüllte, war unsichtbar, konnte aber alles sehen, und der Mantel duldete keine andere Farbe als die seine auf sich. Arthur setzte sich auf den Mantel, und Owein, Sohn des Uryen, stand vor ihm. Da sprach Arthur: «Owein, willst du mit mir gwyddbwyll (ein dem Schach verwandtes Spiel) spielen?»

«Gern, Herr», antwortete Owein.

Also brachte der rothaarige Mann ihnen das Spiel, und die Figuren waren aus Gold und das Brett aus Silber.

Owein und Arthur waren in ihr Spiel vertieft, als von dem weißen Zelt mit dem roten Dach und dem Bild der reinschwarzen Schlange – brandrote giftige Augen hatte sie im Kopf und eine flammend rote Zunge – ein junger Mann mit lockigem blondem Haar, blauen Augen und einem sprießenden Bart kam. Er trug einen Überrock aus gelber Seide, Strümpfe aus dünnem, gelb-grünem Stoff und an den Füßen Lederschuhe mit goldenen Schnallen.

Er trat heran und grüßte Owein. Der wunderte sich, daß

der Junge ihn und nicht Arthur gegrüßt hatte, aber Arthur erahnte seinen Gedanken und sprach:

«Mich hat der Junge schon früher begrüßt, und außerdem ist die Nachricht für dich.»

Der Bursche sprach zu Owein:

«Herr, geschieht es mit Eurem Einverständnis, daß die jungen Burschen und Diener des Kaisers Eure Raben necken? Wenn nicht, so sagt dem Kaiser, er solle es verbieten.»

«Herr, hört Ihr, was der Page da sagt?» fragte Owein, «seid so gut und verbietet den jungen Männern, meine Raben zu necken.»

«Ihr seid am Zug», sagte Arthur, worauf der Page zu dem Zelt zurückkehrte.

Sie beendeten das Spiel und begannen ein weiteres, und als sie mitten im Spiel waren, sahen sie einen kräftigen jungen Mann mit lockigem braunem Haar, scharfen Augen, hochewachsen, mit einem gestutzten Bart aus einem Zelt aus gelber Seide kommen, an dessen Spitze das Bild eines roten Löwen zu sehen war. Dieser Mann trug einen Umhang aus gelbem Brokat, der bis zu seinen Knöcheln reichte und mit rotem Faden genäht war, Strümpfe aus weichem Leder, schwarze Schuhe, die goldene Schnallen hatten, und in der Hand hielt er ein dreischneidiges Schwert und eine Scheide aus rotem Rehfell mit einer goldenen Spitze. Er trat auf die Spielenden zu, grüßte Owein, der es offenbar nicht gern sah, gegrüßt zu werden, obwohl sich Arthur so wenig stören ließ wie zuvor.

«Herr, geschieht es mit Eurem Einverständnis, daß die Pagen des Kaisers auf Eure Raben einstechen, daß sie einige töten und andere verwunden?»

Owein sagte: «Herr, ich bitte euch, ruft diese Männer zur Ordnung», aber Arthur antwortete nur: «Ihr seid am Zug», und der Page kehrte zu dem Zelt zurück.

Sie beendeten dieses Spiel und begannen ein weiteres, und

als sie den ersten Zug taten, sahen sie in der Ferne ein gefleckt gelbes Zelt, das größte, das man je sah, und an der Spitze hatte es als Wappen einen goldenen Adler aus Edelsteinen.

Sie sahen einen Pagen mit blondem Haar, stattlich und hübsch. Er trug einen Mantel aus grünem Brokat mit einer goldenen Schließe an der rechten Schulter, so dick wie der Mittelfinger eines Kriegers, Strümpfe aus feinem Tuch und Schuhe aus feinem Leder mit goldenen Schnallen. Der Junge hatte ein edles Gesicht, weiße Haut mit roten Wangen, große raubvogelscharfe Augen, und er hielt in der Hand einen festen gelben Speer mit einer neu geschärften Spitze, und an dem Schaft wehte ein Wimpel.

Sehr aufgebracht, ritt er auf die gwyddbwyll-Spieler zu, und sein Zorn wurde ihnen bewußt. Er grüßte Owein und meldete ihm, seine edelsten Raben seien getötet worden, jene aber, die noch nicht tot seien, habe man so schwer verwundet, daß sie ihre Schwingen nicht mehr bewegen könnten.

«Herr, ruft jetzt Eure Leute zurück», sagte Owein.

«Ich bitte Euch, spielt doch weiter», sagte Arthur. Da sagte Owein zu dem Pagen:

«Geh, und wo der wildeste Kampf tobt, da richte den Wimpel auf, und laß Gottes Willen geschehen.»

Der Page ging dorthin, wo der Kampf um die Raben im Gange war, er hob den Wimpel, und darauf erhoben sich auch die Raben, voller Wut, Zorn, aber auch voller Freude. Sie ließen Wind unter ihr Gefieder und schüttelten ihre Müdigkeit ab. Sie gewannen Kraft und Kampfeswillen und stießen auf die Männer nieder, die ihnen zuvor Wunden beigebracht hatten. Einige trugen Köpfe mit sich fort, andere Augen, wieder andere Ohren und noch andere Waffen, und als sie sich in die Lüfte erhoben und siegesbewußt krächzten, entstand eine große Aufregung unter jenen Männern, die zuvor die Tiere geneckt, mit Messern angegriffen und sogar einige von ihnen getötet hatten.

Während sie weiter spielten, waren Arthur und Owein erstaunt, solch einen Lärm zu vernehmen. Sie sahen sich um und erblickten einen Reiter auf dunkelgrauem Pferd. Das Pferd hatte eine ungewöhnliche Farbe: dunkelgrau, das rechte Bein rot und von den Schenkeln bis zu den Hufen war es gelb. Pferd und Reiter trugen eine seltsam schwere Rüstung. Vom Sattelknauf aufwärts war das Pferd mit rotem Leinen angetan, und vom Sattelknauf abwärts trug es gelbes Leinen. Der Junge hielt ein großes, mit Gold verziertes Schwert in der Hand. Die Scheide war grün mit einer Spitze aus spanischem Messing, während der Schwertgürtel aus schwärzlich-grünem Leder war und eine Schließe aus Elefantenelfenbein mit einer schwarzen Zunge hatte. Auf dem Kopf trug er einen goldenen Helm, besetzt mit Edelsteinen von großem Wert. Als Helmzier diente ein gelbroter Leopard mit zwei blutroten Steinen in seinem Schädel, so daß er schrecklicher aussah als jeder Krieger.

Dieser Reiter näherte sich den Spielern, und sie sahen, daß er ermüdet und zornig war. Er grüßte Arthur und berichtete, die Raben würden nun die Edlen und Pagen töten, worauf Arthur Owein ansah und sagte:

«Ruft Eure Raben zurück.»

Owein erwiderte: «Ihr seid am Zug, Herr.»

Sie spielten weiter, der Page kehrte in die Schlacht zurück, und die Raben wurden nicht zurückgerufen.

Nachdem sie eine Weile gespielt hatten, hörten sie großes Getöse, Schreie von Männern und das Krächzen der starken Raben, die Männer in die Luft hoben, sie dort zerrissen und die Stücke wieder auf den Boden fallen ließen.

Wieder näherte sich von dort ein Reiter auf einem fahlweißen Pferd mit einem schwarzen linken Bein. Reiter und Pferd trugen eine schwere grüne Rüstung. Er hatte einen Mantel aus gelbem, gefälteltem Brokat mit grünen Fransen an, während das Pferd einen Überwurf ganz in Schwarz mit gelben

Fransen trug. Der Mann hatte ein schweres dreischneidiges Schwert an seiner Hüfte, mit einer Scheide aus rotem Leder, einen Wildledergürtel mit vergoldeten Querstücken und einer Elfenbeinschließe mit schwarzer Zunge. Auf seinem Helm aus Gold saß ein mächtiger Saphir. Das Helmzeichen war ein gelbroter Löwe mit flammend roter Zunge und giftigen blutroten Augen. In der Hand trug der Junge einen dicken Eschenspeer, der war an der Spitze frisch blutbefleckt.

Der Page grüßte den Kaiser und sagte:

«Herr, Eure Edlen und Pagen sind getötet worden. Ihren Söhnen erging es nicht anders. Von nun an wird es nicht mehr so einfach sein, diese Insel zu verteidigen.»

«Owein, ruft Eure Raben zurück», sagte Arthur.

«Ihr seid am Zug», sagte Owein.

Sie beendeten dieses Spiel und begannen abermals zu spielen, und als sie auch dieses Spiel beendet hatten, hörten sie ein großes Getöse und das Schreien von Männern, dann das Krächzen der Raben, deren Flügelschlag und das Geklirr herabfallender Rüstungen. Und auch die Glieder und Körper von Männern und Pferden fielen vom Himmel.

Darauf kam ein Reiter auf einem schmucken schwarzen Pferd, von der Spitze bis zum linken Bein war es rot, und von der Spitze bis zum rechten Bein hinab bis zum Huf war es weiß, und Pferd und Reiter trugen eine gelbe Rüstung und darüber gepunktetes spanisches Leinen. Der Mann hatte ein mit Gold verziertes dreischneidiges Schwert, einen Gürtel aus Goldstoff, eine Schließe aus dem Augenlid eines schwarzen Wals mit einer Zunge aus gelbem Gold. Auf dem Kopf trug er einen Helm, überzogen mit gelbem Leinen, geschmückt mit glitzernden Kristallen und als Helmzeichen einen Greif mit einem kraftspendenden Stein im Kopf. In der Hand hielt er einen Eschenspeer, bestrichen mit blauem Kalk, und mit einer Klinge, an der frisches Blut klebte und die mit Silber eingelegt war.

Dieser Reiter näherte sich Arthur wütend und berichtete, die Raben hätten nun auch noch die Nachhut getötet.

Arthur forderte Owein auf, seine Raben zurückzurufen, und er drückte die goldenen Figuren auf das Brett, bis sie nur noch Staub waren. Dann befahl Owein Gwres, dem Sohn des Rheged, den Wimpel zu senken, und als dies geschehen war, gab es Frieden.

Rhonabwy fragte Iddawg, wer die ersten drei Männer gewesen seien, die gekommen waren, um Owein zu erzählen, daß seine Raben getötet wurden, und Iddawg antwortete:

«Es waren Männer, denen Oweins Verlust naheging, Gefährten, Häuptlinge und Genossen: Selyv, Sohn des Kynan aus Powys, Gwgawn Rotschwert und Gwres, Sohn des Rheged, der Fahnenträger Oweins in der Schlacht.»

«Und wer waren jene drei, die Arthur meldeten, daß die Raben seine Männer töteten?»

«Die besten und tapfersten Männer, jene, die jede Niederlage Arthurs am meisten betrübt, nämlich Blathaon, Sohn des Mwrheth (Murchada oder Murphy), Rhuvawn der Strahlende und Heveydd Einmantel.»

Darauf kamen vierundzwanzig Reiter von Osla Großmesser und erbaten von Arthur Waffenstillstand für sechs Wochen. Arthur erhob sich und ging, um sich beraten zu lassen. Er ging auf einen großen Mann mit lockigem braunem Haar zu, der etwas entfernt stand, und seine Ratgeber wurden gerufen: Bischof Bidwini, Gwarthegydd, Sohn des Caw, March, Sohn des Meirchyawn, Caradawg Starkarm, Gwalchmei, Sohn des Gwyar, Edern, Sohn des Nudd, Rhuvawn der Strahlende, Sohn des Herrschers Deorthach, Rhioganedd, Sohn des Königs von Irland, Gwenwynwyn, Sohn des Naw, Howel, Sohn des Emhyr von Armorica, Gwilym, Sohn des Herrschers von Frankreich, Daned, Sohn des Oth, Goreu, Sohn des Custenhin. Mabon, Sohn des Modron, Peredur Langspeer, Heveydd Einmantel, Twrch,

Sohn des Peryv, Nerth, Sohn des Cadarn, Gobrwy, Sohn des Echel mit der durchbohrten Hüfte, Gweir, Sohn des Gwestyl, Drystan (Tristan), Sohn des Tallwch, Moren, der Edle, Granwen, Sohn des Llŷr, Llacheu, Sohn des Arthur, Llawvrodedd der Bärtige, Cadwr, Graf von Cornwall, Morvan, Sohn des Tegid, Rhyawdd, Sohn des Morgant, Dyvyr, Sohn des Alun von Dyved, Gwrhyr, Dolmetsch der Sprachen, Avaon, Sohn des Talyessin, Llara, Sohn des Herrschers Casnar, Fflewdwr Fflam, Greidyawl, Unterwerfer des Feindes, Gilbert, Sohn des Gadgyffro (Schlachtengetümmel), Menw, Sohn des Teirwaedd, der Herrscher Gwerthmwl, Cawrdav, Sohn des Caradawg Starkarm, Gildas, Sohn des Caw, Cadyryeith, Sohn des Seidi, und viele Männer aus Norwegen, Dänemark und Griechenland dazu. Sie alle kamen, um ihm zu raten.

«Iddawg, wer ist der braunhaarige Mann nun wieder, zu dem sie hintraten?» fragte Rhonabwy.

«Das ist Rhun, der Sohn des Hundeprinzen, von Gwynedd, ein Mann von solchem Ansehen, daß jeder kommt, um sich bei ihm Rat zu holen.»

«Und warum durfte ein so junger Bursche wie Cadyryeith, Sohn des Seidi, mit dabei sein, als solch hochgestellte Männer Rat pflegten?»

«Weil keiner in Britannien besser zu raten weiß.»

Da begannen Arthurs Barden ein Lied anzustimmen, von denen die meisten nur begriffen, daß darin Arthur gelobt wurde, Cadyryeith aber verstand es genau. Darauf kamen vierundzwanzig Esel mit Körben voll Gold und Silber, und mit jedem Esel brachte ein müder Mann Arthur seinen Tribut von den Inseln Griechenlands.

Cadyryeith, Sohn des Seidi, trat dafür ein, Osla, dem Großen Messer, auf sechs Wochen den Waffenstillstand zu gewähren, um den er bat, und er riet, daß man die Esel mit dem Tribut, den sie schleppten, den Barden geben solle, als Belohnung für ihre Geduld. Während des Waffenstillstands aber sollten sie belohnt werden für das, was sie sangen. Und all dies wurde beschlossen.

«Rhonabwy», sagte Iddawg, «sollte man nicht einen noch so jungen Mann daran hindern, daß er ganz allein bei einer solchen Ratsversammlung alles bestimmt?»

Dann erhob sich Kei und sprach:

«Wer Arthur folgt, sei heute abend in Cornwall, und die anderen seien zur Stelle, wenn der Waffenstillstand vorbei ist.»

Über dem Gelärm, das sich dann erhob, erwachte Rhonabwy. Auf der gelben Ochsenhaut hatte er drei Tage und drei Nächte geschlafen.

Diese Geschichte heißt «Der Traum des Rhonabwy», und Tatsache ist, daß sie kein Barde oder Geschichtenerzähler ohne Buch behalten kann wegen der vielen Farben der Pferde und den verschiedenen Farben der Rüstungen, der Aufzählung der Mäntel und der kraftspendenden Edelsteine.

7

Lludd und Llevelys

Beli der Große, Sohn des Mynogan, hatte drei Söhne: Lludd und Casswallawn und Nynnyaw, und nach der Überlieferung gab es einen vierten Sohn, Llevelys. Nach dem Tod Belis ging das Königreich Britannien in die Hände des ältesten Sohns Lludd über, und Lludd regierte mit Geschick. Er baute die Mauern von London wieder auf und umgab die Stadt mit unzähligen Türmen. Er befahl den Einwohnern, Häuser zu bauen, wie sie kein anderes Königreich besaß.

Außerdem war er ein guter Kämpfer, großzügig und gastfreundlich, wer immer ihn auch besuchte. Obwohl er viele Burgen und Stützpunkte besaß, war er am liebsten in London, er verbrachte die meiste Zeit des Jahres dort, und deswegen wurde es auch Caer Lludd, später Caer Llundein, genannt, und daraus wurde später, als die Fremden kamen, Lundein oder Lwndrwys (= Londres die französische Bezeichnung).

Von seinen Brüdern mochte Lludd Llevelys am liebsten, denn er war hübsch und klug. Als Llevelys hörte, daß der König von Frankreich gestorben sei und eine Tochter als einzige Erbin hinterlassen habe, der das Königreich zu gefallen war, suchte er Rat und Hilfe bei seinem Bruder Lludd, vor allem, damit ihn die Franzosen als würdig erachteten, denn er wollte nach Frankreich und das Mädchen zur Frau nehmen. Lludd war damit voll und ganz einverstanden, und Llevelys war froh, daß sie sich in dieser Sache einig wußten. Sofort wurden Schiffe ausgerüstet, die Edlen gingen an Bord und brachen auf nach Frankreich.

Bei ihrer Ankunft wurden Boten ausgeschickt, um die französischen Adligen von ihrem Begehr zu unterrichten, worauf diese Rat hielten und beschlossen, Llevelys das Mädchen und die Krone des Königsreiches zu geben.

Danach regierte er in Ehrlichkeit und Würde zeit seines Lebens. Nachdem aber nur einige Zeit vergangen war, kamen über die britische Insel drei Plagen, wie sie noch keiner je zuvor erlebt hatte. Die erste dieser Plagen war die Ankunft eines Volkes, genannt die Corannyeiden, die über die Eigenschaft verfügten, jedes Gespräch auf der Insel, und werde es noch so leise geführt, mit anhören zu können, vorausgesetzt, der Wind trug es ihnen zu. Infolgedessen konnte man gegen diese Leute nichts untermehmen. Die zweite Plage war ein Schrei, den man an jedem Maiabend über jeder Herdstelle der Insel vernahm; er drang in die Herzen der Menschen und erschreckte sie, die Männer wurden bleich und verloren ihre Stärke, die Frauen erlitten Fehlgeburten, die Kinder wurden wahnsinnig, die Tiere, die Bäume, die Äcker, das Wasser, alles wurde unfruchtbar und verdarb.

Die dritte Plage bestand darin: soviel Verpflegung auch am Hofe des Königs bereitgehalten wurde, und sei es Nahrung und Getränke ausreichend für ein Jahr, nach einer Nacht war alles verschwunden. Die erste Plage war für alle verständlich, aber niemand wußte um die Bedeutung der beiden anderen, und deshalb war die Hoffnung größer, von der ersten befreit zu werden als von der zweiten und dritten. König Lludd war sehr betroffen über diese Plagen, aber er wußte auch nicht, wie man die Insel davon befreien könnte. Er rief seine Männer zusammen und suchte ihren Rat, wie er vorgehen solle, und es war die einhellige Meinung aller, daß er seinen Bruder Llevelys, den König von Frankreich, fragen solle. Eine Flotte ward ausgerüstet im geheimen, so daß nur der König und seine Räte den Grund für die Reise kannten, und als alles bereit war, ging Lludd mit jenen, die er zu seiner Begleitung ausgewählt hatte, an Bord, und sie stachen nach Frankreich in See. Als er davon hörte, rüstete Llevelys, der nicht wußte, weshalb sein Bruder kam, eine große Flotte aus und segelte dem Bruder entgegen, und als er Llevelys Flotte sah, fuhr Lludd mit nur einem Schiff dem Bruder entgegen. Und als sich ihre Schiffe trafen, umarmten sich Lludd und Llevelys und begrüßten einander in brüderlicher Liebe. Als Lludd seinem Bruder den Zweck seiner Reise darstellte, sagte Llevelys, er wisse bereits, warum Lludd gekommen sei. Sie suchten nach einer Gelegenheit, sich zu besprechen, ohne daß der Wind ihre Worte forttragen und die Corannyeiden ihre Unterhaltung belauschen konnten.

Llevelys befahl, ein langes Horn aus Bronze herzustellen, durch das hindurch unterhielten sie sich. Aber was immer sie auch sagten, heraus kam jeweils das genaue Gegenteil oder eine grobe Beleidigung. Als nun Llevelys sich darüber klar wurde, daß ein Teufel sie narrte, befahl er Wein zu nehmen und das Horn damit auszuwaschen, und der Geist des Weines trieb den Teufel aus.

Darauf konnten sie sich endlich ungehindert unterhalten. Llevelys sagte seinem Bruder, er werde ihm eine bestimmte Art von Insekten mitgeben, und Lludd solle einige davon zurückhalten für die Zucht, falls die Plage zurückkehre, die übrigen aber mit Wasser vermischen. Er sei sicher, diese Mixtur werde die Corannyeiden vernichten.

Daheim könne Lludd alle Leute seines Königreiches, das eigene Volk und die Corannyeiden, zusammenrufen. Unter dem Vorwand einer feierlichen Aussöhnung könne er sie angeblich mit einem reinigenden Wasser überschütten. Llevelys versicherte seinem Bruder, daß das Gift nur bei den Corannyeiden wirken werde, ohne Lludds eigenen Leuten etwas anzutun.

«Die zweite Plage in deinem Reich», erklärte Llevelys, «rührt her von einem Drachen. Der Drache einer anderen Rasse, ein fremder Drache, kämpft mit ihm und versucht, ihn zu besiegen. Deswegen stößt der Drache auch so schreckliche Schreie aus. Und so kannst du dieser Plage begegnen: Wenn du daheim ankommst, so miß die Länge und Breite der Insel, und dort, wo genau die Mitte ist, da laß eine Grube ausheben. Stell in die Grube einen Bottich, gefüllt mit dem besten Met, der sich auftreiben läßt, und decke ihn mit einem Seidentuch ab. Du wirst sehen, daß die Drachen in der Gestalt riesiger Tiere kämpfen, bis sie sich schließlich kämpfend in die Luft erheben, und wenn sie des schrecklichen Kampfes endlich müde werden, sinken sie als zwei kleine Schweine auf das Tuch. Sie werden dann das Tuch auf den Boden des Bottichs zerren, und dort werden sie den Met trinken und einschlafen. Wenn das geschieht, mußt du sie mit einem Laken umwickeln und sie in eine Steinkiste sperren. Die vergräbst du dann in der Erde am sichersten Ort, den es auf der Insel gibt. Solange sie dort eingesperrt sind, wird keine Plage mehr über die Insel kommen.»

«Was nun die dritte Plage betrifft», fuhr Llevelys fort, «so ist da ein mächtiger Zauberer am Werk, der Speis und Trank aus deiner Banketthalle fortschleppt. Seine Zaubersprüche lassen einen jeden einschlafen. Also mußt du selbst hingehen und die Wache halten; und damit dich nicht Schlaf überkommt, tust du gut, einen Bottich kalten Wassers in der Nähe stehen zu haben, und wenn du einschlafen solltest, so steig in den Bottich.»

Da kehrte Lludd in sein Reich zurück, und sogleich rief er alles Volk zusammen, seine eigenen Leute und die Corannyeiden. Er vermischte die Insekten mit Wasser, wie Llevelys es ihm geraten hatte, und beträufelte die ganze Gesellschaft mit dieser Mischung. Und siehe da: alle Corannyeiden wurden vernichtet, während die Briten unversehrt blieben. Kurz darauf hatte Llud die Länge und Breite der Insel vermessen lassen. Es hatte sich herausgestellt, daß der Mittelpunkt bei Oxford lag. Hier ließ er die Grube graben, setzte den Bottich mit Met hinein, legte das Seidentuch über den Bottich, und als er selbst bei Nacht Wache hielt, sah er die Drachen kämpfen. Als sie nun erschöpft und müde waren, fielen sie auf das Seidentuch und zogen es mit hinab auf den Boden des Bottichs. Sie tranken all den Met und schliefen ein. Lludd umwickelte sie mit dem Tuch und schloß sie in eine Steinkiste ein an dem sichersten Ort, den er in Eryri finden konnte, und dieser Ort wurde später Dinas Emreis (Emreis = Ambrosius) genannt, davor jedoch Dinas Ffaraon Dandde. (Wörtlich: Flammender Pharao, ein möglicher Hinweis auf Vortigern. Im Text selbst ist erklärt: Ffaraon Dandde war einer der drei Edlen Jünglinge, deren Herz in Liebeskummer brach.) Und so endete das fürchterliche Schreien im Königreich.

Da befahl Lludd, daß ein großes Fest gefeiert werde. Ein Bottich mit Wasser wurde herbeigebracht und in der Nähe aufgestellt, und er selbst hielt Wache mit seinen Waffen zur Hand. Bei der dritten Wache zur Nacht vernahm er lautes Singen, aber dann überkam ihn Schläfrigkeit, und sofort stieg er ins kalte Wasser und war wieder hellwach. Endlich erschien ein großer Mann in einer starken Rüstung mit einem Korb, und wie er es gewohnt war, räumte er alle Speisen und Getränke zusammen und tat sie in den Korb. Dann wollte er sich davonmachen.

Lludd war erstaunt, was in diesen Korb alles hineinging. Er lief dem Riesen nach und rief: «Halt! Du hast uns so manches angetan. Wir haben durch dich viel verloren, aber damit hat es jetzt ein Ende, falls sich nicht herausstellen sollte, daß du im Umgang mit den Waffen geschickter bist als ich.»

Der Riese stellte den Korb ab, und ein wütendes Gefecht brach an. Die Funken flogen, so heftig gingen die beiden mit ihren Schwertern aufeinander los, aber schließlich gewann Lludd die Oberhand und warf seinen Gegner zu Boden. Da bat der Riese um Gnade.

«Wie kann ich nach allem, was du uns angetan hast, mit einem wie dir gnädig sein?» sagte Lludd.

«Ich will alle Verluste wiedergutmachen», sagte der Riese, «ich will nie mehr etwas stehlen, und ich will Euer treuester Anhänger werden.»

Da gewährte Lludd ihm Gnade.

So endeten die drei Plagen auf der Insel, und Lludd regierte friedlich und einsichtig bis an sein Lebensende. Dies ist die Geschichte, die das Abenteuer von Lludd und Llevelys genannt wird, und hier ist sie zu Ende.

8

Talyessin

Vor langer Zeit lebte in Penllyn ein Mann von edler Herkunft, der hieß Tegid Voel, und seine Behausung stand mitten im See Tegid. Seine Frau aber hieß Caridwen. Nun gebar ihm seine Frau einen Sohn, der wurde Morvran ab Tegid genannt, und eine Tochter, die erhielt den Namen Creirwy. Sie war das schönste Mädchen in aller Welt. Der Bruder dieser beiden Kinder mit Namen Avagddu stand unter allen Menschen in schlechtem Ansehen.

Nun sagte sich Caridwen, daß dieses Kind es schwer haben werde unter Menschen edler Herkunft wegen seiner Häßlichkeit, es sei denn, der Junge habe große Verdienste oder ungewöhnliches Wissen. Es war nämlich zu Anfang jener Zeit, da Arthur seine Tafelrunde eingesetzt hatte.

Also beschloß sie, gemäß den Künsten, die in den Büchern des Fferyllt verzeichnet stehen, in einem Kessel einen Zaubertrank der Inspiration und des Wissens für ihren Sohn herzustellen, damit er überall freudig willkommen geheißen werde wegen seines Wissens um den zukünftigen Zustand der Welt.

Sie begann in dem Kessel zu kochen, und das Gebräu durfte nicht aufhören zu sieden für ein Jahr und einen Tag, erst dann erhielt man jene drei Tropfen, in denen sich alles Wissen versammelt hat.

Da stellte sie Gwion Bach, den Sohn des Gwreang von Llanfair zu Caereinion in Powys an, um den Kessel zu rühren, und ein blinder Mann, der Morda hieß, mußte darauf achten, daß das Feuer darunter nie ausging. Sie selbst aber sammelte genau zu den Stunden, die das Buch der Sternkundigen vorschreibt, all jene zauberkräftigen Kräuter, die in das Gebräu geworfen werden mußten.

An einem Tag schon gegen Ende des Jahres geschah es nun, daß, während Caridwen ausgegangen war, um Kräuter zu suchen, drei Tropfen der Zauberflüssigkeit aus dem Kessel spritzten und Gwion Bach auf den Finger gerieten. Weil die Tropfen heiß waren und brannten, steckte er den Finger in den Mund, und sofort sah er alles so voraus, wie es in Zukunft geschehen würde, und erkannte, daß er vor allem Vorsorge treffen mußte, um sich vor Caridwen zu schützen, denn sie führte Übles gegen ihn im Schilde.

In seiner Angst floh er in seine Heimat zurück. Der Kessel zerbarst, und da die Flüssigkeit, die er enthielt, außer den drei zauberträchigen Tropfen, giftig war und sie sich in einen Bach ergoß, wurden die Pferde des Gwyddno Garanhir, die daraus tranken, vergiftet, und diese Stelle heißt seither «Das Gift der Pferde des Gwyddno».

Darauf kam Caridwen heim und sah, daß all ihre Mühe vergebens gewesen war.

Da nahm sie ein Holzscheit und prügelte auf den blinden Morda ein, bis ihm einer seiner beiden Augäpfel aus den Höhlen fiel. Und er sprach:

«Wie kommst du dazu, mich so zu entstellen? Weißt du nicht, daß ich unschuldig bin? Deinen Verlust habe nicht ich verschuldet.»

«Du sprichst die Wahrheit», sagte Caridwen, «es war Gwion Bach, der mich beraubt hat.»

Und sie setzte dem Flüchtenden nach. Als er sie sah, verwandelte Gwion sich in einen Hasen und floh weiter. Sie aber verwandelte sich in einen Windhund, der den Hasen einzuholen schien. Dieser aber lief zum Fluß und wurde ein Fisch. Da nahm Caridwen die Gestalt eines weiblichen Otters an und jagte ihn unter Wasser, bis es ihm einfiel, sich in einen Vogel zu verwandeln. Sie verfolgte ihn als Falke und ließ ihm keine Ruhe. Gerade, als sie auf ihn herabstoßen wollte und er schon vor Todesfurcht zitterte, sah er einen Haufen ausgedroschenen Weizen auf dem Boden einer Scheune und verwandelte sich in eines der Körner. Da wurde sie eine schwarze Henne, stolzierte zwischen dem Weizen umher, scharrte mit ihren Krallen, bis sie das Korn gefunden hatte und fraß es auf.

Wie die Geschichte sagt, war sie neun Monate mit ihm schwanger. Als sie ihn dann gebar, brachte sie es nicht über sich, ihn zu töten, denn er war ein so schönes Kind. So wikkelte sie ihn in einen Lederbeutel, warf ihn in die See und vertraute ihn am neunundzwanzigsten Tag des April der Gnade Gottes an.

Zu jener Zeit stand die Reuse von Gwyddno am Strand zwischen Dyvi und Aberystwyth, nahe dessen eigener Burg. Fisch im Wert von hundert Pfund wurden in dieser Reuse an jedem Maiabend gefangen. Zu jener Zeit nun hatte Gwyddno einen einzigen Sohn, der Elphin hieß, ein glückloser junger Mensch. Es schmerzte den Vater, wenn er daran dachte, daß der Sohn zu einer unglücklichen Stunde zur Welt gekommen war. Auf den Rat seines Kanzlers hin hatte der Vater dem Sohn in diesem Jahr erlaubt, die Reuse abzufischen. Er wollte ihm etwas bescheren, womit sich auf dieser Welt etwas anfangen läßt.

Am nächsten Tag, als Elphin dorthin kam, war kein einziger Fisch in der Reuse. Aber als er sich umwandte, sah er, daß an einem der Reusenpfähle ein Ledersack hing. Da sprach einer der Reusenwärter zu Elphin:

«Jetzt hast du Unglücklicher auch noch diese Reuse ruiniert, aus der man sonst Fische im Wert von hundert Pfund an jedem Maiabend holen konnte. Heute hängt nur ein lächerlicher Lederbeutel hier.»

«Und wenn er nun etwas enthielte, das den Wert von hundert Pfund hat?» sagte Elphin.

Nun, sie nahmen den Lederbeutel und öffneten ihn. Sie sahen die Stirn eines Kindes, und Elphin rief aus:

«Seht, was für eine schöne Stirn er hat. Er soll Talyessin heißen.»

Er nahm das Kind auf den Arm, klagte über sein Mißgeschick und legte es sorgenvoll hinter sich. Er ließ sein Pferd, das zuvor getrabt war, ganz langsam gehen, und wer darauf saß, meinte, in dem bequemsten Stuhl der Welt zu sitzen.

Sofort dichtete das Kind einen Tröstungsvers, pries Elphin und sagte ihm große Ehrungen voraus. Und die Tröstungsstrophe ging so:

«Guter Elphin, laß dein Klagen.
Sei nicht mißvergnügt über diesen Fang.
Zu verzweifeln, bringt keinen Vorteil.
Häufig begreift der Mensch nicht die Zeichen.
Das Gebet an Cynllo wird nicht vergebens sein.
Gott wird sein Versprechen halten.
Nie fand sich in Gwyddnos Reuse
ein solcher Schatz wie in dieser Nacht.
Guter Elphin, trockne deine Tränen.
Was hilft Traurigkeit!
Noch scheint es dir so, als hättest du
nichts gewonnen.
Laß das Gejammer.
Zweifle nicht daran, daß der Allmächtige Wunder tut.
Zwar bin ich klein, doch habe ich großes Wissen.
Aus der Tiefe der Flüsse
wirft Gott dir einen Schatz zu.
Elphin, von deinen Eigenschaften
ist unmännlich die Niedergeschlagenheit.
Laß dich doch nicht vom Kummer überwältigen.
Besser auf Gott vertrauen, als immer das
Schlimmste annehmen.
Zwar bin ich klein und schwach
jetzt auf dem schaumbefleckten Meeresstrand,

doch am Tag der Not werde ich dir
bessere Dienste leisten als dreihundert Lachse.
Elphin, laß es dich nicht verdrießen.
Mag ich mich winzig ausnehmen in diesem Beutel,
liegt der Gewinn doch in meiner Zunge.
Solange ich dich schütze,
brauchst du vor nichts dich zu fürchten.
Denke daran, im Namen der Dreifaltigkeit,
niemand wird in der Lage sein,
dir Leid zuzufügen.»

Dies war das erste Gedicht, welches Talyessin verfaßte. Er
tröstete damit Elphin, als dieser sah, daß die Reuse keine
Fische enthielt, und er dies für ein Unglück hielt. Und als
Elphin ihn fragte, ob er ein Mensch oder ein Geisterwesen
sei, antwortete er dies:

«Zuerst bin ich von anmutiger Gestalt gewesen.
Am Hof der Caridwen habe ich Buße getan.
Obwohl klein und schlecht wahrzunehmen,
war ich doch groß auf dem Boden des Ortes,
an den ich gelangte.
Ich war vielgepriesen als Verteidigung,
der süßen Muse war ich Anlaß,
und durch ein sprachlos Gesetz bin ich
befreit worden.
Eine lachende schwarze Alte, die ich reizte,
tat schreckliche Schwüre, als sie mir folgte.
Ich floh mit Eifer, ich floh wie ein Fisch.
Ich floh als Krähe und fand kein Nest.
Ich floh wild, floh als Kette.
Ich floh als ein Reh in ein verwachsenes Dickicht.
Ich floh als ein Wolfsjunges, ich floh als ein Wolf
in der Wildnis.

Ich floh als eine Drossel, die Wunder kündete.
Ich floh als ein Fuchs, gewöhnt an spitzfindige Schliche.
Ich floh als eine Schwalbe, die zu nichts nütze ist.
Ich floh als ein Eichhörnchen, das sich umsonst verbirgt.
Ich floh als ein Rehbock, den man hetzt.
Ich floh wie ein Eisen in glühendem Feuer.
Ich floh als Speerspitze, die Kummer bringt dem,
der sie sich wünscht.
Ich floh als wilder Bulle bitterlich kämpfend.
Ich floh als borstiger Eber in einer Schlucht.
Ich floh als weißes Weizenkorn in reinen Weizen,
auf einem Rock aus hanfnem Tuch haftend,
der die Größe eines Fohlens hatte,
der gefüllt ist, wie ein Schiff auf dem Wasser.
In einen dunklen Lederbeutel ward ich gesteckt,
auf der endlosen See trieb ich umher.
Daraus erkannte ich, wer mich zärtlich nährte,
und dann schenkte Gott der Herr mir die Freiheit.»

Dann kam Elphin in das Haus und auf den Hof seines Vaters
Gwyddno, und Talyessin kam mit ihm. Und als Gwyddno
ihn fragte, ob er an der Reuse einen guten Fang gemacht
habe, antwortete ihm Elphin, er habe etwas Besseres gefangen als Fische.

«Und was ist das?» fragte Gwyddno.

«Einen Barden», sagte Elphin.

Da sagte Gwyddno:

«Ach, zu was wird der schon groß nützen?»

Und Talyessin erwiderte:

«Er wird ihm mehr nützen als die Reuse genützt hat.»

Da fragte Gwyddno:

«So klein bist du und kannst doch schon reden?»

Und Talyessin antwortete:

«Ich kann besser reden als du fragen.»

«Dann laß hören, was du kannst», erwiderte Gwyddno.
Da sang Talyessin:

«Im Wasser ist eine Eigenschaft, die bringt Segen.
Über Gott nachzudenken, ist wohlgetan.
Gott soll man mit Ernsthaftigkeit sich nah'n.
Dann wird kein Hindernis bestehen, von ihm
belohnt zu werden.
Dreimal bin ich geboren worden.
Das weiß ich durch Meditation.
Dreimal bin ich geboren worden.
Das weiß ich durch Meditation.
Es war elend für jemanden, all das Wissen,
das sich in meiner Brust versammelt,
sich nicht anzueignen,
denn ich weiß, was war und was die Zukunft bringen wird.
Ich bitte den Herrn, daß er mir Zuflucht gewährt.
Er soll mich halten in seiner Gnade.
Sohn Marias, großes Vertrauen setze ich auf dich,
denn du trägst alle Last der Welt.
Gott hat mich unterwiesen.
Recht tun die Heiligen, täglich zu beten.
Gott, der Erneuerer, wird sie zu sich nehmen.»

Darauf gab Elphin den Fang (nämlich das Kind) seiner Frau,
die pflegte es zärtlich.

Von da an nahm Elphins Vermögen Tag für Tag zu. Er
stand in der Gunst des Königs. Bei Elphin aber blieb Talyessin, bis er dreizehn Jahre alt war. Und als Elphin, der Sohn
des Gwyddno, zu Weihnachten seinen Onkel Maelgwn
Gwynedd besuchte, hielt dieser offenen Hof auf seinem
Schloß Dyganwy, und eine ganze Zahl von Herren des geist-
lichen und des weltlichen Standes waren bei ihm und eine
Schar von Rittern und Richtern. Unter ihnen entstand ein

Streitgespräch. Und darum ging es: «Gibt es auf der ganzen Welt einen König so groß wie Maelgwn oder einen Menschen, dem der Himmel so viele Gaben verliehen hat wie ihm?»

Da sagten sie, der Himmel habe ihm ein Geschenk verliehen, das übertreffe all die anderen Gaben. Dies sei die Schönheit, Gesittetheit und Weisheit und die Bescheidenheit seiner Königin, deren Tugenden denen aller Damen und edler Frauen im ganzen Königreich überlegen sei. Und dann stellte ein anderer eine andere Frage, nämlich: «Wer hat tapferere Krieger? Wer hat schnellere und schönere Pferde? Wer hat klügere und geschicktere Barden als Maelgwyn?»

Nun standen zu jener Zeit die Barden in hohem Ansehen bei den Mächtigen des Königreichs. Keiner von ihnen durfte jene Dienste versehen, die heute den Herolden obliegen, wenn er nicht ein gelehrter Mann war, nicht nur erfahren im Dienst bei Königen und Prinzen, sondern auch versiert im Wissen, was Stammbäume, Wappen und die Taten der Prinzen und Könige angeht, beschlagen im Wissen um fremde Länder, um die Ereignisse der Vergangenheit und im Inhalt der Annalen. Diese Männer konnten zudem auch in verschiedenen Sprachen antworten, nämlich in Latein, Französisch, Walisisch und Englisch. Außerdem waren sie wandelnde Chroniken und wußten Verse zu machen in jeder dieser Sprachen.

Von ihnen waren bei dem Fest auf dem Schloß des Maelgwyn nicht weniger als vierundzwanzig anwesend, und der berühmteste unter ihnen allen hieß Heinin Vardd.

Als sie nun alle damit zu Ende gekommen waren, den König und seine Gaben zu rühmen, sprach Elphin dies:

«Freilich soll man mit einem König nicht rechten. Aber wäre es nicht der König, ich würde behaupten, daß mein Weib tugendsamer sei als irgendein anderes Frauenzimmer im Königreich, und daß ich einen Barden habe, der mehr weiß und mehr kann als all die anderen Barden des Königs.»

Diese Äußerung wurde sehr bald dem König hinterbracht.

Dieser befahl, Elphin in ein starkes Gefängnis werfen zu lassen. Dort würde er Gelegenheit haben, darüber nachzudenken, wer nun das tugendhaftere Weib und den besten Barden habe. Als nun Elphin in den Turm gesteckt worden war mit einer schweren Kette am Fuß – einer silbernen Kette, so sagt man, denn er war von königlichem Blut – sandte der König seinen Sohn Rhun aus, der sollte danach forschen, wie Elphins Frau sich betrage.

Nun war Rhun ein Mann ohne Anmut, und es gab keine Frau und kein Mädchen, bei welchen er nicht in schlechtem Ansehen gestanden hätte.

Während Rhun sich beeilte, zu Elphins Haus zu laufen und dessen Frau, wenn möglich, in Schande zu stürzen, war ihm Talyessin schon vorausgeeilt und hatte ihr erzählt, daß der König ihren Herrn in Ketten gelegt und Rhun zu ihr unterwegs sei. Er überredete seine Herrin, eines ihrer Küchenmädchen in ihre Kleider zu stecken und sie auch die schönsten Ringe tragen zu lassen, die sie und ihr Gemahl besaßen.

Talyessin hieß das Mädchen sich an den Eßtisch setzen und so tun, als sei sie die Herrin, während diese die Rolle des Mädchens übernahm. Als all diese Vorbereitungen getroffen waren, trat Rhun ein. Man hieß ihn willkommen. Alle Diener waren mit Talyessin und der Königin im Bunde. Man führte ihn in das Zimmer, wo die Verkleideten saßen, und Rhun setzte sich mit der vermeintlichen Herrin zum Essen. Er begann, mit dem Mädchen seine ordinären Späße zu treiben, aber die Magd gab sich immer noch nicht zu erkennen. Schließlich erzählt die Geschichte, daß das Mädchen zuviel getrunken habe und eingeschlafen sei, aber die Geschichte erwähnt auch, daß dies von einem Pulver herrührte, das Rhun ihr in den Wein geschüttet hatte.

Als sie nun schlief und nichts fühlte, schnitt er ihr den kleinen Finger ab, an dem Elphins Siegelring saß. Den hatte er seiner Frau als Andenken zurückgelassen.

Rhun kehrte mit dem Ring am abgehauenen Finger als Beweisstück zu seinem Vater zurück. Er verkündete dort: Hier sehe man, daß die Königin maßlos betrunken gewesen sei. Er habe ihr im Rausch den kleinen Finger abschneiden können, ohne daß sie es auch nur gemerkt habe.

Der König war über diese Nachrichten hocherfreut. Er schickte nach seinen Räten und erzählte ihnen die ganze Geschichte von Anfang an. Dann ließ er Elphin vor sich bringen und schalt ihn wegen seines Prahlens. Er sprach zu Elphin in diesem Sinn:

«Elphin, wisse, daß es ohne Zweifel Narrheit ist, wenn ein Mann der Tugendhaftigkeit seines Weibes vertraut, von dem er getrennt ist. Damit du aber auch siehst, wozu deine Frau, wenn sie allein ist, fähig ist, sieh hier ihren Finger mit deinem Siegelring, den jemand in der letzten Nacht von ihrer Hand abschnitt, als sie sinnlos betrunken dalag.»

«Haltet zu Gnaden, mächtiger König, ich leugne nicht, daß dies mein Ring ist, denn viele kennen ihn, aber ich bezweifle entschieden, daß jener Finger, an dem er steckt, an der Hand meiner Frau gesessen hat. Drei Tatsachen sind es, die ganz entschieden auf etwas anderes hinweisen. Wo immer meine Frau sitzt, steht oder liegt, dieser Ring würde niemals an ihrem Daumen bleiben, wohingegen, wie man sieht, es offenbar schwerfiel, ihn bei dieser Hand über den kleinen Finger zu streifen. Meine Frau läßt keinen Samstag verstreichen, ohne daß sie, ehe sie sich zu Bett begibt, die Nägel schneidet. Der Nagel dieses kleinen Fingers ist mindestens einen Monat nicht mehr geschnitten worden. Schließlich läßt sich erkennen, daß jene Hand, von der dieser kleine Finger stammt, Roggenmehl geknetet hat, und zwar innerhalb der letzten drei Tage, ehe der Finger abgehauen worden ist. Ich versichere Euch aber, daß meine Frau, solange sie meine Frau ist, noch nie Roggenbrot geknetet hat.»

Da wurde der König sehr ungehalten über Elphin, weil

dieser ihm so überzeugend widersprochen hatte und in dem Vertrauen zu seiner Frau nicht zu erschüttern gewesen war.

Deswegen befahl er, ihn abermals ins Gefängnis werfen zu lassen. Und freikommen solle er erst dann, wenn er auch seine Behauptung über die unübertreffliche Weisheit seines Barden bewiesen habe. Unterdessen saßen die Frauen und Talyessin in Elphins Haus beisammen. Talyessin zeigte seiner Herrin an, daß Elphin wegen ihr im Gefängnis sitze. Er bat sie aber, sich weiter keine Sorgen zu machen und versprach nun, an Maelgwyns Hof zu gehen und seinen Herrn zu befreien. Sie fragte ihn, wie er das denn anstellen wolle. Da antwortete er:

> Auf eine Reise will ich mich begeben.
> An ein Tor will ich kommen.
> Eine Halle werde ich betreten.
> Mein Lied werde ich singen.
> Meine Rede werde ich halten.
> Die Barden des Königs will ich
> verstummen lassen.
> Vor ihrem Herrn
> will ich sie lächerlich machen.
> Ich, Talyessin, der Barde,
> werde die Barden des Königs verstummen lassen.
> Mit druidischer List
> werde ich Elphin befreien.
> Durch die Tat einer überraschend
> daherjagenden Stute
> aus dem fernen Norden
> wird alles enden.
> Weder Gnade noch Gesundheit
> sei mit Maelgwn Gwynedd,
> weil er so ungerecht war,
> wünsch ich ihm die Kränk' auf den Hals
> und ein böses Ende.

Und Rhun und seinem Pack
wünsch ich ein kurzes Leben.
Sollen seine Lande verwüstet werden.
Langes Exil sei ihm bestimmt.»

Darauf nahm er Abschied von seiner Herrin und kam schließlich an den Hof des Maelgwn, der in seiner Halle saß und dort nach Herzenslust praßte, wie es in jenen Tagen Sitte war, wenn Könige oder Prinzen ein großes Fest feierten.

Als Talyessin die Halle betrat, stellte er sich in eine Ecke, nahe der Stelle, an der die Barden und fahrenden Sänger auftraten, wie es ihre Pflicht war vor dem König. Als nun die Barden und Herolde kamen, um die Macht und die Stärke des Königs auszurufen, mußten sie an jener Ecke vorbei, in der Talyessin kauerte. Da wölbte Talyessin seine Lippen, und indem er mit seinem Finger auf den nassen Lippen spielte, machte er ein Geräusch, das klang etwa wie «Blerwm».

Keiner von ihnen nahm weiter Notiz davon, wie sie da vorbeigingen, aber als sie vor den König kamen und sich verbeugten, wie sie es gewohnt waren, brachten sie nicht ein einziges Wort hervor, und aus ihren Mündern kam nur dieser merkwürdige Laut «Blerwm, Blerwm», der vorhin aus der dunklen Ecke zu ihnen herangedrungen war. Dies erstaunte den König sehr, und er dachte nicht anders, als daß sie betrunken sein müßten. Er rief einen seiner Höflinge zu sich, der am Tisch bediente, und hieß ihn, zu den Barden zu gehen und ihnen auszurichten, sie sollten doch ihren Verstand zusammennehmen und sich klarmachen, vor wem sie hier stünden und was schicklich sei. Der Höfling richtete es ihnen aus. Aber sie ließen nicht von ihrer Narrheit. Als der König sie ein zweites und ein drittes Mal verwarnt hatte, ohne daß sie sich eines Besseren besannen, ließ er sie aus der Halle weisen.

Am Ende befahl der König einem seiner Edelleute, dem Oberbarden, dessen Name Heinin Vardd war, einen Schlag zu versetzen, und der Edelmann griff sich einen Besen und hieb den Stiel dem Barden über den Kopf, so daß dieser vom Sitz kippte. Er rappelte sich wieder auf, fiel auf die Knie und bat den König zu glauben, daß all der Unsinn nicht ihre Schuld sei, noch einem Mangel an Einsicht entspringe, daß auch keine Rede davon sein könne, sie wären etwa betrunken, sondern alles von einem bösen Geist herrühren müsse, der sich unter ihnen in der Halle befinde.

Heinin sagte: «O ehrenwerter König, nicht irgendein starkes Getränk hat unsere Sinne benebelt und verwirrt. Wenn wir blöd sind, wenn wir die Kraft der Rede verloren haben, so deswegen, weil ein Geisterwesen in der Gestalt eines Kindes dort in der Ecke sitzt und uns verzaubert hat.»

Sofort hieß der König einen Ritter diesen Burschen herbeischaffen, und dieser begab sich dorthin, wo Talyessin kauerte und brachte ihn vor den König, der ihn fragte, wer er sei und woher er komme.

Talyessin antwortete mit diesem Vers:

«Oberster Barde bin ich bei Elphin.
Meine Heimat ist die Region der Sommersterne.
Idno und Heinin rufen mich Merddin,
aber bald wird jeder König mich Talyessin nennen.
Ich war mit dem Herrn der Welt in der obersten Sphäre,
mit Luzifer in den Tiefen der Hölle.
Ich trug das Banner unter Alexander.
Ich kenne die Namen der Sterne von Norden bis Süden.
Ich bin in der Galaxis gewesen vor dem Thron
des Allmächtigen.
Ich war in Kanaan, als Absalom starb.
Ich trug den Heiligen Geist in die Tiefe des Tales
von Hebron.

Ich war am Hof des Dôn vor der Geburt des Gwydyon.
Ich belehrte Eli und Enoch.
Ich wurde beflügelt vom Genius mit dem
leuchtenden Krummstab.
Ich bin besser als alle, denen das Geschenk
der fließenden Rede ward.
Ich war zur Stelle bei der Kreuzigung des
gnadenreichen Sohnes Gottes.
Ich war drei Zeitalter im Gefängnis von Arianrod.
Ich war Oberaufseher bei den Arbeiten am
Turm des Nimrod.
Ich bin ein Wunder, dessen Ursprung unbekannt ist.
Ich war in Asien mit Noah in der Arche.
Ich sah mit an die Zerstörung von Sodom und Gomorra.
Ich war in Indien, als man Rom erbaut hat.
Ich komme hierher von den Ruinen von Troja.
Ich war mit meinem Herrn an der Krippe des Esels.
Ich stärkte Moses an den Wassern des Jordan.
Ich stieg auf zum Firmament mit Maria Magdalena.
Ich wurde weise aus dem Kessel der Caridwen.
Ich war Barde mit Harfe bei Lleon von Lochlin.
Ich war auf dem Weißen Hügel, am Hof von Kynvelyn
für Jahr und Tag in Fesseln und Banden.
Ich habe Hunger gelitten für den Sohn der Jungfrau.
Ich habe gefastet im Land der Gottheit.
Ich war Lehrer alles Wissens.
Ich bin fähig, das ganze Universum zu unterweisen.
Ich werde sein bis zum Tag des Untergangs auf Erden.
Und keiner weiß, ob mein Körper Fisch oder Fleisch ist.
Dann lag ich für neun Monate
im Schoß der häßlichen alten Caridwen.
Ich war ursprünglich der kleine Gwion
und jetzt bin ich Talyessin.»

Als der König und seine Herren dieses Lied angehört hatten, verwunderten sie sich sehr, denn dergleichen hatten sie von einem Jungen nie vernommen. Und als der König erfuhr, daß Talyessin der Barde Elphins sei, bat er Heinin, seinen ersten und klügsten Barden, ihm zu antworten und sich mit ihm zu messen.

Aber als Heinin kam, drang wieder nichts anderes als nur dieser Laut «Blerwn» von seinen Lippen, und als man ihn ausschickte, die anderen vierundzwanzig Barden herbeizurufen, erging es diesen nicht anders. Maelgwyn fragt den Knaben Talyessin, was denn sein Auftrag sei, und dieser antwortete ihm mit einem Lied:

«Schalwitzige Barden, ich versuche
den Preis zu erringen, so ich kann,
durch sanfte Prophetie.
Ich versuche wiedergutzumachen
den Verlust, den ich erlitten.
Ich hoffe, mir ist Erfolg beschieden,
da Elphin Mühsal trägt
in der Festung Teganwy.
Legt ihm nicht noch weitere Ketten und Fesseln an.
Es wäre sinnlos.
Den Stuhl der Festung Teganwy
werde ich wieder suchen,
gestärkt durch meine Muse bin ich mächtig,
mächtig ist, was ich suche,
denn dreihundert Lieder und mehr
sind verbunden in dem Spruch, den ich singe.
Stehen wird nicht, wo ich bin,
Stein noch Ring.
Und um mich soll sein
kein Barde, der nicht weiß,
daß Elphin, Sohn des Gwyddno

ist im Land Artro,
gesichert durch dreizehn Schlösser,
Nur, weil er den pries, der ihn unterwies.
Und dann werde ich, Talyessin,
Bester aller Barden des Westens,
lösen die goldenen Fesseln Elphins.»

Und nach einem langen Gesang stellte er in einem Lied das
folgende Rätsel:

«Entdeckt mir, was ist
die stärkste Kreatur vor der Flut,
ohne Fleisch, ohne Knochen,
ohne Ader, ohne Blut,
ohne Kopf, ohne Fuß.
Es wird weder älter noch jünger,
als es war von Anbeginn.
(...)
Großer Gott, wie die See weiß wird,
wenn es sich zeigt,
wie sie schäumt,
wenn es herdringt aus Süden.
Groß ist die Verdunstung,
wenn es die Küste berührt.
Es ist in Wald und in Feld,
ohne Fuß, ohne Hand,
ohne ein Zeichen des Alterns.
Zusammen mit der Luft lebt es
seit fünf Zeitaltern,
ungealtert.
Trotz der zahllosen Jahre
ist es weit wie die Oberfläche der Erde:
Es ward nicht geboren,
noch ward es gesehen.

Sein Lauf ist gewunden,
es sieht nicht, noch wurde es gesehen.
Es verursacht Bestürzung,
wann immer Gott es will.
Aber es kommt nicht, wenn erwünscht,
auf Land und auf See.
Es ist unerläßlich.
Es hat nicht seinesgleichen.
Es hat vier Seiten.
Es hat keine Begrenzung.
Es ist unvergleichbar.
Es kommt aus vier Vierteln.
Es läßt sich nicht raten.
Es beginnt seine Reise
über dem Marmorfels.
Es ist tönend und taub.
Es ist mild,
es ist stark und kühn.
Wenn es gleitet über das Land
ist es still und tönend,
es ist lärmend,
es ist am lautesten
auf dem Gesicht der Erde.
Es ist gut, es ist schlecht.
Es ist äußerst verletzend.
Es ist verborgen,
weil das Augenlicht es nicht wahrmimmt.
Es ist schädlich und wohltuend.
Es ist hier, es ist dort.
Es löst sich auf,
es macht nicht gut den Schaden, den es hervorruft.
Es leidet nicht für seine Taten.
Es sieht sie ohne Reue.
Es ist naß, es ist trocken.

Es kommt häufig,
hervorgerufen durch die Hitze der Sonne,
durch die Kälte des Mondes.
Der Mond ist weniger wohltätig,
da seine Wärme geringer ist.
Ein Wesen hat es bereitet
aus allen Kreaturen
und sein gewaltiges Wehen
nimmt Rache an Maelgwn Gwynedd.»

Und während er dieses Lied sang nahe der Tür, erhob sich ein mächtiger Sturm, so daß der König und die Edlen fürchteten, das Schloß werde über ihren Köpfen zusammenbrechen. Und der König ließ in aller Eile Elphin aus dem Kerker holen und stellte ihn vor Talyessin hin, und dieser sang ein Lied, bei dem die Ketten von den Füßen des Gefangenen abfielen.

Als dies geschehen war, sang er eine Ode «Über die Vortrefflichkeit der Barden»:

«Welches war der erste Mensch,
erschaffen von Gott im Himmel.
Welches war die am besten schmeichelnde Rede.
Was seine Nahrung, was seine Getränke,
welches Dach bot ihm Schutz.
Was war der erste Eindruck
bei seinen ersten Gedanken.
Was seine Kleidung.
Wer ging in Verkleidung
wegen der Wildheit des Landes
im Anfang?
Weshalb soll ein Stein hart sein?
Warum ein Dorn spitz?

Wer ist hart wie ein Feuerstein.
Wer hat Salz wie die Sole.
Wer ist süß wie Honig.
Wer reitet im Sturm.
Warum hat die Nase einen Höcker.
Warum ist das Rad rund.
Warum ist die Zunge vor allen anderen Gliedern
mit der Kunst der Rede begabt.
Wenn deine Barden, Heinin, was können,
mögen sie Talyessin antworten.»

(Es folgen nun noch die Lieder «Die Widerlegung der Barden» und «Gehässigkeiten über die Barden», die beide belegen sollen, daß die Barden des Königs Talyessin nicht gewachsen und alle modischen Unarten in ihren Gesängen zu finden sind.)

Talyessin, der seinen Herrn aus dem Gefängnis befreit, die Unschuld seiner Frau geschützt und die Barden des Königs zum Schweigen gebracht hatte, führte darauf Elphins Frau herein, und tatsächlich, es fehlte kein Finger an ihren Händen. Froh war Elphin, und froh war Talyessin.

Dann hieß er Elphin mit dem König wetten, daß er ein Pferd besitze, besser und schneller als jedes Pferd des Königs. Dies tat Elphin, und der Tag, die Zeit und der Ort wurden festgesetzt, und es war der Tag, der Morva Rhiannedd genannt wird, an dem die Wette entschieden werden sollte, und hin ging der König mit viel Volk und den vierundzwanzig schnellsten Pferden, die er besaß. Nach langen Verhandlungen wurde der Rennkurs festgelegt und die Pferde zum Lauf aufgestellt. Dann kam Talyessin mit vierundzwanzig Zweigen von der Stechpalme, die er hatte verkohlen lassen, und bestimmte den Jungen, der seines Herren Pferd reiten sollte, sie in seinen Gürtel zu stecken.

Er wies ihn an, sich von allen Pferden des Königs zunächst

überholen zu lassen. Dann sollte er versuchen, aufzuholen, und wenn er an den Pferden des Königs vorbeiritt, sollte er jedes mit einem der Zweige berühren und diesen dann fallen lassen.

Dort aber, wo sein Pferd strauchelte, solle er seine Kappe zu Boden werfen. Daran hielt sich der Junge genau. Und zu jener Stelle, an der die Kappe lag, brachte Talyessin seinen Herrn, nachdem sein Pferd das Rennen gewonnen hatte. Und er ließ Arbeiter dort graben, und bald fanden sie unter der Erde einen Kessel voll Gold. Da sprach Talyessin:

«Elphin, dies ist deine Belohnung, weil du mich an der Reuse aufgenommen hast, und weil du mich seither in deinem Haus hast erziehen lassen.» Und an dieser Stelle steht heute ein Teich voll Wasser, der wird genannt Pwllbair.

Nach all dem befahl der König, daß Talyessin vor ihn geführt werde, und er bat ihn, ein Lied zu rezitieren, das die Geschichte der Menschheit seit ihrer Schöpfung erzählt, worauf Talyessin ein Gedicht machte, das heute genannt wird «Eine der vier Säulen des Gesanges».

«Der Allmächtige erschuf
im Tale des Hebron,
mit seinen geschickten Händen
Adams schöne Gestalt.

Und fünfhundert Jahre
lag er dort, ohne jede Hilfe
im Nichts
und ohne Seele.

Und danach schuf er
in einem ruhigen Paradies
aus einer Rippe der linken Seite
die Seligkeit atmende Eva.

Sieben Stunden
hüteten sie den Obstgarten.
Bis der Satan
hertrug Streit von der Hölle.

Da wurden sie vertrieben,
kalt und zitternd,
und mußten sich sorgen um ihr Leben
in dieser Welt.

Mußten zeugen und gebären
unter Schmerzen
ihre Söhne und Töchter
in Asiens Land.

Zweimal fünf, zehn und acht
brachte sie hervor aus sich
die Last
von Mann und Weib.

Und einmal, nicht verborgen
gebar sie Abel
und Kain,
den Menschenmörder.

Ihm und seiner Gefährtin
wurde verliehen der Spaten,
damit sie die Erde umbrächen
und so Brot bekämen.

Der Weizen, rein und weiß,
der im Sommer gesät wird,
und den Menschen als Nahrung dient
bis zum großen Julfest.

Die engelgleiche Hand
des Vaters im Himmel

brachte die Saat zum Wachsen,
die Eva gesät.

Und sie verbarg drauf
von dem Geschenk ein Zehntel.
Und säte es nicht,
obwohl sie geerntet.

Schwarzer Roggen wurde gefunden
und nicht reinen Weizens Korn,
um anzuzeigen das Verbrechen
dieses Diebstahls.

Und ob dieser diebischen Handlung
sollen von nun an
alle Menschen zahlen den Zehnten,
der ist für Gott.

Vom schweren Wein,
der gepflanzt wurde an sonnigen Tagen,
und vom weißen Wein,
der gepflanzt wurde in Neumondnächten.

Aus des Weizens reichem Korn
und aus rotem Wein
wird Christus reiner Leib erstehen,
Sohn des Alpha.

Die Oblate ist Fleisch,
der Wein das verschüttete Blut.
Die Worte der Dreieinigkeit
heiligen sie.

Die verborgenen Bücher
aus Emmanuels Hand
wurden gebracht von Raphael,
als Adams Geschenk,

da in seinem Alter
sein Kinn untertauchte
im Wasser des Jordans
an einem Fastentag.

Und Moses erhielt
am Wasser des Jordans
drei höchst wundertätige Stäbe,
die waren ihm Hilfe.

Und Salomon erhielt
im Turm von Babel
alles Wissen
des Landes Asien.

So besitze ich
in meinen bardischen Büchern
alles Wissen
aus Europa und Asien.

Ihre Geschichte, ihren Zustand,
ihre Wege,
ihr Schicksal: ich kenn' es.
Bis zum Ende aller Tage.

Oh, welch Elend,
welch unbeschreibliches Leid,
wird heimsuchen
die Nachfahren Trojas.

Eine sich ringelnde Schlange,
Stolz und gnadenlos,
mit goldenen Schwingen,
so kommt sie aus Deutschland.

Überrannt werden wird
von ihr England und Schottland.

Von Llychlyn am Meeresstrand
bis an die Severn.

Dann werden die Briten
alle Gefangene sein
der Fremden,
herübergeweht aus Sachsen.

Deren Herrn werden sie preisen,
deren Sprache übernehmen.
Alles Land werden sie verlieren,
außer dem wilden Wales.

Bis eine Änderung eintritt
nach langer Buße,
wenn gleichgemessen
die beiden Verbrechen.

Den Briten wird gehören das Land
und die Krone.
Und der Schwarm der Fremden
wird wieder verschwinden.

Alle der Engel Worte
von Krieg und Frieden
werden sich erfüllen
am Volk der Briten.»

Und weiter tat er vor dem König verschiedene Prophezeiungen über jene Dinge, die sein würden in der Welt, und sang
davon zahlreiche Lieder.

II. Märchen, Sagen und Legenden

9

Einion und die Dame vom Grünen Wald

*E*inion, *der Sohn des Gwalchmei,* ging an einem schönen Sommertag durch die Wälder von Trefeilir. Da begegnete er einer schlanken schönen Frau. Ihre Haut übertraf an Schönheit das Weiß des Schnees auf dem hohen Gebirge und das Rot der Morgendämmerung. Da überfiel ihn im Herzen große Liebe. Er grüßte sie. Sie erwiderte seinen Gruß, und die Art, in der sie zu ihm redete, bewies ihm, daß ihr seine Gesellschaft nicht unangenehm war. Er war höflich zu ihr, und sie war höflich zu ihm. Aber als er näher trat, sah er, daß sie statt Füße Hufe hatte.

Sie aber warf Glanz über ihn und sprach:

«Du mußt mir folgen, wohin immer ich auch gehe.» Sie hatte ihn verzaubert. Er versprach, ihr bis ans Ende der Welt zu folgen. Zuvor aber bat er sie, sich noch von seiner Frau Angharad verabschieden zu dürfen.

Damit war die Dame vom Grünen Wald einverstanden. «Aber», sagte sie, «ich werde dabei sein, unsichtbar für alle, außer für dich.»

Also ging er heim und der goblin (denn nichts anderes war die schöne Dame vom Grünen Wald) ging mit ihm. Als er Angharad, seine Frau, nun sah, erschien sie ihm wie eine häßliche Alte, aber er erinnerte sich an frühere Zeiten und fühlte immer noch etwas Liebe zu ihr. Doch von dem Zauber konnte er sich nicht befreien.

«Es ist nötig für mich», sprach er, «daß ich dich für eine gewisse Zeit verlasse. Ich weiß nicht, für wie lange.»

Sie weinten zusammen und zerbrachen einen goldenen Ring zwischen sich. Er behielt die eine Hälfte, Angharad die andere. Dann nahmen sie Abschied voneinander, und er folgte der schönen Dame aus dem grünen Wald. Wohin sie gingen, wußte er nicht, denn es lag ein mächtiger Zauber auf ihm, und er sah keinen Ort und keine Person in ihrer wahren Gestalt. Nur die Hälfte des Ringes nahm er unverstellt so wahr, wie sie auch in Wirklichkeit aussah.

Nachdem er lange Zeit – er wußte nicht, wie lange – bei der schönen Dame vom Grünen Wald gewesen war, schaute er eines Morgens, als die Sonne aufging, auf die eine Hälfte des Ringes und überlegte, an welchem sicheren Platz er sie verstecken könne. Schließlich schob er sie unter sein Augenlid. Als er das getan hatte, sah er einen Mann in einem weißen Gewand auf einem schneeweißen Pferd auf sich zukommen. Der Reiter fragte ihn, was er hier zu suchen habe.

Einion erwiderte, er habe sich eben an seine Frau Angharad erinnert.

«Möchtest du sie sehen?» fragte der Mann in Weiß. «O ja», erwiderte Einion, «mehr als nach irgend etwas anderem auf der Welt, verlangt es mich danach.»

«Nun denn», sagte der Mann, «steige hinter mir auf mein Pferd.»

Einion tat, wie ihm geheißen. Und als er zurückblickte, war die schöne Dame vom Grünen Wald verschwunden. Er erblickte nur Hufspuren von gewaltiger Größe, die nach Norden wiesen.

«Unter was für einem Zauber stehst du?» fragte der Mann in Weiß.

Da erzählte ihm Einion alles, was zwischen ihm und der schönen Dame vom Grünen Wald geschehen war.

«Faß mit deiner Hand diesen Stab hier», sagte der Mann in Weiß, «und wünsche dir, wonach es dich am dringlichsten verlangt.»

Einion faßte den Stab, und das erste, was er sich wünschte, war, die schöne Dame vom Grünen Wald wiederzusehen, denn er war immer noch nicht völlig vom Zauber befreit.

Ein abstoßendes Wesen zeigte sich ihm, widerlicher als die schrecklichsten Dinge auf dieser Welt. Einion stieß einen Schreckensschrei aus. Der Mann in Weiß warf seinen Mantel über ihn, und in soviel Zeit, wie es zu einem Augenzwinkern bedarf, stand Einion auf dem Hügel von Trefeilir, an seinem eigenen Haus, aber er erkannte es nicht, und jeder, der ihn sah, wußte nicht, wer er war.

Unterdessen war der goblin, der Einion als Dame vom Grünen Wald erschienen war, nach Trefeilir gegangen und hatte sich dort den Leuten als ein ehrenwerter und mächtiger Edelmann vorgestellt, als jemand, der offensichtlich sehr reich war. Er hatte Angharad einen Brief übergeben, in dem stand, Einion sei vor mehr als zehn Jahren in Norwegen gestorben. Er warf einen Zauber über sie, und sie hörte auf seine schmeichlerischen Liebesworte. Als sie sah, daß sie eine edle Dame werden konnte, höher gestellt als jede andere Frau in Wales, setzte sie einen Tag fest für die Hochzeit. Man traf große Vorbereitungen. Speisen und Getränke in Hülle und Fülle wurden herbeigeschafft. Musiker wurden bestellt, und man dachte sich Unterhaltungen aus, die einem jeden gefallen.

Nun gab es in Angharads Halle eine besonders schöne Harfe. Der goblin zeigte sich den Leuten als Edelmann. Aber als er die versammelten Harfenspieler – die besten Musiker aus ganz Wales waren dabei – aufforderte, zu spielen, gelang es keinem, die Harfe zu stimmen.

Gerade in diesem Augenblick betrat Einion das Haus,

und Angharad sah ihn als einen alten, hinfälligen Mann mit Runzeln im Gesicht und mit weißem Haar, in Lumpen gehüllt.

Nachdem all die anderen Harfner die Harfe nicht hatten stimmen können, nahm er das Instrument in die Hand und stimmte es im Nu.

Da wunderten sich alle sehr und fragten, wer er denn sei:

«Ich bin Einion, Sohn des Gwalchmei», sagte er, «dieses Gold ist der Beweis.»

Und er gab Angharad die Hälfte des zerbrochenen Ringes wieder.

Aber sie konnte sich nicht mehr daran erinnern, daß jeder beim Abschied eine Hälfte an sich genommen hatte. Da drückte Einion seinem Weib den Stab in die Hand, den der Mann in Weiß ihm gegeben hatte. Sofort stellte der stattliche und ehrenwerte Edelmann sich in seiner wirklichen Gestalt dar – als fürchterliches Ungetüm. Angharad wurde ohnmächtig. Einion aber stützte sie und hielt sie in seinen Armen, bis sie wieder zu sich kam. Als sie nun die Augen aufschlug, sah sie weder den goblin noch irgendeinen der Gäste, nicht die Musiker und nicht die Mundschenken, nicht die Fleischvorschneider und nicht die Diener. Sie sah nur die Harfe, die gestimmt war, Einion und das Essen, das auf dem Tisch stand und köstlich duftete.

Da setzten sie sich, aßen, tranken und liebten sich, und groß war ihre Freude, daß nun der Bann des goblin, der sie verzaubert hatte, für immer gebrochen war.

10

Die Überschwemmung von Bottom Hundred

Es war einmal ein König von Keridigyawn, der hieß Gwyddno Garanhir.

Der kostbarste Teil seines Landbesitzes war eine große Ebene, die hieß «Bottom Hundred» (wörtlich: Boden hundert, also eine Senke mit hundert Landeinheiten).

Es war ein gewaltiges Stück Land, das sich entlang der Meeresküste ausdehnte und heute zu den Grafschaften Merioneth und Cardigan gehören würde. Die Gegend war dicht bevölkert und fruchtbar. In ihr lagen sechzehn befestigte Plätze und alle Städte der Kymerer, außer Caer Llionar Wysg. In diesem Landstrich befand sich auch einer der drei bevorzugten Häfen der britischen Insel, nämlich der Hafen von Gwyddno. Dieses Land lag unter dem Meeresspiegel, und die Bewohner von Bottom Hundred hatten deswegen schon zu sehr frühen Zeiten einen Deich aus festem Stein gebaut, um sich gegen das ewig hungrige Element zu schützen.

Der aus Steinen aufgeführte Deich hatte der Gewalt der Wellen schon Jahrhunderte widerstanden, als schließlich Gwyddno als König auf den Thron gelangte.

Wachtürme waren entlang der Küste angelegt worden. Die Deichwachen und ihre Helfer wurden von einem Schloß aus befehligt. Dort hatte Prinz Seithenyn, der Sohn des Seityn Seidi, der Oberste Deichgraf, seinen Amtssitz.

Nun war aber Seithenyn einer der drei großen Trunkenbolde der Britischen Inseln. Er überließ die Aufsicht über die Deiche mehr und mehr seinen Untergebenen. Diese wiederum überließen sie ihren Tagelöhnern, und diese waren auch nicht allzu pflichteifrig. So kam es, daß sich endlich niemand mehr um die Deiche kümmerte.

Nur einen gab es, der unverdrossen seine Pflicht tat. Das war Teithrin, Sohn des Tathral, der auf jenem Wachturm saß, mit dem der Deich in Mochras auf dem Oberland von Ardudwy endete.

Er hielt seinen Teil des Deiches in gutem Zustand und schritt tagtäglich die ihm unterstellte Deichstrecke ab.

Eines Tages nun geschah es, daß er einmal etwas weiter ging. Er entdeckte Schäden, die ihn mit Bestürzung erfüllten. Deshalb setzte er seine Wanderung immer weiter fort, bis er bei Keredigyawn zum südlichen Ende des Deichs kam.

Unterwegs wurde er mit großer Gastfreundlichkeit von seinen Kollegen auf den einzelnen Wachtürmen aufgenommen, desgleichen im Schloß des Seithenyn. Jeder meinte, er habe die Wanderung zu seinem Vergnügen unternommen. Man stellte ihm keine Fragen, und er hielt sich zurück, selbst welche zu stellen. Er beobachtete, sah sich um und merkte sich, was er gesehen hatte. Darauf ging er eilig zu Gwyddnos Palast. Das Schloß war aus erlesenem Schieferstein aus dem Felsufer der Mawddach errichtet worden, gerade an der Stelle, an der der Fluß in die Ebene von Bottom Hundred eintritt. Bei seiner Ankunft wurde ihm von dem Türwächter mitgeteilt, das Messer stecke im Fleisch und der Trunk sei im Horn. Das bedeutete, daß in der Halle ein Fest stattfinde und niemand hineindürfe, es sei denn, er sei Prinz aus einem befreundeten Königreich oder ein Handwerker, der drinnen gebraucht wurde.

Das Fest sollte so viele Tage dauern, daß Teithrin befürchtete, seine Nachricht könnte zu spät vor den König gelangen.

Also machte er sich auf die Suche nach dem Sohn des Königs, nach Elphin.

Der Prinz fischte an der Mawddach, an einer Stelle, an der der Fluß, nachdem er das Gebirge, dem er entspringt, verlassen hat, sich in einem Gewirr von Teichen und einzelnen Armen durch das Tal schlängelt.

Elphin saß unter einer alten Esche und freute sich über den schönen Herbstmittag. Das gleichmäßige Geräusch, die Wärme hatten Elphin eingeschläfert.

Als nun ein plötzlicher Windstoß durch die Bäume fuhr, wachte er auf, und es wollte ihm scheinen, als habe da jemand etwas gesagt. Es hatte wie ein rasch gesprochener Satz geklungen:

«Hüte dich vor der Bedrückung der Gwenhudiw!»

Im nächsten Augenblick war alles vorbei. Die Blätter der Bäume raschelten nicht mehr. Es war wieder völlige Stille eingekehrt.

Nun muß man wissen, daß Gwenhudiw eine Meerjungfrau war, die Schäferin des Ozeans. Die Wellen dort sind ihre Schafe, und jede neunte Welle, die immer etwas größer ist als die anderen, ist ein Widder.

Es war nun nicht das erste Mal, daß das Königshaus von Keredigyawn auf diese Weise verwarnt worden war. Gwyddno hatte schon oft die gleichen geheimnisvollen Worte von jemandem im Wald murmeln hören. Das hatte ihn so beschäftigt, daß er es in letzter Zeit nicht mehr wagte, hinunter ans Meer und zu den Schiffen zu gehen, sondern landeinwärts wohnte und soweit wie irgend möglich den Anblick des Meeres vermied.

Auch Elphin wußte von solchen Warnungen und Prophezeiungen, aber an diesem Tag, der so schön und friedlich schien, hatte er nicht an sie gedacht. Jetzt aber brachte er es nicht fertig, sich damit zu beruhigen, alles sei nur Einbildung gewesen. Er trat aus dem Schatten der Bäume, die das Flußufer einrahmten, und sah sich um.

Da entdeckte Teithrin ihn und kam heran. Elphin kannte ihn nicht und fragte, wer er sei.

«Man nennt mich», sagte der Mann, «Teithrin, Sohn des Thathral.»

«Und was sucht Ihr hier?»

«Ich suche», antwortete Teithrin, «Elphin, den Sohn des Gwyddno.»

«Habt Ihr etwas gesagt, als Ihr gerade herangetreten seid?» fragte Elphin.

«Nein», antwortete Teithrin, «kein Wort.»

«Seid Ihr sicher?» fragte Elphin, «mir war es, als habe jemand die Prophezeiung wiederholt: Hüte dich vor der Unterdrückung der Gwenhudiw!»

Teithrin versicherte noch einmal, dieser Satz sei nicht über seine Lippen gekommen.

Elphin schüttelte nachdenklich den Kopf, aber er lauschte nun besonders aufmerksam dem Bericht über die königlichen Deiche, und nachdem er alles bedacht hatte, was Teithrin ihm nun vortrug, beschloß der Prinz, diesen bei einem Besuch beim obersten Deichgrafen zu begleiten und dort über die Mißstände Klage zu führen.

Sie durchquerten das von den Deichen umgebene Land und gelangten zu dem Hafen von Gwyddno, in dessen Nähe das Schloß des Seithenyn sich erhob. Auf dem Weg zum Schloß mußten sie über den Deich, und Teithrin wies den Prinzen auf die Schäden hin. Das Wasser spiegelte die untergehende Sonne. Die Luft war ruhig.

Elphin ließ seinen Blick über die weite Ebene schweifen.

Die Sonne versank in den Wellen, als sie das Schloß von Seithenyn erreichten. Harfenmusik drang ihnen entgegen, als sie eintraten. Sie kamen in die große Halle, die von Fakkeln erhellt war. Sie fanden den ganzen Haushalt damit beschäftigt, das blaue Büffelhorn zu loben:

«Füllt das blaue Horn.
Füllt das silbergefaßte Büffelhorn.
Während das Gebälk widerdröhnt von unserem Lied,
füllt das silberverzierte Horn bis zum Rande.»

Elphin und Teithrin standen eine Weile in der Halle, ehe Seithenyn auf sie aufmerksam wurde. Kaum aber hatte der Chorus geendet, als er ihnen zurief: «Ihr seid alle vier herzlich willkommen.»

Elphin antwortete: «Besten Dank, aber wir sind nur zwei.»

«Zwei oder vier», sagte Seithenyn, «das gilt alles gleich. Jedenfalls seid ihr willkommen. Wenn ein Fremder eintritt, ist es anderswo Sitte, ihm zur Begrüßung die Füße zu waschen. Mir scheint es wichtiger, daß man euch die Kehle wäscht.»

«Elphin, der Sohn des Gwyddno, dankt Euch!»

Als Seithenyn bewußt wurde, daß ein Königssohn vor ihm stand, sprang er auf. Unter Verbeugungen lud er den Prinzen ein, sich auf den Platz zu seiner Rechten zu setzen. Teithrin verharrte am Ende der Halle, aber Seithenyn rief auch ihm zu:

«Kommt her, Mann, kommt näher, setzt Euch und trinkt!»

«Seithenyn», sagte Elphin, «ich komme zu Euch in einer ernsten Angelegenheit. Berichte sind bis zu mir gedrungen, daß die Deiche, die seit langem Eurer Aufsicht anvertraut sind, sich in schlechtem Zustand befinden.»

«Schlechter Zustand», sagte Seithenyn verächtlich, «daß die Deiche alt sind, wer wollte es leugnen. Alles, was alt ist, muß einmal vergehen. Aber es besteht nicht die geringste Gefahr, daß ein Unglück daraus erwachsen könnte. Die Deiche werden ihren Zweck noch lange Zeit ausgezeichnet erfüllen. Mundschenk, füllt nach.»

«Die Steine sind locker geworden», erklärte Teithrin, «die Schleusen lecken und lassen Wasser durch.»

«Unsere Vorfahren waren klüger als wir», sagte Seithenyn, «sie haben diesen Deich angelegt. Wenn wir ihn jetzt ausbessern wollten, würden wir gewiß manches beschädigen, was noch Jahrhunderte halten könnte, wenn man nichts daran tut. Es ist alles in Ordnung. Und außerdem: Ich bin der Deichgraf. Ich trage die Verantwortung. Und nun kein Wort mehr davon. Mundschenk, füllt nach.»

Es wurde viel und hastig getrunken in der Halle, und es dauerte nicht lange, da sackte der Deichgraf auf seinem Platz zusammen und begann laut zu schnarchen. Die anderen Leute seines Haushaltes waren dem Beispiel ihres Herrn gefolgt und hatten auch eifrig gezecht, und noch als Seithenyn mit den Besuchern den Zustand der Deiche erörtert hatte, war hin und wieder einer von ihnen mit einem dumpfen Geräusch von der Bank gestürzt und betrunken liegengeblieben.

Elphin und Teithrin sahen voller Abscheu auf die Betrunkenen hin, als sich die Seitentür am oberen Ende der Halle öffnete. Ein schönes junges Mädchen trat ein, gefolgt von dem Barden und ihren Frauen. Dies war Angharad, die Tochter des Gwyddno. Sie grüßte Prinz Elphin freundlich und sprach:

«Fremde, welch ungehöriger Anblick bietet sich Euch hier. Folgt mir, ich will Euch in einen Raum führen, in dem Ihr angenehmer untergebracht sein werdet.»

«Dieser Anblick ist auch eine Beleidigung für Euch, schönes Mädchen», sagte Elphin.

Sie erwiderte: «Das Vergnügen des Vaters ist die Pflicht der Tochter.»

Elphin blieb stehen, um darüber nachzudenken, was er ihr antworten solle, und auch sie wartete.

In diesem Augenblick der Stille hörte man laut das Geräusch des Windes, der durch die Löcher der Deichmauern fuhr.

«Es scheint, als sollten wir eine stürmische Nacht bekommen», sagte Elphin.

«Stürme erleben wir hier häufig», antwortete Angharad,

174

«wir sind weit vom Gebirge entfernt, zwischen dem Unter-
land und der See. Die Winde aus allen Himmelsrichtungen
treffen uns.»

Wieder entstand eine Pause. Die Windstöße erstarben zu
einem Gemurmel, schwollen dann zu einem donnernden
Laut an. Und da war wieder jene eine Stimme unter den vielen Stimmen im Wind, und sie sprach:

«Hütet euch vor der Bedrückung der Gwenhudiw.»

Sie sahen einander fragend an, als wollten sie sich voneinander bestätigen lassen, daß es der andere auch gehört habe.

«War da nicht eine Stimme?» fragte Angharad.

«Dieselbe Stimme», erwiderte Elphin, «die ich schon gestern am Mittag hörte. Und immer sagt sie: Hütet euch vor
der Bedrückung von Gwenhudiw!»

Teithrun lief eilig auf den Eckturm. Angharad wurde
bleich und stützte sich an eine Säule der Halle. Elphin kroch
Angst an. Die Schläfer auf dem Boden bewegten sich, als
hätten auch sie die Stimme vernommen. Manche stießen ver-
ängstigte Schreie aus.

Teithrin kam zurück. «Was hast du gesehen?» fragte Elphin.

«Ein Sturm kommt auf aus Westen», antwortete Theitrin.
«Seit drei Tagen haben wir abnehmenden Mond. Der Mond
ist halbverdeckt von den Wolken. Das Gestirn steht über
dem Gebirge. Die Wolkenbank im Westen ist schwarz. Re-
genschauer sind ihre Vorboten. Weiße Wellen rollen an gegen die Küste.»

«Es wird eine Springflut geben», sagte Angharad, «bei
Westwind sind solche Springfluten besonders gefährlich.
Schaum fliegt über den Deich. Die Brecher lassen die Eck-
türme erzittern, deren Fundamente im Wasser stehen. Wieder und wieder habe ich bei Springfluten gefürchtet, das
Wasser könnte sich über die Felder von Bottom Hundred er-
gießen.»

«Davor möge der Himmel uns in dieser Nacht bewahren», sagte Teithrin finster.

Als alle wieder schwiegen, hörten sie das Heulen des Windes und die Geräusche der See, die immer wilder und bedrohlicher klangen.

Es dauerte nicht lange, da vernahmen sie einen fürchterlichen Schlag. Einer der Türme war von den Wellen fortgerissen worden.

Eingestürzt war auch ein Teil der Mauer, die die Burg umgab. Durch die Lücke, die so entstanden war, trieb der mitternächtliche Sturm die Brecher mit fürchterlicher Gewalt landeinwärts. Der Wind fuhr in die Halle. Die Fackeln verlöschten. Von dem Krachen des einstürzenden Turmes waren auch die Schlafenden hochgefahren. Die Frauen stießen Schreie aus. Die Betrunkenen sahen sich angsterfüllt um. Seithenyn richtete sich in seinem Stuhl auf. Er spürte den Wind. Er sah den weißen Schaum der See. In seinen Ohren dröhnte der Lärm von Sturm und Wellen. Aber er schien unfähig, etwas zu unternehmen.

«Wehe den Menschen auf Bottom Hundred», sagte Elphin, «im Vertrauen auf Seithenyns Wachsamkeit haben sie sich arglos schlafen gelegt. Jetzt ist es um sie geschehen.»

«Wir müssen sie mit dem Leuchtfeuer warnen», rief Teithrin, «wenn es auf der Spitze des Turmes, der weiter landeinwärts steht, überhaupt Brennstoff gibt, um ein Feuer zu machen.»

«Darum wird sich wohl auch niemand gekümmert haben», sagte Elphin.

«Doch», sagte Angharad, «das war meine Aufgabe.»

Teithrin griff sich eine Fackel, stieg auf den Ostturm, und nach geringer Zeit sahen die Menschen in der Halle, wie die Brecher sich röteten, weil sich nun in ihnen das Warnfeuer spiegelte, das dort oben angezündet worden war.

Ein ungewöhnliches Geräusch mischte sich unter das Tosen der Wellen draußen. Teithrin kam aufgeregt in die Halle zurück und rief: «Der Deich ist gebrochen. Die Springflut rollt durch die Lücke herein.»

Kurz darauf stürzte ein weiterer Teil der Schloßmauern in die zerrenden Wellen. Beim undeutlichen Licht des wolkenverhangenen Mondes und dem Glühen des Warmfeuers erkannten sie, wie eine gewaltige Flutwelle von der hohen See her herankam.

Von ihr wurden die letzten Mauerteile, die einen gewissen Schutz geboten hatten, und das Dach der Halle einfach fortgewischt.

«Wer hat das getan», rief Seithenyn, «zeigt mir den Feind. Ich will ihn bestrafen.»

«Es gibt keinen Feind, außer der See», sagte Elphin.

«Ihr habt ihr in Eurer trunkenen Verrücktheit das Land schutzlos preisgegeben. Der Sturm übertönt zwar die Schreie der Opfer, aber die Flüche der Sterbenden, auch wenn sie nicht mehr zu hören sind, gelten Euch.»

«Zeigt mir den Feind», rief Seithenyn immer noch.

Er hatte sein Schwert gezogen und schwang es über seinem Kopf.

«Es gibt keinen Feind, außer der See», sagte Elphin, «und gegen die See läßt sich mit dem Schwert nichts ausrichten.»

«Wer wagt das zu behaupten?» schrie Seithenyn, «wer wagt es, zu sagen, es gebe einen Feind auf Erden, gegen den das Schwert des Deichgrafen nichts vermag? Mit diesem zauberischen Lug und Trug will ich wohl fertig werden.»

Er stürzte voran gegen das heranschießende Wasser, hieb mit dem Schwert auf die Wellen ein, die ihn im nächsten Augenblick verschlungen hatten.

«Oh, mein unglücklicher Vater», rief Angharad.

«Wir müssen das Schloß verlassen», sagte Teithrin, «oder wir werden alle hier umkommen. Es gibt nur einen Ausweg: den Pfad über die Deichkronen, vorausgesetzt, es haben sich nicht noch mehr Bruchstellen zwischen hier und dem Oberland gebildet und es gelingt uns, bei einem solchen Sturm dort oben voranzukommen. Versuchen müssen wir es.»

Angharad und ihre Dienerinnen folgten dem Rat und Beispiel von Elphin und Teithrin. Sie bewaffneten sich mit Speeren, die sie von der Wand der Halle nahmen. Teithrin schritt voran. Er stieß die Spitze seines Speers jeweils fest in den Boden und hielt sich dann am Schaft fest. Elphin hielt sich an Teithrin fest, Angharad an Elphin. Danach folgten die Frauen, der Mundschenk und einer der wenigen Edelleute, dem es gelungen war, wieder auf die Beine zu kommen. Noch stieg die Flut ständig. Die Brandung sprang an der Außenwand des Deichs herauf und brach sich unmittelbar vor ihren Füßen. An vielen Stellen drang Wasser durch Risse im Deichwall. Der Sturm zerrte an ihnen. Nur langsam und mit großer Vorsicht gelang es ihnen, auf dem Deichpfad landeinwärts voranzukommen.

Es dauerte bis zum Morgen, ehe der Wind langsam an Stärke verlor. Mit aufgehender Sonne erkannten sie das ganze Ausmaß der Verwüstungen, die die Springflut angerichtet hatte. Hundred Bottom war wieder Meer geworden.

Von den Einwohnern der fruchtbaren Ebene hatten sich nur wenige Menschen auf höher gelegenes Land bei Ardudwy und Eryri retten können. Die Stadt, die dem Oberland am nächsten lag, war Aberdovey.

Wer später in ihrer Nähe am Strand stand, hörte manchmal im lang anhaltenden Zwielicht des Abends einen geheimnisvollen Ton. Das ist der Klang der Glocken aus einer der Kirchen, die in der Sturmflut mit untergingen ...

11

Die Frau aus dem See

Hoch oben in den Black Mountains, im Süden von Wales, liegt in einer Senke ein schöner See, der Llyn y Fan Fach genannt wird.

Auf einem Bauernhof in der Nähe lebte in alten Zeiten eine Witwe und deren einziger Sohn mit Namen Gwynn. Als er herangewachsen war, übernahm er es, nach dem Vieh auf den Bergweiden zu schauen. Es gab eine Stelle mit üppigem Gras nahe dem See. Dorthin zogen die Tiere immer wieder.

Eines Tages, als Gwynn am Ufer entlanglief, war er nicht wenig erstaunt, in einiger Entfernung vom Land auf dem klaren, glatten Wasser eine Frau stehen zu sehen.

Sie war entschieden das schönste Wesen, das ihm je unter die Augen gekommen war. Sie kämmte ihr langes Haar mit einem goldenen Kamm. Die regungslos daliegende Wasserfläche diente ihr als Spiegel.

Da stand Gwynn nun am Ufer, starrte wie gebannt auf das Mädchen und wußte sofort, daß er es liebte. Während er zu ihr hinsah, hielt er ihr wie im Traum das Gerstenbrot und ein Stück Käse hin, die Speisen, die er von daheim mitgebracht hatte. Langsam kam die Frau auf ihn zu. Sie schaute auf seine lockend ausgestreckte Hand, schüttelte den Kopf und sprach:

> «Cras dy fara.
> Nid hawdd fy nala.
> (Ach du, mit deinem vertrockneten Brot.
> So leicht ist es nicht, mich zu verlocken!)»

Dann tauchte sie unter und war verschwunden.

Der junge Mann ging heim und erzählte seiner Mutter, was er erlebt hatte.

Als sie darüber nachdachten, was es wohl mit jenem Satz auf sich haben könne, den die schöne Frau gesprochen hatte, kamen sie zum Schluß, daß es irgendeinen Zauber geben müsse, der mit Brot zusammenhinge, und die Mutter riet dem Sohn, rohen Teig einzustecken und ihr den anzubieten.

Am nächsten Morgen, ehe noch die Sonne über einer der benachbarten Gebirgsketten aufgegangen war, stand Gwynn wieder am See. Er wartete sehnsüchtig darauf, daß sich das Feenwesen wieder zeigen werde. Die Sonne ging auf. Sie stieg höher und höher und vertrieb die Nebel. Immer noch starrte der junge Mann unverwandt auf die Wasserfläche. Nichts rührte sich dort.

Am Nachmittag endlich überkam den Wartenden die Verzweiflung. Er wollte sich gerade enttäuscht umdrehen und fortgehen, da zeigte sich die schöne Frau abermals. Sie erschien Gwynn womöglich noch schöner als beim ersten Mal, und über seinem verliebten Starren und Staunen vergaß der Junge ganz und gar, was er sich vorgenommen hatte.

Endlich aber streckte er doch die Hand mit dem Teig aus. Sie aber lehnte auch dieses Geschenk ab und rief ihm zu:

> «Llaith dy fara,
> Ti ni fynn.
> (Ach, du mit deinem feuchten Brot.
> Ich will dich nicht haben.)»

Doch ehe sie wieder im Wasser untertauchte, lächelte sie dem jungen Mann ermunternd zu, so daß seine Liebe zu ihr noch heftiger wurde.

Als er langsam heimwärts lief, tröstete er sich mit der Erinnerung an ihr Lächeln, und es schien ihm nicht ganz ausgeschlossen, daß sie beim nächsten Mal doch sein Geschenk annehmen werde.

Er erzählte seiner Mutter, was geschehen war. Diese riet

ihm, der jungen Frau das nächste Mal ein halbdurchgebackenes Brot anzubieten.

In dieser Nacht tat Gwynn kein Auge zu. Mit dem ersten Licht des neuen Tages stand er mit dem halbdurchgebackenen Brot in der Hand am Rand des Sees und sah auf dessen spiegelnde Fläche hin. Die Sonne ging auf. Es begann zu regnen. All dies kümmerte Gwynn nicht. Er beobachtete gebannt das Wasser.

Der Vormittag verstrich. Der Nachmittag auch. Es begann einzudunkeln. Noch immer hatte sich die Frau aus dem See nicht gezeigt.

Die Schatten der Nacht krochen heran. Gwynn bedachte, daß es Zeit sei, sich auf den Heimweg zu machen. Er warf noch einen letzten Blick auf den See. Da plötzlich sah er einige Kühe aus dem Wasser steigen. Der Anblick der Tiere machte ihm wieder Hoffnung. Vielleicht, daß nun auch die Frau noch kommen würde. Es dauerte nun nicht mehr lange, da tauchte sie auch auf, schöner anzuschauen denn je. Gwynns Erregung wuchs, als er sah, daß sie sich zusammen mit den Kühen auf das Land zu bewegte. Er watete ihr ins Wasser entgegen, das halbdurchgebackene Brot auf der ausgestreckten Hand.

Lächelnd nahm sie das Geschenk an und ließ es zu, daß er sie aufs trockene Land führte.

Von ihrer Schönheit war er ganz geblendet. Als er sie so genau anschaute, bemerkte er, daß sie an den Füßen Sandalen trug, die auf eine ganz ungewöhnliche Art geschnürt waren. Sie lächelte ihn freundlich an, und endlich fand er die Sprache wieder und sagte:

«Frau aus dem See, ich liebe Euch. Ich möchte Euch heiraten.»

Zuerst sagte sie nicht «ja». Aber er redete ihr so lange zu, bis sie am Ende doch versprach, seine Frau zu werden. Nur eine Bedingung stellte sie.

«Ich werde dich heiraten», sagte sie, «und ich werde auch bei dir leben. Aber wenn du mich das dritte Mal grundlos schlägst, werde ich dich wieder verlassen.»

«Eher schlüge ich mir meine Hand ab», rief er. Da rannte sie plötzlich wieder von ihm fort und stürzte sich in den See.

In seiner Verzweiflung war er nun fest entschlossen, seinem Leben ein Ende zu machen und sich an der tiefsten Stelle ebenfalls in den See zu stürzen. Er erstieg einen hohen Felsen, der ins Wasser überhing und wollte gerade hinabspringen, als ihn jemand mit lauter Stimme anrief:

«Nicht doch, du voreiliger Bursche. Komm hierher!»

Er wandte sich um und erkannte am Seeufer in einiger Entfernung von dem Felsen einen weißhaarigen Mann und zwei Mädchen.

Zitternd stieg er wieder vom Felsen herunter, ging dem alten Mann entgegen, und der redete ihn in beruhigendem Tonfall an.

«Sterblicher», sprach er, «du willst also eine meiner Töchter zur Frau nehmen. Ich bin mit dieser Verbindung einverstanden, vorausgesetzt, du kannst mir zeigen, welche es ist, die du liebst.»

Gwynn sah die beiden Mädchen an. Sie waren sich täuschend ähnlich in Statur, Gesichtsausdruck und Schönheit.

Bei der Vorstellung, daß er vielleicht die Falsche wählen könnte, überkam ihn wieder Verzweiflung.

Er wagte keine Entscheidung und sah nur unverwandt zu den beiden hin.

Da sah er, daß die eine den Fuß etwas vorschob, und dabei erkannte er wieder die ungewöhnliche Weise, in der sie ihre Sandalen geschnürt trug. Da ging er auf dieses der beiden Mädchen zu und faßte es an der Hand.

«Du hast richtig gewählt», sagte der alte Mann, «sei ihr ein guter Ehemann. Ich will ihr als Mitgift soviel Schafe, Rinder und Ziegen mitgeben, wie sie zählen kann, ohne dabei Atem holen zu müssen. Aber vergiß nicht die Bedingung, wenn du sie grundlos dreimal schlägst, wird sie zu mir zurückkehren müssen.» Gwynn war überglücklich, und was die Schläge anging, so sagte er, werde es nie dazu kommen. Der alte Mann lächelte, wandte sich seiner Tochter zu und hieß sie, mit dem Zählen zu beginnen.

Sie zählte immer bis fünf, aber dies so oft sie konnte, ohne Atem holen zu müssen. Sofort erschien die Menge Schafe, die sie gezählt hatte. Dann zählte sie um Rinder, und die Rinder erschienen. Und so kamen die beiden Brautleute auch noch zu Ziegen, Schweinen und Pferden. Dann verschwanden der Alte und seine andere Tochter.

Die Frau aus dem See und Gwynn aber heirateten.

Sie bezogen einen Bauernhof, der Ysgeir Llaethdy genannt wird. Dort lebten sie viele Jahre glücklich.

Alles gedieh bei ihnen. Drei Söhne wurden ihnen geboren.

Als nun der älteste Sohn sieben Jahre alt war, gab es in der Nähe eine Hochzeitsfeier. Nelferch, so hieß die Frau aus dem See, und ihr Mann waren dazu eingeladen.

Als der Tag des Festes herankam, machten sich beide zu den Nachbarn auf den Weg. Sie wanderten über Wiesen, auf denen einige ihrer Pferde weideten. Da meinte Nelferch, der Weg werde ihr zu lang, sie wolle lieber nicht mitkommen.

«Wir müssen da hin», sagte ihr Mann, «und wenn du nicht laufen magst, so reite doch auf einem der Pferde. Fang dir doch eines ein. Ich gehe unterdessen noch einmal heim und hole dir Sattel und Zaumzeug.»

Er ging nach Haus zurück, und als er mit dem Sattel und dem Zügel zurückkam, stellte er zu seinem Erstaunen fest, daß sich die Frau nicht von der Stelle bewegt hatte.

Auf die Pferde deutend, versetzte er ihr mit dem Handschuh einen leichten Schlag auf den Arm und sagte:

«Nun geh doch endlich.»

«Das war der erste grundlose Schlag, den du mir versetzt hast», sagte sie mit einem Seufzer und erinnerte ihn an die Bedingung, die bei ihrer Heirat festgelegt worden war.

Viele Jahre später waren sie bei einer Taufe. Als nun die Gäste ausgelassen und fröhlich feierten, brach Nelferch plötzlich in Tränen aus.

Gwynn stieß sie mit der Hand an, weil er es unpassend fand, daß jemand bei einem solchen Ereignis weine.

«Warum mußt du nur weinen!» sagte er.

«Ich weine», erwiderte sie, «weil dieses arme Wurm so schwach und ausgezehrt ist, daß es nicht lange Freude an dieser Welt haben wird. Es wird bald sterben müssen. Außerdem, gerade hast du mich zum zweiten Mal geschlagen.»

Darauf war Gwynn bei Tag und Nacht auf der Hut vor einem dritten Schlag. Kurz nach der Taufe erkrankte das Kind, wie Nelferch dies vorhergesagt hatte und starb bald darauf.

Gwynn und seine Frau gingen zu der Beerdigung. Mitten in der Totenfeier brach Nelferch zum Erstaunen aller in Gelächter aus. Ihr Mann, bestürzt darüber, versetzte ihr einen leichten Schlag auf den Arm und sagte:

«Still, Weib, was gibt es denn da zu lachen?»

«Ich lache», erwiderte sie, «weil das arme Kind nun endlich von seinen Schmerzen befreit und wieder glücklich ist.»

Dann aber fügte sie noch hinzu:

«Das war der dritte Schlag, den du mir versetzt hast. Ich muß dich jetzt verlassen.»

Sofort brach sie nach Ysgeir Llaethdy auf. Und als sie dort ankam, rief sie ihr Vieh, von dem sie jedes Tier beim Namen kannte, zusammen. Und dies war es, was sie den Tieren zurief:

«Mu wlfrech, moelfrech,
Mu olfrech, gwynfrech,
Pedair cae tonn-frech,
Yr hen wynebwen,
A'r las Geigen,
Gyda'r tarw gwyn.

O lys y Brenin
A'r llo du bach,
Sydd ar y bach,
Dere dithe yn iach adre!

(Gescheckte Kuh und kühn gefleckte,
du mit den Punkten, mit den weißen Streifen,
Ihr vier Schwärzlichen,
du alte mit dem weißen Gesicht,
du graue Geigen
und du weißer Bulle.

Vom Hof des Königs
und du kleines schwarzes Kalb,
das vom Haken herabhängt geschlachtet,
kommt alle her. Wir ziehen heim.)

Alle gehorchten sofort dem Befehl ihrer Herrin. Selbst das
kleine schwarze Kalb wurde wieder lebendig, löste sich vom
Haken und lief mit den anderen Rindern, Schafen, Ziegen,
Schweinen und Pferden davon.

Nun war dies im Frühjahr, und vier Ochsen gingen im
Pflug auf den Feldern. Ihnen rief sie zu:

«Y pedwar eidion glas,
Sydd ar y ma's,
Deuwch chwithe
Yn iach adre!

(Ihr vier grauen Ochsen
dort auf dem Feld.
Kommt alle
heil und ganz heim!)»

Fort zog also alles Vieh aus der Mitgift mit der Frau aus dem
See, über das Gebirge, bis hin zu jenem Gewässer, aus dem
sie gekommen war. Und dort verschwand sie. Die einzige
Spur, die zurückblieb, war eine Furche, denn einer der Ochsen schleppte noch den Pflug hinter sich her.

Gwynn brach das Herz. Er folgte seiner Frau zum See und
stürzte sich in das eiskalte Wasser. Auch die Söhne waren ihr
gefolgt. Die Männer irrten am Ufer umher, wateten durch
das Wasser. Alles schien vergeblich. Eines Tages wurde ihre
Ausdauer belohnt. Nelferch erschien noch einmal.

Sie sagte ihnen, es sei ihre Aufgabe auf Erden, das Elend
und die Leiden der Menschen zu lindern. Sie führte sie zu
einer Stelle, die noch immer die «Schlucht der Ärzte» (Pant y
Meddygon) genannt wird. Dort machte sie die Männer mit
der Wirkung der Kräuter bekannt und lehrte sie die Kunst des
Heilens.

Dank dieser Unterweisung wurden sie die besten Ärzte des
Landes. Rhys Grug, der Herr von Llandovery und Dynevor
Castle, verlieh ihnen Land, Rang und Privilegien in Myddfai,
damit sie dort ihre Heilkunst ausüben könnten. Und der
Ruhm der Ärzte von Myddfai verbreitete sich über ganz
Wales.

12

Rhys und Llywelyn

Rhys und Llywelyn, zwei Knechte, kehrten eines Abends
bei Einbruch der Dunkelheit aus dem Gebirge heim, wo sie
Torf gestochen hatten. Sie gingen durch den Wald, als Rhys
plötzlich sagte:

«Warte, hörst du auch diese wunderbare Musik? Das ist
eine Melodie, nach der ich schon hundert Mal getanzt habe.
Da kann ich nicht widerstehen. Ich muß die Musikanten finden und mittanzen. Wenn du hier nicht warten willst, so geh
derweil ruhig schon heim. Ich komme bald nach.»

«Musik und Tanzen», sagte Llywelyn, «ich höre keine
Musik. Wie willst du dann welche hören? Komm, komm.
Das bildest du dir alles nur ein. Geh mit mir heim.»

Er hätte sich seinen Atem sparen können, um den Haferbrei damit zu blasen, der in Llwyn y Ffynon auf ihn wartete,
denn Rhys war schon zwischen den Bäumen verschwunden.

Llewelyn mußte also den Heimweg allein fortsetzen. Während er so dahinging, überlegte er sich, ob all das Gerede von
der Musik vielleicht nur eine Entschuldigung dafür sein
mochte, daß Rhys in die Bierschenke wollte, die fünf Meilen
weit entfernt lag. Also verzehrte er daheim sein Abendessen,
und was übrig geblieben war, stellte er in den Stall, damit
sein Kamerad auch noch etwas habe, wenn er spät heim-
käme.

Als er einmal in der Nacht aufwachte und Rhys immer
noch nicht da war, beunruhigte ihn das weiter nicht. Er
stellte sich vor, daß das Bier Rhys Lust gemacht haben
mochte, auf Freiersfüßen zu gehen. Dann würde er gewiß
erst kurz vor Tagesanbruch zurückkommen, wie das schon
häufig geschehen war. Als der nächste Morgen kam, war

Rhys immer noch nicht aufgetaucht, und als Llywelyn von seinem Herrn gefragt wurde, was denn mit seinem Kameraden sei, konnte er auch nur jene Bemerkung wiederholen, mit der der andere ihn verlassen hatte.

Da es an diesem Tag viel zu tun gab, wurde ein Bote, der nach Rhys forschen sollte, zu der Bierschenke geschickt. Er kam aber unverrichteterdinge wieder zurück und brachte die Nachricht, Rhys sei am Abend nicht dort gewesen.

Nach und nach wurde es allen etwas unheimlich. Der Herr befragte Llywelyn genauer, und der wiederholte, sie seien durch den Wald gegangen, da habe Rhys plötzlich Musik gehört und ihn mit der Bemerkung verlassen, zu dem Tanz müsse er hin. Man suchte nach dem Vermißten. Es fand sich aber auch nicht die geringste Spur. Im weiten Umkreis hatte an diesem Abend kein Tanz stattgefunden.

Langsam kam der Verdacht auf, die beiden seien auf dem Heimweg in Streit geraten und Llywelyn habe Rhys möglicherweise ermordet. Er wurde ins Gefängnis geworfen. Er beteuerte zwar unentwegt seine Unschuld, aber da er über das Verschwinden seines Kameraden nichts zu sagen wußte, als daß dieser Musik gehört und zum Tanzen fortgelaufen sei, schenkte man ihm keinen Glauben.

Dann kam fast nach einem Jahr ein Fremder in diese Gegend, der Erfahrung im Umgang mit den Feen hatte. Der Mann schlug vor, man solle in der Nacht, in der Rhys Verschwinden sich jährte, mit Llywelyn zu der bewußten Stelle im Wald gehen.

Das geschah, und man stieß dort auf einen Feenkreis.

«Hier war es», sagte Llywelyn, «aber wie merkwürdig! Jetzt höre ich auch Musik. Harfen sind das. Ja, da gibt es keinen Zweifel.»

Die ganze Gruppe horchte. Die anderen hörten nichts, und das sagten sie Llywelyn auch.

«Stell deinen Fuß auf meinen Fuß, David», sagte Llywelyn, der auf der Grenze des Feenkreises stand. David tat wie
ihm geheißen. Da hörte er die Musik auch, und beide sahen
sie viele kleine Wesen, die dort herumtanzten. Unter ihnen
erkannten sie auch Rhys, der eifrig beim Tanzen mithielt.

Als er an ihnen vorbeitanzte, bekam Llewylyn ihn am
Rock zu fassen und zerrte ihn aus dem Kreis.

«Laß mich doch wenigstens diesen Tanz noch zu Ende tanzen», sagte Rhys, «nie zuvor habe ich beim Tanzen einen
solchen Spaß gehabt. Und ich bin doch erst fünf Minuten
dabei.»

«Fünf Minuten», wiederholte der aufgebrachte Llywelyn, «du bist so lange dort gewesen, daß es mich beinahe an
den Galgen gebracht hätte. Man beschuldigt mich, dich ermordet zu haben. Ich muß diesen Verdacht widerlegen.
Komm, zeig dich den anderen und erkläre ihnen, was geschehen ist.»

Der Zauber der Feen war in dem Augenblick erloschen,
als Rhys nicht mehr im Kreis stand, aber auf alle Vorhal-
tungen, die man ihm machte, antwortete er immer nur, er
habe doch nur fünf Minuten getanzt. Von den Leuten, unter denen er sich aufgehalten hatte, wußte er nur zu sagen,
daß sie ausgezeichnete Tänzer gewesen seien. Er habe nicht
einen von ihnen gekannt. Er habe nichts gegessen und
nichts getrunken. Er trug auch immer noch dieselben Kleider wie bei seinem Verschwinden. Er wurde schwermütig
und maulfaul. Man brachte Rhys zu Bett, und bald darauf
starb er.

13

St. Collen und
der König der Feen

Einmal, in längst vergangenen Tagen, lebte ein Heiliger mit Namen Collen, ein Mann von großer Güte, obwohl er von Kriegern abstammte, die zu den mächtigsten Männern der britischen Insel gehörten. Er hatte eine Zelle am Abhang eines Berges. Eines Morgens saß er drinnen in Nachdenken versunken, als draußen zwei Männer miteinander redeten. Sie sprachen über Gwynn, Sohn des Nudd. Der eine meinte, Gwynn sei der König der Anderswelt, er gebiete über alle Dämonen, während der andere behauptete, er sei auch zugleich König über das Feenvolk. Was immer nun auch stimmen mochte, ob er König war über ein Reich oder zwei, einig waren sie sich, man tue gut daran, sich mit Gwynn nicht anzulegen in Hinblick auf diese wie auf die andere Welt.

Collen war empört. Er steckte den Kopf aus seiner Zellentür.

«Wollt ihr wohl still sein», rief er den Männern zu, «jene, von denen ihr sprecht, sind nicht besser als die Teufel.»

«Vielleicht hieltet Ihr besser Eure Zunge im Zaum», war die Antwort der beiden, «Ihr könntet es sonst leicht einmal mit König Gwynn zu tun bekommen.»

Die beiden Männer gingen fort. Collen verfiel wieder in Nachdenken über heilige Dinge. Da klopfte es an der Tür, und eine Stimme fragte, ob Collen daheim sei.

«Wer fragt da?» erwiderte Collen, der wohl ahnte, wer etwas von ihm wollte.

«Ich bin ein Bote von Gwynn, Sohn des Nudd, König über Annwvynn und das Feenvolk. Es ist sein Verlangen, daß Ihr kommt und zu Mittag auf der Spitze des grünen Hügels Euch mit ihm unterhaltet.»

«Wir werden sehen», sagte Collen und wandte sich wieder seinen heiligen Gedanken zu. An diesem Tag tat er keinen Schritt vor seine Zelle.

Am Morgen des nächsten Tages kam der Bote ein zweites Mal und trug abermals seine Aufforderung vor.

«Ich spreche als ein Freund, Collen», fügte er hinzu. «Entweder du kommst heute mittag auf die Spitze des Hügels, oder Gwynn wird dich holen lassen. Ich denke, bei diesen zwei Möglichkeiten wäre es einfacher, freiwillig und auf deinen eigenen zwei Beinen hinaufzusteigen.»

In diesem Punkt dachte Collen nicht anders, und ehe es Mittag ward, sah man ihn den Abhang des Hügels hinaufsteigen. Er war nicht ganz frei von Furcht, und deswegen hielt er es für angebracht, sich mit etwas Weihwasser zu versehen, das er in einer kleinen Flasche am Gürtel bei sich trug. Zu seinem Erstaunen fand er auf der Spitze des Hügels das schönste und größte Schloß, das er je gesehen hatte. Ein großer Park umgab das Gebäude und darin waren viele Krieger und eine Gruppe fahrender Sänger versammelt, junge Männer zu Pferde mit braunem Haar, denen eben der Bart sproß, und Mädchen, groß gewachsen, mit lilienweißer Haut und gekleidet in Umhänge aus Seide und mit Schuhen aus feinstem Leder und goldenen Spangen an den Füßen. All diese Menschen standen in der Blüte ihrer Jugend, und ein jeder von ihnen gereichte einem königlichen Hof zur Zierde.

Dann hörte er von oben eine Stimme. Auf dem höchsten Turm des Schlosses stand ein ernst dreinblickender Mann in einem leuchtenden Gewand, der ihn höflich bat, sogleich einzutreten, denn der König warte schon bei Tisch auf ihn. Ritter kamen aus dem Schloß und geleiteten ihn hinein, und als er sich gewaschen hatte, führten sie ihn in eine Halle, in der der König an einem goldenen Tisch auf einem goldenen Stuhl saß. Gegenüber war ein Platz für Collen gedeckt, und es dünkte ihn, nie einen Mann mit hoheitsvollerer Miene, artigeren Umgangsformen und größerer Würde begegnet zu sein.

«Herr», sagte Collen, obwohl er derlei gar nicht hatte sagen wollen, «Gruß dir, wie es dir dem Recht nach gebührt.»

«Auch ich grüße dich», sagte Gwynn, «und mit mir grüßt dich mein ganzes Reich.»

Er hieß Collen in allen Ehren willkommen und nötigte ihn zu essen und zu trinken. «Und sollte es etwas geben, was du nicht auf dem Tisch siehst, wonach es dich aber verlangt, so laß es mich bitte wissen. Was sich an Leckerbissen auch nur erdenken läßt, du sollst es haben. Und nenne uns auch das Getränk, nach dem es dich verlangt, man wird es dir in einer Schale aus Büffelhorn oder aus Gold reichen. Mit jedem Tag, den du bei uns bleibst, erweist du uns große Ehre, und wir wollen versuchen, es wettzumachen. Und verlangt es dich nach Unterhaltung, so laß es uns nur wissen. Am Tag deiner Abreise aber will ich dir kostbare Geschenke und Pferde mitgeben. Überhaupt wollen wir dich so behandeln, wie es einem Mann von deiner Weisheit entspricht. Nun iß, trink, und laß es dir wohl sein.»

«Ich will nicht essen die Blätter der Bäume», sagte Collen, «ich will nicht trinken den Tau des Grases. Ich denke, du verstehst, was ich meine.»

«Dann schau auf meine Männer», sagte der König und deutete auf die Herren, die in Blau und Rot gekleidet waren und die Schüsseln auftrugen, «hast du je Männer gesehen, die besser gekleidet waren?»

«So wie es ist, ist es recht. Aber nicht um allen Reichtum auf der Welt», erwiderte Collen, «würde man mich veranlassen können, diese Farben zu tragen.»

«Und warum nicht?» fragte der König.

«Weil das Rot die Qualen des Verbrennens bedeutet und das Blau hinweist auf das Erfrieren. Mehr brauche ich dir nicht zu sagen.»

Und darauf nahm er seine kleine Flasche und sprengte ihnen ein paar Tropfen Weihwasser auf den Kopf. Auf der Stelle waren sie verschwunden, und nicht nur sie, auch die Bewaffneten draußen, die fahrenden Sänger, die Reiter, ja das gesamte Schloß waren fort. Collen stand im Sonnenlicht des Mittags auf dem grünen Hügel unter freiem Himmel. Langsam stieg er wieder den Abhang hinunter und begab sich wieder in seine Zelle, und dort konnte er die Augen schließen oder aufmachen und die Beine ausstrecken oder anziehen, ganz wie er wollte.

Nichts ist davon bekannt, daß ihm ein Leid geschah, oder daß Gwynn, Sohn des Nudd, abermals einen Boten zu ihm geschickt hätte. In Frieden lebte er dort, bis zu seinem Tod und zur Auferstehung zu einem ewigen Leben.

14

Elidorus und die Feen

Vor langer Zeit lebte an den Ufern des Flusses Neath im Süden von Wales ein zwölf Jahre alter Junge, der hieß Elidorus. Es war die Hoffnung seiner Mutter, daß aus ihm einmal ein Priester werden würde, und also ließ sie ihn bei einem strengen Lehrer erziehen. Dieser Lehrer aber hatte nichts anderes im Sinn, als ihn immer wieder windelweich zu schlagen. Eines Tages nun, als Elidorus wieder einmal mit Schlägen rechnen mußte, rannte er fort, hinunter zum Fluß und versteckte sich dort in einer Höhle in der Uferböschung, Zwei Tage blieb er in seinem Versteck. Am ersten Tag sagte er sich: «Lieber Hunger als Schläge» und am zweiten Tag: «Ich glaube, ich habe lieber Hunger als Schläge!» Am dritten Tag war er nahe daran zu sagen: «Ich glaube, ich lasse mich lieber

schlagen, als daß ich weiter hungere» und wollte schon fortgehen, um sich seinem Lehrer zu stellen, als zwei kleine
Männer mit einem Korb voller Beeren und einem Krug voller Milch die Höhle betraten, beides vor Elidorus hinstellten
und zu ihm sagten: «Wir sind der Meinung, es ist besser,
weder zu hungern noch geschlagen zu werden.»

Er hielt dies für eine sehr vernünftige Ansicht und machte
sich daran, zu essen und zu trinken. «Wir haben Mitleid mit
dir gehabt», sagten die kleinen Männer zu ihm, als er sich
nach dem Essen den Mund abwischte, «und wenn du willst,
werden wir dich in ein wunderschönes Land führen, wo
man immer nur spielt und seine Freude hat.»

Das schien Elidorus weit angenehmer als die Aussicht,
sich vor seinem Lehrer verantworten zu müssen, und er
folgte ihnen einen Pfad entlang, der weiter und weiter in die
Höhle hineinführte, bis sie schließlich ein Land erreichten,
in dem es grüne Bäume, blühende Sträucher und fette Wiesen gab. Es unterschied sich von der Welt, die Elidorus
kannte, nur dadurch, daß es weder Sonnen- noch Mondlicht
dort gab, daß die Tage düster und grau, die Nächte aber
stockfinster waren. Die beiden kleinen Männer führten Elidorus vor ihren König, der zwar auch winzig war, aber dennoch seine Untertanen so überragte wie die Birke die Brom-
beerbüsche. Er stellte Elidorus viele Fragen über sein Leben
in der Welt der Menschen und versprach dann, ihn mit soviel Freundlichkeit wie den eigenen Sohn zu behandeln. «Es
steht dir frei zu spielen», sagte der König, «aber das Alpha-
bet wirst du dennoch lernen müssen. Wie schon der alte König Salomo gesagt hat: Wenn auch die Wurzeln der Gelehr-
samkeit bitter sind, so sind doch ihre Früchte süß. Und
wenn Lernen gut ist für einen Prinzen, ist es auch gut für
einen Priester.»

Ein ganzes Jahr wohnte der Junge in der Anderswelt bei
den Feen. Er lernte seine Buchstaben und spielte mit dem

Sohn des Königs Ball. Wenn diese Männer und Frauen auch winzig waren, so waren sie doch schöner als irgendwelche Menschen, die Elidorus zuvor gesehen hatte. Sie besaßen Pferde und Windhunde und all die Haustiere der Menschen, nur eben war auch das Vieh viel kleiner. Sie aßen nie Fisch oder Fleisch, sondern lebten nur von Milch, die sie mit Safran und anderen süßschmeckenden Kräutern würzten. Vor allem aber waren sie sehr freundlich. Sie liebten einander. Sie hielten sich an die Wahrheit und waren einander treu ergeben. «Vertrauen ist unser Fels», sagte der König häufig zu Elidorus, «und auch du tust gut, das nie zu vergessen.»

Während dieses einen Jahres kehrte der Junge bei mehreren Gelegenheiten auf die Erde zurück. Manchmal auf jenem Pfad, den er beim ersten Mal gegangen war, manchmal auf einem anderen, der länger war und tiefer unten verlief, zuerst begleitet von den zwei kleinen Männern, die die Beeren und die Milch gebracht hatten, später auch ganz allein, so groß war inzwischen das Vertrauen, das das kleine Volk in ihn setzte. Er hatte sich auch seiner Mutter bemerkbar gemacht, deren Freude keine Grenzen kannte, und als er häufiger kam, erzählte er ihr immer mehr von den Sitten und Gebräuchen der Anderswelt.

«Was, selbst ihre Tassen und Teller sollen aus Gold sein?» sagte sie erstaunt zu ihm.

«Gewiß doch», versicherte er ihr, «und sogar der Ball, mit dem ich mit dem Königssohn spiele, ist durch und durch aus Gold.» Als sie ihn das sagen hörte, kam es ihr in den Sinn, wie angenehm es doch für eine hart arbeitende Witwe wäre, einen solchen goldenen Ball zu besitzen.

«Sohn», sprach sie, «du liebst doch deine Mutter?» Natürlich liebte er sie. «Dann tu mir einen Gefallen.»

Freilich würde er ihr einen Gefallen tun. Aber er war doch sehr bekümmert, als sie ihn dann darum bat, den Ball aus der Anderswelt mitzubringen. Aber er hatte es ihr versprochen, auch schien dort Gold nicht gerade knapp zu sein, und niemand hielt offensichtlich ein Auge drauf.

Als er nun das nächste Mal mit dem Sohn des Königs spielte, stahl er den Ball und lief auf dem Pfad, der zur Höhle führte, davon.

Zu Anfang ging er gemächlich, aber am Ende rannte er doch, denn er hörte hinter sich ein Geräusch wie von Mäusen und sah graue Schatten huschen. Noch ehe er das Tageslicht erreichte, war er sicher, daß er verfolgt wurde, und als er hinab zum Flußufer wollte, erkannte er, daß es seine beiden alten Freunde waren, die ihm nachliefen und ihn mit ihren dünnen Stimmen baten, den goldenen Ball wieder herzugeben. Obgleich sie so klein waren und sie deshalb nur kurze Schritte machen konnten, holten sie rasch auf, und als er auf der Schwelle des Hauses seiner Mutter stolperte und hinfiel, brachten sie den Ball an sich, den er dabei verloren hatte.

«Bitte», rief er, «ich habe es doch nur für meine Mutter getan. Das ist doch nur menschlich.»

«Wir halten es für besser», erwiderten sie, «weder treulos noch menschlich zu sein.»

Und als er wieder auf den Beinen stand, ließen sie ihn ihre Verachtung spüren und gingen davon. «Nehmt mich doch mit», rief er, «bitte, verzeiht mir. Ich bitte euch!»

Aber sie wandten sich nicht einmal mehr nach ihm um.

Über viele Jahre hin ging er jeden Tag an den Fluß, um die Höhle zu suchen und den Pfad, der tiefer in die Erde hinein führte ... vergebens. So kehrte er schließlich zu seinem Lehrer zurück, und nachdem Jahre vergangen waren, wurde er ein Mönch in einem Kloster.

Immer wieder erzählte er hohen Herren und den heiligen Bischöfen von seinem Ausflug in die Anderswelt. Und was alle Zuhörer immer am meisten beeindruckte, daß er es nie fertigbrachte, das Ende der Geschichte zu erzählen, ohne dabei nicht bittere Tränen der Reue darüber zu vergießen, daß

er den Feen die Treue gebrochen und dadurch seine Freunde
und das kleine Volk für immer verloren hatte.

15

Die Suppe in der Eierschale

Im Kirchspiel von Treveglwys, nahe Llanidloes in der Grafschaft Montgomery, stand einst eine kleine Schäferhütte, die
im Volksmund «Twt y Cwmrws» (Ort des Streits) genannt
wurde, und dies wegen einer ungewöhnlichen Auseinander-
setzung, die sich dort zugetragen haben soll.

Die Bewohner des Hauses waren ein Mann und eine Frau –
einfach genug. Aber sie hatte Zwillinge geboren.

Die Frau stillte die Kinder selbst und pflegte sie mit großem Eifer und viel Zärtlichkeit.

Einige Monate nach der Geburt wurde die Frau in einer
dringenden Angelegenheit in das Haus eines Nachbarn gerufen. Wenn es auch bis dorthin nicht weit war, war es ihr doch
nicht recht, die Kinder allein in der Wiege zu lassen, denn ihre
Hütte stand einsam, und man erzählte sich viel von den goblins oder der Tylwyth Teg (der «schönen Familie» der
Feen), die sich schon häufig in dieser Gegend gezeigt haben
sollten.

Dennoch ging sie und kam so schnell wie nur irgend möglich wieder zurück. Wie erschrak sie aber, als sie am hellen
Mittag einigen alten «Elfen im blauen Unterrock», wie man
diese Wesen gewöhnlich nennt, noch vor dem Haus begegnete! Als sie in die Stube trat, in der die Kinder in der Wiege
lagen, schien dort alles unberührt, in eben dem Zustand, wie
sie es vor ein paar Minuten verlassen hatte. Einige Zeit ging
ins Land. Da bekamen die guten Leute Verdruß. Die Zwil-

linge wuchsen überhaupt nicht mehr. Sie blieben klein wie Zwerge. Der Mann sagte zornig zu der Frau, das seien nicht seine Kinder. Die Frau schalt ihn und rief:

«Und doch sind es unsere Kinder.» Sie gerieten immer heftiger in Streit.

Eines Abends, als es der Frau schwer ums Herz war, beschloß sie, sich bei einem Zauberer Rat zu holen. Man sagte von diesem Mann, er wisse über alles Bescheid. Nun stand die Ernte von Roggen und Hafer bald an, und der Zauberer sagte zu ihr: «Wenn du das Essen für die Schnitter bereitest, schlage ein Ei auf und füll die Eierschale voll Suppe. Trag sie dann zur Tür hinaus, als sei sie für das Essen der Schnitter bestimmt. Und dann paß gut auf, was die Zwillinge dazu sagen. Wenn du hörst, daß die Kinder etwas reden, was das Wissen von Kindern übersteigt, dann kehr ins Haus zurück, pack die beiden und wirf sie in die Wellen des Llyn Ebyr, der ja nicht weit von deinem Haus entfernt ist. Hörst du aber nichts Ungewöhnliches, dann ist alles mit ihnen in Ordnung und es sind eure eigenen Kinder.»

Als der Tag kam, an dem die Schnitter aufs Feld gingen, tat die Frau, wie der Mann ihr geraten hatte, und als sie zur Tür hinauswollte, die Eierschale voll Suppe in der Hand, hörte sie eines der Kinder sagen:

«Gwelais vesen cyn gweled derwen,
Gwelais wy cyn gweled iar,
Erioed ni welais verwi bwyd i vedel
Mewn plisgyn wy iar!

(Eicheln kannte ich vor der Eiche, ein Ei, ehe ich die Henne kannte. Nie ist Zusammengekochtes in einer Eierschale genug für die Männer, die die Ernte einbringen.)»

Darauf ging die Frau wieder ins Haus zurück. Sie nahm die beiden Kinder und warf sie in die Llyn. Da kamen plötzlich die goblins in ihren Hosen angelaufen, um die Winzlinge zu retten, und die Frau bekam ihre eignen Kinder von den goblins zurück. Und so hatte der Streit zwischen ihr und ihrem Ehemann ein Ende.

16

Guto Bach und die Feen

Es war einmal ein kleiner Junge in Llangybi, der erhielt in der Taufe den Namen Gruffydd, aber ein jeder nannte ihn Guto Bach.

Eines Tages war er oben im Gebirge, um nach den Schafen seines Vaters zu sehen. Da brachte er eine Anzahl Geldstücke mit heim, die sahen den echten Crown-Stücken täuschend ähnlich, nur waren sie aus weißem Papier statt aus Silber gemacht.

Die Mutter fragte den Jungen, woher er das merkwürdige Geld habe, und er antwortete: «Die kleinen Kinder, mit denen ich immer im Gebirge oben spiele, haben es mir gegeben.»

«Was waren denn das für Kinder?» fragte die Mutter, schon mißtrauisch geworden, weiter. «Ich weiß nicht», erwiderte er, «ich weiß nur, sie waren sehr schön. Viel hübscher als ich waren sie.»

Da wußte seine Mutter, daß es Feen gewesen waren, und sie sagte zu ihm, er dürfe nie mehr allein hinauf ins Gebirge gehen, und wer mit solchen Kindern spiele, mit dem nehme es ein böses Ende.

Aber eines Tages schlich sich Guto dennoch wieder fort ins

Gebirge hinauf. Er kam nicht mehr zurück, und obwohl man lange nach dem Kind suchte, war nirgends eine Spur von ihm zu finden.

Zwei Jahre später – was sah seine Mutter, als sie am Morgen die Tür öffnete – niemand anderen als den kleinen Guto, der dort mit einem Bündel unter dem Arm dasaß.

«Mein Kind», rief die Mutter, «wo bist du denn nur so lange gewesen?»

«Aber Mutter», erwiderte Guto, «ich war doch nicht lange fort. Es war doch erst gestern, daß ich fortging, um mit den schönen Kindern zu spielen.»

Die Mutter öffnete das Bündel. Es enthielt ein Kleid aus völlig weißem Papier, ohne Saum und ohne Naht. Da es die Feen ihm gegeben hatten, verbrannte sie es.

Kurz nach dem Wiederauftauchen des Kindes verloren die Eltern plötzlich viel Geld. Sie hatten all ihre Ersparnisse in ein Schiff investiert, das zwischen Pwllheli und einem anderen Ort verkehrte. Jetzt ging das Schiff in einem Sturm unter. Und Gutos Eltern sah der Ruin ins Gesicht. Nun gab es aber auf dem Pentyrch, dem Hügel über Llanybi, einen großen Felsen, unter dem, wie es hieß, ein großer Schatz versteckt liegen sollte. Viele Leute hatten schon versucht, den Felsen fortzuschieben, aber noch keinem war es gelungen.

Gutos Vater entschloß sich nach seinem Verlust, auch einen Versuch zu wagen. Seine Nachbarn waren ihm wohlgesinnt und kamen mit allen Pferden des Kirchspiels herbei, um ihm zu helfen.

Aber der Felsen war so schwer und saß so fest im Erdreich, daß selbst die vereinten Kräfte all der starken Männer und Pferde nichts auszurichten vermochten. Gutos Vater hatte sich schon große Hoffnungen gemacht. Seine Gedanken gingen diesen Weg: Viele hatten es versucht, einer würde es endlich schaffen. Warum sollte er nicht der eine sein. Nach solchen Erwartungen war er nun um so enttäuschter.

Als Guto den Kummer seiner Eltern bemerkte, erinnerte er sich daran, daß die Kinder, mit denen er zusammengekommen war, immer mit Gold und Silber gespielt hatten. Da beschloß er, bei ihnen für seinen Vater um Hilfe zu bitten. Der Mutter gefiel dieser Plan ganz und gar nicht. Aber wie das so geht: auf ihre Einwände hörte er nicht. Guto ging also wieder ins Gebirge und traf dort die Kinder wie früher beim Spielen an. Er erzählte ihnen von den Sorgen daheim und fragte sie, ob sie denn nicht etwas von ihrem Geld erübrigen könnten. «Nein», sagten sie, «es liegt genug Gold und Silber für dich unter dem Fels von Pentyrch bereit.»

«Aber», hielt ihnen Guto vor, «nicht einmal wenn man alle Männer und Pferde aus ganz Llangybi aufbietet, läßt sich dieser Fels von der Stelle rücken.»

«Das wissen wir», sagten die Feenkinder, «aber versuch du es einmal. Du bist ein Glückskind. Du wirst nicht die geringste Mühe damit haben.»

Guto ging nach Hause und erzählte seinen Eltern, was die Kinder gesagt hatten. Vater und Mutter lachten nur bei der Vorstellung, daß dem kleinen Guto gelingen sollte, was das ganze Kirchspiel vergeblich versucht hatte. Aber ihre Lage war so bedrückend, daß sie dem Kind erlaubten, der Aufforderung der Feen zu folgen. Sie führten den Jungen zu dem Fels. Er stieß mit seiner kleinen Hand daran. Und siehe da, der riesige Felsblock bewegte sich sogleich. Er schob ein bißchen, und der Felsen stürzte den Abhang hinunter. An der Stelle, an der er gestanden hatte, fand sich aber so viel Gold und Silber, daß die Eltern nicht nur ihren Verlust ersetzt bekamen, sondern daß von nun an sie und ihr Guto reiche Leute waren.

17

Yantos Jagd

Vor Jahren lebte unter den Hügeln ein Mann mit Namen Evan
Shone Watkin; man nannte ihn aber meistens Yanto'r Coet-
cae, das heißt Yanto vom Holzanger. Nun geschah es einmal,
daß Yanto mit Freunden und Nachbarn zu einem Mann, der
an der Grenze von Glamorganshire wohnte, eingeladen war,
um eine Taufe zu feiern.

Der Abend wurde, wie das bei solchen Gelegenheiten zu
geschehen pflegt, in großer Heiterkeit verbracht; sie tranken
vom stärksten Ale, zechten vom besten Met und sangen Pen-
nillion (walisische Volkslieder) zur Harfe. So war es beinahe
Mitternacht geworden, ehe sich Evan erinnerte, daß er noch
einen weiten Weg hatte. Da seine Anwesenheit zu Hause am
anderen Morgen schon in aller Frühe dringend notwendig
war, so beschloß er denn, nun auch endlich aufzubrechen.
Allein zu einer solchen Wanderung muß man sich stärken,
und er leerte darum sein Bierglas mit doppelter Behendig-
keit; und da er an das Sprichwort dachte: «Ein Sporn im
Kopf ist besser als zwei an den Fersen», so nahm er noch
einen Abschiedstrunk Met und machte sich alsdann auf seinen Weg, der über die Berge von Carno führte. Er war schon
eine Zeitlang gegangen und hatte bereits eine beträchtliche
Strecke in den Bergen hinter sich, als er auf einmal in weiter
Entfernung Musik zu hören glaubte, und zwar beinahe in
derselben Richtung, die er ging. Indem er weiter schritt, fand
er, daß er sich den Klängen näherte und daß die Musik von
einer Harfe und mehreren Stimmen, die sie begleiteten, herrührte. Sogar die Melodie erkannte er, es war nämlich der
«Ar hyd y nos». Aber die Nacht war sehr dunkel und der
Nebel dick, und also konnte er die Personen, die sich so vergnügten, nicht ausfindig machen. Da er wußte, daß weit und

breit kein Haus war, so wurde er durch das, was er da hörte, sehr neugierig gemacht; und da die Musik fortklang und nur ein paar Schritte von seinem Weg zu sein schien, so glaubte er, es sei keine Sünde, wenn er ein wenig seitwärts ginge, um zu sehen, was es wäre. Obendrein dachte er, es würde doch ein Unrecht sein, so dicht an einer lustigen Gesellschaft vorbeizugehen, ohne nur ein paar Minuten zu verweilen und an ihrer Lustbarkeit teilzunehmen. Demgemäß bog er in Richtung der Musik vom Weg ab, und da er entschieden schon bis zu der Stelle gegangen war, an der er die Musik vermutete, so wunderte er sich nicht wenig, daß sie nun doch noch eine Strecke weiter war. Indessen, da Yanto ein guter Philosoph war, so sagte er sich, daß die Töne in der Nacht, wo alles still sei, auf weitere Entfernung gehört würden als bei Tage, und da er nun einmal so weit von seinem Weg abgewichen sei, so wolle er nun auch nicht eher ruhen, als bis er die Musik gefunden hätte. Aber – wie dem nun auch sein mochte – je weiter er ging, desto weniger schien es wahrscheinlich, daß er sie erreichen würde. Zuweilen wichen die Töne vor ihm aus – und dann beschleunigte er seine Schritte, um sie nicht ganz zu verlieren. Bei der Dunkelheit der Nacht rannte er mehr als einmal kopfüber in ein Torfmoor. Wenn er sich herausgearbeitet hatte und wieder auf seinen Beinen stand, so nahm er sich jedesmal vor, diese Jagd aufzugeben. Aber immer im selben Augenblick hörte er die Töne lieblicher als zuvor, gleichsam als wollten sie ihn aufmuntern. Ja, seine Bemühungen wurden nicht selten dadurch angefeuert, daß er sich bei seinem Namen «Evan! Evan!» rufen hörte.

Da dies nun in der Tat die höflichste Weise, ihn anzureden war (denn Yanto sagten doch nur die Bauern!), so vermutete er, daß diejenigen, die er suchte – wer und wo sie immer auch sein mochten – mindestens doch sehr wohlerzogene Leute sein müßten, und deswegen wuchs sein Verlangen, mit ihnen zusammenzusein. Sobald er folgte, hörte er sich denn freilich bei ihm weniger angenehmen Namen: «Yanto! Yanto!» gerufen. Wenn ihm dieser nun zwar auch nicht so schmeichelte als der andere, so mußte er doch in jedem Fall von guten Freunden kommen, war deshalb zu entschuldigen, und diese Überlegungen bestimmten ihn, immer weiter zu gehen. Gleich der Musik aber waren auch diese Grüße oft so verworren, daß er zuweilen nicht genau unterscheiden konnte, ob es denn nun wirklich Musik und Stimmen oder Birkhühner und Kibitze waren, die er bei jedem Schritt aus der Heide aufjagte.

Endlich, voll Ärger, daß all seine Versuche fehlschlugen und obendrein außerordentlich ermüdet, beschloß er, sich auf die Erde niederzulegen bis zum anderen Morgen. Aber kaum streckte er sich aus, da klang die Harfe wieder lockender als je zuvor und dabei so nahe, daß er die Worte verstehen konnte, die dazu gesungen wurden. Darauf erhob er sich denn wieder und fing die Jagd von neuem an, tappte wieder ins Moor, watete knietief durch den Sumpf und zerriß sich die Hose, indem er sich durch den Ginster arbeitete, bis endlich seine Geduld und seine letzte Kraft ihn verließen. Aber wie groß war seine Freude, als er – in dem Augenblick, wo er eben zusammenbrechen wollte – eine kleine Strecke von sich entfernt, Lichter wahrmahm, die aus einem Hause herschimmerten, in welchem allem Anschein nach eine fröhliche Gesellschaft beisammen war und sich, gleich derjenigen, die er am Abend verlassen hatte, mit Musik, Trinken und andern guten Dingen unterhielt. Bei diesem Anblick nahm er zum letztenmal seine Lebensgeister zusammen, ging in das Haus, setzte sich beim Feuer nieder und forderte ein Glas Ale. Aber ehe noch das Glas gebracht wurde oder er auch nur Zeit gehabt hätte, über die Leute, unter denen er sich jetzt befand, mehr in Erfahrung zu bringen, als daß sie ihren Gästen aufwarteten und alle recht vergnügt waren, da sank er, von der übergroßen Müdigkeit und dem zuvor getrunkenen Ale und Met überwältigt, in einen tiefen Schlaf.

Ohne Zweifel – er schlief lang und fest. Denn er erwachte erst am anderen Morgen, als ihm die Sonnenstrahlen im Gesicht spielten. Aber als er die Augen öffnete und rund um sich sah, fand er sich ganz allein. Von all dem, was er in der Nacht doch so genau gesehen hatte, ehe er einschlief, war keine Spur mehr zu entdecken.

Von Haus und Gesellschaft war nichts zu sehen und anstatt behaglich am Feuer zu sitzen, lag der arme Yanto fast erfroren auf einem kahlen Felsen, auf einer der Spitzen des Darren y Killai, wohl an die tausend Fuß hoch, und zwar so dicht am Rand, daß er hätte abstürzen müssen, wäre er in der Richtung nur noch ein oder zwei Fuß weitergegangen.

18

Warum auf Deunant die Vordertür hinten ist

Die Rinder des Farmers, der auf Deunant, nahe von Aberdaron lebte, waren krank. Natürlich meinte er, sie seien behext. Die alte Beti'r Bont, von der es hieß, sie stehle für die Feen kleine Kinder, war nach Deunant gerufen worden, als man dort Gänse rupfte. Sie hatte sich eine Gans erbeten. Man hatte ihr diese Bitte abgeschlagen. Nun, so dachte der Bauer, nahm sie ihre Rache, indem sie das Vieh behexte. Also ging er zur alten Beti und drohte ihr an, er werde sie gefesselt an Händen und Beinen in den Fluß werfen, wenn sie den Zauber nicht aufhebe. Sie stritt entschieden ab, über irgendwelche magischen Fähigkeiten zu verfügen und sprach wortgetreu das Vaterunser nach – der Beweis für ihre Unschuld. Der Bauer war damit immer noch nicht völlig zufriedengestellt und ließ sie noch sagen: «Rhad Duw ar y da» (Gottes Segen auf das Vieh). Wenn diese Formel über verhextem Vieh gesprochen wird, ist der Zauber aufgehoben für immer. Aber den Kühen des Bauern ging es auch danach nicht besser, und er war am Ende seiner Weisheit.

Eines Nachts nun, ehe er zu Bett ging, stand er ein paar Schritte von seinem Haus entfernt und dachte über seine Sorgen nach.

«Ich begreife einfach nicht, weshalb es mit dem Vieh nicht besser wird», sagte er laut vor sich hin. «Das will ich dir sagen», ließ sich eine kleine dünne Stimme vernehmen. Der Bauer wandte sich in der Richtung um, aus der das Geräusch gekommen war. Er sah einen winzig kleinen Mann, der ihn zornig anschaute. «Es liegt alles nur daran», sagte der kleine Kerl, «daß du uns solchen Ärger machst.»

«Wie geht das denn zu?» fragte der Bauer erstaunt und verwirrt.

«Deine Leute werfen ständig Abfälle und Erdklumpen in den Schornstein meines Hauses», sagte der kleine Kerl.

«Das ist doch ganz ausgeschlossen», erwiderte der Bauer, «im Umkreis von einer Meile gibt es kein anderes Haus außer dem unsrigen.»

«Setz deinen Fuß auf meinen Fuß», sagte der kleine Wicht, «und du wirst sehen, daß ich die Wahrheit spreche.»

Der Bauer tat, wie ihm geheißen, und da erkannte er, daß alle Abfälle, die vor seinem Haus ausgeschüttet wurden, in den Kamin eines anderen Hauses fielen, das weit unten in der Erde an einer Straße stand. Sobald er aber seinen Fuß wieder woanders hinsetzte, war das Haus verschwunden.

«Ach», sagte der Bauer, «das tut mir wirklich leid. Wie kann ich denn den Ärger wieder gutmachen, den du mit meiner Familie gehabt hast?»

«Nun», sagte der Feenmann, «wir wären dir sehr dankbar, wenn du die Vordertür einfach zumauern könntest und ihr statt dessen nur die Hintertür benutzen würdet.»

Nach dieser Bitte war der Feenmann plötzlich in der Dämmerung verschwunden.

Der Bauer gehorchte, und das Vieh erholte sich. Von nun an war er sehr erfolgreich und wurde zum besten Viehzüchter in ganz Lleyn. Und wenn sie das Haus noch nicht abgerissen haben, um ein neues Gebäude an dieser Stelle aufzubauen, kann ein jeder von euch hingehen und sich das merkwürdige Haus betrachten, das seine Vordertür auf der Hinterseite hat.

19

Der Zauberbalsam

Ein Mädchen, welches einst ausging, um sich zu verdingen, wurde von einem vornehm aussehenden Herrn, der ganz in Schwarz gekleidet war, gefragt, ob sie ein Kindermädchen werden und seine Kinder warten wolle? Da er ihr ungeheuer großen Lohn versprach, so hatte sie nichts dagegen und willigte ein, worauf er ihr sagte: er wolle sie mit sich nach Hause nehmen, doch müßte sie sich, ehe sie die Reise anträte, die Augen verbinden lassen. Dies getan, stieg sie hinter ihm auf sein kohlschwarzes Pferd, und sie ritten einen langen Weg. Endlich stiegen sie ab, ihr neuer Herr nahm sie bei der Hand und führte sie, noch immer mit verbundenen Augen, eine beträchtliche Strecke weit. Dann ward ihr das Tuch abgenommen, und sie sah nun auf einmal mehr Pracht vor sich, als sie je in ihrem Leben erblickt hatte – einen wunderschönen Palast mit mehr Lichtern, als sie zählen konnte, und vielen kleinen Kindern darin, alle so schön wie die Engel. Auch viele schöne Damen und Herren. Der Herr übergab dem Mädchen nun die Kinder, um ihrer zu warten, und zugleich eine Büchse mit Balsam, um die Augen der Kinder damit zu bestreichen. Dabei befahl er ihr eindringlich, sich jedesmal die Hände zu waschen, wenn sie dies getan habe. Auch dürfe nichts von der Salbe an ihre Augen kommen. Sie befolgte diese Befehle aufs Genaueste und befand sich sehr glücklich dabei. Zuweilen aber dachte sie, es sei doch recht eigen, daß sie immer bei Kerzenlicht leben sollten. Auch wunderte sie sich nicht wenig, daß – so groß und prachtvoll das Schloß auch war – keiner von den schönen Damen und Herren jemals Sehnsucht bekäme, einmal hinauszugehen, denn außer ihrem Herrn verließ niemand den Palast auch nur für eine Stunde.

Eines Morgens, als sie den Balsam auf die Augen der Kinder strich, juckte sie das eigene; und den Befehl ihres Herrn vergessend, fuhr sie sich mit dem Finger, der voll Salbe war, über das juckende Auge hin. Sogleich sah sie mit dem Teil des Auges, an welchen der Balsam gekommen war, daß sie von furchtbaren Flammen umgeben zu sein schien, die Damen und Herren sahen wie Teufel und die Kinder wie gräßliche Scheusale aus der Hölle aus. Mit dem anderen Teil ihres Auges jedoch sah sie alles so schön und herrlich wie zuvor. Natürlich erschrak sie sehr über diesen Zufall, aber da sie Geistesgegenwart genug hatte, so ließ sie sich von ihrer Angst nichts anmerken, sondern bat nur den Herrn, ihr zu erlauben, daß sie ihre Verwandten besuchen dürfe.

Dieser sagte, er wolle sie mit sich nehmen, doch müßte sie sich wieder die Augen verbinden lassen, und so ward ein Tuch um ihre Augen geschlagen.

Sie stieg wieder hinter ihrem Herrn aufs Pferd und kam bald bei ihrem Haus an. Sie blieb ganz ruhig daheim und nahm sich wohl in acht, zu dem verzauberten Schloß zurückzukehren. – Aber viele Jahre später, da sie auf einem Markt war, sah sie einen Mann etwas aus einer Krämerbude stehlen und mit dem einen Winkel ihres Auges erkannte sie ihren alten Herrn. Unvorsichtig rief sie aus: «Wie geht's Euch, Herr? Was machen die Kinder?» Da sagte er: «Wie kannst du mich sehn?» Sie antwortete: «Mit dem Winkel meines linken Auges!»

Von dem Augenblick an war sie blind auf ihrem linken Auge und blieb es ihr Leben lang.

20

Feenspiele

David Tomos Bowen kannte einen Bauern, den die Feen sehr plagten. Sie besuchten den Bach, der neben seinem Haus floß und waren so boshaft, daß ihr größtes Vergnügen darin bestand, den Lehm vom Grunde des Baches zu holen und kleine Kügelchen daraus zu machen, mit denen sie spielten. Was für ein Spiel es eigentlich war, konnte er nicht entdecken. Das Wasser aber wurde davon so trüb, daß das Vieh nicht mehr daraus trinken wollte. Wenn sich nun der Bauer über dieses Treiben beklagte, dann wiederholten sie seine Worte mit Spott und Gelächter und hüpften weg. Ein kleines Mädchen aus der Nachbarschaft aber, das ihnen diese Tonkügelchen machen half, bekam zum Lohn dafür Geld von ihnen, wurde eine sehr reiche Frau und ging später nach London, wo ein vornehmer Mann sie heiratete.

Feengeld

David Shone erzählte: Meine Mutter pflegte vor langer Zeit einmal von den Feen Geld zu bekommen. Dicht bei unserem Haus war ein Brunnen und nahe bei diesem Brunnen ein Rasenfleck, welcher dafür bekannt war, daß sich die Feen dort tummelten. So oft nun meine Mutter an den Brunnen ging, fand sie auf dem Stein über der Wasserröhre eine neugeschlagene, glänzende halbe Guinea. Einst feilschte ich um ein Ferkel, und meine Mutter, um dem weiteren Wortwechsel ein Ende zu machen, brachte ihr Säckchen mit Gold heraus und gab mir eine ganz neue halbe Guinea. Ich erschrak sehr, als ich das arme Weib, wie meine Mutter eines war, im Besitz von so viel Geld sah, und ich bat sie, mir zu erzählen, wie sie dazu gekommen sei.

«Auf rechtliche Weise!» sagte sie – ich erinnere mich noch ganz genau dieses Wortes.

«O Mutter», sagte ich, «erzähl mir, wo du das Geld bekommen hast; wem willst du das Geheimnis anvertrauen, wenn du nicht einmal deinem einzigen Sohn traust?»

«Gut, wenn ich muß, so muß ich», sagte meine Mutter. Darauf erzählte sie mir's, aber wollte Gott, ich hätte sie nie darum gequält! Denn von dem Augenblick hörte die Bescherung auf. Die Mutter besuchte wohl oft den Brunnen, aber vergeblich! Nicht einen Heller fand sie seit jenem Tag mehr.

22

Feenwäsche

A*uf Anglesea war jemand,* der eines Morgens beim Erwachen sein Hemd gar nicht finden konnte. Am anderen Morgen erstaunte er beim Erwachen noch mehr, da er Feen in seinem Zimmer tanzen und gleich darauf verschwinden sah. Als er kurz danach aufstand, fand er sein Hemd rein gewaschen und eine halbe Crown darin eingewickelt.

23

Die Zauberharfe

D*ie Feen besuchten zuweilen* in der Dämmerung und in mannigfacher Verkleidung die Hütten in Nordwales, um den Charakter der Bewohner zu prüfen. Wenn sie nicht gut aufgenommen wurden, so ging es denen, die sie beleidigt hatten, fortan sehr schlecht. An einem Abend nun saß Morgan ab Rhys allein in seiner Hütte am Kamin, schmauchte sein Pfeifchen und trank dazu sein Glas Bier in aller Gemütlichkeit. Da klopfte es bescheiden an die Tür und, nachdem Morgan «Herein!» gerufen hatte, traten die Feen, als Bettler verkleidet, ein. Sie baten um etwas zu essen, da sie sehr arm und bedürftig seien. Morgan gab ihnen, was er hatte, Käse und Brot, und die Feen, die er freilich nicht dafür ansah, packten es in ihren Quersack. Darauf sagten sie ihm, er solle sich etwas wünschen und sie wollten es ihm zum Lohn für seine Wohltätigkeit gewähren. Da Morgan nun Musik sehr gern mochte, so wünschte er sich eine Harfe. Und kaum gesagt, so stand die Harfe auch schon vor ihm. Die Feen, die er nun freilich als solche erkannte, waren verschwunden. Da kam seine Frau und einige Nachbarn herein, und um zu zeigen, was er bekommen hatte, fing Morgan an, auf seiner Harfe zu spielen. Aber kaum war der erste Ton heraus, so war auch schon die ganze Gesellschaft auf den Beinen – hast du nicht gesehen –, fingen sie an zu tanzen, als ob sie den Verstand verloren hätten, sprangen bis an die Decke, schlenkerten die Beine weit aus und setzten über Tische und Stühle hinweg. Dabei schrien und flehten sie unablässig, Morgan solle aufhören zu spielen, aber der alte Spaßvogel harfte so lange, bis ihm selber die Finger wehtaten, und da hörten auch die Tänzer auf zu springen und sanken todmüde nieder.

Von der Zeit an wollte keiner mehr zu Morgan ins Haus gehen, denn alle fürchteten sich vor der Harfe, die er immer spielte, wenn er zu viel getrunken hatte, und da dies oft geschah, so war niemand sicher vor ihm. Da galt keine Ausnahme. Greise, alte Weiber, Mädchen, Kinder – einer wie der andere mußte tanzen, sobald er die Harfe hörte. Die Gegend, wo Morgans Haus stand, war zuletzt ganz verrufen, und die Nachbarn hätten gern ihre Häuser losgeschlagen, wenn nur einer gewesen wäre, der sie hätte kaufen wollen.

Da, eines Morgens, nachdem Morgan am Abend zuvor zum großen Verdruß seiner Nachbarn, sein Unwesen auf der Harfe wieder getrieben hatte, war sie plötzlich verschwunden. Man glaubte, die Feen hätten sie ihm wieder genommen, da sie das Unheil, das er damit anrichtete, gesehen und Mitleid mit den armen Nachbarn bekommen hatten.

Feenbett

Ein junger Mann ging eines Morgens früh in den Stall, um die Ochsen zu füttern und legte sich dann, als er damit fertig war, aufs Heu, um noch ein Weilchen zu schlafen.

Als er kaum lag, hörte er, wie sich dem Stall Musik nahte, und zugleich kam eine große Gesellschaft herein, welche gestreifte Kleider trug und – die einen mehr, die anderen weniger ausgelassen – nach der Musik zu tanzen anfingen. Er lag ganz still und dachte, sie würden ihn wohl gar nicht bemerken. Aber ein Frauchen, das besser gekleidet war als die anderen, kam zu ihm mit einem gestreiften Kissen, welches an jeder Ecke eine Quaste hatte, und schob es sanft unter seinen Kopf. Kurze Zeit darauf hörte man die Hähne krähen – und ob sie das nun überraschen oder ihnen mißfallen mochte … genug, sie zogen das Kissen rasch und heftig unter seinem Kopf fort und gingen weg.

Feenbergwerk

Ein Mann von Hafodafel kam eines Morgens, als er sehr früh über die Breconberge ging, an etwas vorbei, das ganz wie ein Kohlenbruch aussah, obgleich er wußte, daß in Wirklichkeit an dieser Stelle nichts war. Er sah viele Leute beschäftigt, die einen brachen Kohle, die anderen füllten sie in Säcke; wieder andere waren damit beschäftigt, die Säcke auf Pferde zu laden. Das war offenbar Feenwerk, womit sie ihm die Augen blendeten; aber es war wundervoll anzusehen und machte einen großen Eindruck auf ihn.

Die Herde in der Luft

Die beiden Töchter eines ehrbaren Bauern im Kirchspiel Bedwellty waren eines Tages, um Heu zu machen, mit ihren Knechten, Mägden und einigen Nachbarn draußen, als sie auf einem Hügel, etwa fünf Minuten weit von sich entfernt, eine große Schafherde sahen. Bald danach sahen sie die Herde nach einem anderen Platz, etwa zehn Minuten weiter, gehen, dann kam sie ihnen ganz aus dem Blick, als ob sie in der Luft verschwunden wäre. Ungefähr eine halbe Stunde vor Sonnenuntergang erschien die Herde wieder, aber sonderbar genug – die einen hielten sie für Schafe, die anderen für Schweine, andere für Wildhunde, einige sogar für nackte Kinder. Sie erschienen im Schatten der Gebirge zwischen ihnen und der Sonne, und auf den ersten Blick schien es, als ob sie aus der Erde gekommen wären.

Dies war eine Erscheinung der Feen, setzte Mutter Moll hinzu, und ist von glaubwürdigen Zeugen gesehen worden. Die Ungläubigen sind sehr unvernünftig, wenn sie nach solchen Zeugnissen noch an dem Dasein von Feen zweifeln wollen!

27

Mittel,
um die Feen zu sehen

Ein walisischer Bauer hatte kein größeres Verlangen auf der Welt, als die Feen einmal sehen zu können. Da verordnete ihm eine alte Zigeunerin, er solle vierblättrigen Klee suchen und denselben nebst neun Weizenkörnern auf das Blatt eines Buches legen, welches sie ihm gab. Dann hieß sie ihn, in der nächsten Nacht beim Mondschein auf dem Gipfel des Dinis-Felsen sein; dort würde er sie treffen. Hier wusch sie ihm nun sein Auge mit dem Inhalt einer Phiole, welche sie mitgebracht hatte, und sogleich sah er tausend Feen, welche – alle in Weiß gekleidet – nach dem Klang zahlreicher Harfen tanzten. Dann begaben sie sich auf die Spitze des Hügels, saßen nieder, schlangen die Hände um die Knie und stürzten und kugelten sich eine über der andern, kopfüber, bis sie im Tal verschwanden.

28

Ein Messer hilft gegen die Feen

Ein ehrlicher Bauersmann sah eines Nachts, als er über die Bedwelltyberge nach Hause ging, die Feen zu beiden Seiten des Weges. Einige von ihnen tanzten. Er hörte auch den Ton des Hifthornes, als wenn da gejagt würde. Er wurde ängstlich, aber da er sich erinnerte, gehört zu haben, daß die Feen verschwinden, wenn man sein Messer zieht, so tat er es, und von dem Augenblick an sah er sie tatsächlich nicht mehr.

29

Der Sohn des Llech y Derwydd
und die Feen

Der Sohn des Llech y Derwydd war das einzige Kind seiner Eltern und der Erbe des Bauerngutes. Er war seinem Vater und seiner Mutter lieb und teuer, und sie hielten und hüteten ihn wie ihren Augapfel. Der Sohn und der Vorarbeiter waren eng befreundet. Sie waren wie zwei Brüder oder wie Zwillinge. Da sie so vertraut miteinander waren, hatte die Bauersfrau die Gewohnheit, sie genau gleich zu kleiden. Die beiden Freunde verliebten sich in zwei junge Frauen, die in der Nachbarschaft in großem Ansehen standen. Die alten Leute waren's zufrieden, und es dauerte nicht lange, da wurden die beiden Paare in einer Feier zusammengegeben. Alle waren lustig und vergnügt bei dieser Gelegenheit. Der Knecht bekam ein hübsches Haus auf dem Grundstück des Llech y Derwydd.

Ungefähr sechs Monate nach der Eheschließung gingen der Sohn und der Vorarbeiter zusammen auf die Jagd. Letzterer drang in eine Schlucht ein, die mit Unterholz dicht zugewachsen war. Aber als er umkehren wollte, war sein Freund plötzlich verschwunden. Er sah sich noch eine Weile nach ihm um, rief und pfiff, bekam aber keine Antwort. Schließlich ging er heim nach Llech y Derwydd, weil er hoffte, er werde den anderen dort antreffen, aber niemand wußte etwas von ihm.

Während der Nacht machte sich die Familie große Sorgen. Das wurde am nächsten Tag noch schlimmer. Sie gingen zu der Stelle, an der der Sohn zum letzten Mal von seinem Freund gesehen worden war. Die Mutter und die Frau des Verschwundenen weinten bitterlich. Sein Vater hatte sich besser in der Gewalt, aber auch er wurde halb wahnsinnig.

Als sie sich an besagter Stelle näher umschauten, bemerkten sie einen Feenring, und dem Vorarbeiter fiel nun auch ein, daß er eine verführerische Musik gehört hatte, als er sich von seinem Freund trennte.

Sie kamen zu dem Schluß, daß der junge Mann wohl so unvorsichtig gewesen sein müsse, den Feenring betreten zu haben, und von den Feen verschleppt worden sei.

Traurige Wochen und Monate vergingen. Dem Verschwundenen wurde ein Sohn geboren. Das Kind war ganz das Ebenbild seines Vaters und seiner Mutter und den Großeltern lieb und teuer. Es wuchs auf dem Anwesen des Verschwundenen heran und heiratete später ein hübsches Mädchen aus der Nachbarschaft, aber die Leute der Braut standen in dem Ruf, nicht übermäßig freundlich zu sein. Die Eltern des Verschwundenen starben und seine Frau auch.

An einem windigen Nachmittag im Oktober sah die Familie von Llech y Derwydd einen dünnen alten Mann mit Bart, das Haupthaar so weiß wie Schnee, langsam auf ihr Anwesen zukommen.

Sie hielten den Fremden für einen Juden. Das Dienstmädchen schaute spöttisch aus dem Fenster. Ihre Herrin machte sich lustig über den alten Kerl. Sie hob die Kinder eins nach dem anderen hoch, damit sie ihn sehen könnten. Er kam an die Tür und fragte nach seinen Eltern.

Die Frau des Hauses gab nur mürrisch Antwort. Sie hielt den Fremden für einen Trinker und erklärte sich so das merkwürdige Benehmen des Alten. Er sah sich im Haus überall um. Er schien erstaunt, aber vor allem schienen es ihm die Kinder angetan zu haben. Seine Blicke verrieten Kummer und Enttäuschung. Er erzählte eine merkwürdige Geschichte. Gestern, so sagte er, sei er auf die Jagd gegangen, und jetzt komme er zurück. Die Frau des Hauses erzählte ihm, eine ähnliche Geschichte sei ihr schon einmal aufgetischt worden. Sie habe sich zugetragen, noch ehe sie geboren worden sei. Ein Mann habe sich damals auf der Jagd verlaufen und sei dann wohl umgekommen. Sie wollte den Juden loswerden, aber er ließ sich so leicht nicht abspeisen. Er begehrte auf und rief, dieses Haus gehöre ihm, und er werde sich sein Recht zu holen wissen.

Er fuhr fort, seinen Besitz zu überprüfen, und kurz darauf ging er zum Haus des Vorarbeiters. Zu seinem Erstaunen fand er auch dort alles völlig verändert. Nachdem er sich eine

Weile mit dem alten Mann unterhalten hatte, der am Feuer saß, erzählte dieser ihm eine traurige Geschichte, nämlich, wie es dazu gekommen war, daß er seinen besten Freund verloren hatte.

Sie unterhielten sich angeregt über Ereignisse in ihrer Jugend, aber alles schien wie ein Traum. Es war jedoch dem alten Vorarbeiter bald klar, daß der Besucher niemand anderes sein könne als sein verschwundener Freund, der nun wohl aus dem Feenland zurückgekommen war, wo er fünfzig Jahre zugebracht hatte. Der alte Vorarbeiter glaubte aufs Wort, was ihm sein Freund erzählte. Es wurde ein langes Gespräch. Eine Frage folgte der anderen. Der Besuch erfuhr, daß der Herr auf Llech y Derwydd heute nicht daheim sei, und man setzte ihm endlich etwas zu essen vor. Kaum aber hatte er den ersten Bissen in den Mund gesteckt, da brach er tot zusammen.

30

Sion ab Siencyn

Sion ab Siencyn von Pan Sion in Carmarthenshire ging eines Nachmittags im Wald spazieren. Ein Vogel begann auf einem Ast zu singen, und sein Lied klang wunderbar süß. Sion setzte sich und hörte zu. Und als das Lied zu Ende war, stand er auf. Da entdeckte er, daß der Baum, unter dem er gesessen hatte, schon ganz verdorrt war. Er hatte weder Blätter noch Rinde. Er ging heim. Das Haus, das er erst vor ein paar Minuten verlassen hatte, sah jetzt ganz alt aus. Ein weißhaariger Mann stand vor der Tür. «Was willst du hier?» fragte er. «Darf man neuerdings nicht mehr auf der Schwelle seines eigenen Hauses stehen?» fragte Sion. «Dies und dein

Haus? Das ist mein Haus.» – «Deines?» – «Mein Vater und meine Mutter wohnen hier.» – «Dein Vater und deine Mutter?» – «Ja. Vor höchstens zehn Minuten bin ich dort hinüber gegangen und habe mich unter den verdorrten Baum gesetzt.» – «Und was hast du dort getan?» – «Ich habe dem Gesang der Vögel zugehört.» «Sion ab Siencyn», sagte der alte Mann, «ich habe von meinem Großvater, der dein Vater gewesen ist, davon gehört, daß du vor langer langer Zeit verschwunden bist und auch Cadi Madog von Brechfa pflegte zu sagen, du würdest erst dann von den Feen zurückkommen, wenn der letzte Tropfen Saft in jenem Baum dort ausgetrocknet sei. Komm herein!» Es war so, als komme ihm jemand durch die Luft hinterdrein. Und es war nur ein kleines Häufchen Asche am Boden, dort, wo Sion gestanden hatte, nachdem dieses Geräusch zu hören gewesen war.

31

Ein Feenkind waschen

In einer mondhellen Nacht, als Mari, ihr Mann und die Kinder am Feuer saßen, klopfte es an der Tür. Als die Frau öffnen ging, stand vor ihr eine kleine Frau mit einem Kind auf dem Arm, neben ihr aber sah sie einen kleinen Mann, etwas größer als die Frau, knapp zwei Fuß groß.

«Ich wäre euch dankbar, wenn ihr mir eine Schüssel Wasser und etwas glühende Kohlen geben könntet», sagte die kleine Frau, «ich möchte mein Kind waschen. Ich brauche all das nicht gleich. Wir werden noch einmal wiederkommen, wenn ihr zu Bett gegangen seid.» Mari Sion erwiderte, sie wolle alles richten. Sie und ihre Familie hörten das kleine Volk während der Nacht herumrennen. Am Morgen waren sie fort. Alles war aufgeräumt. Die Waschschüssel stand umgekehrt da und darunter lagen vier Shillings.

32
Der Feenhund

Es war einmal eine alte Frau, die ging heim von der Pentre-voelas-Kirche. Da fand sie auf dem Weg einen völlig erschöpften Feenhund. Sie nahm das Tier vorsichtig auf und trug es in ihrer Schürze heim. Sie pflegte das Tier mit aller Sorgfalt, denn sie erinnerte sich daran, was der Frau des Bryn Heilyn geschehen war. Diese hatte auch einen Feenhund gefunden, war grausam mit ihm umgegangen und plötzlich auf der Stelle tot umgefallen.

Die alte Frau machte also für den Feenhund ein weiches Lager in der Speisekammer und stellte darüber einen Messingtopf. In der darauffolgenden Nacht kam eine Schar Feen und erkundigte sich nach dem Hund. Die alte Frau sagte, es gehe dem Tier gut und wenn sie wollten, könnten sie den Hund wieder mitnehmen. Ihr Verhalten gefiel den Feen, und ehe sie schieden, fragten sie die Frau, was sie lieber hätte: eine saubere Kuh oder eine schmutzige Kuh? Ihre Antwort war: «Eine schmutzige».

Und so geschah es, daß sie von diesem Tag an bis an ihr Lebensende Kühe besaß, die mehr Milch gaben als die besten Tiere auf den Höfen der Nachbarschaft. So wurde sie für die Freundlichkeit belohnt, die sie dem Feenhund erwiesen hatte.

Feen arbeiten für die Menschen

Eines Tages beklagte sich Guto, der Bauer auf Corwrion, bei seiner Frau, daß er nicht genügend Leute habe, um das Heu zu machen. Sie antwortete:

«Reg dich nicht auf, Alter. Schau mal hin, das ganze Feld ist voller Arbeiter. Alle mit aufgekrempelten Ärmeln.» Als er nun zu der Stelle kam, waren die sich als Arbeiter gebenden Feenwesen verschwunden. Dasselbe geschah ein andermal, als man beim Pflügen war. Da hörte er jemanden, den er nicht sah, rufen: «Das Gestänge von meinem Pflug ist gebrochen.» «Bring es her», antwortete der Treiber eines Gespanns, bei dem Guto mitging, «ich werde es in Ordnung bringen.»

Als die die Furche zu Ende gepflügt hatten, fanden sie an der Stelle, wo das gebrochene Gestänge lag, auch ein Fäßchen Bier.

Einer der Männer setzte sich hin und brachte den Schaden in Ordnung.

Als sie nach der nächsten Furche wieder an die Stelle kamen, war das reparierte Gestänge fort. Dafür aber fanden sie einen irdenen Teller bis zum Rand gefüllt mit bara a chwrw (Brot und Bier).

34

Ein junger Mann heiratet
eine Feenfrau

Es war einmal ein Schäferjunge, der war hinauf ins Gebirge gegangen. An diesem Tag, wie in den Tagen zuvor und danach, war es außergewöhnlich neblig. Obgleich er sich eigentlich in der Gegend gut auskannte, kam er vom Weg ab und irrte mehr als eine Stunde im Kreis umher. Endlich kam er zu einer mit Gebüsch bewachsenen Senke und sah dort zahlreiche Kreise. Er erkannte den Ort sogleich und war auf das Schlimmste gefaßt. Von vielen Kollegen hatte er erzählen hören, was geschieht, wenn einer den Tanzplätzen oder den Kreisen der Feenfamilie zu nahe kommt. Er ging hastig fort, weil er nicht das Schicksal der anderen teilen wollte. Aber obwohl er sich so abhetzte, daß er in Schweiß geriet und keuchte, kam er nicht von der Stelle. Endlich traf er einen kleinen fetten alten Mann mit lustigen blauen Augen, der ihn fragte, womit er sich denn eigentlich so abmühe. Der Junge antwortete, er versuche den Heimweg zu finden. «Oh», sagte der Mann, «komm mir nach, aber sprich nicht ein Wort, bis ich es dir befehle.»

Der Junge ging ihm hinterdrein. Sie kamen zu einem ovalen Stein, den der kleine fette alte Mann hochhob, nachdem er dreimal mit seinem Spazierstock auf dessen Mitte geklopft hatte. Da tat sich der Eingang zu einem engen Gang auf, Treppen waren zu sehen und eine Art weißes Licht, das zu blau und grau hinspielte, schien von den Steinen auszustrahlen.

«Hab keine Furcht und folge mir», sagte der fette Mann, «es wird dir nichts Böses geschehen.»

Also ging der Junge mit, aber doch so zögernd wie ein Hund, der gehängt werden soll. Plötzlich lag ein bewaldetes, fruchtbares Land vor ihnen. Schöne Häuser standen da, Flüsse schlängelten sich durch die Ebenen, und auf den Hügeln wuchs saftiges Gras. Unterdessen hatten sie auch das Haus des Mannes erreicht, und der Junge war ganz benommen von den süßen Liedern, die die Vögel dort sangen, und Gold und Silber stachen ihm in die Augen. Er sah die verschiedensten Musikinstrumente und eine Vielzahl von Spielsachen, nur Leute sah er keine an diesem Ort; als er sich zum

Essen setzte, kamen die Tische und Stühle, die Teller und Gläser von allein durch die Luft geflogen, und wenn man sie nicht mehr brauchte, verschwanden sie wieder. Das erstaunte ihn über alle Maßen, auch hörte er um sich Leute miteinander reden, aber er konnte keinen einzigen von ihnen erkennen. Er sah nur seinen alten Freund. Schließlich sagte der dicke Mann zu ihm: «Jetzt kannst du hingehen, wohin immer du möchtest. Du kannst jetzt auch wieder den Mund auftun und brauchst nicht länger zu schweigen.» Aber als der Junge etwas sagen wollte, schien seine Zunge ein Klumpen Eis zu sein. Da bekam er Angst. Doch eben da trat eine freundliche alte Frau ein, der Gesundheit und Wohlwollen im Gesicht geschrieben standen. Sie lächelte den Schäfer an. Der Mutter folgten ihre drei Töchter, die bemerkenswert schön waren. Sie sahen ihn herausfordernd an und begannen schließlich auch zu reden. Aber seine Zunge blieb wie erfroren. Da kam eines der Mädchen zu ihm heran, fuhr ihm mit den Fingern durch seine gelben krausen Haare und gab ihm einen Kuß auf die Lippen. Sogleich konnte er seine Zunge wieder bewegen. Da war er nun, verzaubert von diesem Kuß, und er blieb ein Jahr und einen Tag und wußte nicht, daß mehr Zeit vergangen war als ein Tag, denn er befand sich in einem Land, in dem die Zeit nicht zählt. Nach und nach überkam ihn aber doch so etwas wie Sehnsucht nach seiner alten Heimat, und er fragte den dicken Mann, ob er nicht einmal dorthin zurückkönne.

«Bleib noch etwas», antwortete der, «dann kannst du für eine Weile gehen.» Er blieb also, und dafür gab es noch einen anderen Grund. Olwen, das junge Mädchen, das ihn geküßt hatte, wurde immer ganz traurig, wenn er davon sprach, fortzugehen, und auch ihn überkam ein kalter Schauder, wenn er daran dachte, daß er sie verlassen sollte. Unter der Bedingung wiederzukommen, erhielt er Urlaub, und man gab ihm Gold und Silber in Hülle und Fülle mit. Als er nun heimkam, wußte keiner mehr, wer er war, man hatte angenommen, er sei von einem anderen Schäfer umgebracht worden, der darauf nach Amerika ausgewandert war, weil er sonst gehängt worden wäre. Aber plötzlich war nun dieser Einion Las wieder da, und was die Leute am meisten erstaunte: der arme Schäferjunge sah aus wie ein reicher Mann. Seine Umgangsformen, sein Anzug, seine Redeweise und das viele Geld, das er besaß, gaben einem die Vorstellung, man habe einen Gentleman vor sich. Er kam zurück am ersten Donnerstagabend dieses Monats und war ebenso plötzlich wieder verschwunden. Niemand wußte, wohin. Da herrschte große Freude in dem unterirdischen Land, als Einion dorthin zurückkehrte, und niemand freute sich mehr als Olwen, seine Geliebte. Die beiden waren jetzt sehr ungeduldig, endlich heiraten zu können, aber das mußte in aller Stille geschehen, denn die Familie des Mädchens wollte in dieser Sache kein Aufsehen, halb im geheimen wurden sie zusammengegeben. Natürlich wollte Einion mit seiner jungen Frau zusammen nun seine Heimat besuchen. Nachdem er bei dem alten Mann lange um Urlaub hatte betteln müssen, brachen seine junge Frau und er auf zwei Ponys auf. Im Menschenland aber war man der Meinung, daß Einions Frau die hübscheste Person sei, die man je zu Gesicht bekommen habe. Daheim wurde ihnen ein Sohn geboren, dem sie den Namen Talyessin gaben. Einion stand nun in hohem Ansehen, und auch seine Frau war wohlgelitten. Ihr Reichtum war riesig, und bald kauften sie sich großen Besitz. Aber wie das so geht, die Leute sind neugierig, und also forschten sie nach der Verwandtschaft von Einions Frau. Zu dieser Zeit legte man sehr großen Wert auf das Herkommen eines Menschen. Einion wurde danach gefragt und gab ausweichende Antworten, und einer kam zu dem Schluß, sie müsse aus einer Feenfamilie stammen.

«Gewiß», antwortete Einion, «daran kann kein Zweifel sein, daß sie aus einer Familie kommt, in der die Leute so schön wie Feen sind. Ihre Schwestern waren so schön. Und wenn man sie so zusammen sah, war man davon überzeugt, daß Schön ihr Familienname gewesen ist.»

Und hier erfährt man den Grund, weshalb eine bemerkenswerte Familie im Land von Anmut und Phantasie «Schöne Familie» genannt wird.

35

Goronwy Tudor und die Hexen von Llanddona

Kaum jemand wagte es in den alten Tagen in Anglesey, die Hexen von Llanddona zu verstimmen, und jene, die es dennoch wagten, kam ihre Unbesonnenheit bitter zu stehen.

Aber Goronwy Tudor, der nicht weit von Lladdona wohnte, war verwegen genug, sogar Bella Fawr, die Große Bella, die berüchtigtste und gefürchtetste der Hexen, herauszufordern.

Wer die Geschichte der Hexen von Llanddona nicht kennt, muß zuvor noch einiges wissen. Vor langer Zeit lief ein Boot in Red Wharf Bay auf den Strand, ohne Steuer, ohne Ruder, randvoll mit Männern und Frauen, halbtot vor Hunger und Durst. In jenen Zeiten war es üblich, Gesetzesbrecher in einem Boot ohne Steuer und Ruder auf hoher See auszusetzen, und als ein Boot von Wind und Wellen auf den schönen Sandstrand von Llanddona geschwemmt wurde, hielt man die Insassen für Verbrecher und wollte sie wieder in die See zurücktreiben. Aber die Fremden brachten es fertig, daß eine Quelle mit reinem Wasser aus dem Sand aufsprudelte, und das rettete ihnen das Leben. Man erlaubte ihnen dazubleiben, und sie bauten Hütten. Aber ihr böses Wesen legten sie nicht ab. Die Männer lebten vom Schmuggel, die Frauen gingen betteln und zauberten.

Es war unmöglich, die Schmuggler bei ihrem Treiben zu überraschen, denn jeder von ihnen trug eine schwarze Fliege in sein Taschentuch eingeknotet. Wenn sie sich nicht mehr zu helfen wußten, lösten sie den Knoten. Die Fliege flog ihren Feinden in die Augen und machte sie blind.

Die Frauen pflegten Bauernhöfe zu besuchen und um ein Pfund Butter, ein Brot, ein paar Kartoffeln, Eier, Geflügel oder ein Stück Schweinefleisch zu betteln. Fast nie gingen sie ganz leer aus, denn wer sich weigerte, ihnen etwas zu geben, den verfluchten sie. Wenn man sie auf dem Markt traf, wagte niemand gegen sie zu bieten.

Aber Coronwy Tudor hatte vor ihnen keine Angst. Er hatte auf der Brust ein Muttermal, das ihn gegen Hexenzauber schützte, und er wußte fast allen Zaubersprüchen durch Gegenzauber zu begegnen. Er besaß eine Pflanze, die «Marys Rübe» genannt wurde und vor seinem Haus wuchs. Er nagelte Hufeisen über jede Tür und steckte Ringe aus Gebirgseschenholz unter jeden Türpfosten. Auf diese Weise machte er sein Haus und seinen ganzen Hof sicher gegen Hexerei. Und um ganz sicher zu gehen, streute er Erde vom Friedhof in allen Zimmern, in der Scheune, im Pferde- und Schweinestall aus. Wenn aber die Tiere sich auf dem Feld befanden, hatte er doch gewisse Schwierigkeiten, sie vor Zauber zu schützen. Eines Tages, als er einige seiner Kühe von der Weide holen wollte, stellte er fest, daß sie auf ihren Hinterbeinen um ein Feuer herum saßen.

Goronwy besorgte sich die Haut einer Natter, verbrannte sie und streute die Asche über die Hörner der Kühe. Sofort standen sie auf und trotteten wie gewöhnlich heim in ihren Stall.

Am anderen Tag wollte die Milch nicht zu Butter werden. Gestank drang aus dem Butterfaß. Da nahm Goronwy ein Brecheisen, machte es rotglühend und steckte es in die Milch.

Heraus sprang ein großer Hase und rannte ins Freie. Darauf bekam er die beste Butter.

Eines Tages gaben die Kühe immer weniger Milch, und die Butter, die er machte, war so schlecht und übelriechend, daß nicht einmal die Hunde sie fressen mochten. Die Milch wurde immer weniger und weniger, bis sie schließlich völlig versiegte und die Kühe nichts als Blut gaben. Goronwy beobachtete die Kühe auf der Weide bei Nacht. Da sah er einen Hasen zu ihnen kommen und an ihren Eutern saugen. Goronwy wußte, daß dies die alte Bella in der Gestalt eines Hasen war. Er schickte sich an, ihr böses Tun zu hindern und sie zu bestrafen.

In der folgenden Nacht nahm er ein Gewehr, lud es statt mit einer Kugel mit einer Silbermünze und stopfte etwas Eisenkraut in den Gewehrlauf. Als er sah, daß der Hase wieder an den Eutern saugte, schoß er auf ihn. Der Hase rannte auf der Stelle in Richtung von Bellas Hütte davon. Goronwy aber ging ihm nach. Er war nicht so gut zu Fuß, aber er brachte es fertig, dem Hasen auf den Fersen zu bleiben und sah, wie dieser durch die untere Hälfte der Tür ins Haus sprang. Aus der Hütte kamen Schmerzenslaute. Als er die Tür erreichte, trat er ein. Kein Hase war mehr zu sehen, aber die alte Bella saß am Feuer, und Blut rann über ihre Beine. Von da an ließ ihn die Hexe in Ruhe, und der Zauber über seine Kühe war gebrochen.

Bella machte aber noch einen weiteren Versuch, ihn zu verhexen. Sie ging zur kalten Quelle und murmelte dort den großen Fluch der Hexen von Llanddona:

«Möge er wandern viele Jahre
und an jeder Stufe ein Stolpern,

an jeder Stiege ein Sturz,
bei jedem Sturz einen gebrochenen Knochen,
nicht den größten noch den geringsten Knochen,
sondern den Nackenknochen, jedes Mal.»

Goronwy spürte es in seinen Knochen, daß er verzaubert
worden war. Er besorgte sich etwas Hexenbutter, die auf
verfaulten Bäumen wächst, und schlug Stecken hinein. Als
der Schmerz, der durch die Stecken dem Körper zugefügt
wird, für Bella spürbar wurde, erschien sie bei ihm. Sie schrie
laut, aber Goronwy weigerte sich, die Stöcke, die den
Schmerz verursachten, aus der Butter herauszuziehen. Erst
mußte sie sagen:

«Rhad duw arnati ti ac ar bopeth ar a feddi – Gottes Segen
über dich und über alles, was du besitzt.» Darauf hatten weder Bella noch eine aus ihrer Sippschaft Gewalt über Goronwy oder seine Frau, noch über seine Knechte oder seine
Mägde, noch über seine Ochsen und seine Esel, noch über
irgend etwas, das ihm gehörte.

36

Yr Hen Wrach

Die Yr Hen Wrach war eine alte Hexe. Sie wohnte in einem
Sumpf und kam in nebligen Nächten hervorgekrochen. Sie
drang in die Häuser ein, mit nichts vermochten die Leute sich
vor ihr zu schützen. Wem sie ins Gesicht hauchte, der wurde
schwer krank. Damit hatte es ein Ende, als die Leute Kohle
statt Torf verbrannten.

Eine alte Frau sah die Hexe einmal am Abend. Sie war gerade dabei, Sumpfbohnen und Pilze zu essen. Sie wünschte

ihr einen «Guten Abend». Da sprang die Hexe auf, zischte wie eine Schlange und war dann verschwunden. Sie war volle sieben Fuß groß, dünn, knochig, hatte gelbe Haut und einen riesigen Kopf mit pechschwarzen Haaren, die in Lokken bis auf den Boden fielen, und ihre Zähne waren schwarz. Die alte Frau hat sich von dem Anblick und dem Schreck nie mehr ganz erholen können.

37

Die Wäscherin an der Furt

In Debigshire liegt ein Dorf, das wird Llanferry genannt, und nicht weit davon liegt Rhyd y Gyfartha, die Furt des Bellens. In alten Zeiten rannten die Hunde aus dem ganzen Land dorthin und bellten, und niemand wagte es, hinzugehen und zu sehen, warum sie bellten. Bis dann Urgen of Rheged kam. Und als er nun die Furt erreichte, sah er nichts als eine Frau, die dabei war zu waschen. Da hörten die Hunde mit ihrem Gebell auf. Urgen berührte die Frau, umarmte sie und schlief mit ihr. Danach sprach sie zu ihm:

«Gottes Segen auf die Füße, die dich hergebracht haben.»

«Weshalb?» fragte er.

«Weil es mein Schicksal ist, hier so lange zu waschen», antwortete sie, «bis ich einen Sohn von einem Christen empfangen habe, denn ich bin die Tochter des Königs von Annwvyn. Komm wieder am Ende des Jahres, und du wirst hier bei mir einen Sohn finden.»

Also ging er wieder hin, und tatsächlich hatte sie ihm einen Sohn geboren, und später gebar sie ihm noch eine Tochter. Dies waren Owein ab Urgen und Morvudd, die Tochter des Urien.

Der Riesin Schürzenfall

In den Gebirgen von Capel Curig unter dem Snowdon finden sich auch zwei riesige Felsblöcke und dazwischen breite und hohe Haufen kleinerer Steine, davon folgende Sage geht: Ein gewaltiger Riese reiste vordem in Gesellschaft seines Weibes zur Insel Mona, um sich dort unter den anderen Ansiedlern niederzulassen. Da er nun gehört hatte, daß da nur ein schmaler Kanal zwischen Festland und Insel sei, so nahm er zwei große Steine, unter jeden Arm einen, mit sich, um sie zum Brückenbau über diese Meerenge zu benutzen. Sein Weib füllte gleichfalls ihre Schürze mit kleineren Steinen. Aber als sie eine Weile gegangen waren, begegneten sie einem Mann, der ein großes Bündel alter zerrissener Schuhe auf der Schulter trug.

Der Riese fragte ihn: «Wie weit ist es noch nach Mona?»

Der Mann antwortete: «Es ist noch so weit, daß ich auf der Reise von Mona hierher all diese Schuhe aufgetragen habe.»

Als der Riese das hörte, da warf er die Steine nieder, auf jeder Seite einen, wo sie nun aufrecht stehen, ungefähr hundert Ellen oder mehr voneinander entfernt, da der Raum dazwischen von des Riesen Körper eingenommen wurde. Da öffnete auch des Riesen Weib seine Schürze und leerte sie aus, wodurch die Steinhügel entstanden, die noch am heutigen Tage Barclodiad y Gawras, der Riesin Schürzenfall, heißen.

Der schwarze Stein von Arddu

In Bettw Garman, am nordwestlichen Abhang des Snowdon, wohnte ein wohlhabender Bauer, der eine einzige Tochter namens Meredith hatte. Das Mädchen war sehr schön, aber dabei auch eigensinnig. Ein böses Herz hatte sie wohl nicht, aber sie war verwöhnt und launisch. Da sie, wie gesagt, reich, schön und jung war, so konnte es an Freiern nicht fehlen, aber sie schlug jeden aus. An allen hatte sie etwas auszusetzen; der eine war ihr zu groß, der andere zu klein – sie wies alle mit Spott zurück, sie wollte etwas Besonderes haben.

Da war nun im Dorf ein Bauernsohn mit Namen Huweyn Sion. Der war nicht reich, aber der Rechtschaffenste und bieder und so der Angesehenste im ganzen Kirchspiel. Dabei hatte er ein Paar Augen im Kopf, die schon manches Mädchen toll gemacht hatten. Was konnte Huweyn dazu? Er liebte, seit er denken konnte, nur eine, und das war Meredith, die schöne, reiche Bauerntochter. Es sollte nun so kommen, daß auch Meredith ihn lieben mußte, so heftig wie ein solch schönes Mädchen nur lieben kann. Sonst hätte Huweyn gar nicht daran zu denken gewagt, um sie zu freien.

Merediths Vater, der sein einziges Kind glücklich sehen wollte und auf keinen mehr hielt als auf Huweyn, ermutigte ihn, seinen Antrag zu machen. Da zog Huweyn sein bestes Gewand an und machte sich auf den Weg. Meredith konnte den ganzen Tag tun, was sie wollte. Sie jagte die Fohlen auf dem Anger vor dem Haus. Als sie Huweyn so stattlich gekleidet sah, rief sie aus:

«Wie das, Huweyn, ist denn heute Sonntag?»

«Wenn du willst, ist heute Sonntag für mich», erwiderte

Huweyn und sagte dann, weshalb er gekommen sei. Da aber lachte Meredith lauthals, sie lachte so laut, daß die Fohlen über den Anger setzten, und dann sagte sie:

«Meinst du nicht auch selbst, ich wäre für einen Bauern zu gut? Einen Barden will ich haben, sag ich dir, einen Barden. Und ehe du nicht ein rechter Barde geworden bist, kann ich dich nicht gebrauchen!» Damit lief sie wieder die Wiese hinauf zu den Fohlen. Huweyn ging betrübt fort.

Hätte er sich nur einmal umgesehen! Denn kaum war er fort, so kam auch Meredith wieder, setzte sich auf die Gattertür und sah ihm nach, so lange sie konnte. Er aber war so traurig, daß er nicht nach rechts noch nach links blickte. – An einem steinigen Fleck, y Arddu, der schwarze Weiler, genannt, an dem man vorüberkommt, wenn man den Snowdon besteigt, liegt ein großer Stein, welcher Maen du y Arddu heißt.

Nun geht die Sage, daß, wenn zwei Personen eine Nacht auf diesem Stein schlafen, der eine sich am anderen Morgen, wenn die Sonne aufgeht, mit der Gabe des Bardentums beschenkt sehen, der andere aber wahnsinnig geworden sein würde.

«Ich gehe hinauf», sagte sich Huweyn, «auf der Stelle. Denn wenn ich die Gabe des Sängers erhalte, so werde ich glücklich sein, und werde ich wahnsinnig, so fühle ich nichts von meinem Unglück! Aber es müßten ja zwei sein, die da hinaufgehen, und wen könnte ich bitten, auf einem solchen Gang mich zu begleiten?»

Während er nachdachte, begegnete ihm Huw Belissa. Er konnte ihm seinen Kummer nicht verbergen, denn Belissa war von Jugend an sein liebster und bester Freund gewesen. Belissa war unter allen jungen Burschen als der größte Waghals berühmt, und kaum hatte er die Geschichte seines Freundes vernommen, als er schon entschlossen ausrief: «Huweyn, ich begleite dich.»

Je mehr Huweyn es ihm ausredete, desto fester wurde Belissas Vorsatz, und so traten sie denn gemeinsam den Weg an. Als sie bei Merediths Bauernhof vorbeikamen, da stand das Mädchen vor der Tür.

«Wohin des Weges?» fragte sie.

«Da hinauf!» sagte Belissa und deutete zum Gipfel des Snowdon hinauf, der im Abendrot strahlte – «zum schwarzen Weiler!»

Bei diesem Wort wurde es Meredith bang ums Herz. Doch sie faßte sich bald wieder und wünschte den Männern eine glückliche Reise.

Über eine Weile jedoch, da sah sie wieder hinaus und bemerkte, daß die beiden schon ziemlich weit hinaufgelangt waren. Angst überkam sie. Den ganzen Abend mußte sie an den schwarzen Weiler denken. Als sie sich zu Bett gelegt hatte, kam er auch in ihrem Traum wieder vor. Es war ihr, als sei Huweyn wahnsinnig geworden ... ihretwegen. Da erwachte sie, schweißgebadet. Vom Kirchturm schlug es eben Mitternacht. Sie konnte es im Bett nicht mehr aushalten. Sie zog sich eilig an und lief hinaus. Von Liebe und Gewissensangst gejagt, kletterte sie den Hang des Snowdon hinauf. Es war finstere Nacht, nur einzelne Sterne funkelten aus dem Gewölk; der Sturm, der am Snowdon immer rast, jagte schauerlich durch die Höhlen und Löcher. Das arme Mädchen verirrte sich in der Dunkelheit, und es wurde schon hell, als sie noch immer in der unwegsamen Felsenwildnis kletterte. Endlich hatte sie den Weg gefunden, endlich durfte sie hoffen, noch früh genug zur Stelle zu sein, um die Schlafenden zu wecken und zu retten.

Da, als sie mit letzter Kraft den Gipfel erreicht und den Namen des Geliebten ruft, da treffen gleichzeitig auch die ersten Sonnenstrahlen die beiden Schlafenden. Sie erwachen. Das Verhängnis hat sich erfüllt. Auf dem vom Nebel umwallten Felsen steht Huweyn, gesund und munter. Neben ihm Belissa, dessen wahnsinniges Lachen in den Klüften des Gebirges widerhallt.

Meredith stürzte zu Boden und umschlang weinend Huweyns Knie. Der aber sprach:

«Ich habe nur noch eine irdische Sorge, und das ist Huw Belissa – weiter gibt es für mich nichts mehr auf Erden.»

Huweyns Harfe war das Entzücken des Volkes; nur für Meredith war jeder ihrer Klänge ein Messerstich. Sie, das schönste Mädchen von Betta Garmon, wurde früh alt und starb noch als Mädchen, aber in Schloß und Hütte berühmt wurde Huweyn Sion mit dem Beinamen y Canu, der Sänger.

40

Der Pwca der Trwyn

Einmal nahm ein boshafter Kobold Wohnung auf der Trwyn Farm im Kirchspiel Mynyddislwyn. Im ganzen Land wurde er bekannt als Pwca'r Trwyn oder Puka der Trwyn. Wie er dorthin kam, weiß man nicht. Doch gibt es eine Überlieferung, daß er einst auf Pant y gaseg lebte.

Moses, einer der Knechte, kam einmal nach Pant y gaseg herüber, um einen Krug Hefe zu holen. Da hörte man den Puka sagen:

«Der Puka geht jetzt fort in diesem Krug Hefe, und er kommt nie zurück an diesen Ort.»

Tatsächlich ließ er sich darauf in Pant y gaseg nie wieder blicken.

Eine andere Geschichte besagt, ein Knecht auf Pant y gaseg habe ein Knäuel Garn fallen lassen, und der Puka habe gerufen: «Ich kriech jetzt in dies Knäuel. Ich geh nach Trwyn und komme nie zurück.»

Kurz darauf habe man das Garnknäuel den Abhang hinunterlaufen sehen, quer über das Tal, auf der anderen Seite den Hügel wieder hinauf, bis auf den Kamm der Berge, seiner neuen Heimat entgegen.

Wie dem auch gewesen sein mag, gewiß ist, daß der Puka nach Trwyn kam, und obgleich er unsichtbar blieb, verhielt er sich gegenüber Moses freundlich. Zu dessen Vergnügen tat er all dessen Arbeit. Zum Beispiel drosch er in einer einzigen Nacht eine ganze Scheune voller Getreide. Einmal verabreichte er aber dem Knecht auch eine gehörige Tracht Prügel, weil Moses an seinem Wort gezweifelt hatte. Doch davon abgesehen, blieben die beiden über lange Zeit hin die besten Freunde. Dann aber zog Moses mit David Morgan in den Krieg und kam nie mehr heim.

Der Puka übertrug seine Zuneigung nun auf Blodwen, eine der Mägde, und dies erwies sich für sie als äußerst nützlich. Der Puka tat alles für sie. Er wusch, er bügelte, spann und spulte Wolle. Am Spinnrad war er besonders geschickt. Niemand durfte ihn sehen, aber er war immer sehr gesprächig, und häufig redete er aus der Backröhre neben dem Herd. Einmal sagte er zu Blodwen, es sei schäbig von ihr, daß er nicht einmal etwas zu essen und zu trinken bekomme, da er ihr doch so viel Arbeit abnähme. Darauf stellte sie ihm mit Erlaubnis ihres Herrn Job John Harri immer eine Schale frische Milch und eine Scheibe Weißbrot hin, ehe sie am Abend zu Bette ging. (Letzteres galt zu dieser Zeit als ein großer Luxus).

Dieses Zugeständnis machte den Puka vergnügt, und er pflegte des Nachts auf Job Johns Fiedel zu musizieren, und eine lustige, ausgelassene Musik war es, die da durchs Haus zog.

Eines Abends ließ er wenigstens einmal einen Teil seiner selbst sehen.

Die Mägde verglichen ihre Hände nach Größe und Feinheit der Haut, als sie von der Decke herab eine Stimme sagen hörten:

«Die Hand des Pukas ist die schönste und kleinste.»

«Zeig sie uns dann», sagte Blodwen, die mit ihm recht ungezwungen zu reden pflegte. Sofort erschien, von der Decke herabgelassen, eine Hand: schmal, feinhäutig, wohlgeformt, mit einem großen Goldring am kleinen Finger.

Aber Blodwen war schuld daran, daß der Puka schließlich Ärger zu machen begann.

Eines Nachts, in einem Anfall von Bosheit, trank sie die Milch, die für ihn bestimmt war, selbst aus und stellte ihm statt dessen eine Schale mit Wasser hin, und statt des Weißbrotes fand er die trocken gewordene Kruste von Gerstenbrot.

Das hätte sie besser nicht tun sollen.

Als sie am nächsten Morgen aufstand, sprang er plötzlich aus einer Ecke hervor, packte sie am Genick und stieß sie von einem Ende des Hauses zum anderen, bis sie aufschrie und um Gnade bat. Von nun an war der Puka launisch und spielte alle Arten von Streichen. Es begann damit, daß es an der Tür klopfte. Man ging nachsehen, und niemand war da. Er belästigte die Ochsen, wenn sie pflügen sollten. Er zerrte sie hinter sich her, pflügte Furchen im Kreis. Keiner konnte ihn daran hindern. Die Nachbarn hörten von diesen Vorgängen, und einer unter ihnen, Thomas Evans mit Namen, sagte, er werde sich ein Gewehr nehmen und den Puka erschießen. Als Job John Harri eines Abends heimkam, traf ihn der Puka auf der Gasse und sprach zu ihm so: «Es ist da ein Mann in dein Haus gekommen, der vorhat, mich zu erschießen. Du wirst sehen, wie ich mit ihm fertig werde.» Also ging Job weiter zum Haus und traf Thomas Evans dort mit seiner Büchse. Er stand so recht prahlerisch da und stieß wilde Verwünschungen gegen den Puka aus.

Plötzlich hagelte es von allen Seiten her Steine. Thomas

wurde bös verletzt. Die Leute auf Trwyn stellten sich im Kreis um ihn auf, weil sie hofften, ihn so schützen zu können, aber die Steine trafen Evans dennoch. Das Merkwürdige war nur, daß außer Evans keiner von ihnen getroffen wurde. Schließlich nahm Evans sein Gewehr und rannte heim, so schnell ihn seine Füße trugen. Von da an hörte man nichts mehr davon, daß er vorhabe, auf den Puka zu schießen.

Job John Harri ging zum Markt. Die Nacht holte ihn im Gebirge ein, als er auf dem Heimweg war. Obwohl er den Pfad genau kannte, kam er dennoch auf geheimnisvolle Weise vom Wege ab. Ob es nun an der Dunkelheit lag, oder ob es einen anderen Grund hatte – es gibt Einflüsse auf Jahrmärkten, die so manch einen vom rechten Weg abbringen! – ist ungewiß. Jedenfalls irrte er im Gebirge umher und wußte kaum noch aus noch ein. Am Ende stieß er gegen eine Steinmauer. Er rieb sich die Stirn, und als er noch überlegte, was er nun tun solle, zeigte sich ganz in der Nähe zu seiner Rechten plötzlich ein Licht.

«Das wird jemand mit einer Laterne sein», murmelte er vor sich hin und beschloß, dem Lichtschein zu folgen.

Als er weiterlief, fiel ihm auf, daß es mit der Laterne etwas Besonderes auf sich haben mußte. Ob er nun rasch oder langsam ging, das Licht blieb immer in etwa derselben Entfernung vor ihm. Zudem befand es sich so nahe am Boden, daß der Mann, der es trug, außerordentlich klein sein mußte. Job dachte, es könne ein Kind sein. Er folgte dem Licht über mehrere Meilen hin. Plötzlich hielt das Licht inne. Job war unterdessen nun doch ziemlich nahe an das Licht herangekommen. Er wollte schon den Träger der Laterne begrüßen, als plötzlich das Geräusch eines schäumenden Baches an seine Ohren drang. Gerade da machte die Person, die das Licht trug, einen gewaltigen Satz und landete dreißig Meter weiter auf festem Untergrund. Das Licht leuchtete jetzt strahlend hell. Job sah, daß er unmittelbar vor einer tiefen Schlucht stand. Auf der anderen Seite des gähnenden Abgrundes aber erkannte er einen winzig kleinen Mann, völlig nackt wie ein neugeborenes Kind, mit langem Haar und spitzen Ohren und einem bösartigen Lächeln. So schaute der Winzling in die Schlucht hinab, die später Cwm Pwca genannt wurde. Als er einsah, daß Job nicht in die Falle gegangen war, stieß er ein schrilles Lachen aus und löschte das Licht. Job wagte sich nicht zu rühren und blieb regungslos von Angst und Schrek-ken an dieser Stelle, bis es endlich hell zu werden begann. Dann erst machte er sich auf den Heimweg. Darauf sah man in Trwyn nichts mehr von dem Kobold.

41

Huw Llwyd,
der Zauberer

Huw Llwyd von Kynfael war der siebente Sohn seiner El-tern, die als Kinder nur Söhne hatten, und deswegen war er schon von Geburt an ein Zauberer. Er vermehrte sein Wissen in der Schwarzen Kunst durch das Studium von Zauber-büchern, und er aß große Mengen von Adlerfleisch, so daß seine Nachkommen über neun Generationen hin in der Lage sein würden zu zaubern. Alles, was sie tun mußten, war, aus-zuspeien und zu rufen: «Männlicher Adler, weiblicher Adler, ich schicke euch über sieben Meere und über neun Gebirge, über neun Äcker wüsten Landes. Kein Hund soll bellen, keine Kuh ein Geräusch von sich geben, kein Adler soll höher fliegen.»

Eines Abends nun speiste er in einem Gasthaus in Pentre Voelas. Vier Männer traten ein und setzten sich neben ihn. Nur durch Zauber wußte Huw Llwyd, daß es Räuber aus

Yspytty Ifan waren, die ihn in der Nacht töten und ihm sein Geld wegnehmen wollten.

Da ließ er mitten auf dem Tisch ein Horn aufwachsen und zwang die vier Männer, das Horn anzusehen. Darauf ging er zu Bett, und als er am Morgen herunterkam, saßen da immer noch die vier Männer und schauten gebannt auf das Horn.

Er ging fort, während sie immer noch ihren Blick nicht von dem Horn wenden konnten. Schließlich wurden sie verhaftet und ins Gefängnis geworfen. Solches vermag ein Zauberer und vieles mehr.

<h2 style="text-align:center">42</h2>

<h3 style="text-align:center">Sechs und vier sind zehn</h3>

Eines Tages befand sich Huw Llwyd auf dem Weg nach Llanrwst. Er kehrte in einem Gasthaus bei Hellan ein. Er bestellte ein Glas Bier, Brot und Käse, und man verlangte von ihm tenpence. Fourpence für das Bier und sixpence für Brot und Käse. Dieser Preis war sehr hoch, aber er zahlte ohne Widerrede. Ehe er jedoch fortging, nahm er ein Stück Papier, schrieb darauf einen Zauberspruch und klebte ihn unter die Tischplatte.

An diesem Abend, bald nachdem der Wirt und die Wirtin schon schlafen gegangen waren und nur noch die Magd sich in der Wirtsstube befand und dort aufräumte, hörte man plötzlich in der Küche eine Stimme, und plötzlich fing das Mädchen aus vollem Hals an zu kreischen:

«Sechs und vier sind zehn.
Rechne es noch einmal nach!»

Darauf begann sie wie wild in der Küche herumzutanzen, und immer wieder war diese unheimliche Stimme zu hören.

Die Wirtsleute, von ihrem Bett aus, riefen dem Mädchen zu, sie solle endlich aufhören, solchen Lärm zu machen und ebenfalls zu Bett gehen, aber als Antwort erhielten sie nur:

«Sechs und vier sind zehn.
Rechne es noch einmal nach!»

Immer toller tanzte das Mädchen in der Küche. Dem Wirt wollte es scheinen, die Magd habe den Verstand verloren. Er stand auf und ging nach ihr schauen. Kaum aber hatte er seinen Fuß in die Küche gesetzt, da tat auch er einen Sprung und tanzte zusammen mit dem Mädchen wie toll herum, und dabei mußte auch er schreien, ob er nun wollte oder nicht:

«Sechs und vier sind zehn.
Rechne es noch einmal nach!»

Als nun das Treiben da unten immer schlimmer wurde, und die Wirtsfrau merkte, daß ihr Mann nicht mehr ins Bett zurückkam, wurde sie zornig und vielleicht auch etwas eifersüchtig.

Sie rief nach unten, die beiden sollten endlich mit dem Getanze aufhören, aber ihr Schimpfen hatte gar keine Wirkung.

Da stieg auch sie aus dem Bett, sprang die Treppe hinab, und – hielt man's für möglich – da sah sie, wie ihr Mann und die Magd sich aufs schamloseste in der Küche beim Tanzen miteinander vergnügten. Sie blieb einen Augenblick bestürzt an der Küchentür stehen und beobachtete die beiden, dann aber wollte sie dem unzüchtigen Treiben ein Ende machen. Kaum aber war sie über die Schwelle, da tat auch sie einen Sprung, als hätte sie Schnaps im Leib, tanzte mit und stimmte in den Kehrreim ein:

«Sechs und vier sind zehn.
Rechne es noch einmal nach!»

Der Lärm wurde schließlich so laut, daß auch die Nachbarn aus dem Schlaf geweckt wurden. Von draußen hörten sie das verrückte Gestampfe der Tanzenden und die Worte des Liedes, und endlich kam einem der Verdacht, daß der Zauberer das alles angerichtet haben könnte.

Er rannte dem Zauberer nach, der glücklicherweise noch nicht weit war. Er bat ihn flehentlich, doch zurückzukommen und den Bann von den Wirtsleuten und der Magd zu nehmen.

«Dessen bedarf's nicht erst», sagte Huw, «ihr braucht nur das Stück Papier, das ich unter die Tischplatte geklebt habe, abzureißen und zu verbrennen, dann wird es wieder Ruhe geben.»

Der Mann kehrte zu dem Gasthaus zurück und stürmte zu dem besagten Tisch. Er riß das Papier ab und warf es ins Feuer. Sofort wurden die Wirtsleute und die Magd wieder ruhig. Aber sie hatten sich beim Tanzen und Lärmen so angestrengt, daß sie dem Tod näher waren als dem Leben und lange das Bett hüten mußten.

43

Der Drache von Conway

Einst lebte im Vale of Conway ein Drache, der carrog genannt wurde. Er richtete große Verwüstungen an. Eines Nachts hatte ein Mann in Doly y Garrog, wo kürzlich durch die Gewalt des Drachens ein Damm geborsten war, einen bösen Traum. Er träumte, der Drache habe ihn gebissen.

Am nächsten Tag wurde das Untier gejagt. Um sicher zu sein, blieb der Mann, der den schlechten Traum gehabt hatte, an diesem Tag im Bett. Gegen Abend war der carrog erlegt worden, und der Mann ging mit anderen hinaus, ihn anzusehen. Da lag er nun regungslos und sah eigentlich auch recht harmlos aus. Der Mann versetzte ihm einen verächtlichen Tritt. Da stieß eine seiner Zehen durch das Leder der Schuhspitze. Er vergiftete sich an dem Drachenblut und starb, wie er es zuvor geträumt hatte.

44
Grace's Quelle

An der Südecke des Glasfryn-Sees, im Kirchspiel von Llangybi, gibt es eine Quelle, die Ffynnon Grassi oder Grace's Quelle genannt wird.

In alten Zeiten war das ein Feenbrunnen und Grassi war er anvertraut. Ihre Aufgabe bestand darin, immer darauf zu achten, daß die Quelle mit einem Deckel verschlossen wurde, sofern man nicht gerade Wasser aus ihr schöpfte.

Eines Abends vergaß sie, die Quelle zu verschließen, und das Wasser sprudelte heraus. Es quoll stark und ohne Unterlaß, aber geräuschlos, und die Feen hörten es nicht. Schließlich überschwemmte es einen ihrer Tanzplätze. Da wurden sie auf das Unglück aufmerksam, aber unterdessen hatte sich schon der Glasfryn-See gebildet.

Als Grassi sah, was durch ihre Nachlässigkeit geschehen war, überkam sie Reue. Immer wieder lief sie auf jenem Stück auf und ab, das man heute «Cae'r Ladi» (das Feld der Dame) nennt. Sie stöhnte, weinte und klagte. Da ergriffen die Feen sie und verwandelten sie in einen Schwan. In dieser

Gestalt spukt sie auf dem See, der durch ihre Unachtsamkeit entstanden ist, und es vergehen sechs Mal ein Dutzend Jahre, ehe sie wieder menschliche Gestalt annehmen darf. Auf jeden Fall sieht man häufig zwei Stunden nach Mitternacht in bestimmten Nächten des Jahres eine schöne, hochgewachsene Frau mit großen hellen Augen, in einem Kleid aus weißer Seide und einem Samthut, die dort auf und ab geht. Und wenn es nicht Grassi ist, wer ist es dann?

45 ᵃ
Satan Playing Cards on Rhyd-y-Cae Bridge, Pentrevoelas

Gwas yn y Gilar a phen campwr ei oes am chwareu cardiau oedd Robert Llwyd Hari. Ond wrth fyn'd adre' o Rhydlydan, wedi bod yn chwareu yn nhy Modryb Ann y Green, ar ben y lôn groes, daeth boneddwr i'w gyfarfod, ag aeth yn ymgom rhyngddynt. Gofynnodd y boneddwr iddo chware' *match* o gardiau gydag e. ‹Nid oes genyf gardiau›, meddai Bob. ‹Oes, y mae genyt ddau ddec yn dy bocet›, meddai'r boneddwr. Ag fe gytunwyd i chware' *match* ar Bont Rhyd-y-Cae, gan ei bod yn oleu lleuad braf. Bu y boneddwr yn daer iawn arno dd'od i Blas Iolyn, y caent ddigon o oleu yno, er nad oedd neb yn byw yno ar y pryd. Ond nacaodd yn lân. Aed ati o ddifrif ar y bont, R. Ll. yn curo bob tro. Ond syrthiodd cardyn dros y bont, ac fe edrychodd yntau i lawr. Beth welai ond carnau ceffyl gan y boneddwr. Tyngodd ar y Mawredd na chwareuai ddim chwaneg; ar hyn fe aeth ei bartner yn olwyn o dân rhyngddo a Phlas Iolyn, ac aeth yntau adre'i'r Gilar.

Der Teufel spielt Karten auf der
Brücke von Rhyd-y-Cae

Robert Llwyd Hari war ein Knecht auf der Gilar Farm und in seinen Tagen ein großer Kartenspieler. Als er nun von Rhyd-lydan aus nach einem Kartenspiel in Tante Anns Haus, das auch «das Grün» genannt wird, heimging, traf er am Ende des Kreuzweges einen Mann, der eine Unterhaltung mit ihm begann. Der Mann schlug ihm ein Kartenspiel vor. «Ich habe keine Karten bei mir», antwortete Bob. «Aber gewiß hast du Karten. Es stecken sogar zwei Spiele in deinen Taschen», erwiderte der Herr. Also ließen sie sich zu einem Spiel auf der Brücke von Rhyd-y-Cae nieder. Es war eine schöne helle Mondnacht. Der Herr drängte darauf, sie sollten bis Blas Iolyn gehen, dort würden sie Licht genug finden, dies, obwohl damals niemand an diesem Platz wohnte. Aber Bob lehnte das entschieden ab. Sie fingen an zu spielen. Robert Llwyd gewann jedes Spiel. Aber dann fiel eine Karte über das Brückengeländer ins Wasser. Bob schaute hin. Da bemerkte er, daß der Herr Hufe wie ein Pferd hatte. Da schwor er bei dem Höchsten Wesen, mit so einem wolle er nicht länger spielen. Sein Partner verwandelte sich auf der Stelle in ein feuriges Rad, das gegen Blas Iolyn davonrollte. Bob aber ging heim nach Gilar.

Der Mann,
der am Sonntag reiste

William Davies, aus Penrhiw, nahe Aberysthwyth, ging nach England zur Ernte. Nachdem er dort ungefähr drei Wochen geschafft hatte, kam er wieder heim. Er hatte es eilig, denn er wußte, daß das Korn auf den Feldern seines Großvaters zu dieser Zeit reif war, um gemäht zu werden. Da er die Reise nicht vor Sonntag antreten konnte, beschloß er, am Freitag die Straße unter die Füße zu nehmen. Er rechnete sich aus, daß er so Sonntagabend daheim sein werde und zeitig am Montag mit dem Mähen anfangen könne. Sein Gewissen ließ ihm zwar wegen der Entheiligung des Feiertages keine Ruhe. Aber er beschwichtigte es damit, daß er sich sagte: Du hast ohnehin nicht die rechten Kleider mit, um irgendwo zum Gottesdienst gehen zu können.

Da ging er nun dahin, verspürte bei jedem Schritt, den er tat, ein Schuldgefühl und wich jedem aus, der auf dem Weg zu einer Kapelle oder Kirche war. Am Sonntagabend hatte er die Hügel über Llanfihangel Creuddyn erreicht. Dort war er bekannt, und so beschloß er, das Dorf erst zu betreten, wenn die Leute alle zum Gottesdienst gegangen waren; er setzte sich am Abhang hin und sah auf das Land vor sich. Er konnte erkennen, wie die Leute ihre Häuser verließen und zur Kirche gingen. Er hörte sogar die Lieder, die sie in der Kirche sangen, und nun schien ihm der rechte Augenblick, um hinabzusteigen und unbemerkt durch das Dorf zu kommen. Er ließ das Dorf hinter sich und wollte gerade in einen Weg zwischen zwei Haferfeldern einbiegen, als er sich plötzlich von einer großen Schar Schweine umgeben sah. Er war zwar darüber nicht erschrocken, aber es kam ihm doch merkwürdig vor, daß jemand am Sonntag seine Schweine so frei herumspringen ließ. Die Schweine jedoch kamen zu ihm heran, grunzten und schnüffelten an ihm herum.

Er war immer noch nicht ganz durch das Haferfeld, da kam ihm eine große Schar Mäuse entgegen. Auch sie umkreisten ihn, schauten zu ihm hin und waren dann verschwunden.

Mit der Zeit bekam Davies es mit der Angst zu tun und bereute es, daß er die Sonntagsruhe dadurch gebrochen hatte, daß er mit seinem Bündel auf dem Rücken unterwegs war. Er war aber nun nicht mehr weit von seinem Haus, und dieser Gedanke machte ihm Mut.

Er war noch nicht weit von der Stelle entfernt, an der er die Mäuse gesehen hatte, als er plötzlich auf dem Weg einen großen Windhund auf sich zukommen sah. Er behielt den Hund im Auge, aber plötzlich war dieser verschwunden.

Davies durchquerte das Dorf Llanilar, ohne daß weiter etwas geschehen wäre, was man berichten müßte.

Er war nun ungefähr drei Meilen von Llanfihangel auf der Straße nach Aberythwyth gelaufen und begann ruhiger zu atmen, da sah er etwas so Fürchterliches, daß sich ihm das Körperhaar sträubte. Zuerst konnte er es nur undeutlich ausmachen, aber dann erkannte er, daß es ein Pferd war, das auf ihn zugeschossen kam. Er hatte gerade noch Zeit, in den Straßengraben auszuweichen, als auch schon ein weißes Pferd ohne Kopf an ihm vorbeipreschte. Er zitterte nun am ganzen Leibe, und Schweiß stand ihm auf der Stirn. Diese schreckliche Erscheinung sah er ganz in der Nähe von Tan-'rallt, aber da er am Sonntag reiste, wagte er nicht, in das Haus hineinzugehen, sondern setzte seinen Weg fort und wünschte sich nichts sehnlicher, als bald daheim zu sein.

Der nächste Weg von Tan'rallt nach Penrhiw war ein Fußpfad durch die Felder. Davies schlug ihn ein. Er war nun in Sichtweite seines Hauses und lief eilig auf den Grenzzaun zwischen Tan'rallt und Penrhiw zu. Er wußte, daß es dort eine Lücke in der Hecke gab und auf sie hielt er zu. Er kam an diese Stelle, aber durch die Lücke kam er nicht. Denn dort lag eine Frau, die Beine von sich gestreckt, und verstopfte so die ganze Lücke. Der arme Davies hatte mehr Angst denn je. Er sprang zur Seite, schrie auf und sank ohnmächtig zu Boden. Als er wieder zu sich kam, fiel er auf die Knie und betete mit lauter Stimme um Vergebung. Seine Mutter und sein Schwiegervater hörten ihn. Die Mutter erkannte ihn an der Stimme und sagte:

«Das muß unser Will sein. Gewiß ist ihm etwas zugestoßen.»

Sie gingen hin nachsehen. Sie fanden ihn, und er war so schwach, daß er sich nicht bewegen konnte. Sie trugen ihn ins Haus und dort erzählte er ihnen seine merkwürdigen Erlebnisse von unterwegs.

47

Neid verbrennt sich selbst

Talhaiarn, ein gelehrter und weiser Barde, hatte einen Sohn namens Tanwyn, der, als er das Mannesalter erreicht hatte, das Haus seines Vaters verlassen und sein Glück in der weiten Welt suchen wollte.

Talhaiarn sagte zu ihm: «Mein Sohn, ich habe weder Gold noch Silber, das ich dir mit auf den Weg geben könnte, aber ich habe dich in allem unterwiesen, was man wissen sollte, und dir beigebracht, wie man sich gehörig benimmt. Ich muß dir weiter gar nichts mehr sagen. Nur einen Rat gebe ich dir noch mit auf den Weg. Er lautet: Geh an keinem Menschen vorbei, der Gottes Wort predigt, ohne stehenzubleiben und zuzuhören.»

Nachdem er sich von seinem Vater verabschiedet hatte, brach Tanwyn auf.

Nachdem er ein beträchtliches Stück gereist war, kam er an einen langen flachen Strand am Meer, und mit der Spitze seines Wanderstabes schrieb er dort in den Sand:

«Wer seinem Nachbarn Böses wünscht, über den wird selbst Böses kommen.»

Als er nun weiterging, wollte es der Zufall, daß ein reicher und mächtiger Edelmann diesen Spruch im Sand las. Er holte Tanwyn ein und fragte:

«Warst du es, der das dort in den Sand geschrieben hat?»

«Ja», antwortete Tanwyn.

«Schreib noch mal so etwas», sagte der Edelmann.

«Warum nicht», antwortete Tanwyn und er schrieb, «eines Mannes bestes Licht ist seine Verschwiegenheit.»

«Wohin gehst du?» fragte der Edelmann.

«Ich zieh in die Welt, um mein Glück zu machen», sagte Tanwyn.

«Du gefällst mir», sagte der Edelmann, «hast du nicht Lust, mit mir zu kommen, mein Hofmarschall zu werden und meinem Haushalt vorzustehen?»

«Einverstanden», sagte Tanwyn, und er ging mit dem Edelmann.

Er versah seine Arbeit mit solchem Eifer, gutem Willen und Sinn für Gerechtigkeit, daß jeder, der den Edelmann besuchen kam, den neuen Haushofmeister lobte. Mit der Zeit aber erregten Tanwyns Verschwiegenheit und seine untadelige Art, seine Arbeit zu tun, den Neid seines Herrn. Je lauter andere Tanwyn lobten, desto neidischer wurde der Edelmann, bis er sich zum Schluß mit seiner Frau darüber beriet, wie man ihn umbringen könne. In ihrer Liebe zu ihrem Mann ersann sie einen tückischen Plan. Der Edelmann hatte auf seinem Besitz eine Ziegelbrennerei. Dorthin ging die Frau und versprach den Arbeitern eine große Summe Geldes, wenn sie den Mann in den Brennofen werfen würden, der zu ihnen mit einem Gefäß voller Met komme. Sie erklärte ihrem Mann, was sie vorhatte, und die beiden füllten einen großen Kessel mit Met und hießen Tanwyn, ihn zu den Kalkbrennern zu tragen. Tanwyn nahm den Kessel und trug ihn zu dem Brennofen. Unterwegs aber hörte er in einem Haus die Stimme eines alten Mannes, der gerade das Wort Gottes predigte, und wie ihm sein Vater geraten hatte, betrat er das Haus und hörte den Worten des Predigers eine Weile zu.

Unterdessen war der Edelmann fest davon überzeugt, daß man Tanwyn unterdessen zu Staub und Asche verbrannt habe und machte sich zu der Ziegelbrennerei mit einem weiteren Kessel voll Met als Belohnung für die Arbeiter auf. Als er nun dort ankam, wurde er von den Kalkbrennern ergriffen und kam elendiglich zu Tode. So hat der Neid sich selbst verbrannt.

48

Drei Brüder

Es waren einmal drei Brüder, die hießen Wil, Sion und Dai. Sie besaßen einen Bauernhof und arbeiteten zusammen. Eines Tages nun war Wil beim Pflügen. Dabei versetzte er dem Ochsen einen unglücklichen Schlag, der das Tier tötete. Wil brachte den anderen Ochsen des Gespanns heim und erzählte Sion und Dai, was geschehen war. Sie wollten ihm nicht glauben, daß der Ochse nur durch einen Zufall zu Tode gekommen sei. Wil wurde mit Stricken gefesselt und in einen Sack gesteckt und bei Nacht ins Meer geworfen. Die beiden anderen dachten, er sei ertrunken, aber Wil entkam. Er häutete den toten Ochsen ab, ohne daß seine Brüder etwas davon merkten und ging fort. Er kam in die Stadt und verkaufte die Haut. Er fand einen verwundeten Vogel und pflegte ihn, bis dieser wieder gesund war. Er versteckte etwas von dem Geld, das er für die Haut bekommen hatte außerhalb der Stadt und ging dann heim. Da seine Kleider ganz zerfetzt waren, und er den Vogel mit großer Behutsamkeit trug, hielten ihn die Leute für einen Dummkopf und begannen ihn auszufragen.

«Wohin bringst du diesen Vogel?» fragte ihn einer.

«Ich trage ihn einfach mit mir herum», erwiderte Wil.

«Aber was tust du mit ihm?»

«Das werde ich dir nicht auf die Nase binden.»

Viele Fragen stellten sie ihm und erhielten immer nur ausweichende Antworten, bis er ihnen endlich verriet, daß der Vogel in der Lage sei, Geld aufzuspüren.

Das sprach sich freilich rasch herum in der Stadt. Jemand fragt, zu welchem Preis ihm der Vogel feil sei. Wil antwortete, er wolle ihn nicht verkaufen.

«Ich gebe dir ein Pfund für ihn», sagte jemand.

«Mit diesem Vogel finde ich jeden Tag irgendwo ein Pfund», sagte Wil.

«Ach geh, du bist ein Lügner.»

«Glaub es oder glaubt es nicht. Was kümmert das mich.»

Unterdessen hatte sich eine Menschenmenge versammelt, und Wil bot an, vorzuführen, wie sein Vogel Geld aufspüre. Er ging zu der Stelle, an der er das Geld versteckt hatte. Er setzte den Vogel in der Nähe dieser Stelle auf eine Hecke. Er erklärte, der Vogel würde sofort zu zwitschern anfangen, wenn irgendwo in der Nähe ein Schatz versteckt sei. Der Vogel tat keinen Pieps.

Wil setzte den Vogel auf eine andere Hecke, die sich etwas näher bei der Stelle befand, an der das Geld lag.

Der Vogel blieb stumm.

Dann waren sie unmittelbar an der Stelle, an der das Geld lag.

Wil kniff den Vogel ins Gefieder. Da zwitscherte er.

Das Geld wurde entdeckt. Nun wollte jeder den Vogel kaufen. Wil weigerte sich, den Leuten einen Preis zu nennen. Aber endlich verkaufte er den Vogel doch, und zwar für hundert Pfund an einen alten Geizkragen.

Wil ging fort in eine andere Stadt. Dort kaufte er eine Herde Schafe und kehrte nach Hause zurück. Da die Brüder aber glaubten, er sei ertrunken, bekamen sie zuerst einen gehörigen Schreck, denn sie hielten ihn für ein Gespenst. Schließlich begannen sie ihn auszufragen.

«Wo hast du denn die Schafe her?» fragte Dai.

«Vom Grund des Meeres», antwortete Wil, «und wenn mir jemand geholfen hätte, wären es noch viel mehr, die ich hätte zusammentreiben können.»

«Wie geht das denn dort unten so zu?»

«Auch nicht viel anders, als hier oben. Die Schafe grasen, wo sie das beste Gras finden, und das ist dort, wo das Wasser jeweils am tiefsten ist. Ich kann euch die Stelle gern zeigen.»

Die drei Brüder gingen ans Meeresufer. Sie standen dort, und Wil wies auf eine Stelle mit sehr tiefem Wasser. Sion sprang als erster hinein. Wil und Dai hörten das Gurgeln des Wassers in seinem Hals. Dann war er verschwunden.

«Was ist das für ein Geräusch?» fragte Dai mißtrauisch.

«Er holt sich die besten Schafe, wenn du dich nicht beeilst», rief Wil. Da sprang Dai seinem Bruder nach. Wil aber bekam den Bauernhof und lebte dort in Freuden.

49

Die Kuh auf dem Dach

Sion Daffydd brummelte immer, daß seine Frau im Haus nichts recht mache. Weder mit dem Essen noch mit den anderen Dingen, die sie erledigte, war er zufrieden. Endlich war seine Frau es leid, sich immer sein Murren anhören zu müssen. Eines Tages sagte sie, sie gehe jetzt aufs Feld, Rüben ziehen. Er müsse mit dem Baby heute einmal allein daheim bleiben. Er solle sich um das Essen kümmern und um all die Arbeiten, die gewöhnlich sie tat.

Sion war einverstanden.

Ehe sie ging, zählte sie noch einmal all das auf, was es zu erledigen gab:

«Also», sprach sie, «vergiß nicht: du mußt dich um das

Baby kümmern, die Hühner füttern, das Schwein versorgen, die Kuh zum Grasen herauslassen und auf die Weide bringen, den Boden fegen und den Haferbrei für das Mittagessen kochen.»

«Mach dir darum keine Sorgen», sagte Sion, «geh du nur und schau nach den Rüben.»

Die Frau ging auf das Feld. Sion blieb im Haus. Das Baby wachte auf. Lange schaukelte Sion die Wiege, aber das Baby begann immer lauter zu schreien. Sion fiel ein, daß das Schwein auch schon laut quiekte. Er ging etwas Buttermilch holen, um das Fressen für das Schwein zuzubereiten. Er verschüttete die Milch auf den Boden. Das Schwein hatte das Geräusch des Eimers gehört. Es machte nun einen solchen Lärm, daß es kaum auszuhalten war.

«Warte nur, du Schuft», sagte er zu sich selbst, meinte aber das Schwein, «geh doch und such dir selbst etwas zu fressen!»

Also öffnete er die Stalltür und ließ das Schwein frei. Das Tier stürmte mit großer Gewalt heraus. Es schoß Sion zwischen den Beinen hindurch. Dieser fiel hin und landete auf dem Misthaufen. Bis er sich wieder aufgerappelt hatte und der Schmutz von seinen Kleidern abgeputzt war, hatte sich das dumme Schwein längst aus dem Staub gemacht.

Sion ging nun wieder ins Haus. Dort traf er das Schwein wieder. Es leckte gerade die Milch vom Fußboden auf. Es hatte aber auch noch Milch in einem Topf entdeckt und den Topf umgestoßen.

«Du Schurke!» rief Sion und versetzte dem Schwein einen Schlag vor den Kopf. Das arme Tier torkelte, brach an der Tür zusammen und gab sein Leben auf. Unterdessen war es spät geworden, und Sion dachte an den Haferbrei. Aber die Kuh mußte ja auch noch hinausgelassen werden auf die Weide. Und die Hennen hatte er ganz vergessen, die armen Seelen!

Das Feld, auf dem die Kuh ihr täglich Futter zu holen pflegte, war ein ganzes Stück vom Hof entfernt. Wenn Sion sie dort hingetrieben hätte, wäre der Haferbrei nicht rechtzeitig fertig geworden.

In diesem Augenblick stellte Sion fest, daß ja auch auf dem Dach des Hauses frisches Gras wuchs. Auf der Wetterseite des Hauses reichte das Dach bis auf den Boden. Also nahm er ein Seil, befestigte es am Hals der Kuh, rannte hinauf auf das Dach und warf das lose Ende des Seils den Schornstein hinab. Dann ging er, um sich um den Haferbrei zu kümmerm. Damit er dazu beide Hände frei hatte, befestigte er das Seil an seinem Fußknöchel. Die Kuh, die auf der Schräge des Daches graste, achtete nicht darauf, wo sie war, und ganz oben rutschte sie plötzlich aus. Sion spürte, wie etwas an seinem Bein riß, und ehe er es sich versehen hatte, fuhr er, die Beine voran, in den Kamin.

Irgendwie blieb er, ein Bein hier, ein Bein da, an dem Eisengestell hängen, an dem gewöhnlich die Kessel befestigt wurden. Da saß er nun fest. Gerade in diesem Augenblick kam seine Frau zurück vom Rübenfeld. Sie war entsetzt, als sie die Kuh in der Luft hängen sah. Sie rannte zur Tür. Dort stolperte sie über den Kadaver des Schweins. Ohne lange zu fragen, griff sie sich die Axt, um das Seil durchzuhauen und die arme Kuh zu befreien. Darauf rannte sie wieder ins Haus zurück, und nun erst sah sie, daß der arme Sion mit seinem Kopf im Haferbreikessel steckte.

Der Schwanz der weißen Mähre

Sion Cwilt, *ein notorischer Geizkragen, stirbt.* Er sagt seiner Witwe, er werde im Himmel einen Palast für sie bauen. Sie solle nur das Geld gut zusammenhalten und es mitbringen, wenn auch sie sterbe. Ein Soldat hört davon, besorgt sich ein weißes Pferd und kommt angeritten. Er erzählt der Witwe, Sion Cwilt habe ihn geschickt, um Geld zu holen, damit der Palast im Himmel fertiggestellt werden könne. Als er fortgeht mit dem Geld, sieht er einen Jungen. Er gibt dem Jungen eine guinea und erklärt ihm, er solle jeden, der ihn danach frage, erzählen, er habe einen Engel gesehen.

Verfolger, von der Witwe ausgeschickt, kommen angeritten und befragen den Jungen. Der Junge erzählt von dem Engel, schaut zum Himmel und deutet auf einen Strich weißer Wolken. Dann sagt er:

«Dort könnt ihr noch den Schwanz der weißen Mähre sehen, auf der der Engel reitet.» Sie glauben ihm und kehren wieder um. Und deswegen heißt ein Strich weißer Wolken immer noch «Cynffnon y Gaseg Wen (der Schwanz der weißen Mähre).»

Einfach gelogen

Wir hatten großen Ärger, weil wir die beste Henne verloren, die wir je gehabt haben. Das arme Ding hatte sich das Bein gebrochen durch irgendein Unglück, kurz ehe wir sie aus den Augen verloren, aber ich hatte ihr eine Art Holzbein gemacht, und es ging ihr schon wieder ganz ordentlich. Plötzlich verloren wir sie. Keiner hatte sie gesehen. Wir gaben schon alle Hoffnung auf. Wir sagten uns, ein Fuchs müsse sie wohl geholt haben, wie das oft geschieht. Ein paar Wochen später jedoch bekamen wir eine Nachricht von ihr aus Llandyrnog (ein Dorf, zehn Meilen entfernt). Ich ging hin, und tatsächlich fand ich die Henne auf einem Heuhaufen. Sie hatte zwölf hübsche Küken. Aber jedes hatte ein Holzbein.

Wir hatten auch eine Sau, eine schwarze, ein Tier, wie es kein zweites gibt. Sie sollte demnächst Junge werfen. Wir suchten und fragten die Nachbarn, ob sie die Sau gesehen hätten, aber es war alles vergebens. Ein paar Wochen später gehe ich durch den Wald, und was sehe ich da? Unter einer Eiche rennt eine Handvoll hübscher kleiner Ferkel umher und sucht Eicheln unter dem Eichbaum. Die Eicheln fielen von dem Baum. Die Jungen fraßen sie alle auf. Dann sah ich in das Geäst des Baumes. Und was soll ich euch sagen ... sitzt da doch tatsächlich die schwarze Sau, schüttelt die Zweige, damit die Jungen ihr Futter kriegen.»

52

Narrengeschichten

Die Narren aus Llanwnwr kaufen einen Käse auf dem Markt. Auf dem Heimweg verlieren sie den Käse. Er rollt einen Abhang hinunter. Die Narren verfolgen den Käse. Einer von ihnen springt über eine Hecke. Plötzlich wird er von wilden Kühen angegriffen. Der Käse rollt über einen Abgrund, in eine tiefe Schlucht. Die Narren kommen überein, ihn heraufzuholen. Einer hält den anderen am Bein fest. Als die Kette gebildet ist, sagte der Narr ganz oben: «So, und nun mal in die Hände gespuckt!»

Narren aus Aberdaron kaufen einen Kohlkopf auf dem Markt in Pwllheli. Man sagt ihnen, es sei ein Pferdeei. Aus Furcht, das Ei könnte ihnen beim Überqueren eines Flusses abhanden kommen, werfen sie es hinüber ans andere Ufer, in ein Stechginstergebüsch. Ein Hase wird davon aufgescheucht. Sie meinen, das Ei sei zerbrochen. Ein Fohlen sei herausgesprungen und davongerannt.

Die Narren aus Langernyw wollten einmal nach Conway, um sich dort das Meer zu betrachten. Bei Llanrwst kommen sie an ein Flachsfeld, das im Wind schwankt. Sie halten es für das Meer und wollen darin baden. Als sie herauskommen, erinnern sie sich daran, daß manchmal Leute im Meer ertrinken. Sie zählen ab. Einer von ihnen fehlt, weil derjenige, der zählt, vergessen hat, sich selbst mitzuzählen. Der fehlende Mann bleibt verschwunden. Sie gehen heim und machen aus, daß ein jeder, sobald er am Morgen das Feuer angezündet hat, aus dem Haus treten soll. Wenn dann aus einem Kamin kein Rauch aufsteigt, werden sie wissen, wer von ihnen ertrunken ist. Als sie zusammenkommen, hat einer vergessen, das Feuer anzuzünden, aber er ist zur Stelle. Jetzt wissen sie gar nicht mehr aus und ein. Sie sind weiterhin davon überzeugt, einer müsse ertrunken sein, geben es aber auf zu ergründen, wer.

53

Fleisch, Schinken, Schwiegermutter

Ein Landarbeiter, der Arbeit sucht, wird gefragt, warum er seine letzte Stelle aufgegeben habe. Zuerst will er nicht recht heraus mit der Sprache. Schließlich sagt er, das Essen sei dort schlecht gewesen. Zuerst sei eine alte Kuh eingegangen. Da habe man ihm monatelang schlechtes Rindfleisch vorgesetzt. Danach sei eine Sau krepiert. Da habe es immer wieder Schinken gegeben, zäh wie Leder. Vor einer Woche sei die Schwiegermutter des Bauern gestorben. Da habe er lieber sein Bündel geschnürt.

54
Der Mann mit den vielen Namen

Ein Mann mit mehreren Vornamen ist betrunken in den Straßengraben gefallen. Er ruft um Hilfe. Jemand kommt des Weges und fragt: «Wer ist denn da?» Der Mann, der im Straßengraben liegt, zählt all seine Vornamen her. Da ruft der andere: «Helft euch doch selbst, ihr Teufel. Ihr seid ja genug!»

55
Diebe und Mörder

Der Vater zweier Söhne ist sehr bedrückt. Er hat geträumt, einer seiner beiden Söhne werde ein Dieb, der andere ein Mörder werden. Ein Freund tröstet ihn. «Mach dir keine Sorgen», sagt er, «ist doch klar: der eine wird Rechtsanwalt, der andere Chirurg.»

Ring und Fisch

*E*ines *Tages sammelt eine Frau* am Strand Muscheln. Als sie
sich bückt, gleitet ihr der Ehering vom Finger und fällt in den
Sand. Im selben Augenblick kommt eine große Welle. Die
Frau rennt, um nicht ins Wasser zu geraten. Als das Wasser
wieder zurückgeflutet ist, findet sie ihren Ring nicht mehr
wieder.

Die Frau geht traurig heim. Am nächsten Tag kommt ein
Mann vorbei, der verkauft frische Heringe. Sie kauft ein paar
Fische, will sie am Abend braten. Sie schneidet sie auf. Und
was meint ihr, was sie gleich in dem ersten Fisch findet? –
Den Ring! Nein, die Innereien.

(Die Pointe enthält ein Wortspiel, das sich in der Übersetzung nicht nachbilden läßt. «guts» bedeutet wörtlich Innereien. Im übertragenen Sinn aber heißt es auch Mut, Cou-
rage, an der es ihr gefehlt hat, als sie vor den Wellen davon-
lief.)

Schneider und Landarbeiter

*D*ie *wandernden Schneider* wurden auf den Bauernhöfen
besser bezahlt als die Knechte und Landarbeiter.

Ein Wanderarbeiter verläßt einen Bauernhof und hört, daß
ein Schneider, der für diese Familie noch nie gearbeitet hat,
demnächst dort vorbeikommen wird. Er erzählt dem Bauern, dieser Schneider bekomme manchmal fürchterliche
Wutanfälle. Sie deuteten sich immer damit an, daß er mit der
Hand über ein Stück Stoff oder über die Tischplatte streiche.

Das einzige Mittel, das dann helfe, sei, ihn an Armen und Beinen zu packen und ihn sofort hinaus unter die Wasserpumpe zu schleppen. Der Schneider kommt. Beim Nähen fährt er mit der Hand über ein Stück Stoff, weil er nach der Schere sucht. Sofort packen sie ihn und schleppen ihn hinaus unter die Pumpe.

58
Zeichensprache

Ein Priester ist davon überzeugt, daß sich die Menschen auch mit Zeichen unterhalten können. Der Bischof bezweifelt das. Man unternimmt einen Versuch. Der Priester bringt einen Bäcker mit, befiehlt dem Mann, kein Wort zu reden und auf die Fragen des Bischofs nur mit Zeichen zu antworten.

Der Versuch beginnt.

Der Bischof hebt einen Finger, um anzudeuten, daß es nur einen Gott gibt.

Der Mann hebt zwei Finger. Der Bischof meint, das solle bedeuten: Vater und Sohn.

Der Bischof hebt drei Finger und meint die Heilige Dreifaltigkeit. Der Mann macht die Faust.

Der Bischof meint, er wolle auf die Gemeinsamkeit aller drei hinweisen.

Der Bischof zeigt einen Apfel vor. Er will sagen: die Welt ist rund. Der Mann hält ihm eine Brotrinde hin.

Ah, denkt der Bischof – der Mensch lebt nicht vom Brot allein. Dann darf der Bäcker erzählen, was er wirklich gemeint hat.

Als der Bischof einen Finger hob, hat er gedacht, er wolle

ihn necken, weil er doch nur ein Auge habe. Zwei Finger habe er ausgestreckt, um anzudeuten, mit seinem einen Auge könne er vielleicht mehr sehen als der Bischof mit seinen zwei Augen. Als der Bischof drei Finger aufstreckte, habe er gedacht, er wolle sagen, es bleibe alles unter drei Augen. Worauf er ihm die Faust gezeigt habe, um ihn zu warnen. Der Apfel müsse wohl bedeuten, daß der Bischof ihn für einen Gärtner halte. Deswegen habe er die Brotkruste vorgezeigt, um zu zeigen, daß er ein Bäcker sei.

59
Der größte Narr

Sion Swch war ein Narr, und ein Herr hielt ihn sich zu seiner Unterhaltung. Einmal nun gab der Herr Sion einen eleganten Umhang, den hieß er ihn tragen, bis er jemanden gefunden habe, der ein noch größerer Narr sei als er.

Sion trug den Umhang lange Zeit. Dann wurde der Herr krank und fürchtete, sein letztes Stündlein habe geschlagen.

Er nahm Abschied von seiner Familie. Dann schickte er nach Sion.

«Nun, Herr», sagte Sion, «wie steht es mit Euch?»

«O Sion», sagte der Herr, «ich werde Euch bald verlassen müssen.»

«Aber wo wollt Ihr denn hin, Herr. Weit könnt Ihr nicht gehen, da Ihr doch so lange im Bett gelegen habt und recht schwach seid.»

«Ich gehe in ein fremdes Land, Sion.»

«In Gottes Namen, Herr. Warum wollt Ihr das nur tun? Sollen wir auch mitkommen?»

«Nein, Sion. Diesmal muß ich ganz allein gehen.»

«Also, so etwas habe ich noch nicht gehört. Ein Mann Eures Alters, noch dazu krank ... und will ganz allein in ein fremdes Land reisen. Habt Ihr denn schon gepackt?»

«Nein, Sion. Dorthin kann ich nichts mit mir nehmen.» Da stand Sion auf, nahm seinen Umhang ab und sagte mit trauriger Miene:

«Hier, Herr, nehmt den Umhang. Entschieden seid Ihr der größte Narr, dem ich je begegnet bin.»

60

Die seltenen Blumen

Ein feiner Herr gab seinem Gärtner Blumensaat und sagte dazu, es seien sehr seltene Blumen. Er solle deshalb bei der Aussaat besonders sorgfältig sein. Als der feine Herr heimkam und nach der Aussaat sich erkundigte, führte ihn der Gärtner an ein sauber angelegtes Beet. Aus der Erde schauten in gleichem Abstand voneinander Heringsköpfe heraus.

61

Katz und Maus

Eine Maus fiel in ein Faß mit frischem Bier. Eine Katze sprang auf den Rand des Fasses. Die Maus fürchtete sich herauszukommen. Die Katze fürchtete sich hineinzuspringen. Die Maus versprach der Katze, alles zu tun, was sie verlange, wenn sie ihr nur aus dem Bier heraushelfe. Die Katze half der Maus. Als sie beide vor dem Faß auf dem Boden saßen, sagte die Katze:

«Jetzt mußt du dich auch von mir fressen lassen. Du hast versprochen, alles zu tun, was ich von dir verlange. Also...»

«Nichts da», sagte die Maus, «was man im Rausch verspricht, gilt nicht.»

62

Warum des Rotkehlchens Brust rot ist

Ein Junge warf eines Tages Steine auf ein Rotkehlchen. «Mein armer Junge», sagte die Großmutter zu ihm, «hast du noch nie vom Fegefeuer gehört und daß dieser Vogel in seinem Schnabel kühlen Tau herbeiträgt, damit die armen Seelen nicht gar zu sehr schmachten müssen? Von der Lohe der Flammen ist seine Brust ganz rot geworden. Deshalb wirf nie mehr mit Steinen nach einem Rotkehlchen.»

63

Die endlose Geschichte

Es war einmal ein König, der hatte eine schöne Tochter. Viele Prinzen warben um sie, aber der König erklärte, sie solle den heiraten, der ihm eine endlose Geschichte erzählen könne. Jene Freier aber, die keine solche Geschichte zu erzählen wüßten, sollten geköpft werden. Viele junge Männer kamen, versuchten ihr Glück, wußten aber keine endlose Geschichte und wurden geköpft. Eines Tages hörte ein armer Bursche von der Bedingung, die der König gestellt hatte, und beschloß, sein Glück zu versuchen. Er ging zum König, stellte sich vor, und der König sprach: «So, nun fang an!»

Der Bursche erzählte: «Es war da einmal ein Mann, der baute eine Scheune, die ging über viele Morgen hin und stieß fast an den Himmel. Oben ließ er nur ein winziges Loch offen, durch das jeweils nur eine Heuschrecke hineinkonnte, dann füllte er die Scheune mit Getreide bis unters Dach. Als nun die Scheune voll war, kam eine Heuschrecke durch das Löchlein und holte ein Korn, und dann kam die nächste Heuschrecke und holte ein Korn. Und dann kam die nächste Heuschrecke und holte ein Korn.» Und für lange Zeit sagte der Bursche immer nur: «Und dann kam die nächste Heuschrecke und holte ein Korn», bis der König die Geduld verlor, und zornig sagte, das sei ja eine endlose Geschichte. Also durfte der arme Bursche die Königstochter heiraten.

Nachwort

Nur fünfzig Meilen von den Großstädten Englands, von Liverpool, Birmingham und Bristol entfernt, liegt ein Gebiet, das zwar politisch zu Großbritannien, zum «Vereinigten Königreich», gehört, dessen Einwohner aber bis heute eine keltische Sprache sprechen (1971 : 32 725 Personen nur Welsh, 509 700 Welsh und Englisch), sich weitgehend als Angehörige einer selbständigen Nation verstehen oder zumindest darauf beharren, gewisse Züge ihrer nationalen Identität zu bewahren.

Keine Demarkationslinie zeigt heute den Verlauf der Grenze zwischen England und Wales an, höchstens sieht man an den Hauptstraßen Schilder mit der Inschrift «Croeso y Gymru» (Willkommen in Wales!). Zwar gelten die gleichen Gesetze wie ein paar Meilen weiter, die gleichen Verkehrsregeln sind in Kraft, und ein kontinentaler Besucher mag sich zunächst noch in England wähnen; Engländer hingegen erklären, man komme sich in einem Dorf im nördlichen Cardiganshire häufig fremder vor als in Frankreich oder Deutschland. Man brauche nur einmal einen Gottesdienst in einer «church» in England und einer «chapel» in Wales miterlebt zu haben, um sich eines entscheidenden Unterschiedes bewußt zu werden.

Wer den Versuch unternimmt, Eigenart und Besonderheit der Märchen aus Wales herauszuarbeiten, kommt ohne den

Hinweis auf geographische Gegebenheiten, auf das Bild der Landschaft und eine wenigstens skizzenhafte Darstellung der einschneidendsten Ereignisse in der walisischen Geschichte nicht aus.

Wales ist ein Land der Gebirge, durchzogen von tiefen Tälern und Küstenebenen im Norden und Süden. Gebirge waren der Zufluchtsort, wohin die Welsh sich zurückzogen, als alle äußeren Schranken gefallen waren, das Refugium, das ein eigenständiges nationales Leben weiter möglich machte.

Eine differenzierte Form von Agrarwirtschaft war immer nur in den Tiefländern an der Küste möglich. Die Hochtäler und Hochebenen dienen fast ausschließlich der Viehzucht (Schafe, Ziegen und Ponys). Die höchsten Bergketten steigen bis auf 1200 m über den Meeresspiegel. Auf den Hochebenen werden die reichlichen Niederschläge vom Erdreich nicht völlig aufgenommen. Wege, die heute noch begehbar sind, können sich nach dem nächsten Regen schon in einen Morast verwandelt haben, in dem man bis zu den Knöcheln einsinkt.

Weites Ödland mit dunkelblauen Seen und schwarzen Teichen, düstere, bizarr geformte Gebirgszüge und einzelne Gipfel, die, wie beispielsweise in den «Black Mountains», fast das ganze Jahr von Wolken verhängt sind, Hochmoore mit alleinstehenden Ebereschen, uralte Baumhaine in den Tälern, wildwachsende Osterglocken auf Wiesen und Friedhöfen im Frühjahr, Ginster an den Hängen, Höhlen und Felsklippen, ungemein dichte, nahezu urwaldhafte Wälder, endlose Viehweiden: Das sind die immer wiederkehrenden Muster der Landschaft von Wales.

Vor den Küsten stehen viele kleine, zerklüftete Inseln und einzelne Felsnadeln, die sich im Sommer blau, im Winter grau gegen einen weiten Himmel abheben.

Historische Daten, deren Kenntnis für das Verständnis von Mythologie und Folklore von Bedeutung sein können, mehren sich seit 5000 v. Chr. Um dieses Datum findet in Wales der Übergang von der Altsteinzeit zur Mittelsteinzeit statt.

Bis vor kurzem nahm man an, daß die Sammler und Jäger, die damals in Wales als Höhlenbewohner lebten, sich nicht von der Meeresküste hätten entfernen können. 1960 aber wurde dann hoch oben im Gebirge von Glasmorgan, bei Craig y Llyn, ein Jagdlager einer solchen Horde gefunden. Man geht davon aus, daß noch viele ähnliche Relikte unter dem Torf des zentralen Berglandes verborgen liegen.

Das Klima hatte sich seit dem Ende der Eiszeit allmählich immer mehr erwärmt. Gleichzeitig stieg das Meer, und große Landflächen im heutigen Kanal von Bristol und in der Cardiganbucht versanken – ein Ereignis, wie es sich vielleicht in der Sage von Bottom Hundred (Nr. 10) spiegelt. Bis 3000 v. Chr. gab es in der westlichen Hälfte des europäischen Kontinents Bauern, die sowohl Vieh hielten als auch Getreide ernteten.

Gruppen von ihnen kamen über den Kanal nach England, bauten dort einfache Häuser, weideten ihre Herden und legten die ersten Kornspeicher an. Die Archäologen haben sie das Windmill-Hill-Volk genannt. Wir wissen, daß sie auch bis nach Wales kamen, denn auf den Felsen bei Clegyrfwya, in der Nähe von St. David's, fanden sich Überreste ihrer einfachen Wohnstätten. Mit ihnen endete das Höhlenzeitalter. Die Sammler und Jäger waren auf dem Rückzug vor den Bauern.

Auf das Windmill-Hill-Volk folgten weitere Einwandererschübe, Stämme, die vom Kontinent immer weiter nach Westen vorstießen. Wales war dabei durchaus nicht Endpunkt ihrer Fahrten. Jenseits von Wales lag Irland. Dort gab es Kupfer und Gold. Wir befinden uns nun im Zeitalter der Megalithbauten. Hier scheint es, was Wales angeht, vor allem zwei Einwanderungsschübe gegeben zu haben:

Gruppen, die sich in Glasmorgan und in den Black Mountains niederließen und wahrscheinlich aus der südlichen Britannie und von der unteren Loire stammten; andere, die Pembrokeshire und Anglesey kolonisierten und aus Spanien und Portugal kamen.

Den nächsten kulturgeschichtlichen Einschnitt hat es dann mit dem Ende der Bronzezeit und dem Beginn der Eisenzeit gegeben, der in Wales etwa auf die Zeit kurz nach 500 v. Chr. fällt.

Im allgemeinen gelten heute drei keltische Einwanderungswellen (Eisenzeitalter A, B, C mit den Datierungen 750 v. Chr., 250 v. Chr., 75 v. Chr.) als gesichert.

Offenbar scheint die erste Einwanderungswelle, die die Westküste Britanniens, also Wales, erreichte, aus brythonischen Gruppen bestanden zu haben. Die zweite Welle (Eisenzeitalter B) waren offenbar goidelische Stämme, die sich zum größeren Teil an der Westküste der britischen Insel von Cornwall bis Schottland, zum kleineren Teil an der Ostküste Irlands niederließen. Goidelische Siedlungen in Llyn und Dyfed, in Südwest Ceredion, im Severn Tal und Südwest-England, die später als Eisenzeit B zu datieren sind, könnten von Rückwanderern aus Irland stammen.

Um 400 v. Chr. fielen brythonische Stämme aus dem südlichen Schottland und dem nordwestlichen England in Wales ein. Ihre Vorherrschaft führte letztlich dazu, daß das brythonische Element unter den Kelten in Wales prägend wurde. Der älteste keltische Sprachzweig ist der des Goidelischen oder Q-Keltischen. Goidelische Dialekte sind das Irische, Schottische und Mauxsche. Die letzten beiden haben eine getrennte Entwicklung seit dem 16. Jahrhundert.

Brythonische oder P-keltische Dialekte sind: das Welsh, das Carnish und das Bretonische. Die Frage, wo die goidelischen und brythonischen Stämme vor ihrer Einwanderung auf die britischen Inseln auf dem Kontinent ansässig waren, führt in einen schwierigen und letztlich noch nicht eindeutig geklärten Problemzusammenhang.

Soviel kann gesagt werden: Die Quariates aus dem südöstlichen Gallien scheinen Q-Keltisch gesprochen zu haben.

Außerdem wurden in Tovar, Spanien, Q-Keltische Inschriften gefunden.

Die Neuankömmlinge waren der bisher im Land lebenden Bevölkerung durch ihre Eisenwaffen überlegen. Sie bauten Forts auf den Bergspitzen, von denen sich viele in Wales erhalten haben.

Die Kelten waren eine kriegerische Rasse, mit einer Aristokratie, die Lust an Kämpfen und Plünderungen hatte und ihren Ruhm auf dem Schlachtfeld von ihren Barden besingen ließ. Sie hatten eine Priesterschaft, die Druiden, und wir hören von Tacitus, daß Anglesey ein Zentrum druidischer Unterweisung war, wohin selbst aus dem kontinentalen Gallien begabte junge Männer zum Studium Religion, Geschichte, Philosophie und Dichtkunst gesandt wurden.

Der Einfall der Römer in Britannien begann 43 nach Christus. Innerhalb von vier Jahren war der ganze südliche Teil der Insel in römischer Hand. Wales und der Norden leisteten den Römern hartnäckigeren Widerstand. Es dauerte etwa dreißig Jahre, ehe Wales von einem Netz römischer Forts, Lager und Straßen überzogen worden war. Bis ans Ende der Römerzeit blieben zwei Legionen an der Grenze von Wales stationiert, die eine in Chester im Norden, die andere in Caerleon im Süden.

Vier Stämme treten im damaligen Wales als die wohl wichtigsten hervor. Im Süden und Südosten die Silures, die sich der römischen Herrschaft zunächst besonders hartnäckig widersetzt hatten, die Demetae im Südwesten, die Ordovices im Hügelland von Mittelwales und an der oberen Severn, die Degeangli im heutigen Denbighshire und in Flint. Nur im äußersten Südosten fand sich eine zivile Siedlung, Venta

Silurum, eine colonia für die Veteranen des nahegelegenen Isca Silurum (später Caerleon).

Für vierhundert Jahre blieben die Römer im Land, und diese Besatzungszeit hinterließ ihre Spuren vor allem in der Sprache. Die meisten Bezeichnungen für Waffen in Welsh wurden aus dem Lateinischen übernommen, desgleichen Worte für Bauwerke und Gebäudeteile («ffenestr»), während die keltischen Bewohner von Wales eigensinnig an ihren traditionellen Rechtsbegriffen festhielten.

Das Christentum war noch unter den Römern in Wales eingeführt worden. Gewisse archäologische Belege dafür fanden sich um Caerleon und Caerwent. Wie viele der frühchristlichen Gemeinden aber den Zusammenbruch der römischen Herrschaft überdauerten, ist ungewiß. Im 6. Jahrhundert mag keltisches Christentum von galloromanischen Christen ins Land gebracht worden sein. Im 6. und 7. Jahrhundert begann dann eine eifrige Missionstätigkeit im Land. Wandermönche gelangten in fast alle Gebiete von Wales und hinterließen dort ihre Spuren. Sie bauten zumeist jene frühen Kirchen (Llan), deren Bezeichnung in so vielen Ortsnamen fortlebt. Um die Kirche, die oft nur eine Einsiedlerzelle war, wurden Erdwälle oder ein Zaun zum Schutz gegen wilde Menschen und wilde Tiere gezogen. Dies waren die Kernzellen für Ortschaften und Städte.

Die Epoche zwischen dem Untergang des Römischen Reiches und dem Eintreffen der Normannen 1066 in England ist eine finstere Zeit, eine Zeit der Wirren.

Es ist auch die Zeit, in der sich langsam aus dem Brythonischen das «Welsh» und eine Schriftsprache herausbildet. Die frühesten Texte in Welsh oder Walisisch tauchen in der zweiten Hälfte des 8. Jahrhunderts auf, doch es dauert dann noch mehrere Jahrhunderte, ehe man von einer umfassenden Literatur in diesem Idiom sprechen kann. Die wenigen Texte der frühesten Zeit machen klar, daß Alt-Welsh der heutigen

Sprache weit näher steht als das Angelsächsische dem modernen Englisch.

Es sind die großen walisischen Barden der Frühzeit, Aneurin und Talyessin, die dazu beitragen, daß aus dem Alt-Welsh Mittel-Welsh und modernes Welsh wird. Das Heldenepos *Gododin* entsteht beispielsweise in dieser Epoche. In homerischem Tonfall wird in ihm vom Untergang einer Gruppe von Kriegern aus dem östlichen Schottland bei Catterick in York beim Kampf gegen die vorstoßenden Sachsen berichtet.

Im 7. und 8. Jahrhundert sieht sich Wales von dem Königreich Northumbria und später von Mercia bedroht. Für die Angelsachsen sind die Brythonen jetzt «wealeas», also Fremde, daraus wird der Volksname «Welsh», während die Waliser selbst sich «Cymry» (Kymerer) nennen, was etwa «Mit-Landsleute» bedeutet.

Die Grenze zwischen England und Wales verschiebt sich in diesen Jahrhunderten allmählich immer weiter nach Westen. Walisisch bleibt mehr oder minder nur das Bergland. Zur Abgrenzung gegen die unberechenbaren Wilden, die dort leben, bauen die Könige von Mercia einen Damm, dessen Überreste sich bis heute erhalten haben: den Offa's Dyke. Er verläuft von der Küste in Nordwales bei Prestatyn bis nach Wyne in der Nähe von Bristol im Süden. Allerdings scheint er doch mehr eine Demarkationslinie als ein Schutzwall gewesen zu sein. In einer Chronik aus dem 12. Jahrhundert erfährt man, daß ein Waliser, der auf der «falschen Seite des Dyke» angetroffen wurde, damit bestraft wird, daß man ihm die eine Hand abschlägt.

Wenn bis 1066 der Offa's Dyke eine von Angelsachsen und Walisern mehr oder minder anerkannte Grenze gewesen war, so änderte sich das nach der Schlacht von Hastings (1066), als die englische Krone an den Normannenherzog Wilhelm den Eroberer fiel.

Zwar erhielt sich noch einige Zeit nach der berühmten Schlacht die Selbständigkeit von Wales. Aber unerbittlich zwackten die normannischen Adligen, die nach England gekommen waren, nun Stück um Stück walisischen Territoriums ab und sicherten ihren Besitz durch aus Stein aufgeführte Schloßbauten, bis Südwales die Gegend mit den meisten Burgen auf der gesamten britischen Insel war.

Im Zuge der Modernisierung des englischen Staatswesens wurden 1536 und 1543 Gesetze erlassen, die Wales für immer an England banden.

Mit diesem formalen Endpunkt des unabhängigen Wales, bei dem nun auch walisisches Recht durch englisches Recht ersetzt, die Gerichtssprache Englisch wurde und Wales eine Vertretung im englischen Parlament erhielt, blenden wir uns aus der geschichtlichen Entwicklung aus.

Die vorliegende Sammlung von *Märchen aus Wales* beginnt mit den Texten des Mabinogi.

T. Gwynn Jones (1871–1949), einer der Altmeister der Folklore-Forschung in Wales, hat diese Texte um Götter und Helden, die er als «Tales of Magic and Romance» apostrophierte, den Märchen zugeordnet, tauchen doch in ihnen zahlreiche Motive auf, die der Aarne-Thompsonsche Index verzeichnet. So beispielsweise die keusche Beiwohnung (Nr. 1), die neidische Stiefmutter (Nr. 5), die Vogelsprache und Enthauptung (Nr. 2), die Rettung aus der Gefahr durch Tiere (Nr. 5), Erfüllung schwieriger Aufgaben bei Erlösung der Braut (Nr. 5), Ankleben an einen magischen Gegenstand (Nr. 3), Anklage der Mutter, ein Kind getötet zu haben (Nr. 1), Verwandlungen und die Rückkehr aus der Anderswelt (Nr. 4 und Nr. 1).

Die Besonderheit dieser Texte, die Fragen, die sie immer noch aufgeben und ihre Bedeutung innerhalb der Folklore von Wales müssen aber hier noch etwas ausführlicher erörtert werden.

Zunächst ist klarzustellen, daß die Sammelbezeichnung für eine Reihe in ihrer Struktur recht verschiedenartiger Texte, die sich im Englischen durchsetzte – *The Mabinogion* –, auf einem Übersetzungsfehler von Lady Charlotte Guest beruht.

Ausgehend von der Schlußformel bei vier dieser Texte «so endet dieser Zweig des Mabinogi» und von der Bedeutung des Wortes «mab» (Junge), kam diese Übersetzerin des 19. Jahrhunderts zu der Vorstellung, «mabinogi» heiße «eine Geschichte für Kinder oder Jugendliche» und «mabinogion» sei dazu der Plural.

Tatsächlich aber gibt es das Wort «mabinogion» in Welsh gar nicht, obwohl es einmal durch einen Schreibfehler in «Pwyll» (Nr. 1) auftaucht. «Mabinogi» dagegen ist ein walisisches Wort. Es dürfte dann aber nur auf die Texte der «Vier Zweige» angewendet werden, in denen es als Schlußformel erscheint.

Das gesamte Konvolut der 1848 von Lady Charlotte Guest übersetzten und *The Mabinogion* benannten Geschichten müßte, so schlägt Jeffrey Gantz vor, eigentlich «Mabinogi und andere frühe Geschichten aus Wales» heißen. Er fügt aber gleich hinzu, dies sei mühsam, da sich seither «The Mabinogion» (im Deutschen eigentlich die, häufig aber auch *das* Mabinogion) nun einmal eingebürgert habe.

Damit sind die Probleme um die Bezeichnung keineswegs gelöst. Rachel Bromwich hat 1954 die Bedeutung «eine Geschichte der Vorfahren» zu begründen versucht. Ifor Williams hat nachgewiesen, daß «mabinogi» auch die Bedeutung von «Geschichte über die frühen Jahre eines Menschen» haben kann. Er hat daraus abgeleitet, daß in allen Vier Zweigen ursprünglich die Geschichte von Pryderi erzählt worden ist. Dieser Meinung haben sich auch Gwyn und Thomas Jones in ihrer Neuübersetzung des Werkes 1948/49 angeschlossen.

Gwyn und Thomas Jones gehen bei ihrem Interpretationsansatz offenbar davon aus, daß eine uns nicht überlieferte Urfassung der «Vier Zweige» den bekannten vier Phasen der irischen Sagas (heroic tales) folgte: «compert» oder Empfängnis, «macgnimartha» oder jugendliche Taten, «indarba» oder Verbannung und «aided» oder Todesgesang.

Während das Muster einer Empfängnis unter geheimnisvollen Umständen im Ersten Zweig noch ziemlich deutlich durchschimmere, sei von den jugendlichen Taten nicht mehr übriggeblieben als jenes Handlungsmoment, daß Pryderi zu jenen sieben Männern gehört, die aus Irland entkommen. Ganz offensichtlich ist hier irisches Material zur Zeit des mündlichen Tradierens eingefügt: der Kessel der Wiedergeburt, das Eiserne Haus, die Behausung für Bran. Im Dritten Zweig werde das ursprüngliche Muster der indarba oder Verbannung wieder ganz deutlich. Pryderis Gefangenschaft an einem Ort der Anderswelt und seine Befreiung durch Manawydans Verhalten sind hier die entsprechenden Handlungsteile.

Hinter dem Nebeleinbruch und der Unfruchtbarkeit wie auch der Zerstörung der Ernten stehe eine Erinnerung an die Entführung der Persephone (Kore), der Tochter der Erdmutter Demeter, nach der die Erde vorübergehend allen Wachstums und aller Freude beraubt worden war. Ins Christliche verwandelt, geht dieses Motiv später in die altfranzösischen Dichtungen des Mittelalters ein.

Lange und andere Forscher sehen z. B. einen Zusammenhang zwischen keltischen Vorstellungen von einem Kessel der Wiedergeburt oder einer Schale mit wunderbaren Eigenschaften und dem Gral.

Der Auszug der beiden Paare Pryderi und Kigva – Manawydan und Rhiannon – könnte eine Version der späteren, im Mittelalter weit verbreiteten Eustache-Legende sein, in der ein reicher Mann all seinen Besitz verliert und sich durch seiner Hände Arbeit durchbringen muß, ohne Verbitterung oder Rachegelüste gegenüber seinen Feinden zu empfinden.

Auch die Tatsache, daß sich die Männer zunächst als Sattelmacher und dann als Schuster betätigen, läßt sich vielleicht aufklären. Zwischen dem Namen Manawydan und dem keltischen Wort mynawyd (Ahle) besteht eine gewisse Klangähnlichkeit.

Am stärksten, so urteilen Gwyn und Thomas Jones, sei das Durcheinander im überlieferten Text des Vierten Zweiges (Nr. 4).

Zwar wird der Tod Pryderis im Vierten Zweig erwähnt, aber mehr als eine Art Pflichtaufgabe. Die Hauptakteure in «Math» sind die Kinder des Don.

Lleu ist der Held einer Geschichte jenes Typs vom «König, dem der Tod prophezeit ist».

Es gibt bei diesem Typ von Geschichte eine Unterart, in dem einem König prophezeit wird, daß sein Enkel sein Mörder sein werde. Er besitzt eine Tochter, und um die Prophezeiung nicht in Erfüllung gehen zu lassen, muß er sicherstellen, daß seine Tochter nie von einem Mann berührt wird (siehe auch in Nr. 5). Seine Tochter empfängt ein Kind, bringt einen Sohn zur Welt, der später, vielleicht unwissentlich, seinen Großvater tatsächlich umbringt. Diese Version der Geschichte ist in «Math» trotz aller Veränderungen noch erkennbar. Aber Personen und Motive haben sich entscheidend gewandelt. Hier ist es die Jungfräulichkeit von Maths Fußhälterin, nicht die seiner Tochter, die erhalten werden muß. Nach ihrer Vergewaltigung verschwindet sie aus dem Handlungsablauf und ihr Sohn mit ihr. Es ist Aranrhod, die Tochter des Don, die das Kind Lleu zur Welt bringt, und es ist die Mutter, nicht der Großvater, die alles versucht, um die Erfüllung der Prophezeihung zu verhindern.

Maths Schicksal wird nirgends erwähnt, und Aranrhods ablehnende Haltung gegenüber ihrem Sohn wird rationalisiert als Scham über dessen uneheliche Geburt und inzestuöse Empfängnis. Danach vermischt sich Lleus Geschichte mit einer Version der Geschichte von der ungetreuen Frau. Seine Mutter schwört ihm das Schicksal zu, daß er nie eine sterbliche Frau zum Weib haben werde. Also zaubern Math und Gwydyan eine Frau aus Blumen, Blodenedd. Diese Frau betrügt ihn. Fast wird er von ihrem Liebhaber getötet. Schließlich gelingt es ihm aber doch noch, diesen zu töten, und zwar höchstwahrscheinlich auf die Art, in der in einer früheren Geschichte, die nicht überliefert ist, er selbst seinen Großvater tötete. Die Frau wird zur Strafe in eine Eule verwandelt.

Schon K. Simrock ist 1842 bei seiner Wolfram-Übersetzung aufgefallen, daß der Gralsstoff, in dessen Entwicklungslinie der Vierte Zweig steht, aus alten agrarischen Kulten für eine Vegetationsgottheit entstanden sein könnte, eine These, die später von W. A. Nitze und Jessie Weston weiter entwickelt worden ist, wobei Nitze die Parallelen zu den eleusischen Mysterien des Demeterkultus, Jessie Weston Ähnlichkeiten mit der Adonis-Verehrung betont hat.

Bestärkt werden solche freilich weitgehend spekulativen Überlegungen durch Arbeiten wie die von J. G. Frazer und von Robert Ranke Graves, in denen die Meinung vertreten wird, viele Mythen der frühgriechischen und frühkeltischen Zeit beruhten, wie Graves es ausdrückt, «auf der Baum-Lehre und auf Beobachtungen des Lebens auf den Feldern im Kreislauf der Jahreszeiten».

Somit stellte das mythische Drama, das sich zwischen Großvater und Enkel abspielt, gewissermaßen eine Personifizierung der Ablösung vom Winter durch den Sommer dar.

Selbst wer die Verweise auf das Jahreszeitenmuster deswegen nicht akzeptiert, weil sie zu allgemein und unbestimmt sind, wird die Beziehung der Mabinogi-Texte zu frühirischen und walisischen Mythen schwerlich bestreiten können.

Wie bei dem irischen götterähnlichen Superhelden, Cu Chulaind, wird Pryderis Geburt (Nr. 1) mit der eines Fohlens in Zusammenhang gebracht (wahrscheinlich das Totemtier!).

Rhiannon ist deutlich die Nachfolgegestalt der gallokeltischen Pferdegöttin Epona, aber auch mit der irischen Göttin Macha verwandt, von der im Ulster-Zyklus berichtet wird, daß sie beim Lauf schneller als jedes Pferd war.

Arawn, Havgan und Llwyd sind Herrscher einer Anders- oder Totenwelt. Casswallawn, Math und Gwydyon (Nr. 4) haben mit dem Mantel der Unsichtbarkeit, dem überfeinen Gehör und der Fähigkeit zum Zauber Eigenschaften von Göttern, allerdings in einer schon abgeschwächten Form.

Man hat das Konvolut des *Mabinogion* in drei Gruppen aufgeteilt, nämlich in die «Vier Zweige», die «Vier Unabhängigen heimischen Geschichten» und die «Drei Romanzen». (Als zwölfter Text kommt in der Übersetzung von Lady Charlotte Guest noch «Talyessin» hinzu.)

Während nun bei den «Vier Zweigen» von einem Gemisch aus Mythologien, märchen- und sagenhaften Elementen gesprochen werden kann, ist für die «Vier Unabhängigen heimischen Geschichten» (Jones), von denen in dieses Buch drei aufgenommen wurden (Nr. 5, 6 und 7), eine sagenhaft-pseudohistorische Darstellungsweise charakteristisch.

In «Culhwch und Olwen» (Nr. 5) begegnen wir König Arthur. Es ist dies wahrscheinlich seine früheste Darstellung in einem Text aus Wales. Leider ist ihm nur eine Nebenrolle zugewiesen. Schon als großer König der Briten in Amt und Würden, zeigt er doch wenig Persönlichkeit her. «Während jene Taten, die ihn zum König aufsteigen ließen, in der keltischen Vergangenheit liegen, tauchen die ausgeprägten Charaktereigenschaften, die ihn berühmt machten, erst in kontinentaler Zukunft auf», schreibt Gantz.

In «Der Traum des Rhonabwy» (Nr. 6) begegnen wir mit

Madawg, Sohn des Maredudd, einer historischen Person, von der bekannt ist, das sie 1159 starb. Dies legt die Vermutung nahe, daß das Rahmenwerk der Geschichte nicht viel älter als 1200 ist. Hingegen erinnert die Passage mit dem gwyddbwyll-Spiel und seine kontrapunktische Handlung im Kampf von Oweins Raben gegen Arthurs Mannen an die traumhafte Atmosphäre von «Pwyll». Wie auch in «Culhwch» liegt Arthurs Schloß und Hofsitz in Cornwall und nicht in Wales.

Ganz deutlich enthält der uns überlieferte Text eine Kritik an den Walisern des 12. Jahrhunderts. Der elende Empfang, der Rhonabwy und seinen Gefährten im Haus von Heilyn dem Roten zuteil wird, steht im krassen Gegensatz zu der Großzügigkeit, die so viele keltische Geschichten verherrlichen und zum Ruhm und Glanz von Arthurs legendärem Hof.

Durch die vorgegebene Begrenzung des Umfangs nicht aufgenommen werden konnte in den vorliegenden Band «Der Traum des Maxen». Auch hier lassen sich als Ausgangspunkt historische Persönlichkeiten ausmachen. Maxen geht zurück auf den römischen Kaiser Maxentios (306–312 n. Chr.) bzw. auf den Spanier Magnus Maximus, der zwischen 368 und 383 Feldherr der römischen Armee in Britannien war und von unzufriedenen Truppen zum Kaiser ausgerufen wurde. Er überquerte den Kanal, besiegte Gratian, wurde vorübergehend Herrscher über Gallien, Spanien und das nördliche Italien. Danach wurde er zweimal von Theodosius besiegt. 388 geriet er in Gefangenschaft und wurde hingerichtet.

Seine Gestalt taucht auch bei Geoffrey von Monmouth in der 1136 niedergeschriebenen *Geschichte der Könige von Britannien* auf. Hier heißt er Maxianus, ist ein römischer Senator, der nach Britannien eingeladen wird, um die Tochter des Octavius zu heiraten und die Insel zu regieren.

Inwieweit der «Traum des Maxen» mit dem Text von Geoffrey zusammenhängt, ist ungeklärt. Bei allen «Verbiegungen» bleibt Geoffrey näher an der Historie, während in «Maxen» der Herrscher als ein weiser und tapferer Held geschildert wird, der eine Expedition nach Roman unternimmt, das er dank der Unterstützung durch die Verwandten seiner Frau aus Wales zurückerobern kann.

Bleibt zu schreiben von den sogenannten «Drei Romanzen» (Owein, Peredur, Gereint), die starke Ähnlichkeit mit dem *Yvain*, dem *Perceval* und dem *Erec* des Chrétien de Troyes (literarische Tätigkeit etwa zwischen 1160 und 1190 an den Höfen der Marie de Champagne und des Grafen Philipp von Flandern) haben. Die walisischen Texte der Romanzen sind schon durchweht vom Geist und den Idealen der mittelalterlichen Ritterdichtung Frankreichs. Wegen ihrer Nähe zur höfischen Epik wurde in diesem Märchenband auf sie verzichtet.

Freilich sind in der Artus-Epik wie auch in den ihr verwandten drei walisischen Romanen ebenfalls Spuren der keltischen Mythologie deutlich erkennbar: Beispielsweise geht die Handlung von *Yvain* bei Chrétien und von *Owein* auf einen von Barden besungenen Owein ap Uryen zurück, der in der zweiten Hälfte des 6. Jahrhunderts gelebt haben soll.

Die Verbindungslinie von frühirischer und walisischer Mythologie zur Artus-Epik führt uns zu der Frage nach der Entstehungszeit des *Mabinogion*.

Die früheste vollständige Fassung findet sich im *Roten Buch von Hergest* (um 1400). Ein früheres Manuskript, das *Weiße Buch von Rhydderch* (um 1325), ist unvollständig.

Fragmente der insgesamt 11 Texte erscheinen in einigen anderen Manuskripten, von denen das früheste Teil I und Teil II von Peniarth 6 (circa 1225) einige Zeilen aus «Branwen» und «Manawadan» enthält.

Eine Sonderstellung nimmt das «Buch von Talyessin» ein,

in dem der Monolog des Talyessin unter Umständen schon aus dem 9. Jahrhundert stammt.

Ob das *Rote Buch* eine Kopie des *Weißen Buches* darstellt, oder ob beide aus einem verlorenen Original stammen, ist ungewiß.

Auch die vollständig erhaltene Version kann also nicht als originalgetreu gelten. Offensichtlich haben sich durch den Kopisten Irrtümer und Entstellungen eingeschlichen.

Der Versuch, die Entstehungszeit an Hand der erwähnten Kleider, Waffen, Gebäude, Sitten und Kampftechniken zu bestimmen, hat zu keinen überzeugenden Ergebnissen geführt.

Was die früheste Kodifizierung der Texte betrifft, neigt die Forschung in Wales immer einem relativ frühen Zeitraum, nämlich zwischen 1000 und 1250, zu, während französische Wissenschaftler in der Regel meist für einen späteren plädieren, nämlich für die Zeit 1200–1250. Hinter der früheren oder späteren Datierung steht klar erkennbar die Absicht, die stärkeren walisischen oder französischen Einflüsse zu betonen.

So kann es bei der Frage nach den Anfängen dieser Geschichten und dem Zeitraum der mündlichen Überlieferung nur darum gehen, einen ungefähren Anfangsbereich einzukreisen. Dies ist möglich, wenn man die Frage verfolgt, seit wann gewisse Göttervorstellungen im keltischen Bereich, vor allem aber am westlichen Landende des Kontinents und auf der Irischen und Britischen Insel bestehen.

Die keltischen Invasionswellen im Eisenzeitalter A, B und C sind nach C.F.C. Hawkes auf etwa 750 v. Chr., 250 v. Chr. und 75 nach Chr. anzusetzen.

Mindestens also seit etwa 750 v. Chr. dürften keltische Gottheiten in Wales verehrt, mythologische Geschichten um sie erzählt worden sein.

Eine dieser Gottheiten war Nodens, Nodons, Nuada oder

Nudd, dem im Wald von Dean in Gloucestershire ein Wald-
heiligtum errichtet worden war. Sein Sohn, Gwynn ap
Nudd, der König der walisischen Anders- und Unterwelt,
taucht im *Mabinogion* (Nr. 5), aber auch in anderen folkloristischen Texten (Nr. 13) auf.

Reichen also gewisse mythologische Bilder noch in die
vorkeltische Zeit zurück, so ist gerade die Gestalt des Königs
Arthur ein gutes Beispiel dafür, welch höchst unterschied-
liche, aus weit auseinanderliegenden Zeiten stammenden
Einflüsse in den Zweigen des *Mabinogi* zusammenkommen.

Heinrich Zimmer hat Beweise dafür vorgelegt, daß der
südwalisische Prinz Rhys ap Tewdwr, der in die Bretagne
übersetzte, von dort um das Jahr 1070 das Motiv von Arthurs
Tafelrunde nach Wales mitbrachte, wo es bis dahin unbekannt war. Auch durch bretonische Adlige, die dem Banner
Wilhelm des Eroberers nach England folgten, wurde der
Stoff nach Wales getragen. Dort aber befand sich bereits eine
ganze Anzahl von Geschichten über einen ganz anderen Arthur im Umlauf. Da ist zunächst ein Arthur, der ein Amt
innehatte, welches zur Zeit der römischen Herrschaft «Co-
mes Britanniae» genannt wurde. Er ist unter Umständen
identisch mit Arthur, dem Kriegführer, von dem Nennius,
ein Mönch aus Bangor, in seiner im 9. Jahrhundert verfaßten
History of Britons berichtet, von dem aber um 600 auch schon
der Barde Aneurin singt.

Außer jenem Arthur, der wohl im 5. Jahrhundert Reiter-
heere gegen die britannische Kleinkönigreiche (Dumnonia,
Dyfed, Elmet etc.) bedrohenden Sachsen führte, gab es auch
noch eine keltische Gottheit, deren Spur sich bis hin nach
Südost-Frankreich zurückverfolgen läßt, wo sich eine ex
voto Inschrift mit dem Namen Mercurius fand (Rhys). Ihr,
oder von ihr abgeleiteten Erinnerungen begegnen wir in der
Arthur-Gestalt im «Culhwch»-Text (Nr. 5).

An diesem Beispiel sollte klar geworden sein, welch komplexen und außerordentlich schwierig zu rekonstruierenden Prozessen die Stoffe im Zeitraum ihrer mündlichen Überlieferung unterworfen gewesen sind. Wie sehr es auch verlockt, diesen Prozeß aufzuhellen, wie sehr das Aufblitzen gewisser Zusammenhänge uns zu einer mythopoetischen Archäologenarbeit ermutigt, eine vollständige Aufklärung scheint nahezu undenkbar.

Abgesehen aber von allen Rätseln, die so die Zweige des *Mabinogi* noch immer aufgeben und wohl auch weiter aufgeben werden, sind diese doch typisch für die bei ihrer Kodifizierung in Wales bestehende Kultursituation, zu deren Kontext als wichtige Faktoren die von Barden und Geschichtenerzählern (cyfarwyddiaid) damals noch lebendig erhaltene Erzähltradition ebenso gehört wie das Legitimationsbedürfnis eines als Eroberer nun ins Land eindringenden fremden Adels, gegen den die Prinzen von Wales ihre eigenständige Tradition und die ihr innewohnende Kraft betonten.

So eindrucksvoll die Texte des *Mabinogion* sind, so herrlich sich in ihnen die reiche konkrete Schönheit einer sterblichen Welt und das geheimnisbewahrende Zwielicht der Anderswelt als in Spannung aufeinander bezogen darstellen, so enttäuschend fällt in Wales die Ausbeute an echten Volksmärchen aus.

Roger Loomis schreibt: «Obwohl Wales eine reiche Überlieferung im Bereich des Feenglaubens aufweist, haben sich nur wenige weit ausgesponnene Geschichten (hier gebraucht im Sinn von Volksmärchen) erhalten.»

Und T. Gwynn Jones, der diese Feststellung bestätigt, führt auch gleich die historischen Gründe dafür an: «Das Verschwinden der Höfe der heimatlichen Prinzen, die anglisierende Politik der Tudors, einige Auswirkungen der Reformation und endlich die religiöse Bewegung im 18. Jahrhundert (Methodist Revival) hatten nicht nur einen hemmenden Effekt auf die (spätere) Entwicklung professionellen Geschichtenerzählens in Wales, sie entmutigten eine vorhandene Tradition, ja hoben diese sogar auf.»

Dem Märchenerzähler mit einem großen Repertoire weitläufiger Märchen, den es in Irland bis zum Anfang des 20. Jahrhunderts, ja in entlegenen Gegenden sogar bis in unser Jahrzehnt, gegeben hat, stand in Wales nichts Vergleichbares gegenüber.

Für die Zeit um 1930 gibt T. Gwynn Jones ein recht anschauliches Bild des für Wales charakteristischen dörflichen Erzählers, der eben nur noch bedingt ein Märchenerzähler war:

«Ein raconteur, der dem Autor bekannt ist, wäre ein junger Mann in einer Gegend, in der das Geschichtenerzählen nicht aufgehört hat. Seine Methode ist ein wertvolles Beispiel für das Wachsen (aber auch für die Veränderung) von Märchen.

Er verwendet Dialog und dramatische Aktion und hat eine Gabe für anschauliche Charakterisierung. Sein Material ist nicht traditionell, mit Ausnahme einiger Themen. Er läßt sich gewöhnlich selbst in der Geschichte auftreten, begleitet von einer anderen Person. Beide geraten in verschiedene Situationen, kommen mit den verschiedensten Leuten zusammen ... die alten Volksmärchen werden im allgemeinen nur noch als Handlungsumriß erzählt, und man erinnert sich häufig an sie auch nur bruchstückhaft.

Traditionelles Material wurde im letzten Jahrhundert aus zwei Gründen entstellt: wegen einer anti-abergläubischen Haltung und einem Hang zur Literarisierung.»

Die Folge davon war, daß die Überlieferung von Glaubensvorstellungen und Sitten ungenau wurde. Als Beispiel führt Jones an, daß in neuerer Zeit die früher genau profilierten Arten von Feen, Zauberern und Hexen einfach mit der Sammelbezeichnung «ysbrydion drwg» (böse Geister) vorgestellt werden.

«Einige Schriftsteller», so fährt er fort, «haben unzweifelhaft vieles von ihren eigenen Vorstellungen in den Stoff einfließen lassen.»

Unter diesen Voraussetzungen ist es nicht allzu verwunderlich, daß es sich bei der Mehrzahl der in Wales im 19. und 20. Jahrhundert gesammelten folkloristischen Texte, wie sie beispielsweise in den großen Sammlungen von Elias Owen und John Rhys sich finden, im strengen Sinn der bei uns gebräuchlichen Gattungsbezeichnung nicht eigentlich um Märchen, sondern um Sagen handelt.

Wenn ich Texte dieser Art in den vorliegenden Band aufgenommen habe, obwohl dieser doch die Bezeichnung *Märchen aus Wales* trägt, so folge ich damit einer im angelsächsischen Sprachraum weitgehend geübten Praxis. Sie ergibt sich daraus, daß «Folk Narrative» oder «Folk Fiction» (Märchen im engeren Sinn) und «Folk-Legends» (Sagen) unter einem Oberbegriff, dem der «Folk Tales», zusammengefaßt werden. Die Übersetzung dieses Begriffs mit «Volkserzählung» ist sprachlich wohl richtig, aber dennoch nicht ohne Problematik.

Wenn in Wales die «Folk-Legends» gegenüber dem Märchen so stark im Übergewicht sind, so dürfte dabei auch der onomastische Effekt eine Rolle gespielt haben. Walisische Ortsnamen wie beispielsweise Llanrhaeadrym-Mochnant, was bedeutet «Kirche am Wasserfall des Baches der Schweine», laden geradezu zu einem geschichtenerfindenden Phantasieren ein.

Dieser Vorgang läßt sich schon in «Branwen» (Nr. 2) nachweisen. Talebolion bedeutet wahrscheinlich «Ende des Gebirgszuges, Ende der Abgründe», aber der Erzähler macht daraus «tal ebolion» (Bezahlen der Fohlen) und erfindet eine Episode, die erklären soll, warum der Ort so heißt.

Man muß sich auch vorstellen, daß in einem keltischen Land ein solch onomastisches Erzählen mit dem Verlangen

Hand in Hand ging, regionale und lokale Identität gegenüber englischen Einflüssen und Ansprüchen zu erhalten.

Eindeutig eine Sonderstellung, schon allein durch ihre Quantität, nehmen unter dem folkloristischen Erzählgut von Wales die Feengeschichten ein. (Auch hier ist darauf hinzuweisen, daß fairy tale von englischen und walisischen Sammlern und Editoren in der Bedeutung von Feenmärchen und Feensage benutzt wird.)

Die Feen werden in Wales im allgemeinen «Tylwyth Teg» (Feenstamm) genannt. Mehr örtlich gebundene Bezeichnungen sind «Dynon Bach Teg» (Das kleine Feenvolk) in Pembrokeshire und «Bendith y Mamau» (Mutters Segnung) in Glamorgan.

Im englischsprachigen Teil von Pembrokeshire sagt man von Leuten, die sich in der Nacht verirren, sie seien «pisky led», also von den Piskies oder Pixies in die Irre geführt worden.

Die Bezeichnung «goblin» für einen Hauskobold ist englischer Herkunft und wurde wahrscheinlich von Bergleuten aus Cornwall ins Land gebracht. Nach volkstümlicher Vorstellung in Wales bilden die Feen eine Gemeinde, die vom König Gwynn ap Nudd regiert wird. Wie sich aus der Legende von St. Collen und dem Feenkönig (Nr. 13) ergibt, ist Gwynn ap Nudd auch König von Annwvyn. Sein Feenreich liegt auf, genauer wahrscheinlich im Inneren eines Hügels. Man gelangt dahin entweder durch Höhlen, durch Seen oder Teiche und durch unterirdische Gänge wie Elidorus (Nr. 14). Dies verweist einmal auf den Zusammenhang zwischen keltischen Gottheiten und den Feen, aber auch darauf, daß Ausgangspunkt für den Feenglauben auch in Wales der Konflikt zwischen Eroberern und einem von diesen unterdrückten Volk in der Epoche der keltischen Einwanderungswellen gewesen sein könnte.

Eine Überlieferung aus dem ursprünglich von goidelischen Stämmen besiedelten Gebiet Dyveds bezeichnet die Feen als «Plant Rhys Ddwfn», also als Kinder des Rhys Ddwfn, die auf Inseln im Meer wohnen.

In einer anderen Quelle taucht Rhys Ddwfn als Häuptling eines Landes auf, das zwischen Cemmes in Pembroke und Aberdaron in Caernarvonshire liegt und sich, dank dort wachsender Zauberkräuter, mit Ausnahme eines Fleckens bei Cemmes unsichtbar machen läßt.

Die Angaben über Größe und Aussehen der Feen schwanken beträchtlich. Zumeist werden sie als klein, aber wohlproportioniert, mit heller Haut und mit langem Haar vorgestellt. Doch gibt es auch Texte, in denen es heißt, sie seien ein oder zwei Fuß groß. Ja, manchmal werden sie sogar als ebensogroß wie Menschen beschrieben.

Im allgemeinen haben sie helle Haut, und dunkelhäutige Leute mißfallen ihnen, was wiederum auf Gegensätze zwischen unterschiedlichen Bevölkerungsgruppen der frühen Zeit hinzuweisen scheint.

Gewöhnlich tragen die Feen Kleider aus feiner Seide, in weißer, roter und blauer Farbe, am häufigsten aber in Grün.

Ein Outlaw, Daffydd ap Siecyn, der sich nach Irland flüchtete und später nach Wales zurückkehrte, soll sich und seine Anhänger in Grün gekleidet haben, worauf die Leute die Gruppe für Feen hielt und sie mied.

Die Übereinstimmung im Verhalten der Feen in Irland, Wales und Schottland ist unübersehbar.

Wie auch in den anderen Regionen mit keltischer Tradition verführen in Wales die Feen Sterbliche, bei ihnen mitzutanzen (Nr. 12). Feenfrauen heiraten Sterbliche (Nr. 11 u. 30), kehren aber in die Anderswelt zurück, wenn gewisse Tabus verletzt werden. Feen tauchen als wohltätige Haushaltsgeister auf, die den Menschen die Arbeit abnehmen, sofern man sie nicht verstimmt (Nr. 33 u. 40). Wer als Sterblicher aus der Feenwelt zurückkommt, zerfällt in dem Augenblick zu Staub und Asche, in dem er wieder menschliche Nahrung zu sich nimmt. Feen verfügen über einen Balsam, der sie für Sterbliche sichtbar macht (Nr. 19). Eisen hilft deswegen gegen Feen (Nr. 28), weil der Feenglaube sich von Stämmen der Bronzezeit herleitet, die von Eindringlingen mit Eisenwaffen überwunden wurden. Feenwohnungen darf man nicht stören (Nr. 15). Freundliches Verhalten gegenüber Feen wird belohnt (Nr. 31 u. 32).

Auffällig ist, daß die meisten Texte über Feen in Wales, die im 19. Jahrhundert oder zu Anfang des 20. Jahrhunderts gesammelt wurden, erzählerisch wenig ausgearbeitet sind.

Die religiöse Propaganda gegen die Feengeschichten und den Feenglauben in der «Methodist Revival» begann Anfang des 18. Jahrhunderts. Besonders die Bauernschaft und die «kleinen Leute» wurden in ihrem Bewußtsein von dieser Strömung betroffen. Hier liegt wohl der entscheidende Unterschied im geschichtlichen Kontext von Irland und Wales. Während dort katholischer Glaube und keltische Überlieferung Triebkräfte der nationalen Identität wurden, erwuchs in Wales die nationale Bewegung in moderner Zeit aus protestantischem Sektenglauben, der sich scharf gegen alte heidnische Überlieferungen wandte, und aus der Wiederbelebung der nationalen Sprache in der Unterschicht und politischen Vorstellungen, die sich aus dem Gedankengut der Aufklärung speisten.

In der modernen Folklore-Forschung in und über Wales haben, neben den Feen, die Gestalten der Hexe und des Zauberers besonderes Interesse gefunden. Früheste Erwähnungen einer hexenhaften Gottheit weisen über Kymidei Kymeinvoll (Nr. 5) und die Zauberin Ceridwen (Nr. 8) nach Irland. Die früheste authentische Form des Namens «Cyrridfen», bedeutet «altes Weib mit krummem Rücken». Eine spezifisch walisische Ausprägung der «hag»-Gestalt ist nach Ann Ross (1973) Y Wrach (Nr. 36). Ihr verwandt sind die Cors Fochno hag in Cardiganshire und die Gwrach y Rhibyn, die letzte Korngarbe, um die ein Ernteritual kreist. Die Garbe, der ein dreigesichtiger Kopf aufgebunden wird, scheint ein Fruchtbarkeitssymbol zu sein. Hinter dem Abschneiden steht wahrscheinlich eine Opferhandlung durch einen Priester.

Eine weitere Verbindung mit Irland stellt sich durch die «Saga von der Zerstörung der Herberge Da Dergas» her. Dort werden drei Göttinnen auf dem Dachbalken eines Hauses erwähnt, aus deren Leibern Blut hervorquillt und die Seile um ihre Nacken tragen. Die Erscheinung der drei Göttinnen wird als ein böses Omen beschrieben. Bei einer ähnlichen Schilderung in einem anderen irischen Text ist der Dachbalken aus weißem Gold, hat also die Farbe von Weizenstroh.

Ann Ross sieht hierin die Beschreibung eines ursprünglich grausamen Ernterituals. Arthur ap Gwynn meint, daß sich in Irland mehr der Göttinnen-Aspekt der Mythe erhalten habe, während im walisischen Ritual der Fruchtbarkeits- und Wiedergeburts-Aspekt betont worden sei. Daß diese Gestalt aber auch in Wales Züge des Schrecklichen behalten hat und Todesfurcht von ihr ausgeht, beweist der Text Yr Hen Wach.

Fügt man die irische und die walisischen Überlieferungen und Bilder der «hag» zusammen, so legt sich die Erinnerung an jene frühe Muttergottheit in ganz Europa nahe, die für das Geheimnis von Geburt und Tod stand.

Magie und Zauberei («Hud») spielen schon im *Mabinogion* eine große Rolle. Die Helden dieser Geschichten können sich durch Magie verwandeln, durch Magie bleibt ein abgeschlagener Kopf am Leben, Schiffe und Leder werden aus Pflanzen gezaubert, eine Frau aus Blumen (Nr. 4). Magische Gefäße werden erwähnt: der Sack oder Beutel bei «Pwyll» (Nr. 1), der Zauberkessel, den Bran Matholwch schenkt. Auch in «Hanes Talyessin» kommt ein solcher Zauberkessel vor.

Langsam schwächt sich im Lauf der Geschichte solch in

den Zweigen des Mabinogi fast allgegenwärtiger Zauber ab. Ein walisischer Barde des 14. Jahrhunderts, Dafydd ap Gwilyn, nennt einen Edelstein «gwiddon», ein Wort, das auch zaubernde alte Frau bedeutet und somit mit dem Namen Ceridwen in Verbindung steht. T. Gwynn Jones erwähnt, daß der Regenbogen an manchen Orten in Wales umgangssprachlich als «Bwa'r wrach» (Hexenbogen) bezeichnet wird. Verfolgungen von Hexen sind 1607 aus Pembrokeshire bekannt. Eine bestimmte Felsenklippe in Wales heißt «Ystol Gwiddon» (Hexenstuhl). Auf ihr habe, so berichtet Richard Warner 1799 in *A second walk through Wales*, sich eine Hexe niedergelassen und das Gewebe des menschlichen Schicksals gewebt. Die Übernahme des Wortes «witscrafft», abgeleitet vom Englischen «witchcraft» (Zauberwerk), deutet darauf hin, daß im Spätmittelalter bzw. zu Beginn der Neuzeit zu der alten Hexenvorstellung, die sich aus den keltischen Mythen herleitet, sich eine andere gesellte, die sich aus der Verurteilung heidnischer Traditionen durch das Christentum ergab. Das spiegelt sich auch in den Bezeichnungen «rheibio», dem alten walisischen Wort für Hexe, und dem Lehnwort «witsio» in der Umgangssprache der neueren Zeit. Recht genaue Eigenarten männlicher Zauberer vermittelt Elias Owen (1896) aus Nordwales. Er berichtet von drei Typen von «conyurwyr». Die einen haben ihre übernatürlichen Kräfte vom Teufel, die zweiten aus Zauberbüchern, die dritten von ihren Vorfahren. Letztere üben «weiße Magie», also wohltätigen, den Mitmenschen hilfreichen Zauber aus (Nr. 12, 15, 39, 42). Tatsächlich scheint sich solche Zauberei über Generationen hin in bestimmten Familien unter bestimmten Bedingungen vererbt zu haben, und zwar immer auf den siebenten Sohn oder die siebente Tochter, wobei die Töchter Magie und Verfluchungen aufheben, aber nicht selbst Zauber praktizieren konnten.

Zauberkräfte über neun Generationen hin erlangte auch,

wer Adlerfleisch aß. Eine Fischangel, die ein Zauberer herstellte, brachte dem Fischer Glück. Liebende und Hassende suchten bei diesen ländlichen Zauberern Rat und Hilfe, und Owen schreibt moralisierend: «Merkwürdig schon, daß selbst in diesem Jahrhundert (dem 19.) noch solche Täuscher aufgesucht werden.»

Auf der Schwelle zwischen Mittelalter und Neuzeit scheinen in Wales oft Pfarrer solche weiße Magie praktiziert zu haben. So 1582 Dr. John Dee, der eine hexende Alte «Gwen Goch» (Rote Gwen) bannte, die angeblich in der Nordostecke des Clwyd-Tales eine Seuche ausgelöst hatte. Edmund Prys (1544-1623) und Ellis Wynne (1671–1734) sind weitere Pfarrer, die mit Bannzauber in Zusammenhang gebracht werden. T. Gwynn Jones schließlich zitiert einen Bericht über Zauberer in Cardiganshire aus dem 19. Jahrhundert, in dem es heißt: «In Fällen von Krankheit, schlechten Nerven oder Melancholie, oder Verlust von Geld oder anderen Wertgegenständen, wird der dyn hysbys (Zauberer) sofort zu Rate gezogen. Gegenwärtig praktizieren in Nord Cardiganshire zwei consurwyr . . .»

In diesen Zeugnissen ist durch die Zeiten hin eine immer weiter fortschreitende Abschwächung der Kräfte des Zauberers zu bemerken, bis aus ihm im 20. Jahrhundert schließlich nur noch Ratgeber in schwierigen Lebenslagen geworden ist.

In einem gewissen Zusammenhang mit wohltätigen Zauberern stehen in Wales die zahlreichen Teufelsgeschichten, denn gerade jene Männer, die Zauberer und zugleich Priester waren, wirken häufig als Exorzisten von bösen Geistern oder Teufeln.

Eine andere Quelle für die große Zahl von Teufelsmärchen und Teufelssagen in Wales ist aber zweifellos auch in den so rigorosen Geboten der Methodisten zu sehen (Nr. 45 u. 46).

Seit frühester Zeit besteht in Wales zwischen Hexen und Untieren ein gewisser Zusammenhang (vorletzte Episode von Nr. 5). Allerdings ist von Untieren, Monstern und Drachen häufiger noch als in den Märchen und Sagen (Nr. 43) in den sogenannten «Triads», den «Dreisprüchen», die Rede, die von den «cyfarwyddiaid» (Geschichtenerzählern) gewissermaßen als Erinnerungshilfen für die mündlich auszuspinnenden Geschichten verwendet wurden.

Der Twrch Trwyth in «Culhwch und Olwen» erscheint zunächst als ein Wesen auf der Grenze zwischen Mensch und Tier, ein Eber und also männlich. Aber, so schreibt John Layardi: «Seine Männlichkeit ist wie die Männlichkeit des Satans, von der wir uns nicht täuschen lassen dürfen. Er ist der Erztäuscher und zu seinen Verkleidungen gehört auch seine Männlichkeit. In Wirklichkeit handelt es sich, wie überall, wenn in der Mythologie von Irland bis Griechenland, Ägypten und Südostasien ein Eber auftritt, um einen Abgesandten der allesverschlingenden Mutter. In einer Linie mit dem Symbolismus, daß der Twrch Trwyth umkippt, als er in den Fluß eintaucht, liegt die Verwandlung des Ebers in eine Frau, deren Kopf am Schwanz sitzt, was eine vagina dentata oder, anders ausgedrückt, bedeuten soll, daß sie alles wieder verschlingt, was sie hervorgebracht hat.»

Ein ähnliches Monster, hervorgebracht von der magischen Sau «Henwen», ist Cath Baluc, die in «Triad 26» erwähnt wird. Auf dem französischen Festland wird daraus das Untier Le Capula, das Arthur tötet und darauf als «sir de la contrée» nach England entweicht. Sowohl Rachel Bromwich wie Ann Ross halten die Mutter des Untiers, Henwen, für einen «Culture hero», einen kulturbringenden Helden, bzw. ein symbolisches Bild für das fruchtbare Südwales im Gegensatz zum unfruchtbaren Norden, der nur «Wölfe, Adler und andere Untiere» hervorbringt.

Der Drache, bzw. der Kampf von zwei Drachen gegeneinander, kommt in Texten vor, die zwar keine Märchen sind, aber doch in der Nähe zu mythen- und märchenhaften Stoffen stehen, nämlich in Geoffrey von Monmouths *Geschichte der Könige von Britannien*, wo Vortiger, der vor den Sachsen nach Wales geflohen ist, auf dem Erithberg eine Burg bauen will, die immer wieder in der Nacht zerstört wird, bis der «vaterlose Jüngling» (Merlin) dem König erklärt, daß in der Tiefe, «neben zwei hohlen Steinen», zwei Drachen schlafen. Es ist dies der Ausgangspunkt einer ganzen Reihe märchenhafter Episoden, die in der 1150 verfaßten «Vita Merlini» unter Kenntnis walisischer Überlieferungen aus früherer Zeit dann noch weiter ausgesponnen werden. Die Verbindung zwischen dieser frühen Drachengeschichte und «Der Drache von Conway» (Nr. 43) ist offensichtlich.

Zum Schluß noch eine Bemerkung zu den Auswahlprinzipien. Ein bestimmter Umfang machte gewisse Beschränkungen unumgänglich. Somit sind zwar die eigentlichen Mabinogi-Texte, nämlich die «Vier Zweige», vollständig erhalten, von den «other tales» fehlt lediglich der am wenigsten märchenhafte «Traum des Maxen», und aus den schon erwähnten Gründen habe ich die drei Romanzen ausgeschlossen.

Unabdingbar erschien mir die Aufnahme des auch bei Lady Charlotte Guest enthaltenen Textes über Talyessin. Zum einen, weil wir seit Robert Ranke Graves Buch *The White Godess* wissen, daß es sich hier um einen Schlüsseltext für die Märchen von Wales und darüber hinaus für die des gesamten keltischen Kulturbereichs handelt, zum anderen aber auch, weil der Leser in diesem Text beiläufig eine Vorstellung von Funktion und Einfluß der Barden in Wales erhält. In der Abteilung «Volksmärchen, Sagen und Legenden» habe ich versucht, darauf zu achten, daß alle wichtigen und für Wales typischen Motive repräsentiert sind.

Im Sinn des Modells vom «homo narrans» (Kurt Ranke) schließt der Band mit einer Abteilung mit Schwänken, Lügengeschichten und folkloristischen Anekdoten. Hier habe ich bewußt auf Beispiele zurückgegriffen, die T. Gwynn Jones in seinem Buch *Welsh Folklore and Folk-Customs* gibt, dem ich auch sonst wichtige Anregungen verdanke.

Nomborn im Westerwald, *Frederik Hetmann*
im Sommer 1981

ANHANG

Anmerkungen und Quellenverzeichnis

1. *Pwyll, Prinz von Dyved*

   Quelle: The Mabinogion from the Llyfr Coch o Hergest, and other ancient Welsh manuscripts, translated by Lady Charlotte Guest. London 1838–1849

   «Dyved»: Das Land, das zur Zeit der Römer vom Volk der Dimetae bewohnt wurde. Es umfaßte zur Zeit dieses ersten Zweigs des Mabinogi etwa das heutige County Pembroke und die heutigen Counties Carmarthen und Cardigan, also die westliche Hälfte von Südwales.

   «Glynn Cuch»: Grenzfluß zwischen den Grafschaften Pembroke und Carmarthen, der in den Teivy zwischen Cenarth und Llechryd mündet. Der obere Teil des Tales war der Sitz des Kleinkönigs von Dyved, der 1088 starb und sich Herr von Blaen Cuch und Kilsant nannte.

   «Arawn, König von Annwvyn»: Die Person des Königs von Annwvyn taucht auch noch in einem anderen Schlüsseltext keltischer Folklore auf, nämlich in der sogenannten «Schlacht der Bäume.» Es wird berichtet, daß der König von Annwvyn gegen Amathaon ab Dôn kämpfte.

   «An der Schlacht nahm ein Mann teil, der nicht besiegt werden konnte, solange sein Name geheim blieb; und auf der anderen Seite focht eine Frau, Achren (Bäume) geheißen, und solange ihr Name nicht bekannt war, konnte ihr Heer nicht geschlagen werden.» (Robert Rank-Graves, Die Weiße Göttin, Kapitel 3, S. 53.)

   Annwvyn oder Annwn wird manchmal mit «Hölle» übersetzt, genau wäre: «die unteren Regionen». An die Hunde von Annwvyn knüpft sich ein alter Aberglaube in Wales, der sich in fast allen Landesteilen bis in unser Jahrhundert erhalten hat. Man sagt, man höre sie manchmal bei Nacht durch die Luft hetzen. Das bringt sie mit der «wilden Jagd» in Zusammenhang.

   «Hügel ... Gorsedd Arberth»: Ein Tumulus, ein Hügelgrab unter Umständen, was wiederum auf eine Beziehung zur Anderswelt hindeutet. Andererseits wurde aber an diesem Ort auch Recht gesprochen.

«*Heveydd Hen*»: Nach einem Gedicht war er der Sohn des Bleiddan Sant von Glasmorgan und einer der drei ausländischen Könige, denen zum Dank für ihre Taten Landbesitz gegeben wurde.

«*Herr unter den Wäldern in Gwent*»: «Gwen Ys Coed» ist eine Abteilung von Gwent, die anderen zwei waren Gwent Uch Coed und Gwent Coch yn y Dena oder der Wald von Dean.

«*eine Stute in seinem Haus*»: Die Verbindung der Episode des verschleppten Kindes mit dem Abhandenkommen der Fohlen verweist zunächst einmal ganz allgemein darauf, daß Rhiannon mit der keltischen Pferdegöttin Epona in einem Zusammenhang steht.

Jeffrey Gantz äußert die Vermutung, daß in einer früheren, nicht überlieferten Version, Rhiannon beschuldigt wurde, ein Fohlen zur Welt gebracht zu haben, was dann auch die Art ihrer Bestrafung besser erklären würde.

In Irland wird die Geburt des Cú Chulaind auch von der Geburt der Fohlen begleitet.

Auf die Anderswelt und eine Göttin, die mit der Vegetation und den Jahreszeiten in Zusammenhang steht, verweist auch der Zeitpunkt des «May Eve», der Walpurgisnacht; nach keltischem Kalender ist dies Sommeranfang. Dies ist eine der Nächte, in der Besuch aus der Anderswelt besonders häufig ist.

«*Pryderi*»: Der Erklärungsversuch für den Namen Pryderi, der im Text gegeben wird, ist wenig überzeugend. «Pryderi» heißt Angst und keineswegs Erleichterung. Laut einem Gedicht war Pryderi einer der ersten Schweinehirten der Insel. Er hielt seine Schweine im Tal der Cuch in Emlyn. Angeblich gehörten die Schweine seinem Vater, und er paßte auf sie auf, als dieser in Annwvyn war. Auch hier ist ein Bruch, denn in den überlieferten Texten wird Pryderi erst nach Pwylls Aufenthalt im Land der unteren Regionen geboren.

«*Pendaran Dyved*»: Dieser zweite Ziehvater Pryderis war der Häuptling einer der wichtigsten Stämme in Wales. Er herrschte über das Gebiet von Dyved, Gower und Cardigan. Also über jene Landesteile, die sich noch nicht unter Pwylls Herrschaft befanden.

2. *Branwen, die Tochter des Llŷr*

Quelle: The Mabinogion from Llyfr Coch o Hergest, and other ancient Welsh manuscripts, translated by Lady Charlotte Guest. London 1838–1849.

«*Brân*»: In der keltischen Folklore tauchen drei Brâns auf: Brân, der berühmte Hund des Finn; Brân, Sohn des Febal, ein irischer Held, der zu der Insel der Frauen, dem Westlichen Paradies, fährt; Brân der Gesegnete, der Bruder des Manawydan und Sohn des Llŷr, dessen Geschichte hier erzählt wird. Irische und walisische Mythologie sind selbstverständlich eng verbunden, aber Brân rührt offenbar aus einem noch früheren Vorstellungsstrang her. Nach Rhys handelt es sich um eine pre-goidelische Gottheit, die später in die keltische Tradition übernommen wurde.

«*Harddlech*»: Dieser Ort hieß auch Twr Bronwen oder Branwens Tumm und später Caer Collwyn, nach Collwyn ab Tangno, Häuptling einer der fünfzehn edlen Stämme von Nord-Wales. Harddlech (Harlech) am Rand von Ardudwy, einem der sechs Distrikte von Merionethshire. Aberffraw liegt in Anglesey und war die Residenz der Prinzen von Gwynedd von der Zeit Roderick des Großen 843 bis zum letzten Llywelyn 1282.

«*Eurosswydd*»: unter Umständen der römische General Ostorius, der Eroberer von Llŷr Llediaith.

«*Branwen*»: auch Bronwen d. h. die Weißbusige, war die beliebteste Heldin der walisischen Barden und Poeten. Nicht nur ihre Leiden, vor allem ihre Schönheit sind immer wieder besungen worden.

1813 wurde an den Ufern des Flusses Alaw in Anglesey, an einer Stelle, die Ynys Bronwen heißt, ein prähistorisches Grab gefunden, bei dem es sich vielleicht um das Grab Branwens handeln könnte, von dem es im Text heißt:

«Bedd petrual a wnaed i Fronwen ferch Lyr a lan Alaw, ac yno y cladddwyd hi.»

(Sie machten ein Grab mit vier Seitenwänden und setzten sie bei am Ufer des Alaw.)

«*Insel des Mächtigen*»: Ynys y Kedyrn, eine der vielen Bezeichnungen der Waliser für die britische Insel. Ein Dreispruch gibt an, daß unbewohnt die Insel Clas Merddin genannt wurde, nach der Kolonisation aber Vel Ynys, was später zur Ehrung nach der Eroberung durch Brut in Ynys Prydain oder Insel des Brut geändert wurde.

«*einen silbernen Stab*»: Das Wiedergutmachungsangebot entspricht ziemlich genau den Vorschriften der Gesetze von Hywel Dda, in denen festgelegt ist, daß bei Beleidigung eines Königs «hundert Kühe aus jedem Cantrew im Königreich gezahlt werden sollen, dazu ein silberner Stab mit einem Dreiknauf an der Spitze. Der Stab soll vom Boden bis zum Gesicht des Königs reichen, wenn dieser auf seinem Stuhl sitzt und die Dicke seines Ringfingers haben.»

«... *einen Zauberkessel*»: die früheste Form dieser Vorstellung taucht in den Berichten über die Tuatha de Danaan im irischen «Buch der Invasionen» auf.

Als dieses Volk sich noch in Asien aufhielt und gegen die Syrier kämpfte, errang es angeblich dadurch den Sieg, daß es durch Zauber Dämonen in die Leichen fahren ließ, so daß die Syrier sich am nächsten Tag Kriegern gegenüber sahen, die sie am Vortag schon erschlagen hatten.

Als Gegenzauber rieten ihnen ihre Priester, den Getöteten einen Scheit Bergeschenholz durch den Leib zu rennen. Danach würden die von den Dämonen Wiederbelebten sich augenblicklich in Würmer verwandeln.

Da es auch bildliche Darstellungen solcher Wiederbelebungsabläufe gibt, kann man annehmen, daß solche Vorstellungen bei den Kelten weit verbreitet waren. (Silberschale von Gundestrup, Dänemark)

3. *Manawydan, der Sohn des Llŷr*

Quelle: The Mabinogion from Llyfr Coch o Hergest, and other ancient Welsh manuscripts, translated by Lady Charlotte Guest, London 1838–1849.

«*Manawydan*»: Obwohl Manawydan offensichtlich das walisische Gegenstück zu dem irischen Gott Mannanan oder Manandan darstellt, gibt es keine dem Dritten Zweig entsprechende Geschichten aus Irland.

Handlungsraum dieses Textes ist das südliche Wales, wenn auch bestimmte Episoden in England spielen.

«*Casswallawn*»: Der Sohn des Beli. Von den Römern Cassivelaunus genannt. Er gilt als einer jener Häuptlinge, die bei der Invasion Caesars den Widerstand organisierten.

Auslösendes Ereignis war die Entführung von Flur, der Tochter des Mygnach Gorr durch Mwrchan, einen gallischen Prinzen, der Caesar das Mädchen zum Geschenk machen wollte. Sechstausend Parteigänger Caesars wurden angeblich erschlagen und Flur zurückgeholt.

Durch diese Tat wurde Casswallawn zu «einem der drei Goldschuhmacher» (die beiden anderen waren Manawydan, Sohn des Llŷr, und Llew Llaw Gyffes). Er gilt außerdem als einer der «drei treuen Liebenden der britischen Insel».

4. *Math, Sohn des Mathonwy*

Quelle: The Mabinogion from Llyfr Coch o Hergest, and other

ancient Welsh manuscripts, translated by Lady Charlotte Guest. London 1838–1849.

«Math, Sohn des Mathonwy»: Math war vor allem wegen seiner magischen Fähigkeiten berühmt, diese übertrafen noch jene von Merlin wie auch seines Schülers Gwydion, Sohn des Dôn. Er hatte sie von seinem Vater geerbt.

«Goewin, Tochter des Pebin»: Das Amt dieser jungen Dame scheint auf den ersten Blick ebenso überflüssig wie unbequem.

Tatsache ist, daß es in Wales das Amt des «Fußhalters» gab. Die Gesetze von Howel Dda legen fest: «Der Fußhalter hat unter den Füßen des Königs zu sitzen.

Er ißt vom selben Tisch wie der König.

Er wird die Kerzen anzünden, ehe der König sein Mahl beginnt.

Er soll einen Teller Fleisch und Getränk haben, nimmt aber sonst am Feiern nicht teil.

Sein Land soll frei sein, er erhält vom König ein Pferd gestellt. Er hat Anrecht auf einen Anteil jenes Geldes, das die Gäste schenken.»

Daß die Fußhalterin jungfräulich sein mußte, läßt sich vielleicht so erklären:

Ysbaddaden, der Hauptriese, lebt nur, solange seine Tochter eine Jungfrau bleibt.

Also ist Jungfräulichkeit eine Schutzfunktion.

Dies wiederum hängt damit zusammen, daß sie mit dem Frühling korrespondiert, also mit einer Zeit, zu der der König des Neuen Jahres gerade sein Amt angetreten hat und noch nicht fürchten muß, als König des vergehenden Jahres selbst vertrieben oder gar getötet zu werden.

«Feste Dathal»: Caer Dathal in Arvon, dem heutigen Caernarvonshire. Die Ruinen der Burg heißen heute Pen y Gaer. Sie liegen auf dem Gipfel eines Berges ungefähr eine Meile von Llan bedr zwischen Llanwst und Conway. Sie scheint von tiefen Gräben umgeben gewesen zu sein.

Von diesem Ort reiste Gwydion nach Süden. Pryderi traf er wahrscheinlich bei Glan Teivy, 1½ Meilen von der Cardigan Brücke.

Auf dem Rückweg kam er durch Mochdrev in Cardiganshire nach Elenid-Melenid, ein Gebirge nahe Lland dewi Ystrad Enni in Radnosshire.

Zwischen Keri und Arwystli in Montgomeryshire liegt der Commot von Mochnant (Schweinebach).

In Denbigshire gibt es die Stadt Castell y Mlch (Schweineburg). Gwydyon traf Math bei Caer Dathal, nachdem er seine Beute im Stützpunkt Arllechwedd, Upper und Lower Arvon (Uchav und Isav) versteckt bzw. in Sicherheit gebracht hatte.

Math erwartete den beleidigten Pryderi bei Maenor Penardd, nahe Conway und Maenor Alun, heute Coed Helen nahe Caernavon.

Nant Call ist ein Bach, der die Straße von Dolpenmaen nach Caernarvon neun Meilen vor der letzteren Stadt kreuzt.

«Gwydyon»: einer der drei berühmten Hirten der Insel. Er hütete das Vieh von Gwynedd Ich Conwy. Er war außerdem ein bekannter Astronom. Die Milchstraße heißt nach ihm Caer Gwydyon.

Er war ein Zauberer, der die magischen Künste von Math gelernt hatte. Als solcher wird er in zahlreichen walisischen Gedichten erwähnt, besonders in denen des Talyessin.

Er erscheint als Seher und Dichter im Cad Goddeu, der Schlacht der Bäume, die sein Bruder Amathaon gegen Arawn, König von Annwvyn, um den Besitz eines weißen Rehbocks und eines Welpen führt.

«Hychdwn ... Bleiddwen»: wörtlich: Schweinejunges und Wolfsjunges.

«nimm Aranrhod»: Aranrhod = die mit dem Silberkreis (Hinweis auf Mondgottheit) war eine der drei schönsten Frauen der Insel. Nach ihr heißt die Corona Borealis auf Walisisch Caer Arianrod.

Der hier beginnende zweite Teil ist nicht ohne verwirrende Episoden. Obwohl doch Goewin vergewaltigt wurde, bringt Aranrhod zwei vaterlose Kinder zur Welt. Entweder waren die beiden Frauen ursprünglich eine, woraus sich dann auch Aranrhods Abneigung gegen Gwydyon erklären würde, oder der Hinweis auf einen göttlichen Vater von Dylan und Lleu ist ausgefallen bzw. ausgelassen worden.

«das Schloß von Aranrhod»: Rev. P. B. Willians in seinem «Touristenführer durch Caernarvonshire» schreibt zu dem Ort Clynnog in dieser Grafschaft: «Es gibt eine Überlieferung, nach der diese alte britische Stadt nahe einem Ort liegt, an dem das Schloß Aranrhods stand. Die See soll es verschlungen haben. Die Ruinen sollen bei niedrigem Wasserstand und gutem Wetter immer noch zu sehen sein.»

«Dinas Dinlleu»: Ruinen einer Befestigungsanlage sind noch heute südlich von Caernarvon im Kirchspiel Llantwraag auf einem Stück Land, das Morva Dinlleu genannt wird, zu sehen.

«*Blodeuyedd*»: Blodeu bedeutet «Blumen». Wie Blumen welken auch die Gefühle dieses gezauberten Wesens, also auch ihre Treue.

«*Mur-Castell*»: Zwei Meilen von Cynvael oder Ffestiniog Fluß und drei Meilen von Llyn y Morwynion, dem See der Mädchen.

«*den dritten der ungetreuen Stämme*»: Eine Dreistrophe (XXXV.) beschreibt die näheren Umstände, die zu diesen Bezeichnungen führten. «Diese sind die drei ungetreuen Stämme der britischen Insel:

Der Stamm Gronw Pebyr, der sich weigerte, seinem Herrn beizustehen, den deshalb der vergiftete Wurfpfeil des Llew Llwas Gyffes traf.

Der Stamm der Gwrgi und Peredur, der seine Herren bei Caer Greu im Stich ließ, wo diese am folgenden Morgen zu einer Schlacht gegen Eda Glinmawr antreten mußten und fielen.

Der Stamm der Alan Vyrgan, der sich von seinem Herrn abwendete und ihn samt seinen Dienern nach Camlan ziehen ließ, wo er erschlagen wurde.

5. *Culhwch und Olwen oder Der Twrch Trwyth*

Quelle: The Mabinogion from Llyfr Coch o Hergest, and other ancient Welsh manuscripts, translated by Lady Charlotte Guest. London 1838–1849.

Herangezogen zum Vergleich:

The Mabinogion, translated with an introduction by Jeffrey Gantz, Harmondsworth, Middlesex 1976.

«*Culhwch*»: auch Culwich wird häufig mit Schweinekoben, Schweineauslauf übersetzt. Hwch = Schwein. Kil oder cil heißt nicht nur Koben, Zufluchtsort, sondern kann auch Suhle, Pfütze oder Furche bedeuten.

Die Übersetzung und die Wortbedeutungen sind in Hinblick auf die Frauen von großer Wichtigkeit.

Goleuddydd heißt wörtlich Tageslicht, also die Sonne. Olwen ist «die weiße Spur», also der Mond bzw. ein Mondmädchen.

Von dieser Namenbedeutung kommt John Layard in seinem Buch «A Celtic Quest – Sexuality and Soul in Individuation, a depthpsychology study of the Mabinogion legend of Culhwch and Olwen», New York–Zürich, 1975 zu folgender Dechiffrierung der ungewöhnlichen Geschichte. Sie erzählt von der Problemlösung eines Helden mit zwei Müttern, von denen die eine das Naturhafte, die andere die Notwendigkeit der Sozialisation repräsentiert.

Die «kulturelle» Mutter stellt dem Sohn eine schwere Aufgabe, die

Suche nach Olwen, dem Mondmädchen, ihrer eigenen Tochter und somit der Schwester-Anima des Helden, der eben im Verlauf der Geschichte seine Individuation durchlebt.

«. . . das Haar schneiden»: Im 8. Jahrhundert war es in Wales Sitte, den ersten Haarschnitt bei einem Kind durch eine hochgestellte oder besonders geschätzte Person vornehmen zu lassen, die eben dadurch zum geistigen Vater oder Taufpaten des Kindes wurde.

Die Sitte scheint jedoch noch älter zu sein. Man weiß, daß Kaiser Konstantin dem Papst das Haar seines Sohnes Heraclius sandte, als Andeutung, daß dieser sich den Papst zum Adoptivvater wünsche.

«. . . ausgenommen davon soll sein mein Schiff und mein Umhang . . .»: Arthur tritt in dieser Geschichte zum ersten Mal in den Texten des Mabinogi auf. Zu unterscheiden wäre zwischen dem historischen Kern der Arthur-Gestalt und zwischen der mythischen Person, in die sich mit der Zeit ein realer Mensch verwandelte.

Als die Legionen des zusammenbrechenden römischen Reiches sich zu Beginn des 5. Jahrhunderts zurückzogen, ließen sie eine romanisierte und christianisierte Gesellschaft keltischer Stämme zurück, die sich nach Westen gegen die Iren und gegen die Pikten im Norden verteidigen mußten. Zur selben Zeit trugen Angeln, Sachsen und Jüten vom Rhein und aus Dänemark blutige Angriffe gegen die Ostküste der britischen Insel vor.

Manche der Invasoren kamen auf Einladung. So auch jene zur Zeit des Königs Vortigern, der die Fremden gegen die Pikten und Schotten zu Hilfe rief. Als er diese Truppen nicht entlöhnen konnte, zogen sie sengend und plündernd durchs Land. Sie zogen Verwandte vom Kontinent nach, Britannien zerbrach in kleine Königreiche wie Dumnonia im Südwesten oder Dyved in Südwales.

Die Sachsen drohten das Land völlig zu überrennen. Da setzten die örtlichen Machthaber die Erdwerke der Hügelforts aus vorrömischer Zeit wieder in Stand. Die Widerstandsbewegung scheint von einem römisch-britischen Prinzen, Ambrosius Aurelius, angeführt worden zu sein.

Gegen Ende der Lebenszeit des Ambrosius beginnt ein Mann namens Artos oder Arthur die Kleinkönige gegen den gemeinsamen Feind zu einen. Er führt sie zu einem entscheidenden Sieg an einem Ort, den die Chronisten Mount Badon nennen.

Wahrscheinlich war er ein Reiterführer, und die Beweglichkeit dieser Truppe gab ihr die Überlegenheit über die Sachsen, die keine

Pferde hatten. Wahrscheinlich haben wir hier den historischen Kern der Arthur- oder Artus-Gestalt. Jedenfalls erzählt um 600 n. Chr. der Barde Aneurin in einer Elegie von einem solchen Mann, den dreihundert Jahre später Nennius, ein Mönch aus Bangor, dux bellorum, Schlachtführer nennt.

«ich verpflichte auch all deine Krieger» : in dem an dieser Stelle folgenden Namenskatalog taucht auch ein Name auf, der ein Schlüsselbegriff für die Folklore und vor allem für die Entwicklung des Märchens, für das ethnopoetische Profil von Wales, ist: Gwynn ap Nudd (Gwynn, Sohn des Nudd). Dieser Mann ist niemand anderes als der König des Feenreiches. Er herrscht über so wohltätige und freundliche Wesen wie die Tylwyth Teg, die Familie der Schönheiten, die manchmal auch Bendith i Mammau, also «Segen der Mütter», genannt werden. Ihm unterstehen aber auch die weniger schönen Elfen, die in Wales den Namen Ellydon tragen und offenbar an nichts solchen Spaß haben, als die Menschen zu narren und in die Irre zu führen.

Wenn man Dafidd ap Gwilym trauen darf, so ist auch Gwynn ap Nudd solchen Späßen nicht abgeneigt, denn als dieser Barde eines Nachts im Gebirge in einen Torfsumpf gerät, nennt er diesen «Fischteich des Gwynn ap Nudd», einen Palast der Goblins und ihresgleichen, und behauptet, eben der König der Feen habe ihn dorthin gelockt.

Bei Shakespeare findet sich der Ausruf: «Der Himmel bewahre uns vor den waliser Feen!» Aus verständlichen Gründen steht die Eule Gwynn ap Nudd besonders nahe.

In den Myvyrian Archaiology findet sich ein Dialog zwischen Gwynn ap Nudd und Gwyddno Garanhir, der hier als siegreicher Krieger auftritt.

Gwyddno apostrophiert Gwynn wie folgt:

«Gwynn, Sohn des Nudd, du Hoffnung der Armeen. Legionen fallen durch deinen starken Arm, rascher als Binsen werden sie zu Boden getreten.»

Eine Dreistrophe bezeichnet Gwynn ap Nudd als einen der drei besten Astronomen der britischen Insel. Durch seine Kenntnis der Natur und der Sterne weiß er alles bis ans Ende der Welt.

Gwynn ap Nudd spricht selbst von seiner Liebe zu Cordelia, der Tochter des Ludd oder Lear, um die er mit Gwythyr mab Greisdawl an jedem ersten Mai bis zum Nimmerleinstag immer wieder erneut kämpft. Der Name seines Pferdes ist Karngrwn.

«die Ochsen von Gwlwlwyd Braunhaar»: Es gibt zahlreiche folkloristische Texte, die von Königen erzählen, welche für ihre Verbrechen in Ochsen verwandelt werden.

Nynniaw und Pebiaw sind die Namen der gehörnten Ochsen, die Hu Gadarn dazu verwendet, das Avanc aus dem See der Fluten zu schleppen, damit der See nicht über die Ufer tritt. Das Überschwappen des Sees würde eine universale Sintflut auslösen, vor die sich ein männliches und weibliches Wesen jeder Art auf das Schiff Nevydd Nav Neivion retten.

«der Packkorb des Gwyddno Langschenkel»: Dieser wunderbare Korb gehört zu den dreizehn kostbaren Dingen der britischen Insel. Wenn man Nahrung für einen Mann hineinsteckt und ihn öffnet, findet man Nahrung für hundert darin.

Die übrigen zwölf Kostbarkeiten sind:

1. Dyrnwyg, das Schwert des Rhydderch Hael. Wenn ein Mann es zog, barsten Flammen daraus hervor vom Schwertkreuz bis zur Spitze.
2. Das Horn des Bran Galed: enthielt immer ein Getränk, wenn man durstig war.
3. Der Wagen des Morgan Mwynvawr. Wer je in ihm saß, war auf der Stelle dort, wo er sich hinwünschte.
4. Das Halfter des Clyddnon Eiddyn. Es hing unter dem Fuß seines Bettes, und welches Pferd er sich auch wünschte, er fand es immer dort vor.
5. Das Messer des Llawfrodded Farchawg; es schnitt mit einem Schnitt Fleisch für vierundzwanzig Männer.
6. Der Kessel des Tyrnog. Legte man Fleisch hinein, und war es für einen Feigling bestimmt, so wurde es nie gar, sollte es aber einem tapferen Mann vorgelegt werden, so wurde es gar auf der Stelle.
7. Der Wetzstein des Tudwal Tudclud. Wenn das Schwert eines tapferen Mannes daran geschliffen wurde, müßte der, welcher darauf damit verwundet wurde, mit Bestimmtheit sterben, wenn es aber das Schwert eines Feiglings war, so hieb es danach keine Wunden.
8. Das Kleid des Padarn Beisrudd. Wenn ein Mann von edler Herkunft es anlegte, stand es ihm gut. Wenn ein Flegel es antat, paßte es ihm nicht.
9. und 10. Die Pfanne und die Schüssel des Rhegynydd Ysgolhaig. Welche Speise man sich auch wünschte, man fand sie darin.

11. Das Schachbrett des Gwenddolen. Wenn man Figuren daraufstellte, spielten sie von allein. Das Brett war aus Gold, die Figuren aus Silber.

12. Der Umhang Arthurs, wer unter ihm war, konnte alles sehen, ohne selbst gesehen zu werden.

«die Harfe des Teitru»: Diese Harfe wird erwähnt von Davydd ap Edmwnt, einem Barden, der in der Mitte des 15. Jahrhunderts lebte. Im allgemeinen versteht man darunter eine Tripleharfe, die Teitru besessen, vielleicht aber auch erfunden hat.

Die Harfe des St. Dunstan hatte ähnliche wunderbare Eigenschaften. Wenn man sie an die Wand der Zelle hing, gab sie, ohne daß eine Hand sie berührt hätte, die herrlichsten Klänge von sich.

«Twrch Trwyth»: Noch Lady Guest versuchte durch den Hinweis auf Münzenfunde und auf Quellen aus dem Mittelalter zu erhärten, daß es in der Realität ein solches Untier gegeben haben könnte.

Überzeugender ist die Deutung John Layards, der darin ein Traumsymbol für die «verschlingende Mutter» sehen will.

Für ihn lösen sich in den Episoden dieser gigantesken Jagd die biparentalen Probleme des Helden.

6. *Der Traum des Rhonabwy*

Quelle: The Mabinogion from Llyfr Coch o Hergest, and other ancient Welsh manuscripts, translated by Lady Charlotte Guest. London 1838–1849.

«Madawg, der Sohn des Maredudd»: Vater und Sohn sind historische Gestalten. Der Vater, der sich den Normannen energisch widersetzte, starb 1129.

Sein Sohn verbündete sich mit Henry II. bei dessen Angriff auf Wales 1158.

Während des ersten und erfolglosen Feldzuges des Königs übernahm er das Kommando über die englischen Schiffe und plünderte an den Küsten von Anglesey. Letztlich aber verlief diese Fahrt für ihn sehr verlustreich.

Es heißt von ihm, «er sei des Königs von England Freund, fürchte Gott und sorge für die Armen». Zeitgenössische Barden und Chronisten singen sein Loblied.

Er baute das Schloß von Oswestry und ein Schloß bei Caer Einion, nahe Welshpool.

Orte in der Umgebung und bei Meivod tragen seinen Namen.

Iowerth war der Sohn des Maredudd aus dessen zweiter Ehe. Sein Vater vererbte ihm die Herrschaft von Mochnant, nahe Oswestry.

Auch er ergriff die Partei der Engländer, was zwei seiner Neffen, Owein Cyveiliog und Owein Vychan, bewog, sich gegen ihn zu verbünden.

Sie vertrieben ihn aus seinem Stammland Mochnant und teilten seinen Besitz zwischen sich auf.

Wahrscheinlich ließ er sich daraufhin auf der englischen Seite des Offa's Dyke, einer alten Grenzwehr zwischen Wales und England, nieder, denn belegt ist, daß sein Enkel (oder Sohn) den Herrensitz Edgerly in der Grafschaft Salop besaß.

Angesichts dieser historischen Tatsachen könnte es sich bei diesem Text um eine in die Form einer Vision gekleidete Warnung handeln, daß ein Streit in der Verwandtschaft zwangsläufig das Wohl des Landes gefährde.

Dafür spricht, daß in der Version auf die Schlacht an der Camlann angespielt wird, bei der Arthurs Gegner von dessen Neffen (und unehelichem Sohn) Medrawd (Mordred) angeführt wurde.

«Iddawg, Sohn des Mynyo»: Abweichend von dem, was in der Folge im Text mitgeteilt wird, handelt es sich hier offensichtlich um Iddawg oder Eiddilig Cordd Prydain, der sich in Nanhwynain, vor der Schlacht an der Camlann, mit Medrawd traf und diesem Arthurs Aufmarschpläne verriet, was den Sachsen in der Schlacht einen entscheidenden Vorteil gab. An anderer Stelle wird der Sieg der Sachsen Iddwags Zauberkünsten zugeschrieben, denen kein Krieger auf der Insel widerstehen konnte.

«die Schlacht an der Camlann»: Da sich von daher der Sinn des vorliegenden Textes aufhellt, müssen hier die Ereignisse dieser Schlacht etwas ausführlicher rekapituliert werden. Dies war die letzte Schlacht Arthurs. Er verlor in ihr sein Leben.

Eine Dreistrophe nennt zwei verschiedene Ursachen für diese Schlacht. Zunächst einen Hieb, den Gwenhwyvar, Arthurs Ehefrau, Gwenhwyach versetzte. Zum anderen einen Hieb, den Arthur Medrawd versetzte.

Les, Kaiser von Rom, verlangte von Arthur einen Tribut, den dessen Vorfahren schon gezahlt hatten.

Die römischen Gesandten kamen nach Caerlleon upon Usk, wo Arthur nicht nur ihren Anspruch zurückwies, sondern seinerseits mit dem Hinweis, daß Bran und Konstantin, beides römische Kaiser, aus Britannien stammten, einen Tributanspruch erhob. Medrawd wurde zum Regenten des Königreiches bestimmt, während Arthur mit einem Heer der Briten auf den Kontinent übersetzte und auf dem Territorium von Cisalpinien den Römern eine Schlacht lieferte, in der beide Seiten hohe Verluste hatten, der römische Kaiser aber fiel.

In Britannien unternahm Medrawd einen Putschversuch mit dem Ziel, sich des Thrones seines Onkels (und Vaters) zu bemächtigen. Er drang in die königliche Residenz Gelliwig ein, stieß die Königin Gwenhwyvar vom Thron (oder versuchte, sie zu seiner Frau zu machen). Er schloß Verträge mit den Sachsen, Scoten und Pikten und brachte ein Heer von 80000 Mann zusammen, mit dem er Arthur bei dessen Rückkehr entgegentreten wollte. Arthur ging bei Port Hamwnt an Land und zwang seinen rebellierenden Neffen nach einem harten Gefecht zur Flucht.

Medrawd wich nach Winchester zurück, wohin Arthur, nachdem er drei Tage auf dem Schlachtfeld geblieben war, um die Toten zu begraben, ihm folgte. Dort schlug er Medrawd zum zweiten Mal. Nun floh Medrawd nach Cornwall. Er wurde an den Ufern des Camlann (Camel) eingeholt. Es folgte die Schlacht an der Camlann. Wieder siegte Arthur, wurde aber von Medrawd lebensgefährlich verletzt. Dieser selbst blieb auf dem Schlachtfeld. Arthur starb nicht sofort, sondern zog sich nach Avallach oder Avanlon zurück. Die Krone ging auf einen Verwandten, Custenhin, über. Das endgültige Schicksal Arthurs liegt im dunkeln.

«*Elphin*»: Es handelt sich um den Sohn des Gwyddno, eine der Hauptpersonen des Talyessin-Textes. Auch dort wird darauf angespielt, daß Elphin vom Unglück verfolgt ist. Von seinem letzten großen Unglück hören wir in dem Text «Die Überschwemmung des Hundertgrundes».

«*eure Raben*»: Die Raben des Owein tauchen auch in anderen Texten aus dieser Zeit auf. Es sollen dreihundert gewesen sein. Owein soll sie von seinem Vorfahren väterlicherseits, von Cynvarch, geerbt haben. Aus den überlieferten Schriften verschiedener Barden ergibt sich, daß die Vorstellung von dieser merkwürdigen Kampftruppe bis ins Mittelalter folkloristisches Allgemeingut gewesen sein muß.

7. *Lludd und Llevelys*

Quelle: The Mabinogion from Llyfr Coch o Hergest, and other

ancient Welsh manuscripts, translated by Lady Charlotte Guest. London 1838–1849.

Lludd, auch Lud, war der Bruder eines Herrschers zur Zeit der römischen Invasion in Britannien unter Caesar.

Die Corannyeiden werden auch in einem Dreispruch erwähnt. Es könnte sich um die Coritani handeln. In der Bretagne wird heute noch das Feenvolk, das in der Lage ist, selbst noch das leiseste Geflüster zu verstehen, «Korriganed» genannt.

Das Motiv des Drachenkampfes taucht später bei Geoffrey von Monmouth und in den «Arthurian Romances» (Brut) wieder auf. Auch Nennius erwähnt einen solchen Kampf. Er steht im Zusammenhang mit der Auffindung des Zauberers Merlin, der den Kreis der Arthus-Geschichten einleitet.

Zu der dritten Plage, dem Mann mit dem Korb, stellt Grendel im «Beowulf» eine Analogie dar.

8. *Talyessin*

Quelle: The Mabinogion from Llyfr Coch o Hergest, and other ancient Welsh manuscripts, translated by Lady Charlotte Guest. London 1838–1849.

Ähnlich wie bei vielen Gestalten walisischer Folklore (Arthur, Merlin), scheint auch bei der Person des Talyessin eine frühe mythologische Geschichte (Cardiwen) auf eine historische Gestalt projeziert worden zu sein.

Talyessin, wörtlich übersetzt «Strahlende Braue», war ein walisischer Barde des 6. Jahrhunderts, der den Beinamen «Prinz des Liedes» erhalten hat.

Interessant ist in diesem Zusammenhang ein Text, der in dem Band der Iolo-Manuskripte der Welsh MSS Society enthalten ist:

«Talyessin, Oberster aller Barden, der Sohn des Heiligen Henwg von Caerlleon upon Usk, wurde eingeladen an den Hof des Uryen of Rheged in Aberllychwr. Zusammen mit Elphin, dem Sohn des Uryen, fischte er einst in einem Boot aus Häuten auf See. Ein irisches Seeräuberschiff sah ihn und verschleppte ihn mit seinem Boot nach Irland. Als die Piraten sich betrunken hatten, entkam er in seinem Boot, das er mit einem entwendeten Schild ruderte. Als die See hoch ging, verlor er den Schild und trieb hilflos in dem Fahrzeug auf dem Meer herum, bis das Boot an einem Pfosten der Reuse von Gwyddno, Herr von Keredigyawn, in Aberdyvi, hängenblieb. Bei Ebbe wurde er gefunden, von Gwyddnos Fischern verhört. Dabei stellte sich heraus, daß er ein Barde war und der Lehrer des Elphin, Sohn des Uryen. ‹Ich habe auch einen Sohn namens Elphin», sagte Gwyddno, ‹sei du ein Barde und Lehrer, und ich will dir drei Stück Land lassen ohne Pacht.› (...)»

«*Caridwen*»: Gilt in der Mythologie von Wales als Göttin der Natur. Nach einem Dreispruch neben Arianrod und Gwenn, verch Cywryd ap Crydon, eine der drei schönsten Frauen der Insel.

«*Moelgwn Gwynedd*»: König in Wales, der seinem Vater Caswallon Lawhir um das Jahr 517 in der Herrschaft über Gwynedd folgte. Er stand in dem Ruf großer Grausamkeit. Um das Jahr 546 wurde er zum Herrscher der Briten gewählt. Im Brut wird erwähnt, daß er seine Herrschaft über sechs Inseln, nämlich Irland, Island, Gothland, Orkney, Norwegen und Dänemark ausweitete. Er starb an Vad Velen, der gelben Pestillenz, die durch nicht beigesetzte Leichen Erschlagener ausgelöst worden sein soll.

Vor der Seuche flüchtete er sich aus seinem Schloß in die Kirche von Llanrhos. Angeblich aber verleitete ihn seine Neugier dazu, durch ein Schlüsselloch zu schauen, und dabei infizierte er sich mit der Seuche. Darauf spielt auch, als Prophezeiung, jenes Rätselgedicht an, das Talyessin rezitiert (Lösung: der Wind), und dessen Schlußzeilen lauten:

> sein gewaltiges Wehen
> nimmt Rache an Maelgwn Gwynedd.

Hinweise auf diese Ereignisse finden sich in den «Annales Cambriae».

Die Seuche hielt angeblich an von 557–562.

«*Heinin Vardd*»: Es gibt Hinweise darauf, daß Heinin Barde am College von Llanveithin, in Llancarvan, Glamorganshire zwischen 520 und 560 gewesen sein könnte.

«*als Talyessin die Halle betrat*»: Die Episode, in der von der Ausschaltung und der sich anschließenden Polemik Talyessins gegen die Barden und fahrenden Sänger berichtet wird, gibt ein recht anschauliches Bild von der Bedeutung der Barden an den Höfen der Kleinkönige, aber auch von den üblichen Intrigen untereinander.

9. *Einion und die Dame vom Grünen Wald*
Quelle: Iolo MSS, A Selection ... from the collection made by E. Williams («Iolo Morganwg»), Llandovery 1848.

Die Geschichte hat eine gewisse Ähnlichkeit mit der schottischen Ballade von True Thomas oder Thomas the Rhymer. Zweifellos handelt es sich bei der Dame aus dem grünen Wald um die Feenkönigin oder die Weiße Göttin, von deren drei Gesichtern in der Geschichte zwei enthüllt werden.

10. *Die Überschwemmung von Bottom Hundred*

Quelle: W. Jenkyn Thomas, The Welsh Fairy Book, 1907, S. 26.

Cardigan Bay wird als eine mögliche Stelle für Bottom Hundred angegeben. (Guest)

Es gibt heute noch eine Redensart in Wales: «Der Seufzer des Gwyddno, als die Welle hinrollte über sein Land.»

Berichtet wird von den Ereignissen in Dreispruch XLI.

Vor der Katastrophe scheint Gwyddno ein sehr wohlhabender Herrscher gewesen zu sein. Nach dem Überfluten dieses Landesteils wird er als so arm dargestellt, daß er sich und seinen Sohn mit dem Abfischen einer Reuse durchbringen muß (Talyessin).

Die in diesen und in zahlreichen anderen Texten überlieferte Katastrophe ist aber auch noch in einem anderen Zusammenhang von Bedeutung: Es könnte sich herausstellen, daß sich in den Vorstellungen, die das Wort «Annwvyn» umgeben, die Erinnerung an ein verlorenes Land vor der Küste fortlebt.

11. *Die Frau aus dem See*

Quelle: John Rhys, Celtic Folklore, Welsh and Manx, S. 2–12.

Eine Überlieferung besagt, daß Ehemann und Söhne den See auszutrocknen versuchten, daran aber von einem Untier gehindert wurden.

Bis ins Jahr 1863 besuchten am ersten Sonntag im August jeweils Leute den See, um das Auftauchen der Feenfrau mitzuerleben, die angeblich das Wasser aufwühlte und dann wieder verschwand.

Mit zahlreichen anderen Seen verbindet sich eine ähnliche Überlieferung (Llyn Nelfarch oder Forwyn beim Dorf Ystrad Tyfodwg, Glamorgan; Llyn Arennig zwischen Bala und Festiniog, hier findet ein Bauer ein junges Kalb. Das Rind wird später in den See zurückgerufen; Llyn Cwellyn in Snowdonia. Eine Fee wird bei Nacht im See gefangen. Wenn sie mit einem kalten Eisen berührt wird, muß sie in die Anderswelt zurückkehren).

12. *Rhys und Llywelyn*

Quelle: W. Jenkyn Thomas, a. a. O., S. 48.

Zahlreiche Varianten finden sich in Elias Owen, Welsh Folklore. A collection of Folktales and Legends of North Wales, Oswestry and Wrexham, 1896.

13. *St. Collen und der König der Feen*
Quelle: Llanstephan Manuscripts, National Library of Wales, Aberythwyth.

St. Collen war ein Heiliger im 7. Jahrhundert. Er gilt als kämpferisch und ruhelos. Einige Zeit verbrachte er in Somerset. Seine Würde als Abt von Glastonbury gab er nach drei Jahren auf und zog sich in eine Zelle am Fuß von Glastonbury Tor zurück. Aus der Geschichte geht hervor, daß sich der Heilige der Gefahr bewußt war, die darin besteht, daß Sterbliche Feennahrung annehmen.

In Gwynn ap Nudd hat sich die brythonische Form des Götternamens Nudons oder Nodens erhalten, ein Heiligtum dieser Gottheit wurde in Lydney Park in Gloucestershire entdeckt. Der Name Gwynn, wie auch die Namen Brân, Branwen, Manawydan und die anderer mythologischer Gestalten, verbinden sich besonders mit dem Berwyn-Distrikt. Bre Wyn bedeutet Hügel des Gwynn. Tre Wyn: Heimstatt des Gwynn. Dieser Begriff steckt in dem Ortsnamen Caer Drewyn (in der Nähe von Corwen). Gewässer im Torfmoor gelten als Gwynn ap Nudds Fischteiche. Die Eule ist der ihm zugeordnete Vogel.

14. *Elidorus und die Feen*
Quelle: Giraldus Cambrensis, Itinerarium Cambriae, Keightley, Fairy Mythology, S. 404–406, translated by R. C. Hoare.
Der Elidorus-Text gilt als eine der frühesten Feengeschichten.

15. *Die Suppe in der Eierschale*
Quelle: Elias Owen, Welsh Folklore, a. a. O., S. 54.
Geschichte von Wechselbälgern sind in Wales häufig. Besonders die Johannisnacht (Nos Wyl Ifan) ist für die Vertauschung von Babys ein gefährlicher Zeitpunkt.

Als wirksame Mittel, die irdischen Kinder vor der Gefahr der Entführung zu schützen, galt es, Zangen kreuzweise auf die Wiege zu legen. Vor allem sollten die Kinder möglichst bald nach der Geburt getauft werden.

Owen kommentiert:

«Man kann davon ausgehen, daß Müttern, die ein kränkliches oder schwachsinniges Kind zur Welt brachten, in unzivilisierten Gegenden die Vorstellung von Wechselbälgern nicht unlieb war.

Ein Beispiel dafür gibt Pennant, der berichtet: «Noch in diesem

Jahrhundert (dem 18.) gab es einen armen Häusler, der ein Kind hatte, das ungewöhnlich schlecht gedieh. Die Eltern schoben es auf die Feen und stellten sich vor, das Kind sei ein Wechselbalg. Sie nahmen das Baby, legten es in eine Wiege und stellten es die ganze Nacht unter einen Eichbaum in der Hoffnung, die Twylwyth Teg, das Feenvolk, werde es gegen ihr Kind zurücktauschen. Als der Morgen kam, fanden sie das Kind vollkommen ruhig. Sie gingen fort, in ihrem Glauben bestärkt.»» (History of Whiteford, S. 5p.)

Owen gibt als Quelle für seinen Text das «Cambrian Magazine», Band II, Seite 86p. an.

Sein Text soll wörtlich nach einer Erzählung einheimischer Bauern wiedergegeben worden sein.

Eine rationale Erklärung für die Entstehung der Vorstellung des Wechselbalges ist darin zu sehen, daß der Feenglauben in Irland und Wales mit der Unterdrückung eines schon im Lande lebenden Volkes durch einwandernde und siegreiche Eroberer zusammenhängen könnte. Die Besiegten gingen in den «Untergrund». Sie könnten Kinder, die krank oder dem Verhungern nahe waren, gegen solche des herrschenden Volkes umgetauscht haben.

16. *Guto Bach und die Feen*
    Quelle: W. Jenkyn Thomas, a. a. O., S. 101.

17. *Yantos Jagd*
    Quelle: W. Jenkyn Thomas, a. a. O., S. 105.

18. *Warum auf Deunant die Vordertür hinten ist*
    Quelle: W. Jenkyn Thomas, a. a. O., S. 160.
    Das Motiv der Störung der Feen durch eine menschliche Behausung ist auch aus zahlreichen irischen Feengeschichten bekannt.

19. *Der Zauberbalsam*
    Quelle: Julius Rodenberg, Ein Herbst in Wales, Land und Leute, Märchen und Lieder. Hannover, 1857, S. 107.
    Andere Texte mit diesem Motiv sind aus Llandwrog, Caernarvonshire, aus Pwllheli, Nefyn, Carn Bentrych, Llanuwchllyn und aus Irland bekannt. In einem Text aus Cardiganshire (Swydd Ffynnon) ist die Irdische eine Hebamme. Als die im Bett liegende Feenmutter bemerkt, daß diese sich den Balsam ins Auge reibt, springt sie aus dem Bett und bläst ihr ins Auge, so daß die Hebamme keine Feen mehr sehen kann.

20. *Feenspiele*

21. *Feengeld*

22. *Feenwäsche*
    Quelle: Julius Rodenberg, Ein Herbst in Wales, Land und Leute, Märchen und Lieder. Hannover 1857, S. 115, 116, 117.

23. *Die Zauberharfe*
    Quelle: Julius Rodenberg, a. a. O., S. 117.
    Eine ähnliche Geschichte aus Irland ist «Die Ballinskellig Melodie» in T. Crofton Crokers, Legends of the Lakes, London 1829. Der Zusammenhang zwischen Feen und Musik ist häufig. T. Gwynn Jones schreibt dazu in «Welsh Folklore and Folk-Custon»: «Sie (die Feen) lieben den Gesang, und ihre Musik ist von großer Süße. Ein Mann aus Conway versuchte, ihre Melodien zu notieren, aber auf Nachfragen ließen sich die Noten nicht mehr finden. Die Feen hatten Harfen. Angelockt von ihrem Spiel, betrat ein Harfner aus Nant Conwy eine Höhle und kam nie mehr zurück, aber sein Spiel wird manchmal noch gehört. Ein Dudelsackpfeifer und ein Harfner folgten einem Fremden in eine Höhle nahe Cricieth. Man sah sie nie wieder, aber ihre Melodien wurden unter der Erde zwei Meilen vom Eingang der Höhle gehört. Es soll sich um die Stücke ‹Dick the Piper's Farewell› und ‹Little Tom's Farewell› gehandelt haben.» Für die hier nach Rodenberg zitierte Geschichte gibt Jones als Quelle auch Y Geninen. Cylchgrawn chwarterol cenedlaethol, Caernarvon, XXXVII 4–5 an.

24. *Feenbett*
25. *Feenbergwerk*
26. *Die Herde in der Luft*
27. *Mittel, um die Feen zu sehen*
28. *Ein Messer hilft gegen die Feen*
    Quelle: Julius Rodenberg, a. a. O., S. 119, 130, 131, 132.

29. *Der Sohn des Llech y Derwydd und die Feen*
    Quelle: Elias Owen, a. a. O., S. 41.

30. *Sion ab Siencyn*
    Quelle: Y Geninen Cylchgrawn chwarterol cenedlaethol. 1883 bis 1928. Caernarvon. vol. XXXVIII, 3–5.
    In vielen Entführungsgeschichten werden die Sterblichen durch Vogelgesang angelockt. Hier scheint eine Beziehung zu den Vögeln der Rhiannon in der Geschichte Nr. 2 zu bestehen.

31. *Ein Feenkind waschen*
    Quelle: Y Geninen, a. a. O., vol. XXXIX, 55.

32. *Der Feenhund*

Quelle: Elias Owen, a. a. O., S. 81.

33. *Feen arbeiten für die Menschen*
Quelle: Elias Owen, a. a. O., S. 85.

Owen schreibt zu diesem Motiv: «Es gab die Vorstellung, daß freundliche Feen am Schicksal guter Menschen Anteil nahmen, die nicht in der Lage waren, eine bestimmte Arbeit in der vorgegebenen Zeit fertigzustellen. Bei Nacht schafften sie für sie. Es wird immer wieder vermerkt, daß Feen ausgezeichnete Handwerker seien und die Sterblichen, denen sie beispringen, übertreffen. So mancher fleißige Schuhmacher, so heißt es, soll am Morgen ein Paar Schuhe, mit denen er am Abend nicht mehr fertig wurde, genäht und besohlt vorgefunden haben. Auch Bauern, bei denen am Abend noch ein Stück Feld zum Umpflügen übriggeblieben war, fanden diese Arbeit am Morgen erledigt.» Meist werden solche Arbeiten von Brownies ausgeführt, in Wales vom Pwca, in den Highlands vom Bodach und auf Manx vom Fenodore.

Ein Brownie entwickelt manchmal eine besondere Beziehung zu einem bestimmten Mitglied des Hausstandes (siehe auch Text 45).

34. *Ein junger Mann heiratet eine Feenfrau*
Quellen: Elias Owen, a. a. O.; Glasynys in Cymru Fu, pp. 177–179, Rhys in Welsh Fairy Tales, Y Cymmrodor, Bd. V., S. 81–84.

Besuche von Göttinnen und Nymphen bei Sterblichen und die Liebe zu ihnen sind gewissermaßen ein klassisches Thema.

Die vielleicht bekannteste Geschichte dieser Art hat als sterblichen Helden den Wilden Edric, den Anführer des Widerstandes gegen die Normannen an der Grenze von Wales.

Die hier vorliegende Version scheint ein harmonisierter Text, der bestimmt an ältere Vorlagen anschließt. Ungewöhnlich ist das Happy-End mit dem Seitenhieb gegen den Geschlechterstolz der Waliser.

35. *Goronwy Tudor und die Hexen von Llanddona*
Quelle: W. Jenkyn Thomas, a. a. O., S. 216.

36. *Yr Hen Wrach*
Informant: Evan Isaac, Wesleyan Minister, Llandeilo. Die Geschichte ist verbreitet im Bezirk von North Cards.

37. *Die Wäscherin an der Furt*
Quelle: Peniarth Manuscripts, National Library of Wales, Aberystwyth, 147, 10–11.

38. *Der Riesin Schürzenfall*

39. *Der schwarze Stein von Arddu*
    Quelle: Julius Rodenberg, a. a. O., S. 145.
    Eine ähnliche Geschichte wie 43 ist «The Origin of the Wrekin». In:
    Burne and Jackson, Shropshire Folk-Lore, pp. 2–3.

40. *Der Pwca der Trwyn*
    Quelle: W. Jenkyn Thomas, a. a. O., S. 254.

41. *Huw Llwyd, der Zauberer*
    Informant: Rev R. Jones, rector von Llanycil. Siehe: Elias Owen,
    a. a. O., S. 252.

42. *Sechs und vier sind zehn*
    Informant: Rev. R. Jones, rector von Llanycil. Siehe: Elias Owen,
    a. a. O., S. 255. Bei Elias Owen, Welsh Folklore, heißt der Zauberer
    Dick Spot, bei W. Thomas trägt er keinen Namen. Als Ortsname
    taucht überall Llanrwst auf.

43. *Der Drache von Conway*
    Quelle: Wales – A national magazine (monthly). Ed. Owen M. Ed-
    wards, Wrexham, I, S. 279.

44. *Grace's Quelle*
    Quelle: W. Jenkyn Thomas, a. a. O., S. 149.

45. *Der Teufel spielt Karten auf der Brücke von Rhyd-y-Cae*
    Quelle: Elias Owen, a. a. a.

46. *Der Mann, der am Sonntag reiste*
    Quelle: Elias Owen, a. a. O., S. 154.

47. *Neid verbrennt sich selbst*
    Quelle: W. Jenkyn Thomas, a. a. O., S. 229.
    Gewisse Ähnlichkeiten bestehen zu «The Tale of Ivan» (Lluyd, Ar-
    chaeologia Britannica, 1707). Dort als Beispiel für Cornish ange-
    führt. Beide Texte gehen wahrscheinlich zurück auf die Gesta Ro-
    manorum, c. 103.
    Bei Ivan sind es drei gute Ratschläge: Meide einen Nebenweg. Hüte
    dich vor einem Haus, in dem die Ehefrau jünger ist als ihr Mann;
    und: ehrlich währt am längsten.

48. *Drei Brüder*
    Quelle: Informant ist T. J. Jenkin, Plant-breeding Staton, U. C.
    W., Aberystwyth, Pembrokeshire ist Verbreitungsgebiet der Ge-
    schichte, die an eine irische erinnert.

49. *Die Kuh auf dem Dach*
    Quelle: T. Gwynn Jones, a. a. O., S. 229.

Informant: ein namentlich nicht genannter Gespannführer aus Denbigshire.

50. *Der Schwanz der weißen Mähre*
    Informant: Isaac Jones, geboren im Hiraethog-Distrikt. Gestorben in seinem 87. Lebensjahr im März 1929. Verbreitet ist der Text in Denbighshire und Caernarvonshire.

51. *Einfach gelogen*
    Informant: Isaac Jones, s. o.

52. *Narrengeschichten*:
    Informanten: T. J. Jenkin, s. o., und für den letzten Teil: John Lloyd Williams, Journalist, Denbigh. Verbreitungsgebiet: Vale of Clwyd.

53. *Fleisch, Schinken, Schwiegermutter*
    Aus Cardiganshire. Quelle: T. Gwynn Jones, a. a. O., S. 284.

54. *Der Mann mit den vielen Namen*
    Aus Denbighshire, Flintshire. Quelle: T. G. Jones, a. a. O., S. 235.

55. *Diebe und Mörder*
    Aus Denbigshire. Quelle: ibd. S. 235 f.

56. *Ring und Fisch*
    Informant: Isaac Jones, s. O.
    Eine typische Geschichte, wie sie in Penmachno, Caernarvonshire, Ende des 19. Jahrhunderts erzählt wurde.

57. *Schneider und Landarbeiter*
    Aus Caernarvonshire. Quelle: T. Gwynn Jones, a. a. O., S. 234.

58. *Zeichensprache*
    Aus Denbigshire. Quelle: ibd. S. 234 f.

59. *Der größte Narr*
    Informant: Isaac Jones, s. o. Verbreitet in Caernarvonshire und Denbighshire.

60. *Die seltenen Blumen*
    Aus Denbighshire, Caernarvonshire und Flintshire.
    Quelle: S. T. Gwynn Jones, a. a. O., S. 234.

61. *Katz und Maus*
    Quelle: T. Gwynn Jones, a. a. O., S. 221.

62. *Warum des Rotkehlchens Brust rot ist*
    Quelle: W. Jenkyn Thomas, a. a. O., S. 312.

63. *Die endlose Geschichte*
    Informant: Mr. Thomas Roberts, Ffestiniog, Merioneth, 1980.
    Das Märchen ist auch in England bekannt. Siehe: S. O. Addy, Household Tales.

Bemerkung zur Aussprache
walisischer Namen

Unter Beachtung der folgenden Angaben lassen sich die walisischen Orts- und Eigennamen, die zunächst außerordentlich schwierig wirken, immerhin annähernd richtig aussprechen.

c	wie k in kaum
ch	wie in Bach
dd	wie das englische th
ll	hl mit einem stimmhaften h
rh	hr mit einem stimmhaften h
s	stimmhaftes s
th	th stimmhaft
a, e, i, o, u	wie im Deutschen
u	zwischen i und Ü
w	u, aber konsonant vor Vokalen, außer vor y und in Gwres, Gwlwwyd, Gwlyddyn, Gwenwledyr
y	wie i, aber konsonant vor Vokalen, außer vor w
ae, ei, eu, ey	ei
aw	au
oe	eu

Betonung: in der Regel auf der vorletzten Silbe. Jedoch Ánnwynn, Brónllayn, Dývynarth, Dývynwal.

Literaturverzeichnis

1. Zu den Zweigen des Mabinogi

The Mabinogion from Llyfr Coch o Hergest, and other ancient Welsh manuscripts, übersetzt von Lady Charlotte Guest, London 1838–1849.

The Mabinogion, übersetzt von T. P. Ellis und John Lloyd, Oxford 1929.

The Mabinogion, übersetzt von Gwyn Jones und Thomas Jones. London 1948.

The Mabinogion, übersetzt von Jeffry Gantz. Harmondsworth Middlesex 1976.

Williams, Ifor: Pedeir keinc y Mabinogi. Cardiff 1930.

2. Zu den Märchen

Emerson, P. H.: Tales form Wales. London 1894.

ders.: Welsh Fairy Tales. London 1894.

Jones, T. Gwynn: Welsh Folklore and Folk-custom. London 1930. Introduction to 1979. Reprint by Arthur ap Gwynn.

Owen, Elias: Welsh Folk-lore, a Collection of Folktales and Legends of Northern Wales. Oswestry and Wrexham 1896.

Rhys, John: Celtic Folklore. Welsh and Manx. 2 Bände. Oxford 1901.

Squire, Charles: Celtic Myth and Legends. London 1912.

Thomas, W. Jenkyn: The Welsh Fairy Book. Cardiff 1907.

Trevelyan, Marie: Folklore and Folk-stories of Wales. London 1909.

3. Zum Kontext

Bromwich, Rachel: Trioedd Ynys Prydein. The Welsh Triads. Cardiff 1961.

dies.: Studies in Early British History. Cambridge 1954.

Dillon: Myles und Chadwick Nora, The Celtic Realms. London 1967.

Frazer, J. G.: The Golden Bough, London 1922.

Graves, Robert Ranke: The White Goddess. London 1960.

Lange, Wolf-Dieter, und Langosch, Karl: König Artus und seine Tafel-runde. Stuttgart 1980.

Layard, John: A Celtic Quest – Sexuality and Soul in Individuation. A Depth-Psychology Study of the Mabinogion legend of Gulhwch and Olwen. Zürich 1975.

Loomis, Roger: Celtic Folklore. In: Fonk & Wagnall (eds.), Standard Dictionary of Folklore, Mythology and Legends. New York 1972 ([1]1949–50)

Newell, V. (ed.): The Witchfigure. London 1973.

Rees, Alwyn and Brinley: Celtic Heritage. Ancient Tradition in Ireland and Wales. London 1961.

Rolleston, T. W.: Myth and Legends of the Celtic Race. New York 1974.

Ross, Anne: Pagan Celtic Britain. London 1967.

dies: The Divine Hag of the Pagan Celts. In: Newell, V. (ed.): The Witchfigure. London 1973.

Typen- und Motivregister

Der Verlag dankt Dr. Hans-Jörg Uther, Göttingen, für die Typisierung der Erzählungen.

AaTh = Aarne, A./Thompson, S.: The Types of the Folktale. Second Revision (FFC 184). Helsinki 1964.

Mot. = Thompson, S.: Motif-Index of Folk-Literature 1–6. Kopenhagen 1955–1958.

EM = Enzyklopädie des Märchens. Berlin/New York 1977ff.

Ergänzend sind heranzuziehen:

Baughman, E. W.: Type and Moitif-Index of the Folktales of England and North America. The Hague 1966.

Cross, T. P.: Motif-Index of Early Irish Literature. Bloomington (1952).

Anmerkung: Bei Nr. 1–4 sind nur die wichtigsten Motive aufgeführt.

Nr. 1 = Freundschaftssage (vgl. AaTh 516).

Nr. 2 = u. a. mit den Motiven Mot. P 251ff.: Brüder mit unterschiedlichen Eigenschaften; Mot. H 1381.3.1.2: Brautsuche; Mot. D 1171.2, E 64.2: Zauberkessel macht Tote lebendig; Mot. F 611.3.2, F 628.0.1: Tötung von Feinden durch außergewöhnliche Stärke; Mot. E 431.7.2.1: Enthauptung als Selbststrafe und Aufbewahrung des Totenschädels bis zur vermeintlichen Rückkehr der Krieger.

Nr. 3 = u. a. mit den Motiven Mot. F. 968: Donner als Zauber; C 560: Arbeitsverbot im fremden Land; B 184.3.1: Eber als Wegweiser; D 1413, D 2171.5: Klebezauber; D 710, D 771, D 315.2: Rückkehr aus Jenseitswelt durch Androhung von Gewalt erreicht.

Nr. 4 = vgl. Mot. D 683, D 1711: Zauberkunststücke.

Nr. 5 = AaTh 301 B + 513: Bei Gewinnung der Braut helfen Gefährten mit außergewöhnlichen Fähigkeiten.

Nr. 6 = Mot. D 1731.2: Traumvisionen auf Ochsenhaut.

Nr. 7 = vgl. AaTh 461 III: Drei Haare vom Bart des Teufels.

Nr. 8 = AaTh 313 III: Magische Flucht + Aussetzungssage (vgl. EM 1, 1049f.) + AaTh 882: Cymbeline + Mot. R 169.4: Retter durch treuen Helfer aus Gefangenschaft befreit.

Nr. 9 = Mot. H 94.5: Ringhälfte als Erkennungszeichen.

Nr. 10 = Mot. F. 944.1: Land versinkt im Meer.

Nr. 11 = Mot. F. 420.1.2.1 + F 302.6 + T 111: Heirat eines Sterblichen mit schöner Nixe + Verlassen bei Tabubruch.

Nr. 12 = Mot. F 262 + F 262.9 Tänzer verliert bei musizierenden Feen jegliches Zeitgefühl.

Nr. 13 = Mot. F 768 + F 382.2: Mann im Feenreich bricht Zauber durch Weihwasser.

Nr. 14 = Mot. N 815 + F 350: Feen helfen Sterblichem. Durch Diebstahl eines goldenen Balls verscherzt er sich ihre Gunst.

Nr. 15 = Mot. F 321.1 + F 321.1.4.1: Unterschobene Elfenkinder ins Wasser geworfen, eigene Kinder wiedererhalten.

Nr. 16 = Mot. F. 342 + F 343.5 + F 348.9.1 + F 347 + N 815 + F 244.3: Geschenke der Feen werden zu Papier. Feenkinder helfen bei Schatzsuche.

Nr. 17 = Mot. F 262 + F 262.3.1 + F 262.3.4: Harfen spielende Elfen machen Mann schlaftrunken.

Nr. 18 = Mot. F 361.12 + F 345 + FF 347: Kranke Rinder gesunden, als Bauer auf Anraten des Feenmannes die Vordertür seines Hauses zumauert.

Nr. 19 = Mot. D 1323.5 + F 361.3 + F 362.1: Erblindung eines Auges als Strafe, als Mädchen Jenseitigem ihre Hellsichtigkeit offenbart.

Nr. 20 = Mot. F 342: Feengeld als Belohnung für Hilfe.

Nr. 21 = Mot. 342 + F 348.7: Geldgeschenke der Feen hören auf, als Geheimnis offenbart.

Nr. 22 = Mot. F 342 + F 346: Hilfreiche Feen.

Nr. 23 = vgl. Mot. F 332 + D 1415.2: Feen schenken Harfe, die zum Tanzen verführt, als Belohnung.

Nr. 24 = Mot. F 261 + F 262 + C 311 + E 452 + F 383.4: Mann beobachtet heimlich musizierende und tanzende Feen, die beim Hahnenkrähen verschwinden.

Nr. 25 = Mot. D 1825.3 + F 235.3 + F 271: Mann sieht Feen bei der Arbeit.

Nr. 26 = Mot. F 234.1.11 + F 234.1.3 + F 282: Feen als Erscheinung an wechselnden Orten.

Nr. 27 = Mot. D 1323.5 + F 235.4.4: Geistersichtigkeit durch Zauberflüssigkeit.

Nr. 28 = Mot. D 1083 + F 384.3: Messer als Abwehrzauber.

Nr. 29 = AaTh 470: Freunde in Leben und Tod.

Nr. 30 = AaTh 471 A: Mönch und Vöglein.

Nr. 31 = Mot. F 342: Feengeld als Belohnung für Hilfe.

Nr. 32 = Mot. F 343.0.1: Milchkuh als Geschenk der Feen.

Nr. 33 = Mot. F 271: Feen helfen bei Landarbeit.

Nr. 34 = Mot. F 210 + F 211.2 + F 302: Mann heiratet Fee in Feenwelt.

Nr. 35 = Mot. D 655.2 + G 211: Milchhexe als Häsin.

Nr. 36 = Mot. G 214 + 215 + G 219.4 + G 216: Aussehen der Hexe.

Nr. 37 = vgl. Mot. E 50: Verzauberte durch Christen erlöst.

Nr. 38 = Mot. A 963.1 + F 531.3.2: Entstehung steinerner Denkmäler.

Nr. 39 = Mot. D 931, D 1293.4 + D 1300.4 + C 949.1, D 1367, D 2065: Schwarzer Stein verleiht dem einen Gabe des Gesangs; der andere verfällt in Wahnsinn.

Nr. 40 = Mot. F 451.1 + F 451.3.4 + F 451.5.1 + F 451.9.1 + F 402.1.1 + 491.1 + F 451.7.3: Hilfreicher Kobold verläßt Menschen wegen Undankbarkeit; versucht, Mann in die Irre zu führen.

Nr. 41 = vgl. Mot. B 162.1 + D 1810.0.2 + D 1812.0.2.2 + D 2099.2: Mann, mit übernatürlichem Wissen durch Essen von Adlerfleisch begabt, kann Unheil von sich abwenden.

Nr. 42 = Mot. D 1415: Tanz und Gesang durch Zauberspruch bewirkt.

Nr. 43 = Mot. D 1812.5.1.2 + D 1812.0.1 + vgl. M 341.2.21: Schlechter Traum erfüllt sich: Mann stirbt durch Schlangenbiß.

Nr. 44 = Mot. D 911, F 931 + D 661, Q 551.3.2: Frau muß als Strafe in Schwanengestalt auf See spuken.

Nr. 45 = Mot. G 303.4.5.3.1: Teufel beim Kartenspiel an Hufen erkannt.

Nr. 46 = Mot. C 631.1: Merkwürdige Erscheinungen bei Entheiligung des Feiertags.

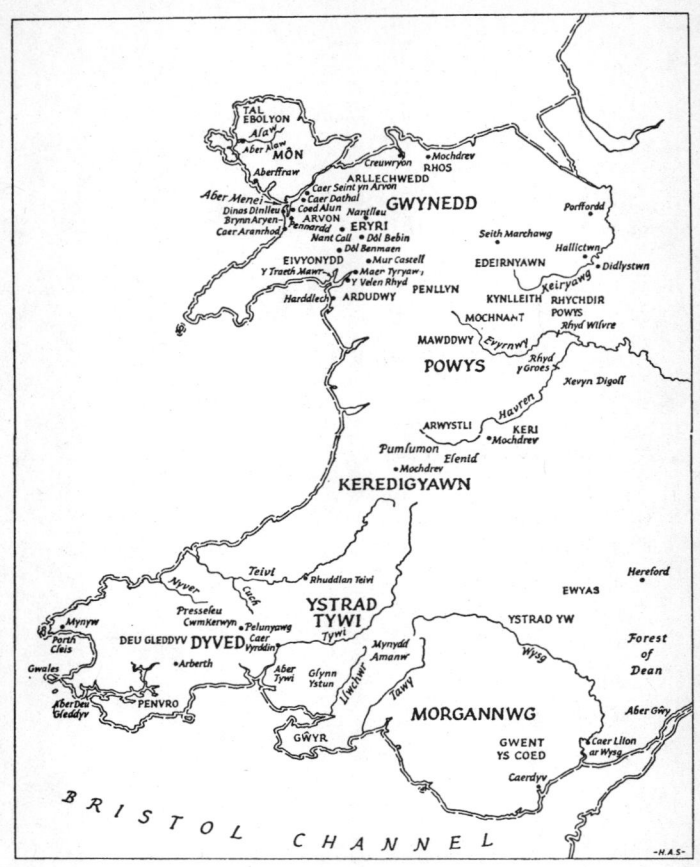

Das Wales des Mabinogion

Inhalt

I. Die Texte des Mabinogi

II. Märchen, Sagen und Legenden

III. Schwänke, Lügenmärchen und Anekdoten

rororo Großdruck

Ein Gesamtverzeichnis der Reihe *rororo Großdruck* finden Sie in der *Rowohlt Revue*. Jedes Vierteljahr neu. Kostenlos in Ihrer Buchhandlung.

John Updike
Die Hexen von Eastwick
(rororo 12366)
Updikes amüsanten Roman
über Schwarze Magie, eine
amerikanische Kleinstadt
und drei geschiedene Frauen
hat George Miller mit Cher,
Susan Sarandron, Michelle
Pfeiffer und Jack Nicholson
verfilmt.

Bernd Schwamm
Die Gang *Der Roman zur
Serie im Ersten*
(rororo 22112)

Christian Pfannenschmidt
Der Mann aus Montauk
*Der neue Roman zur ZDF-
Serie Girlfriends*
(rororo 22267)

E. Beleites / E. Theophil
Männerpension *Das Buch
zum Film von Detlev Buck*
(rororo 13933)
Die ungemein komische
Story über zwei Knastbrüder
und die Liebe – verfilmt mit
Detlef Buck und Til Schwei-
ger in den Hauptrollen.

Dieter Wedel / Sven Böttcher
Held *Roman nach dem
Fernsehfilm «Der Schatten-
mann» von Dieter Wedel*
320 Seiten Klappenbroschur
(Wunderlich Verlag)

Oliver Sacks
**Awakenings – Zeit des
Erwachens**
(rororo 8878)
Ein fesselndes Buch – ein
mitreißender Film mit
Robert De Niro.

Michael Friedman
Batman & Robin *Der Roman
zum Film*
(rororo 22240)

BOILEAU / NARCEJAC
TOTE SOLLTEN
SCHWEIGEN

Jetzt im Kino

Der Roman zum neuen Film von Warner Bros
«DIABOLISCH»
mit Sharon STONE und Isabelle ADJANI

rororo

Boileau / Narcejac
Tote sollten schweigen *Der
Roman zum Film «Diabo-
lisch» mit Sharon Stone
und Isabelle Adjani*
(rororo 13894)
Das Autorenduo lieferte mit
diesem Buch die Vorlage zu
einem atemberaubenden
Film von Erfolgsproduzent
Marvin Worth.

Quentin Tarantino &
Allison Anders / Alexandre
Rockwell / Robert Rodriguez
Four Rooms *Das Buch zum
Film*
(rororo 13955)
Gemeinsam mit drei anderen
Regisseuren inszenierte
Oskar-Preisträger Quentin
Tarantino («Pulp Fiction»)
diesen furiosen Kultfilm mit
Tim Roth, Bruce Willis,
Madonna und Antonio
Banderas.

Richard Woodley
Con Air
(rororo 22241)
Der Roman zum Film mit
Nicolas Cage, John
Malkovich und John Cusack
in den Hauptrollen.

Bernard Gavoty
Chopin
(rororo 12706)
«Ich selbst bin immer noch
Pole genug, um gegen
Chopin den Rest der Musik
hinzugeben.» *Friedrich
Nietzsche*

Virginia Harrard
Sieben Jahre Fülle *Leben mit
Chagall*
(rororo 12364)

Albert Goldman
John Lennon *Ein Leben*
(rororo 13158)

Linde Salber
Tausendundeine Frau *Die
Geschichte der Anaïs Nin*
(rororo 13921)
«Mit leiser Ironie, einem
lebhaften Temperament und
großem analytischen Fein-
gefühl.» *FAZ*

Donald A. Prater
**Ein klingendes Glas. Das Leben
Rainer Maria Rilkes**
(rororo 12497)
In diesem Buch wird «ein
Mosaik zusammengetragen,
das als die genaueste Biographie gelten kann, die
heute über Rilke zu schreiben möglich ist». *Neue
Zürcher Zeitung*

Michael Jürgs
Der Fall Romy Schneider *Eine
Biographie*
(rororo 13132)
»*Der Fall Romy Schneider*
ist ein freundschaftliches
Buch, aufrichtiger und
interessanter als die meisten
Biographien, die bei uns über
Schauspieler geschrieben
werden.» *Süddeutsche
Zeitung*

Charlotte Chandler
Ich, Fellini *Mit einem Vor-
wort von Billy Wilder*
(rororo 13774)
«Ich habe nur ein Leben, und
das habe ich dir erzählt. Dies
ist mein Testament, denn
mehr habe ich nicht zu
sagen.» *F. Fellini zu
C. Chandler*

Andrea Thain /
Michael O. Huebner
Elisabeth Taylor *Hollywoods
letzte Diva. Eine
Biographie*
(rororo 13512)
«Vor mehr als vierzig Jahren
lehrte mich MGM, wie man
ein Star ist. Und ich weiß bis
heute nicht, wie ich etwas
andere hätte sein können.»
Elisabeth Taylor

Andrea Thain
Katharine Hepburn *Eine
Biographie*
(rororo 13322)

**«Das Leben eines jeden
Menschen ist ein von Gottes-
hand geschriebenes Märchen.»
Hans Christian Andersen**

«Wer Lyrik schreibt, ist verrückt!»
Peter Rühmkorf

Mascha Kaléko
Das lyrische Stenogrammheft
(rororo 1784)
«Nun, da du fort bist, scheint
mir alles trübe.
Hätt' ich's geahnt, ich ließe
dich nicht gehn.
Was wir vermissen, scheint
uns immer schön.
Woran das liegen mag –. Ist
das nun Liebe?»

Mascha Kaléko
Verse für Zeitgenossen
(rororo 4659)
«Ich bin, vor jenen ‹tausend
Jahren›,
Viel in der Welt herum-
gefahren.
Schön war die Fremde; doch
Ersatz.
Mein Heimweh hieß
Savignyplatz.»

Peter Rühmkorf
Haltbar bis Ende 1999 *Gedichte*
(rororo 12115)
«Ein plebejischer Poet ist er,
ein handfester Spaßmacher,
ein Repräsentant und
Verwalter des literarischen
Untergrunds, ein Dichter der
Gasse und der Masse, einer,
der die Lyrik auf den Markt
gebracht hat. Nur: er ist
zugleich ein feinsinniger
Ästhet, ein raffinierter Schön-
geist, ein exquisiter Ironiker.»
Marcel Reich-Ranicki

Peter Rühmkorf
Außer der Liebe nichts
Liebesgedichte
(rororo 5680)
«Dichter! schmeißt Eure
Lyrik weg, der Rühmkorf
kann's besser!» Jürgen
Lodemann im Südwestfunk

MASCHA KALÉKO
Verse für
Zeitgenossen

Von Peter Rühmkorf sind
außerdem lieferbar:

Der Hüter des Misthaufens
Aufgeklärte Märchen
(rororo 5841)

Die Jahre die Ihr kennt *Anfälle
und Erinnerungen*
(rororo 5804)

Über das Volksvermögen
*Exkurse in den literarischen
Untergrund*
(rororo 1180)

Strömungslehre I Poesie
(das neue buch 107)

Dreizehn deutsche Dichter
208 Seiten. Broschiert.

Einmalig wie wir alle *Gedichte*
168 Seiten. Broschiert.

Wer Lyrik schreibt, ist verrückt!
Gesammelte Gedichte
140 Seiten. Kartoniert.

Peter Rühmkorf / Michael
Naura / Wolfgang Schlüter
Phönix voran! Mit Ton-
Cassette
128 Seiten. Kartoniert.

Die Märchen der Weltliteratur in bibliophiler Ausstattung

Seit 1912 sind mehr als 100 Bände dieser traditions-
reichsten deutschsprachigen Märchensammlung
erschienen. Diederichs Märchen der Weltliteratur sind
in der fest gebundenen Originalausgabe eine biblio-
phile Kostbarkeit in bildschöner Ausstattung. Wissen-
schaftlich zuverlässig erarbeitet und übersetzt. Mit
fremdsprachigen Textproben und einer Übersichts-
karte der jeweiligen Region. Mit Informationen über
Erzähler und Märchensammler. Ausführliche Kom-
mentare sowie Hinweise auf weiterführende Literatur
machen diese Buchreihe
zu einer Fundgrube für den
echten Märchenfreund.

Eugen
Diederichs
Verlag